Romy Fölck
Sterbekammer

Weitere Titel der Autorin:

Totenweg
Bluthaus

Titel auch als Hörbuch erhältlich

Über die Autorin:

Romy Fölck wurde 1974 in Meißen geboren. Sie studierte Jura, ging in die Wirtschaft und arbeitete zehn Jahre für ein großes Unternehmen in Leipzig. Heute lebt sie als freie Schriftstellerin in der Elbmarsch bei Hamburg. Die ersten drei Bände ihrer Krimiserie um das ungleiche Ermittlerduo Paulsen und Haverkorn schafften es allesamt auf die SPIEGEL-Bestsellerliste und wurden von Rezensenten und Lesern vielfach begeistert besprochen.

ROMY FÖLCK

STERBE KAMMER

KRIMINALROMAN

Lübbe

Dieser Titel ist auch als Hörbuch und E-Book erschienen

NACHHALTIG PRODUZIERT

Die Bastei Lübbe AG verfolgt eine nachhaltige Buchproduktion. Wir verwenden Papiere aus nachhaltiger Forstwirtschaft und verzichten darauf, Bücher einzeln in Folie zu verpacken. Wir stellen unsere Bücher in Deutschland und Europa (EU) her und arbeiten mit den Druckereien kontinuierlich an einer positiven Ökobilanz.

FSC www.fsc.org MIX Papier | Fördert gute Waldnutzung FSC® C014496

Vollständige Taschenbuchausgabe
der bei Bastei Lübbe erschienenen Hardcoverausgabe

Bei Fragen zur Produktsicherheit wenden Sie sich bitte an:
produktsicherheit@bastei-luebbe.de

Textredaktion: Ulrike Brandt-Schwarze, Bonn
Umschlaggestaltung: © www.buersosued.de unter Verwendung einer Illustration von © Elisabeth-J. Herrmann
Satz: Dörlemann Satz, Lemförde
Gesetzt aus der Stempel Garamond
Druck und Verarbeitung: GGP Media GmbH, Pößneck
Printed in Germany
ISBN 978-3- 404-18324-1

4 6 7 5

Sie finden uns im Internet unter luebbe.de
Bitte beachten Sie auch: lesejury.de

Für Tom. Für alles.
Du bist mein sicherer Hafen.

Elbmarsch, Mai 2010

Stille. Lediglich das Laub der Zitterpappeln rauscht im Wind, der über die Rapsfelder streicht. Die Frau lässt das Fahrrad rollen. Sie genießt das Lied der Blätter über ihrem Kopf und das Schattenspiel im Gesicht. Das Kleid flattert im Fahrtwind um ihre Beine. Erst als sie die Pappeln hinter sich lässt, tritt sie wieder in die Pedale. Das Vorderrad schlingert ein wenig, sie wird zu Hause den Reifen aufpumpen müssen. Ihr Mann wollte das gestern übernehmen, aber wahrscheinlich hat er es vergessen, als er mit den Jungs noch eine Runde Fußball spielte.

Heute Abend wird sie mit ihm anstoßen, wenn die beiden kleinen Monster im Bett sind. Auf ihre Gehaltserhöhung! Sie sei die gute Seele der Praxis, hatte die Tierärztin oft zu ihr gesagt. Sie halte alles zusammen. Aber mehr Geld wollte sie ihr jahrelang nicht zahlen. Bis sie sich notgedrungen nach einem neuen Job umgesehen hatte. Irgendwie mussten sie ja das Darlehen für das Haus abzahlen. Und ihr Mann verdiente nicht genug, um die Raten allein stemmen zu können. Bisher war es irgendwie gegangen, aber die Jungs wurden größer. Fußball, Schulausflüge, Klamottenwünsche. Das konnte sie von ihrem Gehalt nicht mehr leisten. Nur deshalb dieser Schritt, schweren Herzens, weil sie die Arbeit in der Praxis liebte. Und dann heute diese Überraschung. Ihre Chefin hatte sie zu einem Vieraugengespräch gebeten. Keine große

Vorrede, sondern fünfhundert Euro brutto mehr Gehalt. Wenn sie bleiben und ihre Stunden aufstocken würde, die sie nach der Geburt ihrer Kinder auf dreißig herabgesetzt hatte. Wie die Ärztin von ihren Bewerbungsgesprächen erfahren hatte, wusste sie nicht. Ein Handschlag, damit war das Gespräch beendet gewesen.

Sie kann ihr Glück noch immer nicht richtig fassen. Insekten summen in den Blüten im Feld. Sie schlägt mit der Hand nach einer Biene. Die Bienenkästen eines Imkers stehen am Feldrand, bunte Quadrate vor dem Rapsgelb. Zu nahe darf sie ihnen nicht kommen. Ein Schwarm hat letztes Jahr eine Freundin beim Joggen verfolgt und übel zerstochen. Wenn es sehr warm ist, können die Bienen angriffslustig werden.

Sie fährt schneller, bis die Felder verschwinden. Auf einer Weide dösen Kühe im Schatten der Bäume. In einiger Entfernung ragt die alte Deichmühle auf. An den maroden Flügeln kann der Wind sich vergebens abarbeiten. Die drehen sich nicht mehr. Sie mag den Anblick, auch wenn dort schon ewig kein Korn mehr gemahlen wird.

Das Motorengeräusch hört sie schon, bevor der Geländewagen um die Kurve biegt. Er zieht eine Staubwolke hinter sich her. Sie steigt vom Rad und stellt sich an den Wegrand, um ihn vorbeizulassen. Der Wagen bremst ab und hält neben ihr an. Der Fahrer legt seinen Ellenbogen ins offene Fenster. »Moin, schöner Tag heute!«

Sie kennt den Mann nicht, aber sein offenes Lachen ist ansteckend. »Sie sagen es, einfach herrlich!«

»Ich glaube, ich habe mich verfahren. Geht es hier nach Altendeich?«

»Ja, genau. Fahren Sie einfach noch zwei Kilometer weiter. Sie kommen direkt im Dorf raus.«

Er betrachtet ihr Fahrrad. »Ich müsste auch öfter mit dem Rad fahren. Man gewöhnt sich viel zu sehr an die Bequemlichkeit und steigt für jeden Meter ins Auto.«

»Im Sommer nehme ich immer das Rad, wenn ich zur Arbeit fahre. Dieser Weg hier ist wunderschön!«

Sein Blick sucht ihren, verweilt einen Moment zu lang. »Sie wohnen hier in der Nähe?«

Die junge Frau stutzt. Flirtet er etwa mit ihr? Er ist viel älter als sie. Aber nicht unattraktiv. Kantiges Kinn, dunkle Bartschatten, seine Augen mustern sie, was sie irritiert. »Im Nachbardorf.« Sie weist in die Richtung hinter ihm.

»Warum sind wir uns dann noch nie begegnet?« Wieder dieses entspannte Lachen.

Tatsächlich! Er flirtet sie an, mitten in der Marsch. »Tut mir leid, mein Mann und meine Kinder warten schon.«

Er deutet ein Nicken an. »Sie haben da etwas im Haar.«

»Was?«

»Eine Biene, da …«

Erschrocken schüttelt sie ihre Haare aus. »Ist sie weg?«

»Nein.«

Ihre Hand sucht hektisch, kann aber nichts ertasten.

»Kommen Sie, ich helfe Ihnen.«

Die Frau beugt ihren Kopf zum Fenster, spürt seine Finger, die vorsichtig etwas abzupfen. Es ist reizvoll, dass ein fremder Mann sie berührt. »Haben Sie sie?«

»Gleich.«

Sie verharrt still. Schon lange hat sie kein Mann mehr so angesehen. Es ist der Reiz des Verbotenen, der ihr Herz schneller schlagen lässt. Dabei zupft er ihr nur eine Biene aus dem Haar.

Sie will sich aufrichten, da packt er plötzlich ihren Nacken. Bevor sie begreift, was geschieht, schlägt er ihre

Schläfe mit voller Wucht gegen das Metall der B-Säule. Der Schmerz explodiert in ihrem Schädel. Benommen sackt sie zu Boden. Das Rad fällt auf den Weg.

Der Fremde steigt aus, schiebt das Rad mit dem Bein zur Seite. Er wendet sich ihr zu, knallt ihren blutigen Kopf brutal gegen das Fahrzeug, bis sie sich nicht mehr regt. Aufmerksam sieht er sich um, geht zum Kofferraum und öffnet die Klappe. Dann schleppt er ihren Körper nach hinten und hebt ihn hinein. Er nimmt einen Lappen aus dem Kofferraum und wischt das Blut von der Tür. Sein Blick fällt auf das Fahrrad. Der Mann sieht sich um, denkt nach. Er wirft das Rad hinter ein Gebüsch, nimmt die Tasche vom Weg. Sein Atem geht ruhig, als er prüfend in beide Richtungen sieht. Er steigt ein, startet den Motor und gibt Gas. Nur eine Staubwolke bleibt zurück. Und das Rauschen der Blätter im Wind.

Kapitel 1

Frida lief am Pförtner der Bezirkskriminalinspektion vorbei zum Fahrstuhl und schlug mehrfach auf die Ruftaste. Das Teammeeting der Mordkommission um acht Uhr war schon seit zwei Wochen angesetzt. Mails mit der Einladung waren herumgegangen. Ein zusätzlicher Aushang am Schwarzen Brett unterstrich die Dringlichkeit des Termins. Der neue Leiter der Mordkommission sollte vorgestellt werden, sein Vorgänger, Andreas Vollmer, verabschiedet. Dieser würde am Mittag den Stuhl seines Büros räumen.

Frida sah auf ihr Smartphone. 08.03 Uhr. Sie war zu spät, obwohl sie früher als sonst auf dem Hof ihrer Eltern in der Elbmarsch losgefahren war. Ein Unfall in einer Baustelle auf der Autobahn hatte sie aufgehalten. Die Anfahrt nach Itzehoe war momentan die reinste Tortur.

Sollte sie die Treppe nehmen? Das leise Pling des Lifts nahm ihr die Antwort ab. Die Tür öffnete sich viel zu langsam. Ungeduldig ließ sie zwei Kollegen heraustreten, die beim Betrug arbeiteten, nickte ihnen zu. Sie ging hinein und drückte auf den Knopf zum zehnten Stock. Wie in Zeitlupe schloss sich die Tür hinter ihr. Frida begann, ruhiger zu atmen.

Es tat ihr leid, dass Vollmer die Mordkommission verließ. Er hatte sie von Hamburg nach Itzehoe geholt und ihr den Einstieg leicht gemacht. An ihrem ersten Tag hatte er sie dem Team nicht als Frischling, sondern als gleichwertige Kollegin präsentiert. Er kannte ihre Vorgeschichte. Und ihre vagen Zweifel, ob es richtig gewesen war, zurück in den Polizeidienst zu gehen. Vollmer hatte sie darin bestärkt. Wie auch ihr Kollege Bjarne Haverkorn, der sich noch immer zu Hause von seiner schweren Rauchvergiftung erholte. Frida saß an seinem Schreibtisch, auf seinem Stuhl. Den sie gern für ihn frei machen würde. Seinetwegen war sie überhaupt wieder bei der Polizei.

Seit acht Wochen arbeitete sie nun in Itzehoe in der Mordkommission. Der Wechsel von der Hansestadt nach Schleswig-Holstein war nur möglich gewesen, weil ein Polizeikollege aus Kiel unbedingt nach Hamburg wollte. So konnte die wechselseitige Versetzung auf die Dienststellen über die Landesgrenze hinaus zügig vollzogen werden.

Während der Aufzug aufwärtsfuhr, fragte sie sich, ob Vollmer der Abschied von Itzehoe wohl schwerfiel. Er war fünf Jahre lang Leiter der Mordkommission gewesen. Nächste Woche würde er eine Stelle beim LKA in Kiel antreten, als Leiter des Sachgebiets 243 im Dezernat 24, zuständig für die Operative Fallanalyse. Eine neue berufliche Herausforderung. Er würde eine spezialisierte Ermittlergruppe, die Cold Case Unit, leiten. Spannende Aufgaben und ein neues Team warteten auf ihn. Da würden die letzten Jahre und die Provinz schnell vergessen sein. Außerdem würde er in Kiel näher bei seiner Tochter leben, die er seit der Trennung von seiner Frau nur selten sah. Offiziell freuten sich die Kollegen mit ihm, klopften ihm im Gang auf die Schulter, witzelten, dass er nun die Sessel beim LKA vollfurzen könnte. Aber insgeheim war sein Weggang ein herber Verlust für das Team in der zehnten Etage der Bezirkskriminalinspektion. Andreas Vollmer war einer von den Guten.

Der Fahrstuhl hielt an. Frida drängte sich durch die halb geöffnete Tür. Die Etage der Mordkommission war still und verwaist. Frida lief zum Konferenzraum und hörte eine gedämpfte Stimme. Sie zog die Tür auf, blieb stehen.

»... verlässt uns ein großartiger Kollege, Vorgesetzter und Freund.« Das Wort hatte Hanno Tehfs, der Leiter der BKI, der neben Vollmer und einem Mann im dunkelblauen Anzug stand. Das musste der Neue sein. Frida ging hinein und setzte sich auf den freien Stuhl neben Anja Schlüte, die ihr zuzwinkerte.

Tehfs sprach weiter, als habe er ihr Zuspätkommen nicht registriert. »Auch wenn wir dich, Andreas, nun an das LKA in Kiel verlieren, haben wir mit Nick Wahler einen großartigen Ersatz gefunden.«

Der Anzugträger sah in die Gesichter seines neuen Teams. Länger als bei den anderen verharrte sein Blick auf Frida, und sein Lächeln verschwand.

Der Leiter der BKI übergab das Wort an Andreas Vollmer, der mit einem leichten Beben in der Stimme über seine Jahre in der Mordkommission sprach. Der Abschied fiel ihm tatsächlich nicht leicht, das war ihm anzusehen. Tehfs warf einen schnellen Blick auf seine Armbanduhr. Wahler lächelte wie der Werbestar eines Zahnpasta-Spots und strahlte ein gesundes Selbstbewusstsein aus. Frida hatte gehört, dass er aus Lübeck zu ihnen wechselte, wo er als Gruppenleiter beim Kriminaldauerdienst in der Polizeidirektion tätig gewesen war. Mehr hatte sie nicht erfahren können. Er war einer vom Fach, mehr musste sie nicht wissen.

Nach Vollmers Rede verabschiedete sich Hanno Tehfs. Er müsse leider zu einem Termin im Innenministerium, entschuldigte er sich, drückte dem neuen und dem scheidenden Leiter der Mordkommission die Hand und ging hinaus.

Der Anzugträger wurde ernst. »Mein Name ist Nick Wahler, aber das wisst ihr ja längst.« Der neue Vorgesetzte wählte sofort das vertrauensvolle Du in seiner Ansprache, was normal war im Umgang der Kollegen in einer Mordkommission. Erst in höherer Leitungsebene begann in der polizeilichen Hierarchie das Siezen. »Ich bin fünfundvierzig, verheiratet und habe zwei Kinder. Meine Familie bleibt vorerst in Lübeck. So kann ich mich hier mit allen Kräften meiner neuen Aufgabe widmen.« Er machte eine effektheischende Pause, um den letzten Satz wirken zu lassen. Übersetzt sollte dies wohl heißen: *Ich werde viel arbeiten, und das erwarte ich auch von euch.* »Ich freue mich auf eine gute Zusammenarbeit. Meine Tür steht euch jederzeit offen, wenn ihr Fragen oder Anliegen habt. Eine Sache muss ich aber noch ansprechen: Ich hasse Unpünktlichkeit!« Er schwieg einen Moment und sah Vollmer an, der regungslos am Fenster stand. »Die Kollegin, die heute zu spät gekommen ist, möchte ich bitten, sich nach dem Meeting in meinem Büro einzufinden.« Er warf Frida einen Blick zu. »Ich werde mit jedem von euch Einzelgespräche führen, damit wir uns kennenlernen können. Aber vorher steht für euch nebenan ein kleines Buffet zu meinem Einstand bereit. Bitte, greift zu!«

Das Team klatschte zurückhaltend, und die Kollegen erhoben sich. Wahler drückte Vollmer die Hand. Dann begleitete er ihn zur Tür, wo er sich zu ihr umdrehte. Er sah sie an. »Du bist Frida Paulsen, richtig?«

Sie nickte überrascht.

»Kommst du?«

Frida fühlte ihre Anspannung, als sie ihrem neuen Vorgesetzten in sein Büro folgte. Wahler war den ersten Tag hier, sie hatten sich noch nie gesehen, und doch kannte er schon ihren Namen. Kein guter Start mit dem neuen Chef.

†

Bjarne Haverkorn steckte das Festnetztelefon in die Station zurück und blieb nachdenklich im Wohnzimmer stehen. Andreas Vollmer hatte sich soeben von ihm verabschiedet. »Wir sehen uns!«, waren die letzten Worte seines Vorgesetzten gewesen. Aber er glaubte nicht daran. Wenn Vollmer erst beim LKA in Kiel loslegte, würde er keine Zeit mehr für sein altes Team haben. Er sah es ihm nach. Vollmer war im besten Alter und der Aufstieg zum Leiter der Operativen Fallanalyse beim LKA wie für ihn gemacht. Er selbst hatte ihm vor einiger Zeit geraten, den Absprung zu wagen. Das sichere Fahrwasser in Richtung der weiten See zu verlassen, weil er das Zeug dazu hatte. Dann war es schneller gegangen, als er, Haverkorn, sich das gewünscht hatte. Und nun hieß es, Abschied zu nehmen.

Ihm selbst hatten die ruhigeren Gewässer immer gereicht. Er hatte nie den Drang verspürt, in der Hierarchie der Polizei aufzusteigen. Einmal war er Leiter der Mordkommission gewesen, aber er hatte das Amt bald wieder niedergelegt. Dafür war er einfach nicht geschaffen. Ihm fehlte der Biss, sich als Führungskraft über die Meinung anderer hinwegzusetzen. Erneut fragte er sich, warum er die Verlängerung beantragt hatte. Im Herbst würde er als Polizeibeamter in den wohlverdienten Ruhestand gehen können. Aber Anfang des Jahres, als der runde Geburtstag ins Haus stand, hatte er sich einfach noch nicht vorstellen können, zum alten Eisen zu zählen. Also hatte er den Antrag unterschrieben, der schnell genehmigt worden war, weil wie überall Leute fehlten. Insbesondere erfahrene Kriminalisten.

Doch dann waren im Frühjahr die Karten neu gemischt worden. Seit ihn der Brand eines Hauses beinahe das Leben gekostet hatte, war kaum noch etwas von seinem früheren Diensteifer übrig geblieben. Er war müde. Die schwere Rauchvergiftung hatte ihn lange ans Krankenbett gefesselt. Es hatte gedauert, bis er wieder halbwegs auf die Beine gekommen war. Er war daher geschlurft wie ein Neunzigjähriger, weil seine Lunge schwach wie ein undichter Blasebalg arbeitete. Schon der Weg vom Bett bis ins Bad hatte ihn an seine Grenzen gebracht. Die Zähne hatte er sich im Sitzen geputzt. Es waren Wochen vergangen, bis er nachts nicht mehr das Gefühl hatte, ersticken zu müssen. Ein Gutes hatte die Rauchvergiftung: Ihm war es nie leichter gefallen als jetzt, die Finger von den Zigaretten zu lassen.

Seit er das Krankenhaus verlassen hatte und zu Hause war, spürte Haverkorn, dass er seine Zeit bei der Kripo hinter sich hatte. Von der alten Glut als Ermittler war nicht mehr viel übrig. Sobald Ursula aus der psychiatrischen Klinik entlassen würde, wollte er weg aus der Stadt. Mit seiner Frau oder ohne sie. Es war ihre Entscheidung – wenn sie lieber in der Wohnung bleiben wollte, sollte sie das tun. Ihre Ehe war nur noch Makulatur, das wussten sie beide. Vielleicht wäre es das Beste, wenn sie nach ihrer Rückkehr die räumliche Trennung vornehmen und die Scheidung einreichen würden.

Haverkorn ging in die Küche und machte sich daran, das Geschirr vom Vortag zu spülen. Vollmer hatte prophezeit, dass Frida es ab heute nicht einfach haben würde, ihren Platz in der Mordkommission zu behaupten. »Nick Wahler ist ein Karrierist, wie er im Buche steht«, hatte er gesagt. »Für den ist der Leiterposten in der Mordkommission lediglich eine Stufe zur nächsten Führungsposition. Einer wie der will in kurzer Zeit ganz nach oben und tritt nach unten. Neulinge wie Frida werden das besonders zu spüren bekommen.«

Nur aus diesem Grund zögerte Haverkorn, seine Verlängerung aus gesundheitlichen Gründen zu revidieren. Frida brauchte ihn. Wenigstens noch ein paar Monate. Er wollte sich selbst ein Bild von Wahler machen und erst gehen, wenn er sicher war, dass das Team unter seiner Leitung ebenso gut funktionierte wie unter Vollmer.

Sein Handy vibrierte. Er legte das Geschirrtuch weg, ging in die Diele und las die Nachricht. *Hast du mal wieder Lust auf die See? Henni.* Er lächelte, als er die Antwort eintippte: *Immer!*

†

»Bitte, setz dich!« Wahler wies auf den Besucherstuhl in Vollmers Büro, das seit einer Stunde seines war. In der Ecke standen zwei Umzugskisten. Ob es seine Sachen oder die des Vorgängers waren, konnte Frida nicht erkennen. Aber die Kartons waren das untrügliche Zeichen, dass sich in diesem Büro etwas verändert hatte. Sie nahm Platz und wartete auf die Standpauke.

Nick Wahler fummelte an der Jalousie am Fenster herum, bis die Plastikstreifen in einer Linie lagen. »Du bist der Neuzugang«, begann er, öffnete den Knopf seiner Anzugjacke und setzte sich auf Vollmers Stuhl. Dieser schien zu niedrig zu sein, denn Wahler justierte an den Hebeln, bis er mit der Höheneinstellung zufrieden war. »Hier muss noch einiges umgestellt werden«, sagte er zweideutig und lächelte sie an. Er hatte dunkle Haare mit ergrauten Schläfen. Die Falten in seinen Augenwinkeln gaben seinem Gesicht etwas Gediegenes. Er war attraktiv und wusste dieses Attribut zu nutzen. Aber der dunkelblaue Anzug war eine Nummer zu groß für diese Provinzbehörde. Vielleicht trug er ihn auch nur für seinen Antritt am heutigen Tag. Frida musste sich beherrschen, den Mann nicht zu schnell in eine Schublade zu stecken. Vorurteile waren Gift für jede zwischenmenschliche Beziehung. Privat wie beruflich.

»Wie lange bist du schon im Team?«, fragte er, obwohl er die Antwort sicherlich kannte. Jemand, der am ersten Tag mit allen Namen vertraut war und Jalousien ausrichtete, überließ nichts dem Zufall.

»Zwei Monate«, erwiderte sie und versuchte, in seinem Gesicht zu lesen, was er von ihr wollte. Graublaue Augen, registrierte sie, passend dazu der dunkelblaue Anzug. Keine Krawatte. Wenigstens darauf hatte er verzichtet.

»Ich habe mir deine Personalakte angesehen.« Er ließ den Satz im Raum stehen, und Frida wusste nicht, ob das positiv oder negativ klang. Wahrscheinlich setzte er genau darauf, sie zu verunsichern. Sie schwieg und wartete. Manchmal war es besser, nichts zu sagen anstatt etwas Falsches.

»Interessant ist, was *nicht* drinsteht.« Wahler hielt inne, bis sie ihm in die Augen sah. »Warum bist du nach Holnis gefahren?«, wechselte er abrupt das Thema.

»Ich habe nach einer Freundin gesucht«, sagte sie ausweichend. Sie war damals vom Dienst freigestellt gewesen. Was ging ihn diese Geschichte überhaupt an?

Ihr neuer Vorgesetzter nickte und blätterte in ihrer Personalakte, einer dünnen Hängemappe. »Du hast deinem Kollegen Haverkorn auf Holnis das Leben gerettet.« Es klang aus seinem Mund wie ein Vorwurf.

Ihr Hals war trocken, fühlte sich an wie Sandpapier. Sie räusperte sich. »Das hätte jeder an meiner Stelle getan.«

Er sah auf und ließ die Akte zufallen. Sein Lächeln war zurück. »Ich verrate dir etwas.« Wahler lehnte sich nach vorn, legte die Unterarme auf dem Schreibtisch ab und verhakte seine Finger ineinander. »Ich hasse nicht nur Unpünktlichkeit, sondern auch Ignoranz. Ignoriere niemals Dienstvorschriften oder meine Anweisungen! Dann werden wir gut miteinander auskommen.« Er lehnte sich in seinem Stuhl zurück und begann erneut, an den Hebeln zu drücken, bis er etwas höher saß. »Was auf Holnis passiert ist, das war vor meiner Zeit. Dein ehemaliger Vorgesetzter hat sich mit wenigen Informationen darüber zufriedengegeben. Das war sein gutes Recht. Aber jetzt sitze *ich* auf diesem Stuhl. Und ich rate dir, dich ab heute innerhalb des Regelwerkes deines Dienstherrn zu bewegen.«

Frida deutete ein Nicken an. Er wollte nach Regeln spielen. Das konnte er haben, warum auch nicht?

»Dass du heute zu spät gekommen bist, lasse ich dir noch mal durchgehen.«

»Danke«, flüsterte Frida und stemmte sich langsam von dem Besucherstuhl hoch. Obwohl sie nun im Stehen größer war als er im Sitzen, fühlte sie sich wie eine Schülerin, die sich ihren Tadel beim Schulleiter abgeholt hat.

Wahler schwieg einige Sekunden. Ihre Blicke trafen

sich. »Und jetzt schick mir bitte Anja Schlüte rein.« Er schob Fridas Akte nach rechts und nahm sich die nächste vom Stapel. Er hatte tatsächlich alle Personalakten durchgearbeitet, bevor er hier angefangen hatte. Der Neue war nicht nur ein Pedant, sondern auch ein Perfektionist. Sie vermisste Andreas Vollmer schon jetzt, obwohl er noch da war und nebenan Wahlers Schnittchen aß.

†

Der Tag verging, ohne dass Frida dem neuen Leiter der Mordkommission noch einmal begegnete. Sie führte telefonische Recherchen durch, die Anja ihr überlassen hatte, übertrug Altakten ins System und nahm am Nachmittag an einem Strafprozess am Landgericht teil, wo ein Kollege eine Aussage machte. Sie verließ die BKI früher als sonst. Meistens wartete sie, bis der Feierabendverkehr endlich abebbte. Vor neunzehn Uhr hatte es keinen Zweck, auf der Autobahn von Itzehoe in Richtung Hamburg zu fahren. Heute startete sie zwei Stunden früher, weil sie am Abend noch zum Boxtraining nach Hamburg wollte.

Trotz des langen Heimwegs, für den sie knapp fünfzig Minuten brauchte, hatte sie entschieden, weiterhin auf dem Hof ihrer Familie in der Marsch zu wohnen. Sie genoss das Zusammenleben mit ihren Eltern. Während der Fahrt konnte sie den Tag noch einmal gedanklich aufarbeiten und kam nicht mit dem Kopf voller Probleme zu Hause an. Sobald sie die A 23 verließ und ein paar Kilometer über Land fuhr, begann ihre Erholungsphase. Flaches Land, grasende Kühe und Schafe, Vogelschwärme in der Luft. Die Marschlandschaft filterte schlechte Ereignisse und Gespräche des Tages aus ihren Gedanken und ließ sie zur Ruhe kommen. Nicht alles und nicht immer, aber meistens.

Frida erreichte den elterlichen Hof, stellte ihren alten Jeep vor dem reetgedeckten Wohnhaus ab und ging erst einmal hinüber zur Koppel. Dort grasten Hetfield und Cobain, ihr Hengst und der Esel ihres Vaters. Die beiden waren in den letzten Wochen gute Kumpels geworden und mochten nicht mehr ohne den anderen sein. Sie kamen sofort zum Zaun und streckten ihr die Köpfe entgegen, ihr Hengst stumm, der Esel mit Geschrei, während sie ihnen ein paar Kraftfutterkrümel zusteckte, die sie immer in der Tasche hatte. Jeden Tag stand sie ein paar Minuten hier oder lief mit den beiden auf der Koppel eine Runde. Hetfield, den sie zu ihrem zwölften Geburtstag bekommen hatte, war in die Jahre gekommen. Die Hufrehe, eine tückische Pferdekrankheit, hatte ihn lange an den Stall gefesselt, war aber inzwischen beinahe ausgeheilt. Reiten konnte man ihn schon seit Jahren nicht mehr, aber er gehörte zur Familie wie Arthur, der ungarische Hütehund. Esel Cobain war im Frühjahr statt eines Beistellpferdes in den Stall gekommen. Zuerst waren Frida und ihre Mutter skeptisch gewesen, ob er sich mit dem Hengst verstehen würde. Dabei hatte es gut funktioniert, genau wie ihr Vater es ihnen vorausgesagt hatte.

Frida lehnte am Koppelzaun und ließ das Gespräch mit Wahler noch einmal Revue passieren. Sie wurde aus ihm noch immer nicht schlau. Hatte er am ersten Tag Grenzen setzen und seine Position als neue Führungskraft untermauern wollen? Ein bisschen Kettenrasseln, damit alle wussten, dass er der Häuptling war? Oder würde er tatsächlich bei jedem kleinsten Fehltritt des Teams die Chefkarte ziehen? Andreas Vollmer war einer von ihnen gewesen, auch wenn er ihr Vorgesetzter war. Er hatte immer ein offenes Ohr für die Nöte seiner Leute gehabt. Und er war menschlich mit ihren Fehlentscheidungen umgegangen. Oft hatte ein klärendes Gespräch geholfen. Dass Wahler ihnen irgendwann ebenso hemdsärmelig gegenübertreten würde, konnte Frida sich nicht vorstellen. Aber dies war sein erster Tag als Leiter der Mordkommission gewesen, vielleicht sollte sie einfach abwarten und ihm eine Chance geben.

Sie atmete tief die Landluft ein und steckte Hetfield den letzten Kraftfutterkrümel aus ihrer Tasche zu. Der Esel schrie beleidigt hinter ihr her, als sie sich abwandte und am alten Pumpenhaus vorbei zum Haus ihrer Eltern ging. Das Abendessen stand sicher längst auf dem Tisch. Ihre Eltern warteten mit den Mahlzeiten auf sie, wenn sie nicht gerade Überstunden machte.

Frida hörte Stimmen in der Scheune, wo schon die Großkisten für die Apfelernte bereitstanden, die Ende August beginnen würde. Der lange trockene Sommer hatte die Äpfel schneller als sonst reifen lassen. Ihr Vater hatte viel Zeit und Geld aufwenden müssen, um die Apfelanlagen regelmäßig zu bewässern. Andernfalls wären die Äpfel zu klein gewachsen oder abgefallen, was ein Fiasko für seinen Hof gewesen wäre, der im letzten Jahr beinahe in die Insolvenz gerutscht war.

Sie ging hinein und sah ihren Vater mit einem Mann mittleren Alters neben dem Deutz-Traktor stehen.

»... Technik lässt eindeutig zu wünschen übrig«, sagte der Fremde, als sie zu ihnen trat.

»Frida!«, sagte Fridtjof Paulsen überrascht. »Darf ich dir Hermann Wolters vorstellen? Er hat einen Hof drüben im Alten Land.« Er drehte sich zu seinem Gast um. »Meine Tochter.«

»Moin!«, grüßte Wolters und drückte ihr fest die Hand. »Sie sind also die Polizistin?«, fragte er mit einem Schmunzeln. Er hatte die lebendige Gesichtsfarbe eines Mannes, der viel im Freien arbeitete. Und seine Statur. Wolters trug Jeans, Karohemd und ausgetretene Arbeitsschuhe. Was hatte ihr Vater mit einem Bauern aus dem Alten Land zu schaffen? Normalerweise waren sie denen auf der anderen Elbseite hier in der Marsch nicht grün. »Moin, Herr Wolters!« Sie warf ihrem Vater einen fragenden Blick zu. »Frida Paulsen, Polizistin und Bauerntochter.«

Wolters lachte und klopfte ihrem Vater auf die Schulter. »Fridtjof schwärmt die ganze Zeit von Ihnen. Mehr als von seinem Hof ...«

»Lass gut sein, Hermann! Wir vertagen unser Gespräch. Du wolltest doch weiter.« Fridtjof ging zum Eingang der Scheune, und Wolters folgte ihm.

Frida merkte, dass ihr Vater ihn loswerden wollte. Der Bauer verabschiedete sich und ging hinüber zu seinem SUV. Auf der Rückbank bellte ein kaffeebrauner Labrador.

»Mach's gut!« Fridtjof hob die Hand zum Abschiedsgruß.

»Was wollte er hier?«, fragte sie ihren Vater, als sie zur Haustür gingen.

Fridtjof antwortete nicht, wirkte abwesend. Erst an der Tür sah er sie an. »Hermann war gerade in der Nähe, wollte nur ein bisschen fachsimpeln. Komm, lass uns reingehen! Mutter wartet sicherlich schon mit dem Essen auf uns.«

Frida betrat hinter ihm das Backsteinhaus, das seit

Jahren krumm wie ein alter Elbkahn den Stürmen in der Marsch trotzte. Sie mochte die Narben im Holz und das Moos auf dem Dach, Zeichen von Alter und Vergänglichkeit. Dennoch wurde es höchste Zeit, die schadhaften Stellen im Mauerwerk, Gebälk und Dach nicht nur zu flicken, sondern fachmännisch sanieren zu lassen, damit dieses Haus, das ihre Familie seit vier Generationen bewohnte, auch die nächsten Herbststürme überstehen würde. Kommende Woche würden hier umfassende Bauarbeiten beginnen, die Frida aus ihrer eigenen Tasche bezahlte. Vor allem das vermooste Reetdach, das im hinteren Teil schon einige lichte Stellen aufwies, musste vor dem Herbst grundlegend saniert werden, damit es ihnen nicht in den Wintermonaten um die Ohren flog. Sie hatte eine lange Auseinandersetzung mit ihrem Vater geführt, weil es seinem Stolz widersprach, dass seine Tochter einen Kredit aufnahm, um die Arbeiten zu bezahlen. Aber da sein gesamtes Kapital in den Obsthof und die anstehende Apfelernte floss, hatte er bald keine Argumente mehr gehabt. Frida war wie er: eine Paulsen, stur und eigensinnig, aus dem gleichen Holz geschnitzt wie die Strandpiraten der Elbe, von denen ihre Familie angeblich abstammte. Schließlich hatte Fridtjof klein beigegeben, hatte sie in den Arm genommen und geflüstert. »Ist ja schließlich dein Erbe!« Damit war es beschlossen, und ihre Mutter hatte sich vor Erleichterung eine Träne aus dem Augenwinkel gewischt.

Schon in der Diele roch es nach gebratenen Eiern. Arthur, der ungarische Hütehund, trottete ihnen müde entgegen. Er war in die Jahre gekommen wie der Hof, schlief fast den ganzen Tag, wachte nur auf, wenn gegessen wurde. Dann fiel immer mal was ab für den alten Herrn unterm Tisch.

»Da seid ihr ja!«, sagte Marta, ihre Mutter, und eilte zum Herd. Auf dem robusten Holztisch stand ein schmiedeeiserner Topf, den sie in Handtücher gepackt hatte. So hatte schon Fridas Großmutter die Kartoffeln warm gehalten. Ihre Mutter brachte die Eier und einen Topf mit Spinat.

Fridtjof stellte zwei kalte Bier und Quittenmost für Marta auf den Tisch. Er zog einen Kauknochen aus der Tasche und warf ihn Arthur zu, der sich mit seiner Beute unter die Bank verzog.

»So, nun erzähl mal von dem neuen Chef, Mädchen. Ist er nett?«, fragte ihre Mutter und tat ihr zwei Spiegeleier auf.

Frida berichtete von Wahler, obwohl sie insgeheim darüber nachgrübelte, warum ihr Vater so still war an diesem Abend. Er aß, ohne sich am Gespräch zu beteiligen. War mit den Gedanken ganz woanders. Etwas beschäftigte ihn. War es der Besuch dieses Bauern von drüben? Sie hatte gespürt, dass er ihr nicht die Wahrheit gesagt hatte. Fridtjof war noch nie ein guter Lügner gewesen. Was hatten die beiden in der Scheune besprochen, wovon sie nichts wissen sollte?

Kapitel 2

Die Fenster unter der Decke des Industrielofts, in dem sich das Boxstudio befand, waren weit geöffnet. Dennoch lief Frida schon nach fünf Minuten der Schweiß. Das schwüle Sommerwetter machte allen hier zu schaffen. Aber keiner würde sich die Blöße geben, sich über die Temperaturen im Club zu beschweren. Fridas Hände waren für das Aufwärmtraining lediglich mit Bandagen umwickelt. Ihre Boxhandschuhe lagen auf einer Bank an der Wand.

Milan, der Boxtrainer, stand neben ihr und den anderen. Ein großer bulliger Typ, der sich mit seinem dunklen Blick auch ohne ein Wort den nötigen Respekt verschaffte. Erst wenn er lachte, wurden seine Grübchen sichtbar. Dann wirkte er überraschend verletzlich. »Und jetzt ein paar Skippies!«, rief er ihnen zu. »Kommt schon, Leute! Das geht schneller! Ihr seid heute träge wie eine Herde satter Elefanten!«

Frida schlug einen Jab in die Luft und schaute zu Jo, die erst vor ein paar Monaten zu boxen begonnen hatte. Ihre Gesichtszüge zeigten die Anstrengung, mit der sie trainierte. Sie war ein Naturtalent. Schnell, hart und mit überdurchschnittlich guten Reflexen ausgestattet. In den letzten Wochen hatte sie enorme Fortschritte gemacht, und Milan nahm sie im Training richtig ran. Er hatte sofort erkannt, dass Jo den Biss hatte, eine gute Boxerin zu werden.

Frida konzentrierte sich. Fußspitze, Wechsel auf den ganzen Fuß, ein Jab mit der Führhand. Sie wischte sich mit der Bandage den Schweiß von der Stirn. Weiter. Die Freundschaft zu ihrer früheren Internatsfreundin hatte sich seit dem Frühjahr auf ihre abendlichen Treffen im Boxclub reduziert. Aber immerhin sahen sie sich durch das Training regelmäßig. Das war bei Jo keine Selbstverständlichkeit. Sie war ein Mensch, der kaum soziale Kontakte zuließ, der niemanden brauchte. Sie konnte von einem Moment auf den anderen für Wochen verschwinden, um plötzlich aufzutauchen, als sei nichts gewesen. Vor ein paar Monaten hatte Jo sie gebeten, sie zum Boxen mitzunehmen.

Sie selbst boxte seit ihrer Kindheit. In ihrem alten Kinderzimmer auf dem Hof ihrer Eltern hing noch immer der alte rissige Sandsack, den sie mit zwölf von ihrem Taschengeld gekauft hatte. Er war das einzige Überbleibsel ihrer Kindheit in diesem Zimmer.

Seit Jo mit ihr trainierte, konnten sie endlich mehr Zeit miteinander verbringen. Frida hatte sie in den Hamburger Boxclub KRAFTWERK eingeführt, der einem ehemaligen Luden gehörte. Während der normalen Öffnungszeiten trainierte hier ein gemischtes Publikum. Und nachts, wenn der Club geschlossen war, erschienen gerüchteweise auch noch ein paar schwere Jungs vom Kiez. Aber die hatte Frida bisher nie zu Gesicht bekommen.

»Frida, nicht träumen! Schneller Wechsel!« Der Trainer forderte Konzentration und vollen Einsatz. Wer nicht bei der Sache war, durfte das Training am Sandsack abreißen. Was anstrengend genug war. Frida schlug einen Jab und wechselte auf die Fußspitze. Sie liebte es, hier im Club bis an ihre körperlichen Grenzen zu gehen. In den letzten

Monaten, als sie sich nach einer lebensbedrohlichen Situation vom Polizeidienst hatte beurlauben lassen, hatte sie den Sport vernachlässigt. Die ersten Sessions danach waren hart gewesen. Sie hatte sich gefühlt wie einer der Sandsäcke, die hier von der Decke hingen. Aber Jos Ehrgeiz, das Boxen zu lernen, hatte sie beflügelt. Sie hatte härter trainiert als vorher, um ihr zu imponieren.

»So!« Milan klatschte in die Hände. »Jetzt noch ein paar Fußspitzenticks. Jeder sucht sich einen Partner.«

Frida stellte sich vor Jo, die sie nicht anschaute. Verbissen sah sie an ihr vorbei. Sie packten sich an den Schultern und begannen zu tänzeln. Frida machte eine schnelle Bewegung und versuchte, Jos Fuß mit ihrer rechten Fußspitze zu treffen. Aber ihr Gegenüber war schneller und zog ihn weg. Ihr Konter kam schlagartig und saß.

»Schneller!«, keuchte Jo und bewegte ihre Füße noch flinker. Immer wieder erwischte sie Frida, die Mühe hatte, ihrem Tempo zu folgen. »Scheiße!« Jo hatte sie nicht nur angetippt, sie hatte ihr mit vollem Gewicht auf dem Fuß gestanden. »Nicht so hart!«

Aber ihre Trainingspartnerin trat zu, statt nur zu tippen. »Hör auf!« Frida löste ihre Arme von Jos Schultern. »Wir wärmen uns nur auf. Das ist kein Fight!«

Ihre Freundin warf ihr einen langen Blick zu und zuckte die Schultern. »Bist doch sonst nicht so wehleidig!« Sie ging an ihrem Trainer vorbei und nahm die Handschuhe von der Bank.

»Was ist los?«, fragte Milan.

»Ach nichts, sie kann einfach nicht verlieren.« Frida löste eine ihrer Bandagen und zog sie fester, bewegte ihre Finger.

Milan zeigte seine Grübchen und boxte sie spielerisch

auf den Trizeps. »Das ist doch genau die richtige Einstellung hier. Wenn sie gewinnen will, musst du das auch wollen. Sie ist nicht mehr die Anfängerin, die du hier angeschleppt hast. Fass sie härter an! Sonst schickt sie dich bald zu Boden, wenn du nicht aufpasst.«

Nach dem Training saß sie mit Jo in der Kneipe auf der anderen Straßenseite. Ihre Freundin mit einem Bier, Frida blieb bei Wasser, weil sie noch raus in die Marsch fahren musste.

»Du gehst kaputt, wenn du mit niemandem darüber redest«, sagte sie zu Jo, die den Bierdeckel in kleine Pappfetzen zerlegte.

Ihre Freundin ließ die Schnipsel fallen und trank einen Schluck aus der Flasche. »Was willst du denn hören? Dass ich seit Wochen kaum schlafe? Dass ich keine engen, geschlossenen Räume ertrage? Dass ich jedem Fremden, der mir zu nahe kommt, gern eine reinhauen würde?« Sie trank, bis die Flasche leer war, und bestellte eine neue.

Frida war froh, dass Jo doch noch mitgekommen war, als sie vorgeschlagen hatte, etwas trinken zu gehen. Seit Wochen hatten sie das Thema ausgespart, das zwischen ihnen stand wie eine hohe dunkle Wand: dass Jo gekidnappt und tagelang in einem Keller eingeschlossen worden war. Dass sie da unten beinahe verdurstet wäre, wenn Frida sie nicht gefunden hätte. »Das ist doch ein Anfang! In einer Therapie könntest du …«

»Hör auf mit Therapeuten!«, fiel ihr Jo ins Wort. »Dieses Psychologengeschwafel ist nichts für mich! Ich muss das allein hinkriegen.«

Frida schwieg. Nur mit Worten würde sie Jo nicht überzeugen können, dass sie dringend psychologische Hilfe brauchte. »Hilft dir das Boxen?«, fragte sie.

»Es tut gut, mich auszupowern. Und außerdem gibt es mir das Gefühl, dass ich mich wehren kann, wenn mich wieder jemand angreift.«

»Du hast riesige Fortschritte gemacht. Bald kannst du deinen ersten Fight absolvieren.«

Erneut begann Jo, einen Bierdeckel zu zerstückeln. »Das ist nichts für mich. Ich mag Boxen, aber ich will nicht im Ring antreten.«

Frida trank ihr Wasser aus und sah auf die Uhr. »Es ist spät, ich muss los. Ich hatte heute keinen guten Start mit dem neuen Chef. Morgen muss ich fit sein.«

»Geh ruhig! Ich zahle.« Jo zog einen Geldschein aus der Jeans und legte ihn auf den Tresen. Der Barkeeper verstand den Hinweis und kam zu ihr.

»Danke!« Frida stand auf und sah ihre Freundin an, die nachdenklich auf ihre Bierflasche starrte. »Sag mir Bescheid, wenn du reden willst. Egal worüber, okay?«

Jo nickte und sah Frida an. »Danke!«

Sie verharrte. »Wofür?«

Ein schmales Lächeln. »Du weißt schon!« Sie wandte sich wieder dem Bier zu.

Die Fahrt von Hamburg aufs Land zum Hof ihrer Eltern machte Frida nichts aus. Im Gegenteil. Sie mochte es, wenn sie Zeit hatte, nach dem Training runterzukommen. Wenn ihr Körper schmerzte und der Adrenalinspiegel langsam sank. Wenn sie wusste, dass sie zu Hause nur noch ins Bett fallen und schlafen konnte.

Hinter Hamburg trat sie aufs Gas. Die heraufziehende Dämmerung entzog der flachen Landschaft langsam die Farbe. Kühe standen als dunkle Flecken auf den Weiden. Sie fuhr an Baumschulen und weiten Feldern vorbei, die von künstlich angelegten Kanälen, die die Leute hier Wettern nannten, unterbrochen wurden, folgte ein paar Kilometer einem Deich. Ein Schwarm Graugänse zog einen Moment über ihrem Jeep, bis er in Richtung Elbe abdrehte.

Die Elbmarsch, ihre alte und neue Heimat. Mit dreizehn hatten ihre Eltern sie weg von Deichgraben nach Süddeutschland auf ein Internat geschickt. Ihre Verbindung hatte sich danach auf wenige Pflichtbesuche an Weihnachten und an den Geburtstagen beschränkt. Nach der Schule war Frida zurück in den Norden gegangen, aber nicht in die Marsch. Sie war in Hamburg Polizistin geworden und zehn Jahre Streife gefahren. Mit Anfang dreißig hatte sie begonnen, auf der Polizeiakademie zu studieren, um die kriminalistische Laufbahn einschlagen zu können. Erst im letzten Herbst war sie in ihr Heimatdorf zurückgekehrt, weil ihr Vater mit einer schweren Kopfverletzung im Krankenhaus lag. Und sie war geblieben.

Frida gähnte und konzentrierte sich auf die Straße. Hier draußen konnte immer mal ein Tier über die Straße laufen. Sie merkte, wie müde sie war. Der Tag war lang gewesen, und das Gespräch mit Nick Wahler hallte noch nach. Sie hatte plötzlich sein Gesicht vor sich, die grauen Schläfen, die blauen Augen. Eigentlich genau ihr Typ, wenn er nicht ihr Chef wäre. Sie hatte sich schon einmal mit einem Kollegen auf dem Polizeikommissariat in Hamburg eingelassen, eine dumme Entscheidung, die sie nicht wiederholen würde. Eine Liaison im Job brachte früher oder später immer Ärger, weil einer zurückstecken musste. Sie hatte schließlich die Reißleine gezogen, als ihr Kollege mit ihr zusammenziehen wollte. Die Trennung war mit lautem Türenknallen von seiner Seite erfolgt. Kurz danach war sie von Hamburg weggegangen und in die Marsch gezogen.

Vor ihr tauchten die roten Rücklichter eines anderen Wagens in der Dunkelheit auf. Er fuhr langsamer als sie, Frida holte schnell auf. Hamburger Kennzeichen, wahrscheinlich kannte sich der Fahrer hier auf dem Land nicht aus. Als sie zum Überholen ansetzte, bemerkte sie die Scheinwerfer vor sich auf der Landstraße. Ein Fahrzeug kam aus entgegengesetzter Richtung auf sie zu. Sie scherte wieder ein. In diesem Moment wurde ihr bewusst, dass sie vier Lichtpunkte gesehen hatte. Zwei Autos fuhren nebeneinander und rasten auf sie zu. Scheiße! Hatte sich einer beim Überholen verschätzt, oder waren das Jugendliche, die hier draußen gegeneinander Rennen fuhren? Immer wieder hatte sie die Marschbewohner davon erzählen hören. Der Wagen vor ihr bremste und versuchte, nach rechts auszuweichen. Frida bremste ebenfalls und zog den Jeep an den Fahrbahnrand. Das würde eng werden! Sie sah die vier Scheinwerfer auf sie zurasen, bis kurz vor dem Zusammenprall mit dem Fahrzeug vor ihr einer der Fahrer nachgab und sich zurückfallen ließ. Der andere schoss in irrer Geschwindigkeit an ihnen vorbei, getrieben von seinem Verfolger, der wieder die Jagd aufnahm.

Frida hielt hinter dem Hamburger Van an, der beinahe in den Graben gerutscht war, und stieg aus. Eine Frau mittleren Alters saß darin. Ihr Gesicht war kalkweiß. Sie atmete schwer.

»Ist alles in Ordnung bei Ihnen?«, fragte Frida, als die andere Fahrerin die Scheibe heruntergefahren hatte.

»Ja, danke!«, flüsterte sie.

»Diese Irren! Irgendwann geht jemand drauf!«, schimpfte Frida.

Die Frau nickte und starrte nach vorn in die Nacht. Ihre Hände zitterten auf dem Lenkrad.

»Können Sie noch fahren, oder soll ich Hilfe rufen?«

»Nein, danke! Mir geht's gut!« Die Frau schloss die Autoscheibe, startete den Wagen und fuhr langsam davon. Frida blickte den Rücklichtern nach. Sie spürte ihr Herz pumpen. Das hätte ganz anders ausgehen können. Sie hatten beide viel Glück gehabt in dieser Nacht.

Es war dunkel, als sie den Jeep vor dem Reetdachhaus parkte. Die alte Außenlampe beleuchtete nur die Haustür. Der Rest des Hofes lag in der Dunkelheit. Nächste Woche, wenn hier die Bauarbeiten begannen, würde sie sich darum kümmern, dass hier richtige Strahler mit Bewegungsmeldern angebracht wurden. Ihr Vater war nicht mehr der Jüngste und lief oft im Dunkeln zum Stall oder zur Remise. Dass er bei all den Schlaglöchern noch nicht gestürzt war, grenzte an ein Wunder.

Sie drückte die Klinke herunter und schob die Haustür auf. Wie immer war sie nicht abgeschlossen. Der Letzte schließt ab, pflegte ihr Vater zu sagen. Bei der Zunahme der Wohnungseinbrüche in den Marschdörfern in den letzten Jahren war das allerdings geradezu eine Einladung für Einbrecher, dem Hof einen Besuch abzustatten.

Arthur schlief zwar im Haus, aber durch sein vorgerücktes Alter hörte er schwer. Wenn Frida kam, trottete er manchmal an die Tür, begrüßte sie und ging zurück ins Schlafzimmer. Meistens verschlief er es jedoch, wenn sie nach Hause kam. Dass er einen Einbrecher vertreiben würde, bezweifelte sie.

In der Küche briet sie sich ein Käseomelett und aß es mit ein paar aufgeschnittenen Tomaten aus dem Gemüsegarten. Kurz nach elf stieg sie in Socken die Holztreppe hinauf zu ihrem ehemaligen Kinderzimmer, in dem sie sich im Frühjahr neu eingerichtet hatte. Sie ließ die knarrenden Stufen aus, die sie seit ihrer Kindheit kannte. Kurz darauf lag sie im Bett, müde und erschöpft. Sie schlief sofort ein.

Ich – Tag 1

Der Schmerz holt mich zurück.

Er ist das Erste, was ich wahrnehme. Ich begreife nicht, warum sich mein Kopf anfühlt, als stecke er in einer Presse. Die kleinste Bewegung – und in mir wütet eine feuerspeiende Hydra.

Ich halte still.

Ich halte es aus.

Mit jedem Herzschlag pulsiert der Schmerz, wird stärker und fällt wieder ab.

Ich höre Stimmen. Aber ich verstehe kein Wort. Als wäre ich in der Badewanne abgetaucht, während jemand auf mich einredet. Ich weiß, dass ich nicht zu Hause bin. Ich ahne, dass etwas Schreckliches passiert sein muss, aber ich kann mich an nichts erinnern.

Die Stimmen sind verstummt. Ich möchte die Augen öffnen, aber ich schaffe es nicht. Irgendwann merke ich, dass meine Augen längst offen sind.

Diese Dunkelheit.

Bin ich blind?

Erschrocken bewege ich mich, und sofort breitet sich der Schmerz aus wie ein Feuerstrahl.

Wo bin ich?

Was ist passiert?

Ich will schreien, aber ich habe keine Kraft, nur einen Laut herauszubringen.

Bitte, lieber Gott! Bitte, lass mich aufwachen aus diesem Albtraum.

Oder lass mich sterben.

Kapitel 3

Geräusche im Haus weckten sie. Es war noch dunkel. Ihr Vater sprach mit einer Frau, deren Stimme sie nicht kannte. Arthur bellte in der Diele, bis Fridtjof ihm ein Kommando gab. Danach war Ruhe.

Frida griff nach ihrem Smartphone. 3.56 Uhr. Sie legte es auf den Nachttisch und setzte sich auf. Ihr Vater sprach, aber sie verstand nicht, was er sagte. Wieder redete die fremde Frau, die laut und aufgeregt klang. Frida zog sich Jeans, Hoody und Schuhe an und ging nach unten. Auf der Treppe blieb sie stehen.

»… sonst nachts nie draußen. Irgendwas stimmt da nicht«, sagte die Frau.

»Das muss nichts heißen! Hader ist alt, vielleicht hat er ihn einfach draußen vergessen.«

»Der Hund hat gekläfft wie ein Irrer, der war völlig durchgedreht.«

Frida ging in die Diele. »Moin!« Sie erkannte Dörte Kleve, eine Frau aus dem Dorf, und stellte sich neben ihren Vater. »Ist was passiert?«

»Moin, Frida!« Die Nachbarin wandte sich nun an sie. »Du bist doch Polizistin, kannst du nicht mal nachschauen?«

Frida war noch nicht richtig wach. Was wollte diese Frau so früh am Morgen von ihnen? »Nachschauen, wo denn?«

»Ich komme gerade von meiner Nachtschicht. Ich arbeite im Pflegedienst und fahre auf dem Nachhauseweg immer die Abkürzung, drüben über den Feldweg an der Deichmühle. Da ist mir der Hund vom alten Hader fast ins Auto gelaufen.«

»Hader?«, fragte Frida.

»Er wohnt in der Deichmühle. Josef Hader, er muss um die siebzig sein.«

»Hast du bei ihm geklingelt?«

Dörte gestikulierte aufgeregt. »Das ist es ja, sein Hund hat mich zur Mühle geführt, gebellt und an der Haustür gescharrt. Ich habe lange geklopft. Aber der alte Hader hat nicht aufgemacht. Kannst du mal nachsehen, ob da alles in Ordnung ist?«

Frida wechselte einen Blick mit ihrem Vater. »Ja, klar! Ich fahre hin.«

»Ich komme mit!«, sagte Fridtjof. »Josef ist kein freundlicher Zeitgenosse.«

»Übertreibst du da nicht etwas?«, fragte Frida, die ihre Lederjacke vom Haken nahm.

»Dein Vater hat recht«, sagte Dörte und öffnete die Tür. Auf dem Hof stand ihr Škoda. »Der Josef ist ziemlich aufbrausend. Er ist halt ein einsamer alter Mann, der sich schnell bedroht fühlt.«

»Okay.« Frida nahm sich eine Taschenlampe vom Haken an der Tür.

Dörte und ihr Vater warteten schon in ihrem Wagen. Die Fahrt zur Mühle dauerte nur wenige Minuten. Keiner sagte etwas, sie hingen ihren Gedanken nach. Die Anspannung der Nachbarin hatte sich auch auf sie übertragen.

»Wo ist der Hund?«, fragte Fridtjof, als sie von der Hauptstraße in den Feldweg abbogen.

»Ich habe ihn in den Schuppen gesperrt, der war nicht abgeschlossen.«

Dörte Kleve fuhr einen rasanten Stil. Der Škoda wurde derart durchgeschüttelt, dass Frida sich schließlich am Haltegriff festhielt. Aber offenbar kannte die Fahrerin die Strecke bestens. Schlaglöchern wich sie gekonnt aus, vor Bodenwellen bremste sie ab, um danach wieder Gas zu geben. Fridtjof saß auf dem Beifahrersitz, Frida hinter ihm. Was für eine Schnapsidee war das, in der Dunkelheit durch die Marsch zu fahren, um einen alten Mann aus dem Bett zu klingeln?

Sie dachte daran, dass die Nachbarin gesagt hatte, der Hund des alten Hader sei völlig außer sich gewesen. Hunde hatten ein gutes Gespür, zeigten Gefahren an, wenn der Mensch diese nicht einmal erahnte. Wenn ein Hund sich auffällig verhielt, sollte man ihm Beachtung schenken. Sie würden in der Mühle nach dem Rechten sehen, und danach konnte sie hoffentlich noch etwas schlafen.

»Da vorne ist es«, riss Dörte sie aus ihren Gedanken. Ein mattes Licht schwankte im Wind, mehr war nicht auszumachen.

Frida erinnerte sich an den Tag, als sie das letzte Mal hier gewesen war. Sie war sieben oder acht Jahre alt gewesen. Schon damals war die Mühle nicht mehr betrieben worden. Der damalige Bewohner hatte in dem Schuppen kleine Schmiedearbeiten für die Leute der Marsch angeboten. Ihr Vater hatte ein paar Eisenriegel für das Hoftor in Auftrag gegeben, und Frida hatte ihm helfen wollen. Die Männer trugen dicke Lederhandschuhe beim Einladen. Sie selbst hatte mit bloßen Händen nach den heißen Eisenriegeln gegriffen. Nur zu gut erinnerte sie sich an den gewaltigen Schmerz, den Schock, die riesigen Brandblasen auf ihren Händen. Aber auch an das mitleidende Gesicht ihres Vaters, als er ihr mit nassen Taschentüchern die Hände abtupfte. Wahrscheinlich dachte er auch gerade an diesen Tag.

Dörte Kleve parkte den Wagen neben einem klapperigen Pick-up. Das Licht, das Frida von Weitem gesehen hatte, war eine fast blinde Hoflampe, die über der Eingangstür zur Mühle im Wind schwang. Als Frida ausstieg, hörte sie ein Jaulen und Kratzgeräusche. Sie schaltete die Taschenlampe an und leuchtete den Hof aus. »Ist er da drin?«, fragte sie und zeigte auf den Schuppen, einen Backsteinbau mit Wellblechdach.

»Ja, die Tür ist nicht abgeschlossen.«

Frida ging hinüber und fing an, beruhigend auf den Hund hinter der Tür einzureden. »Ist ja gut, ich hole dich raus. Alles ist in Ordnung, gleich kommst du raus.«

Das Jaulen ging in ein Winseln über, dann in ein Bellen. Frida öffnete vorsichtig die Tür, ging zur Seite und ließ den Hund heraus. Ein English Setter flitzte durch den Türspalt, beachtete sie gar nicht, sondern schoss auf die Mühle zu. Dort begann er an der Haustür zu kratzen.

Frida leuchtete an dem imposanten Gebäude nach oben. Die Deichmühle war hoch, etwa zwanzig Meter. Ein fünfstöckiger achtkantiger Backsteinbau mit regelmäßigen Fensterluken bis zum Dach. Eine baufällige Galerie zog sich oberhalb der ersten Etage ums Gebäude. Die Holländermühle war mehr als zweihundert Jahre alt, wurde aber schon seit Jahrzehnten nur noch als Wohnhaus genutzt. Das Flügelgerippe schwankte knarrend im Wind. Aber die Flügel drehten nicht mehr, wurden jedes Jahr mehr von Wind und Sonne zerschlagen.

Neben der Mühle rauschten die Bäume und Büsche im aufkommenden Westwind. Dahinter gab es nur weite Felder, Apfelhöfe und den Deich. Ein unheimlicher Ort in der Nacht. Und der alte Hader wohnte hier allein? Der musste Nerven haben.

Frida ging zur Tür, wo ihr Vater mit der Hand gegen die Tür schlug. »Josef, bist du da? Mach auf!«

Dörte Kleve betätigte den Türklopfer. Aber niemand reagierte.

Fridtjof klinkte mehrfach. Abgeschlossen. »Vielleicht ist er weggefahren.«

»Der Wagen steht doch auf dem Hof«, sagte Frida.

»Stimmt!« Ihr Vater sah am Gebäude nach oben, das wie ein dunkler Turm in den Nachthimmel ragte. »Wir sollten reingehen. Er kann gestürzt sein. Vielleicht liegt er irgendwo, kann sich nicht bemerkbar machen.«

Frida sah sich die Holztür an. Sie war alt und würde kein Problem darstellen. Bei Gefahr in Verzug durfte sie mit Gewalt Wohnungstüren öffnen. Aber war dies hier tatsächlich eine Gefahrenlage?

Haders Hund bellte und scharrte, er ließ sich nicht beruhigen. Frida umrundete die Mühle und leuchtete in die unteren Fenster. Aber sie konnte im Inneren nichts Auffälliges erkennen.

Zurück an der Haustür fasste sie einen Entschluss. »Okay! Wir gehen rein!« Sie klopfte ein letztes Mal. »Herr Hader, sind Sie zu Hause? Hier ist die Polizei!« Sie lauschte einen Moment, keine Reaktion. Mit der Taschenlampe leuchtete sie erneut den Hof aus. An der Wand des Schuppens war ein Stapel Feuerholz aufgeschichtet, Kanthölzer und zersägte Stämme. Sie ging hinüber und nahm einen mittelgroßen Stamm vom Stapel, den sie als Rammbock für die Tür verwenden konnten. Ihr Vater kam ihr entgegen und griff mit zu.

»Herr Hader, wir kommen jetzt rein! Bleiben Sie von der Tür weg!«

Zu zweit bauten sie sich mit dem Baumstamm vor der Tür auf. Dörte Kleve ging zur Seite. Frida zählte von drei rückwärts, dann rammten sie den Stamm mit Wucht neben dem Schloss gegen die Haustür. Es krachte laut, die Tür hielt stand. Sie holten erneut aus, und beim zweiten Versuch flog die Tür ins Innere. Der Hund flitzte hinein und verschwand in der Dunkelheit.

»Du setzt dich am besten in dein Auto, Dörte«, sagte Fridtjof.

»Ja, gut!« Die Nachbarin schien froh zu sein, dass sie nicht mit ins Gebäude gehen musste. Sie ging zu ihrem Wagen und setzte sich hinein. Die Türverriegelung klackte.

Frida gab ihrem Vater die Taschenlampe. Der Wind hatte sich kurzzeitig gelegt. Die Hoflampe hing ruhig über der Tür, dennoch war kaum etwas zu erkennen. Es war totenstill, als sie die Mühle betraten. Frida ging voran. Irgendwo im Dunkeln winselte der Hund.

»Herr Hader?« Frida ging weiter, während ihr Vater mit der Taschenlampe das untere Geschoss der Mühle ausleuchtete. Ein widerlicher Geruch nach verbrannten Kartoffeln und Schweiß stieg ihr in die Nase. Bis auf das Winseln des Hundes war nichts zu hören.

»Herr Hader?«, sagte sie noch lauter. Den Fußboden bildete eine unebene Schicht durchgetretener Steinfliesen. Durch den hinteren Teil zog sich eine Backsteinwand, von der zwei Türen abgingen.

Am Fuß einer Wendeltreppe kauerte der Hund. Frida

ging hinüber, ihr Vater war direkt hinter ihr. Der Bewohner der Mühle lag am Fuß der Treppe verkrümmt auf dem Bauch, seine Wange auf dem Boden. Lichte Stellen seines Schädels schimmerten durch Strähnen grauen Haares. Er trug einen ausgewaschenen Schlafanzug. Unter Mund und Nase hatte sich eine Lache getrockneten Blutes gebildet. Frida hatte in den letzten Jahren auf Streife schon genug Leichen gesehen. Erfrorene Obdachlose, Gewaltopfer, Selbstmörder. Sie sah sofort, dass der Mann tot war.

Der Jagdhund lag neben dem reglosen Körper und hatte den Kopf auf den Boden gelegt. Er winselte leise.

Frida hockte sich hin. Sie packte die Schlafanzugjacke des Mannes und versuchte, einen seiner Arme zu bewegen, was ihr nicht gelang. Die Totenstarre hatte schon eingesetzt. Und sie roch ihn auch, den Tod.

»Er ist schon seit ein paar Stunden tot!« Sie stand auf und sah die steile Wendeltreppe hinauf. »Wahrscheinlich ist er hier runtergestürzt.«

Fridtjof hielt die Lampe auf den Leichnam von Josef Hader gerichtet. Er atmete hörbar durch. »Hunde spüren, wenn ihren Herrchen etwas passiert ist.«

»Aber warum war der Hund draußen in der Nacht?«

»Vielleicht hat er ihn rausgeschickt und vergessen.«

Frida sah sich um. Die Haustür war abgeschlossen gewesen. Hader war allein gewesen, als er starb. Sie leuchtete die Wendeltreppe aus und sah ihren Vater an.

»Was machen wir jetzt?«, fragte er.

Frida zog ihr Smartphone aus der Tasche. »Ich rufe die Polizei. Auch wenn es nach einem Unfall aussieht, muss sein Tod untersucht werden. Erst dann kann der Bestatter ihn mitnehmen.« Sie telefonierte mit ihren Kollegen und umriss in kurzen Sätzen die Situation. Polizei und Notarzt würden in zehn Minuten bei ihnen sein.

»Bleibst du hier?«, fragte ihr Vater. »Ich schicke Dörte nach Hause. Sie muss nicht mit uns warten, hat immerhin schon eine Nachtschicht hinter sich.« Er ging zur Tür, fand einen Lichtschalter und schaltete das Deckenlicht an. Dann ging er hinaus. Frida hockte sich neben den Toten, wagte jedoch nicht, ihn umzudrehen. Beruhigend kraulte sie den Hund. Ein schönes und noch recht junges Tier. Der Setter winselte leise, spürte längst, dass sein Herrchen für immer fort war.

Frida richtete sich wieder auf und sah sich in der Diele um. Backsteinwände, eine Sitzbank neben der Tür, Schuhe und Stiefel in einem Regal. An der Garderobe hing eine grüne Jagdkutte am Haken.

Sie lief hinüber zu einer der beiden Türen an der Wand, ging hinein, fand den Lichtschalter und knipste ihn an. Sie stand im Bad, das gerade Platz für das WC, ein kleines Dusch- und ein Waschbecken bot. Die sauren Ausdünstungen alter Leute hingen in der Luft. Wahrscheinlich kamen sie aus dem Berg Wäsche, die im Duschbecken lag. Frida löschte das Licht und ging wieder hinaus.

Der nächste Raum war größer, das Deckenlicht blendete sie, so hell war es. Hier schlug ihr der Geruch angebrannter Kartoffeln entgegen, der nicht viel besser war als der im Bad. Frida sah sich um. Die Küche war jedoch überraschend aufgeräumt und sauber. Ein alter Gasherd zwischen Spüle und einem Ungetüm von Kühlschrank. Der Topf mit den Kartoffeln in der Spüle. Über Eck eine Sitzbank mit Kissen und einem Holztisch, auf dem noch ein Teller mit Apfelschalen stand. Und eine kleine Vase mit Wiesenblumen. Frida lächelte. Die Blumen passten eher in die Küche einer Frau. Hatte Josef Hader eine Freundin gehabt, von der niemand etwas wusste?

Etwas Dunkles bewegte sich plötzlich auf der Bank und verschwand unter dem Tisch. Frida zuckte erschrocken zusammen. Langsam ging sie in die Knie. Unter dem Tisch hockte eine schwarze Katze. Ihre Pupillen waren vor Angst geweitet. »Ist ja gut!«, sagte Frida leise. »Ich tu dir nichts.« Sie richtete sich wieder auf. Noch bevor sie an der Tür war, huschte ein dunkler Schatten an ihr vorbei in die Diele. Sie sah noch, dass die Katze zur Ausgangstür rannte und nach draußen in die Dunkelheit flüchtete.

Sie lehnte sich an den Türrahmen. Josef Hader hatte hier allein mit seinen Tieren gelebt. Vielleicht hatte er sich von ihnen besser verstanden gefühlt als von seinen Mitmenschen. Das Winseln seines Hundes rührte sie an. Er würde ins Tierheim kommen, wenn nicht ein Angehöriger sich um ihn kümmerte. Vielleicht konnte sie ihn erst einmal mit auf den Hof nehmen. Arthur war alt und sozial, er würde den jungen Hund akzeptieren.

Sie sah hinüber zu der Leiche. Was war in der Nacht hier passiert? War Josef Hader schlaftrunken abgestürzt? Die Wendeltreppe war steil, ihre hölzernen Stufen waren morsch und ausgetreten. Sie ging zur Treppe und berührte das Geländer, das leicht schwankte. Die ganze Konstruktion wirkte alt und baufällig wie die Mühle, die eine Todesfalle für jeden war, der sie betrat, vor allem in der Nacht.

Sie hörte einen Automotor anspringen. Der Škoda fuhr vom Hof. Als Fridtjof wieder hereinkam, war sie erleichtert. Sie fühlte sich nicht wohl an diesem Ort neben dem Toten.

»Sie war froh, dass sie nach Hause konnte«, sagte

ihr Vater und sah betreten auf den Leichnam neben der Treppe.

»Hier hätte gar niemand mehr wohnen dürfen. Das ist alles baufällig. Die Stufen sind völlig ausgetreten, das Geländer instabil! So ein Unfall musste früher oder später passieren.«

Fridtjof sah sich in der Diele um. »Josef war ein Sturkopf. Der hat hier niemanden reingelassen.«

Frida hockte sich neben den winselnden Setter. »So einsam in der Nacht hier zu sterben hat er trotzdem nicht verdient. Nicht mal sein Hund war bei ihm.«

Kapitel 4

Wie beinahe jeden Morgen wurde Haverkorn gegen sechs Uhr wach. Sein innerer Wecker funktionierte noch immer, obwohl er seit Wochen zu Hause war und hätte ausschlafen können. Er stand auf, ging ins Bad und nach einer kurzen Morgentoilette in die Küche, um die Espressokanne auf den Herd zu stellen.

Er setzte sich auf die kleine Eckbank und nahm sein Tablet zur Hand, das Ursula ihm zum Sechzigsten geschenkt hatte. »Du musst mit der Zeit gehen«, hatte seine Frau gesagt, als sie ihm in der Klinik das Geschenk in die Hand gedrückt hatte. »Damit können wir auch mal skypen, solange ich noch hier bin.« Haverkorn hatte nur den Kopf geschüttelt. Er und skypen! Sie hatten sich so schon nichts zu erzählen, wenn er Ursula in Schleswig besuchte. Er hatte sich bedankt, obwohl er nicht wusste, was er mit diesem Ding anfangen sollte, das dünner war als ein Buch. Aber irgendwann hatte er sich ausgiebig mit dem Tablet befasst, ein paar Abos installiert und sich angewöhnt, morgens die Nachrichten auf dem kleinen Computerbildschirm zu lesen. Mittlerweile war er ganz zufrieden damit. Er schaltete das Gerät an und suchte im Internet nach den Headlines.

Die Espressokanne auf dem Herd begann zu blubbern. Er zog sie vom Feuer und goss sich eine Tasse ein. Der aromatische Geruch von Kaffee verbreitete sich in der Küche.

Jeden Morgen das gleiche Ritual. Aber es bildete eine

erste Struktur für seinen Tag, den er allein zu Hause verbrachte. Heute würde er endlich mal rauskommen und zu seiner Tochter an die Nordsee fahren. Ein Lächeln huschte über sein Gesicht, als er an Henni dachte. Sie hatte im Frühjahr eine Lebertransplantation überstanden. In der Rehaklinik in St. Peter-Ording erholte sich ihr Körper von der Krankheit und den Strapazen des Eingriffs. Bald würde er sie nach Hause holen können.

Vor wenigen Monaten hatte er noch nicht einmal gewusst, dass er eine Tochter hatte. Bis eines Abends Jutta, seine allererste Liebe, vor der Tür gestanden und ihm bei einem Pfefferminztee eröffnet hatte, dass er eine vierzigjährige todkranke Tochter habe, die seine Hilfe brauche. Er war sich vorgekommen wie ein Ersatzteillieferant, weil Jutta ihn bat, sich für eine Lebendspende testen zu lassen.

Haverkorn verdrängte die Gedanken an diesen Abend. Was zählte, war, dass Henni lebte und jeden Tag kräftiger wurde. Sie hatten in den letzten Wochen oft telefoniert, weil beide lange ans Bett gefesselt gewesen waren. Dennoch war es unmöglich, vierzig verlorene Jahre aufzuholen. Er hatte nicht nur ihre Geburt, ihre Kindheit und all ihre Geburtstage verpasst, sondern auch ihr Erwachsenwerden. Henni hatte geheiratet. Er hatte als Vater der Braut nicht dabei sein können. Sie war geschieden worden, er hatte sie nicht trösten können. Jutta hatte ihnen beiden so viel gemeinsame Lebenszeit genommen, so viele einzigartige Augenblicke vorenthalten, die sie nie mehr nachholen konnten. Haverkorn hatte sich mittlerweile mit Jutta ausgesprochen und versöhnt. Es brachte nichts, sich in Vorwürfen und Schuldzuweisungen zu verstricken. Auf seine alten Tage wollte er keine Kämpfe mehr austragen. Jutta hatte einen großen Fehler gemacht, unter dem sie selbst am meisten litt. Denn Henni sprach kein Wort mehr mit ihr, seit sie wusste, dass ihr Vater nicht früh gestorben war, wie ihre Mutter es ihr jahrelang weisgemacht hatte. Durch ihre Lüge hatte Jutta das Vertrauen ihrer Tochter verloren. Da musste er nicht auch noch in die gleiche Kerbe schlagen.

Er trank einen Schluck Espresso und wischte auf dem Tablet durch verschiedene Internetseiten. Im Regionalteil einer Onlinezeitung blieb er hängen.

Hinterhältige Bluttat!, titelte die Redaktion. *In der Nacht wurde von einem unbekannten Täter ein junger Tankstellenkassierer an der B 431 erschossen. Das Opfer wurde an der Tankstelle liegen gelassen. Für den Mann kam jede Hilfe zu spät.*

Haverkorn las den Artikel, der ihm keine weiteren Erkenntnisse brachte, und ließ das Tablet sinken. Ein neuer Fall für seine Kollegen bei der Mordkommission. Der erste für den neuen Vorgesetzten. Wenn diese Gewalttat jetzt schon in den Medien war, würde das eine Ermittlung im Fokus der Öffentlichkeit werden, was nie einfach war. Der Druck auf sein Team würde immens sein. Nun würde sich zeigen, was Wahler draufhatte und wie er mit seiner Mannschaft arbeitete.

†

Der Fahrstuhl hielt in der zehnten Etage. Frida lief den Flur hinab zum Konferenzraum, zog im Gehen ihre Jacke aus. Es war kurz vor acht. Sie kam gerade noch rechtzeitig zum morgendlichen Teammeeting, zu dem Wahler sie und ihre Kollegen gestern per Mail eingeladen hatte.

Sie war erst gegen fünf wieder zu Hause gewesen, hatte

mit Fridtjof auf den Arzt gewartet, der offiziell den Tod von Josef Hader festgestellt hatte. Der Arzt hatte den Toten entkleidet und nach Spuren von äußerer Gewaltanwendung gesucht. Aber er hatte nichts gefunden. Josef Hader war in der Nacht von der Treppe gestürzt. Ein Unfall. Dennoch war der Leichnam in die Rechtsmedizin gebracht worden.

Als Frida von der Mühle nach Hause gekommen war, hatte sie sich noch eine Stunde hingelegt und um ein Haar verschlafen. Was Wahler heute mit ihr veranstaltet hätte, wenn sie sich auch am zweiten Tag ihrer Zusammenarbeit verspätet hätte, wollte sie sich nicht ausmalen.

Sie zog die Tür zum Konferenzraum auf, blieb stehen. Sie verstand nicht, was sie sah. Der Raum war leer.

Sie ging hinaus, sah in die Büros der Kollegen. Auch diese waren leer. Unschlüssig stand sie im Gang. Ein Telefon klingelte, sie hörte, dass jemand ranging. In wessen Büro war das?

Vor dem Zimmer des neuen MK-Leiters blieb sie stehen, lauschte angespannt. »… bin bald hier raus. Wenn du willst, sehen wir uns schon heute Abend?« Es war Vollmers Stimme.

Frida klopfte und ging hinein, registrierte die Kartons neben der Tür, die halb verdorrte Grünpflanze im Papierkorb. Und Vollmers überraschten Blick. Er beendete mit ein paar Worten das Telefonat.

»Moin, Andreas. Wo sind die alle?«, fragte sie ihn.

»Es gibt einen Tatort. Das Morgenmeeting wurde verschoben.«

»Tatort? Wo denn?« Sie zog ihr Smartphone aus der Jeans. Keine Anrufe in Abwesenheit. »Warum sagt mir keiner Bescheid?«

»An einer Tankstelle an der B 431 wurde heute Nacht ein Tankstellenkassierer erschossen. Hast du kein Radio gehört?«

»Mein Autoradio ist kaputt. Ein Raubmord?«

»Möglich. Aber du solltest dich nie zu früh von den Umständen in eine Richtung leiten lassen. Kann genauso gut eine Beziehungstat sein.«

Frida lehnte an der Tür und rührte sich nicht. Die anderen waren doch sicher schon seit Stunden vor Ort. Sie hatten sie einfach schlafen lassen. »Und wo ist der Neue?«

Vollmer zögerte eine Sekunde. Er brauchte wohl etwas Zeit, um sich daran zu gewöhnen, dass seine Stunden hier in der BKI vorbei waren. »Nick Wahler ist auch mit draußen.«

»Hm.« Frida klopfte auf den Türrahmen. »Na dann? Sehen wir uns noch mal?«

»Ich bin gleich weg, wollte nur ein paar letzte Kisten holen. Besuch mich mal in Kiel!« Vollmer stand auf und drückte ihr lange die Hand. »Ab jetzt zählt es, Frida. Nutz deine Fähigkeiten! Wahler wird dir nichts schenken. Dein Welpenschutz ist vorbei.«

An der äußeren Absperrung winkte sie ein Schutzpolizist weiter, bis sie ihm durch das Jeepfenster ihren Dienstausweis unter die Nase hielt. Sein Gesicht sagte nicht, was er davon hielt, dass sie viele Stunden später als ihre Kollegen hier eintraf.

»Dahinten ist was frei.« Er wies auf den Straßenrand, der noch nicht zugeparkt war. Sie bedankte sich und fuhr wieder an.

Auf der Fahrt hatte sie sich gefragt, warum keiner ihrer Kollegen sie in der Nacht angerufen und über die Leichensache informiert hatte. Kein Anruf, keine SMS, gar nichts. Zumindest von Anja hätte sie erwartet, dass sie ihr Bescheid sagen würde, wenn es einen Tatort gab. Sie war seit acht Wochen im Team. Hatte gedacht, sie wäre inzwischen akzeptiert. Anja hatte sie sofort unter ihre Fittiche genommen, sie hatten einen guten Draht zueinander. Warum ließ ihre Kollegin sie so auflaufen? Vor allem da sie wusste, dass der neue Chef sie schon auf dem Kieker hatte.

Frida nahm das Smartphone vom Sitz und schloss den Jeep ab. Auch wenn wohl niemand ihre Rostlaube klauen würde, vor allem nicht bei dieser dichten Polizeipräsenz. Sie ging über die Straße zum Transporter der KTU, ließ sich einen Overall geben und zog ihn über. Erst dann duckte sie sich unter dem Flatterband hindurch, das die Tankstelle großflächig absperrte. Sie hob ihren Dienstausweis hoch, als ein anderer Schutzpolizist auf sie aufmerksam wurde. Er warf einen Blick darauf und wandte sich ab. Frida ging weiter.

Was war heute Nacht hier passiert? Hatte der Täter die Kasse geraubt und den Kassierer kaltblütig erschossen?

Sie blieb stehen, sah die Kreidemarken, wo die Leiche gelegen hatte. Direkt neben einer Zapfsäule. War die Tankstelle nachts nicht abgeschlossen gewesen? Und wenn doch: Warum war der Mann hinausgelaufen?

Sie drehte sich um. Die nächsten Häuser standen in knapp fünfzig Meter Entfernung. In der Nacht hatte dort sicherlich niemand am Fenster gestanden und das Geschehen beobachtet. Die Anwohner hatten geschlafen, als der Kassierer umgebracht wurde. Erst der Schuss mochte die Nachbarn aus den Betten getrieben haben. Vielleicht nicht einmal der. Sie ging weiter in Richtung der Tankstelle, auf ihre Kollegen zu, die sie nicht bemerkten. Sie sah Blutflecken auf dem Zement und Spritzmuster an der Zapfsäule. Sie musste nicht genau hinschauen, um zu wissen, dass es Blut und Hirnmasse war. Der Typ hatte dem Kassierer in den Kopf geschossen. Sie spürte, wie trocken ihr Mund plötzlich war. Frida wandte sich ab und entdeckte Anja, die vor der Tankstellentür mit einem Kollegen der KTU redete, dessen Namen sie sich noch nicht gemerkt hatte.

»Anja, was kann ich tun?« Sie blieb neben den beiden stehen und hielt ihren Ärger im Zaum, der nicht an einen Tatort gehörte.

»Frida, Mensch!« Anja sah auf ihre Armbanduhr. »Wir sind hier fast fertig.«

Der Kollege grüßte Frida und entfernte sich.

Anja zeigte auf die Kreidemarken am Boden. »Wir sind durch. Jetzt müssen die Kriminaltechniker ran. Wir packen erst mal ein.«

»Kann ich helfen?«, fragte Frida mit einer Stimme, die ihre Enttäuschung transportierte.

»Bei mir nicht. Frag mal Klaus. Der redet drinnen mit dem Pächter.«

»Was ist hier überhaupt passiert?« Sie sah sich um.

»Wissen wir nicht. Der Kassierer schließt sich nachts normalerweise im Kassenraum ein. Kassiert wird durch ein Sicherheitsfach. Warum er rausgelaufen ist … keine Ahnung. Sein Chef kann es sich auch nicht erklären.«

Frida sah nach oben unters Dach. Da hingen zwei Kameras. Dann hatten sie wenigstens das Bildmaterial aus der Nacht.

Anja stöhnte leise. »Das Aufnahmegerät, an denen die Kameras hängen, ist seit Tagen defekt. Der Pächter hatte keine Zeit, sich darum zu kümmern, sagt er.« Sie schüttelte den Kopf. »Wir haben nichts. Keine Zeugen, kein Bildmaterial, nichts außer dieser Lackspur.« Sie zeigte Frida den Streifen einer dunkelblauen Lackfarbe an einem Dachträger neben der Zapfsäule.

Frida sah auf den Boden, wo der Kassierer gelegen hatte. »Was wisst ihr über das Opfer?«

»Christian Olsen, vierunddreißig. Er hat letztes Jahr geheiratet, sein erstes Kind bekommen, jobbte hier in der Nachtschicht, um tagsüber für die Familie da zu sein.«

»Scheiße!«

»Du sagst es. Komm! Wir gehen rein zu Wahler.«

Frida hielt Anja zurück. »Warum habt ihr mir nicht Bescheid gesagt, dass es einen Tatort gibt?«

»Als heute Nacht der Anruf der Zentrale kam, habe ich nicht an dich gedacht. Wahrscheinlich haben sie vergessen, deine Nummer zu listen. Und dann wurde es hektisch. Entschuldige!«

»Ist okay. Wo ist Wahler?«

»Im Büro des Pächters.«

»Und wie ist er drauf heute Morgen?«

Ihre Blicke trafen sich. Frida verstand. Die Zündschnur brannte bereits.

»Warum bist du erst jetzt am Tatort?« Nick Wahler hatte noch nicht einmal Fridas Begrüßung erwidert. Er stand im Büro des Tankstellenpächters und machte ohne viele Worte klar, wer hier der Löwe und wer das Lamm war.

»Die Leitstelle hat mich nicht informiert.«

Er atmete langsam ein, pulte mit seinen eisblauen Augen ihre Unsicherheit hervor, bis sie zu schwitzen begann. Sie sahen sich an. Wahlers Gesicht war büroblass. Aber sein kaum merklicher Bartansatz verlieh ihm ein lässiges

Aussehen. Unter dem Overall trug er auch heute wieder einen Anzug. Dieser Mann passte in diese schäbige Tankstelle wie eine Zigarette neben die Zapfsäule. »Wie lange bist du noch mal dabei?«

Sie drückte ihre Schultern durch und machte sich größer, um mit ihrem neuen Vorgesetzten auf Augenhöhe zu sein. Er kannte natürlich die Antwort. »Acht Wochen.«

»Warum hat die Leitstelle deine Nummer nicht?«

»Da muss was schiefgelaufen sein, ich habe sie durchgegeben«, sprang Anja ein, die hinter ihnen an der Tür stand.

Wahler schob sein Kinn nur minimal in ihre Richtung, senkte die Stimme. »Anja, du verlässt jetzt mal den Raum.«

Anja zog die Tür von außen zu.

»Du hast persönlich dafür zu sorgen, dass du jederzeit erreichbar bist. Mein Vorgänger mag ja auf Kuschelkurs gegangen sein, ab heute werden klare Regeln befolgt.« Er überlegte einen Moment. »Du fährst zurück ins Büro!«

»Ihr braucht mich hier nicht?«

Wahler kam näher und sah ihr direkt in die Augen. »Ich brauche niemanden, der den Ernst dieses Jobs nicht versteht. Hier wurde ein Mensch brutal niedergeschossen. Und du schläfst lieber erst mal aus!« Seine Stimme bebte. »Du fährst zurück und kümmerst dich um die Arbeit, die liegen geblieben ist, klar?«

Frida unterdrückte ihr Zittern. »Klar!« Sie ging hinaus. Anja sah sie fragend an.

»Ich werde hier nicht gebraucht, fahre wieder ins Büro.«

»Tut mir leid ...«

»Lass gut sein! Bis später!« Frida lief zu ihrem Jeep, wütend auf Wahler, vor allem aber auf sich selbst. Warum hatte sie nicht kontrolliert, ob bei der Leitstelle ihre Handynummer gelistet war? Ein blöder Anfängerfehler, der hätte nicht passieren dürfen. Sie würde ihrem neuen Vorgesetzten beweisen, dass sie ihren Platz in der Mordkommission verdiente. Und wenn sie dafür länger und härter arbeiten musste als der Rest des Teams!

Kapitel 5

Die Nordsee warf Haverkorn ihr heiseres Rauschen entgegen. Er hatte den Kragen des Trenchcoats hochgeschlagen. Auf der Terrasse war es so windig, dass Tische abgeräumt und Markisen eingefahren worden waren. Deshalb saßen die meisten der Klinikinsassen mit ihren Besuchern auf der Sonnenterrasse der windgeschützten Seite. Nur eine Frau war geblieben. Henni hatte sich in eine Decke gehüllt und genoss den Blick auf die See, über der schwere Regenwolken trieben.

»Genau mein Wetter!«, sagte sie.

Er ging zu ihr und zog sich einen Stuhl heran. Sie war nicht mehr so blass wie bei seinem letzten Besuch, schien etwas zugenommen zu haben. Er konnte noch immer nicht fassen, dass sie hier vor ihm saß. Seine vierzigjährige Tochter, die er gerade mal ein paar Monate kannte.

»Ist dir nicht kalt?« Er fasste ihre Hände und rieb sie vorsichtig.

»Ja, mir ist kalt. Aber ist das nicht geil? Ich habe mich lange nicht so lebendig gefühlt!« Ihr Lachen steckte ihn an. Es war diese eine Chance, die sie beide bekommen hatten. Eine Chance, endlich Vater und Tochter zu sein. Vielleicht noch zwanzig gute Jahre, wenn er Glück hatte. Dass er das Rauchen aufgegeben hatte, war ein Teil seiner Lebensversicherung. Für Henni.

»Was sagt der Arzt?«

Sie legte ihre Hände auf die Decke. »Dass ich bald nach Hause kann.«

Er brauchte einen Moment. »Und das erzählst du mir so nebenbei?«

Sie wischte sich eine Träne aus dem Augenwinkel. »Ja, ich kann es auch kaum glauben.« Sie streifte die Decke von ihren Schultern, stand auf und griff nach ihrer Gehhilfe. »Ich hab Lust auf einen kleinen Spaziergang.«

Er hakte sie unter und passte sich ihren Schritten an. Sie war leicht wie ein Kind, aber er spürte ihren unbändigen Lebenswillen. Am Wasser blieben sie stehen und sahen den Möwen zu, die über ihnen im auflandigen Wind schwebten und hungrig kreischten. In einiger Entfernung erhoben sich die Pfahlbauten am Strand von St. Peter-Ording. Henni hatte ihren Arm um ihn gelegt, mit dem anderen hielt sie die Krücke.

»Was ist los?«, fragte Haverkorn. »So gute Nachrichten, und dennoch bist du so schweigsam?«

Sie starrte auf die anrollenden Wellen.

»Rede mit mir, Henni.«

Sie flüsterte ein paar Worte, die ihr der Wind von den Lippen riss. Haverkorn lehnte sich zu ihr. »Was?«

»Ich weiß nicht, wo ich hinsoll«, wiederholte sie. »Ich soll noch nicht allein bleiben, sagt mein Arzt.«

Er zuckte die Schulter. »Du kannst natürlich zu Ilka oder Jutta.«

»Meine Schwester hat genug mit ihrem Kind zu tun. Und Jutta …«, den Namen ihrer Mutter sprach sie beinahe verächtlich aus, »… ist die Frau, die mir vierzig Jahre lang erzählt hat, du wärst tot. Denkst du wirklich, dass ich ausgerechnet bei ihr einziehe?«

Sein Schweigen war Antwort genug.

Er dachte nach, hatte eine Idee, zögerte jedoch. War das richtig? Wenn er es aussprach, konnte er es nicht mehr zurücknehmen.

»Vielleicht suche ich mir eine WG. Habe ich schon mal gemacht. War 'ne coole Zeit damals.«

»Du kommst zu mir!« Das war leichter gewesen, als er gedacht hatte.

»Zu dir?« Ein schiefes Lächeln von der Seite.

»Warum nicht? Die Wohnung ist groß genug, und Ursula ist noch in der Klinik. Wer weiß, wie lange.«

Sie sog die Luft mit offenem Mund in ihre Lungen. »Das mit der WG war kein Scherz!«

»Mein Angebot auch nicht.« Er umfasste ihr Gesicht. »Henni, komm zu mir. Ein paar Wochen wirst du es mit mir altem Esel schon aushalten.«

†

Frida schob den ganzen Tag im Büro Telefondienst, während ihre Kollegen draußen am Tankstellenfall arbeiteten. Das war schlimmer als eine Abmahnung, und Wahler hatte mit dieser erzieherischen Maßnahme klargestellt, dass mit ihm nicht zu spaßen war. Sie hoffte, morgen endlich an diesem Fall mitarbeiten zu können. Und wenn sie im Umfeld des Tatorts Klinken putzen musste, um Nachbarn zu befragen, sie wollte dabei sein! In den Innendienst degradiert zu sein, während das Team draußen ermittelte, war kaum auszuhalten.

Am Feierabend ging sie schnell rüber zum Supermarkt neben der BKI und kaufte eine Dose Katzenfutter. Sie wollte noch einmal zur Deichmühle fahren, um die Katze zu füttern, die ihr durch die Tür entwischt war. Den English Setter hatten sie am Morgen mitgenommen. Das Tier hatte gejault und gebellt, als die Leiche von Josef Hader weggebracht worden war. Fridtjof hatte ihn an die Leine genommen, und sie waren mit dem Hund zum Paulsen-Hof gelaufen. Er würde bei ihnen bleiben, bis klar war, ob der Sohn von Hader ihn zu sich nehmen würde. Aber die Katze war nicht mehr aufgetaucht. Frida würde ihr etwas zu fressen hinstellen. Vielleicht konnte sie das Tier irgendwann einfangen und mitnehmen, damit es da draußen nicht verwilderte.

Sie fuhr den holprigen Feldweg entlang, an dem hohe Pappeln wuchsen. Sonnenlicht fiel durch die Blätter und erzeugte Lichtmuster wie ein Kaleidoskop. Auf der anderen Seite des Weges standen ein paar Ponys auf der Weide. Sie liebte die Weite der Marsch und die Ruhe hier draußen. Hinter dichten Hagebuttensträuchern kam das Dach der Holländermühle in Sicht.

Frida parkte ihren Jeep, nahm die Katzenfutterdose und stieg aus. Im Tageslicht wirkte das Gebäude nicht so unheimlich wie in der Nacht. Sie sah hoch zu den kaputten Flügeln, die im Wind schwankten. Die Bausubstanz war auch von außen bedenklich. Der Backstein bröckelte. Das Dach hatte erste Löcher. In einigen Fenstern war das Glas zerbrochen und mit Pappe oder Sperrholzplatten abgedichtet worden.

Das Bauamt hätte die Mühle längst sperren oder für Bauauflagen sorgen müssen. Früher oder später hatte ein solcher Unfall passieren müssen. Wenn Josef Hader nicht von der Treppe gestürzt wäre, wäre ihm vielleicht irgendwann einer der morschen Flügel auf den Kopf gefallen.

Sie hoffte, dass die Mühle schnell einen Käufer finden

würde, der Geld in die Hand nahm und sie sanierte, damit auch die Nachkommen die alte Deichmühle besichtigen konnten, bevor völlig in Vergessenheit geriet, wie mühsam man in früheren Zeiten Korn gemahlen hatte.

Frida ging zur Eingangstür. Sie war nur zugeschoben worden, da sie beim Aufbrechen das Schloss zerstört hatten. Der Stammabschnitt lehnte noch immer neben der Tür. Sie sah sich um, aber die Katze war auf dem Gelände nicht zu sehen. Frida trat ins Haus, durchquerte die Diele und suchte in der Küche nach einem Katzennapf. Dieser stand neben der Sitzbank. Sie zog den Deckel der Dose ab und kramte in den Schubladen nach einem Löffel.

Ein leises Maunzen hinter ihr, Frida drehte sich um. Die schwarze Katze saß auf der Türschwelle und sah sie an.

»Du hast Hunger, hm?« Sie gab Futter in den Katzennapf und wartete.

Die Katze starrte sie an, bewegte sich jedoch nicht. Das Beste war, das Tier nicht zu beachten, damit es sich sicher fühlte. Frida räumte den Teller vom Tisch in die Spüle und warf den Topf mit den angebrannten Kartoffeln in den Abfalleimer. Dann setzte sie sich auf die Bank an den Tisch, zog ihr Smartphone aus der Tasche und ging ins Internet, um ihre Mails abzurufen. Neben ihr klapperte plötzlich der Napf, während sie eine Mail beantwortete. Hungrig schlang die Katze das Futter herunter. Frida beobachtete sie aus dem Augenwinkel und bemerkte, dass die Katze vielmehr ein Kater war. Seine Haltung zeigte, dass er auf der Hut war und sofort davonjagen würde, wenn Frida sich bewegte.

Plötzlich sprang er auf der anderen Seite auf die Bank und begann sich zu putzen. Frida legte das Smartphone auf den Tisch, stand auf und wusch den leeren Katzennapf im Spülbecken aus. Dann verschloss sie die Futterdose und stellte sie in den Kühlschrank. Sie war überrascht, wie gut dieser bestückt war, und das für eine Person. Mehrere Stücke Butter und Käse, viel Schnittwurst vom Metzger aus dem Nachbardorf und frisches Gemüse, Eier und Milch vom Biohof. Erstaunlich, wie gesund sich Josef Hader ernährt hatte. Sie schloss die Kühlschranktür und öffnete den Brotkasten. Zwei Brote lagen darin. Hatte er Gäste erwartet?

Als sie sich umdrehte, hielt sie erschrocken inne. Im Türrahmen stand ein Mann und starrte sie an. Schwer zu sagen, wie alt er war. Sein Vollbart und die langen Haare waren verfilzt. Er trug eine Tarnjacke, die an Militär- oder Jagdkleidung erinnerte und die dreckig und abgerissen war. Zwei Riemen an den Schultern zeigten, dass er einen Rucksack auf dem Rücken hatte.

Der schwarze Kater sprang erschrocken von der Bank und verkroch sich darunter.

»Wer sind Sie?«, fragte Frida und versuchte, sich ihre Unsicherheit nicht anmerken zu lassen.

»Wo ist Josef?«, fragte der Mann. Seine Stimme war rau, als benutze er sie nur selten. Er hustete.

»Josef ist tot.«

»Tot?« Der Mann wich zurück in die Diele, wirkte verloren. Als wüsste er nicht, wohin er nun gehen sollte.

»Wer sind Sie?«, fragte Frida noch einmal. »Kann ich Ihnen weiterhelfen?«

Der seltsame Gast antwortete nicht. Er drehte sich um und ging ohne einen Gruß hinaus. Als sich die Tür hinter ihm schloss, fiel die Anspannung von ihr ab. Wahrscheinlich ein Landstreicher, der ab und zu hier eine Mahlzeit bekommen hatte. Vielleicht hatte Hader ja für verlorene

Seelen wie ihn etwas übriggehabt und deshalb den Kühlschrank so gut gefüllt.

Frida ging zum Tisch und kniete sich auf den Boden. »Na komm!«, lockte sie den Kater. »Er ist weg.« Aber der Schwarze blieb verschwunden. Sollte sie das Tier allein hier in der Mühle zurücklassen? Sie hatte kein Katzenklo gesehen. Vorsichtig rückte sie die Bank von der Wand ab. Hatte das Tier sich dahinter verkrochen?

Nein, dort war er nicht. Der Kater war verschwunden. Sie wollte die Bank wieder an die Wand schieben, hielt jedoch inne.

Auf dem Fußboden war an der Stelle, wo die Bank gestanden hatte, ein schwerer Metallring im Holzboden zu sehen. Sie sah sich die Dielen genauer an und bemerkte eine quadratische Fuge im Dielenboden.

Eine Falltür!

Stammte sie noch aus Zeiten der Mühlenbetreiber, die unter den Dielen Kornsäcke gelagert hatten? Schon als Kind hatten sie verborgene Räume fasziniert. Was war dort unten? Ein alter Kriechkeller?

Frida zögerte. Josef Hader war tot. Was aus der Mühle werden würde, war momentan ungewiss. Es würde niemanden stören, wenn sie einen Blick riskierte.

Frida rückte Sitzbank und Tisch so weit zur Seite, dass die Falltür frei lag. Der Metallring glänzte, als wäre er in letzter Zeit benutzt worden. Sie schob ihre Hand hinein und hob die Tür hoch, legte sie auf den Holzdielen ab. Darunter wurde eine weitere Tür sichtbar. Massiver Stahl. Damit hatte sie nicht gerechnet. Hatten die ehemaligen Bewohner hier einen Bunker angelegt?

Sie legte den Hebel um, hob mit Mühe die schwere Tür an, bis sie arretiert war. Sie schaute in einen dunklen Raum, in dem sie nichts erkennen konnte. Unheimlich …

Die Taschenlampe hatte sie am Morgen wieder mit auf den Hof genommen. Sie schaltete die Lampenfunktion des Smartphones an und hielt es über die Öffnung. Eine steile Treppe wurde sichtbar.

Frida zögerte, aber ihre Neugier siegte. Mit dem Smartphone in einer Hand stieg sie nach unten. Nach acht Stufen erreichte sie festen Boden. Der Raum war so hoch, dass sie aufrecht stehen konnte. Im Licht ihrer Lampe sah sie, dass er ähnlich groß war wie die Küche über ihr. Die Luft hier unten war besser, als sie gedacht hatte. Ein Tisch, ein Stuhl und zwei leere Regale. In einer Ecke ragte eine Edelstahltoilette aus der Wand, wie sie sie aus Justizvollzugsanstalten kannte. Daneben hing ein kleines Waschbecken.

Was war das, ein Luftschutzbunker?

Frida atmete frische Luft ein. Wo kam diese her? Die Wände waren mit Holzpaneelen verkleidet. Ein Wasserhahn tropfte.

Sie machte eine halbe Drehung. In der Ecke stand ein Bett. Darauf lag eine abgenutzte Matratze. Sie trat näher. Weiße Stockflecken am Rand. Schimmel! Auf dem Bett lag ein geblümtes Sommerkleid, als hätte es eine Frau dort hingelegt, um es gleich anzuziehen. Fridas Blick ging zum Bettpfosten, blieb an geschweißten Metallringen hängen und an den Überresten einer Kette.

Fridas Herz klopfte wild. Sie begann zu frieren. Das hier unten war kein Luftschutzbunker gewesen.

Sondern ein Gefängnis.

Ich – Tag 8

Die Schmerzen sind einem Juckreiz gewichen. Ich möchte mich ständig am Kopf kratzen, würde aber die Wunde wieder aufreißen, die langsam abheilt.

Ich erinnere mich endlich. Ich weiß wieder, dass dieser Mann mich auf dem Heimweg angesprochen hat. Und dass er meinen Kopf gepackt hatte, bevor der Schmerz explodierte.

Ich versuche, mich an sein Gesicht zu erinnern, aber ich weiß nur, dass ich ihn trotz seines Alters attraktiv fand.

Wohin er mich gebracht hat, kann ich nicht sagen. Ich sehe ihn nie. Er lässt nur einen Korb mit Wasserflaschen und Essen zu mir herunter. Wenn ich die Klappe höre, spreche ich mit ihm. Aber da oben ist nur Dunkelheit, ich kann nichts erkennen, bis die Klappe über mir wieder verschlossen ist.

Ich wollte die Treppe hochklettern, bis ich das Gewehr sah. Er sagte nichts, hielt nur die Waffe auf mich gerichtet, bis ich wieder von der Treppe gestiegen bin.

Er lässt hier unten für ein paar Stunden das Licht an. Als es irgendwann aufflammte, habe ich geschrien und gelacht vor Erleichterung, dass ich nicht blind bin. Aber es hielt nicht lange an. Ich fiel in einen Weinkrampf, weil ich sah, was ich vorher nur ertastet hatte: dass ich in einem Raum gefangen bin wie ein Tier im Käfig.

Wütend habe ich die Mineralwasserflasche herumgeworfen. Eine Plastikflasche, die keinen Schaden anrichtet. Er hat an alles gedacht.

Ich habe die Kammer mit meinen Schritten ausgemessen. Vier Schritte von der einen Wand zur anderen, fünf Schritte an der langen Seite. Der Raum ist ein wenig höher, als ich groß bin. Einen Meter achtzig, schätze ich.

Das leise klappernde Geräusch, das ich höre, muss ein Ventilator sein, der mich mit Frischluft versorgt. Anfangs war ich froh, ein Geräusch zu hören. Es hat mich beruhigt. Aber irgendwann konnte ich es kaum noch ertragen. Stundenlang, tagelang dieses regelmäßige Sirren hinter der Wandverkleidung. Manchmal kann ich es ausblenden, konzentriere mich darauf, mich an die Stimmen meines Mannes und meiner Kinder zu erinnern. Auf das Geräusch von fallendem Regen, von Hundegebell, von Straßenlärm oder Kinderlachen.

Ich weiß, dass ich mich daran erinnern muss, um hier drin nicht verrückt zu werden.

Kapitel 6

Anjas Gesicht lag im Dunkeln, aber an ihrer Haltung konnte Frida erkennen, wie angespannt sie war. Sie ließ ihr die Zeit, das seltsame Kabuff unter der Küche in Augenschein zu nehmen, wollte nicht vorgreifen mit ihren Eindrücken und Vermutungen. Anja sollte ihre eigenen Schlüsse ziehen.

»Was für eine abartige Scheiße ist hier gelaufen?«, fragte Anja in die Stille hinein. Ihre Kollegin war sofort gekommen, als Frida ihr von dem tödlichen Unfall des Mühlenbewohners und dem Fund der seltsamen Kammer erzählt hatte. Anja drehte sich zu ihr um. Sie trug den weißen Overall mit Kapuze, nur ihr Gesicht war zu sehen.

»Du denkst also auch, dass hier eine Frau festgehalten wurde?«, fragte Frida, die ebenfalls den Overall übergestreift hatte.

Anja trat zum Bett und wies auf die Metallringe. »Die wurden nachträglich ans Gestell geschweißt. Und für eine reine Lustkammer ist der Raum zu gut versteckt.« Sie sah sich um. »Dazu braucht es keine Stahltür. Leuchte mal hierhin!«

Frida hielt die Lampe des Smartphones in die Ecke, auf die Anja zeigte. »Siehst du die winzigen Löcher?« Sie hielt ihr Gesicht davor. »Hier kommt Frischluft rein. Ein gedämmter Raum mit WC und einem Frischluftsystem. Wer gibt sich so viel Mühe in einem Kellerraum?«

»Du denkst an Fälle wie Kampusch und Fritzl?«

Anja zuckte die Schultern. »Du nicht?«

»Vielleicht ist der Raum schon viele Jahre unentdeckt hier unten.«

»Es ist alles möglich!«, sagte Anja. Sie ging zur Treppe. »Wir brauchen mehr Licht. Ich rufe Wahler an, fordere das Team und die KTU an.« Sie stieg nach oben, und Frida blieb noch einen Moment unten stehen. Was würden diese Mauern preisgeben, wenn die KTU mit ihnen fertig war?

Sie ging zum Bett. Das Blümchenkleid auf der Matratze rührte sie an. Welcher Frau hatte es gehört? Was war hier mit ihr passiert, und wo war sie jetzt?

Sie stieg die Treppe hinauf. In der Diele hörte sie Anjas Stimme. Sie klang hitzig.

»Nein, das können wir nicht! Ich brauche ein Team vor Ort. Wie du das zusammenbekommst, kann ich nicht sagen. Du bist der Chef!«

Frida blieb neben ihrer Kollegin stehen, die die Augen verdrehte. »Ja gut! Wir fangen schon mal an.« Sie ließ ihr Handy sinken.

»Probleme?«

»Wahler ist überfordert. Zwei Tatorte gleich am ersten Tag. Er hat zu wenige Leute.«

Klaus Behrens war der erste Mann des Teams, dem sie die Kammer unter der Küche zeigten. Frida hatte oben an der Treppe eine alte Stalllampe befestigt, die sie vom Hof ihrer Eltern geholt hatte. Diese leuchtete den Raum unter der Küche zum Großteil aus. An der Decke der Kammer waren zwar Spotlights eingebaut worden, aber sie hatten bisher keinen Schalter gefunden, mit dem man sie anschalten konnte. Klaus lag auf dem Boden vor der Klappe und leuchtete mit einer Stablampe in die Kammer. Es sollten nicht noch mehr Leute da runter, bevor die KTU da gewesen war.

Frida stand neben ihm und wartete auf seine Reaktion. Würde ein Mann die gleichen Gedanken haben wie sie und Anja?

Lange blieb er still neben ihr liegen, dann hörte sie einen gepressten Laut, der wie ein Stöhnen klang.

»Was denkst du?«, fragte Frida.

Behrens kam mühsam auf die Beine. Schweiß stand ihm auf der Stirn. »Das ist wirklich übel! In dem Kabuff würde ich Beklemmungen kriegen.«

Anja kam in die Küche. »Die KTU ist da, wir machen denen jetzt Platz. Da unten können höchstens zwei Leute gleichzeitig arbeiten. Wahler ist auch jeden Moment hier. Er will sich die Kammer selbst anschauen.«

Zwei Kriminaltechniker kamen herein und stellten ihre Koffer ab.

Klaus ging zur Seite. »Ihr braucht einen guten Strahler. Momentan haben wir nur diese provisorische Lichtquelle.«

»Strahler haben wir im Wagen. Seid ihr fertig?«

Anja stand schon im Türrahmen, weil die Küche zu klein für sie alle war. »Unser Chef will von oben noch einen Blick reinwerfen, aber ihr könnt loslegen.«

Sie hörten einen Automotor auf dem Hof. »Das wird Wahler sein. Ich hole ihn mal ab«, sagte Anja.

»Und du hast diese Kammer entdeckt?«, fragte einer der Kriminaltechniker Frida. »Was hattest du da unten zu suchen?«

»Stadtkind, oder?«, fragte sie ihn.

Er sah sie fragend an.

»Du bist nicht auf dem Dorf aufgewachsen, stimmt's?«

»Nein, warum?«

»Landkinder sind von Geburt an neugierig. Geheime Keller oder Kammern *müssen* durchsucht werden.«

Er deutete ein Kopfschütteln an. »Die Eierschalen hast du ja noch hinter den Ohren!«

Die Männer lachten, als Wahler im weißen Overall in die Küche kam. »Gut, dass ihr hier Spaß habt!«, sagte er laut.

Schlagartig war Ruhe im Raum. Die beiden Mitarbeiter der KTU machten Platz und verließen die Küche.

»Wo ist die Kammer?«, fragte der Leiter der Mordkommission, dem man ansah, dass ihm dieser Tag zugesetzt hatte.

»Gleich hier.« Frida zeigte auf die Luke. Klaus Behrens drückte ihm die Stablampe in die Hand.

Wahler sah sie an. »Wir sprechen uns später noch.« Er ging zur Treppe, hockte sich daneben und leuchtete hinunter. Er schien in dieser Position nicht genug zu sehen und legte sich auf den Boden.

Sie warteten, bis Wahler sich wieder erhoben hatte. »Du sagtest, der einzige Bewohner dieser Mühle ist gestern hier tödlich verunglückt?«

Frida fühlte sich angesprochen, obwohl Wahler sie nicht ansah. »Josef Hader. Er war über siebzig, lag in der Nacht am Fuß der Treppe in der Diele. Die Tür war verschlossen, es gab keinen Hinweis auf Fremdverschulden. Der Leichnam wurde in die Rechtsmedizin gebracht.«

»Wurden die Angehörigen benachrichtigt?«

»Keine Ahnung, das sollten die Kollegen von der Schutzpolizei übernehmen.«

Nick Wahler wirkte nachdenklich. »Gut, warten wir

ab, was die SpuSi da unten findet. Heute können wir hier nichts mehr ausrichten. Fahrt nach Hause! Wir sehen uns morgen um sieben Uhr im Büro.« Er nickte ihnen zu und ging hinaus.

»Hast du den Kater noch mal gesehen?«, fragte Anja.

»Nein, der ist bestimmt wieder rausgelaufen. Ich werde ihn weiterhin füttern, vielleicht kann ich ihn irgendwann einfangen und mit auf den Hof nehmen. Haders Hund ist ja schon bei uns.« Sie sah sich ein letztes Mal um, blickte auf die offene Klappe, die in die Kammer führte. Es gab so viele Fragen, die sie beschäftigten. Wie lange gab es dieses Gefängnis schon unter der Mühle? Was hatte sich da unten abgespielt? Und war die Frau, wenn es nur eine gewesen war, hier lebend rausgekommen?

Frida fand einen Parkplatz in der Nähe des Lofts in Altona, in dem sich das Boxstudio befand. Sie ging in die Umkleidekabine, wo es keine Geschlechtertrennung gab und in der es trotz intensiver Reinigung immer ein wenig nach ungewaschener Wäsche roch. Wahrscheinlich ließen einige der Boxer ihre durchgeschwitzten Klamotten oder Handtücher im Spind liegen. Sie zog sich um, nahm die Handschuhe und ging hinüber zur Trainingshalle. Hier miefte es noch intensiver. »Note Pumakäfig« nannte Jo den durchdringenden Geruch, eine Mischung aus Schweißausdünstungen, Reinigungsmittel und Leder. Der Trainingsraum war in die Jahre gekommen. Leitungen lagen über Putz und waren durch die dicken Panzer der Wandfarbe kaum noch zu erkennen. Die Wände waren fast nahtlos mit Postern von nationalen und internationalen Boxgrößen tapeziert. Muhammad Ali, George Foreman, Ruslan Tschagajew, Oscar De La Hoya, die Klitschko-Brüder,

Diego Corrales, Arturo Gatti, Mike Tyson, Henry Maske und viele mehr. Am liebsten trainierte Frida am Sandsack vor dem Bild von Jason Nesbitt. Den kannten nur Insider, denn der Engländer war einer der besten Verlierer und auf der Insel in der Szene ein Kultstar gewesen. Er gewann in seiner aktiven Zeit zehn Kämpfe, sieben durch K. o., verlor jedoch einhundertneunundneunzig und stieg viermal mit einem Unentschieden aus dem Ring. Boxer wie er waren Aufbaugegner, die man »Pflaumen« nannte oder »Fallobst«. Ohne diese Boxer funktionierte der Boxsport nicht, konnten keine Rocky-Legenden entstehen. Über die Masse dieser Verlierer berichtete kaum jemand nach den Kämpfen. Gerade Jason Nesbitt war ein unermüdlicher Verlierer gewesen. Frida imponierte sein Durchhaltevermögen auf der Schattenseite des Erfolgs. Und er stachelte sie beim Training an, wie es keine der Boxgrößen mit dem Gewinnerlächeln schaffte.

Jo arbeitete am Sandsack, als Frida in die Boxhalle kam. Außer ihr war das Loft leer, obwohl heute Abend Training war. Jos Oberteil war durchgeschwitzt. Zum Glück war Frauenschweiß nicht annähernd so beißend wie männlicher.

»Hi!« Frida stellte sich neben sie und sah ihr zu. »Wo sind die alle?«

Jo bewegte sich leichtfüßig und schlug ein paar harte Jabs und Körperhaken aufs Leder. Nein, sie ist schon lange keine Anfängerin mehr, dachte Frida. Sie bewegt sich bald besser als ich. Riss Jo hier im Studio zusätzliche Trainingseinheiten ab, von denen sie nichts wusste? Oder lernte sie einfach unheimlich schnell?

»Tom und Jens sind in Urlaub, die anderen haben ein Firmen-Event. Heute nur Milan, du und ich. Willst du dich nicht aufwärmen?«, fragte ihre Freundin und hielt den Sandsack fest. Unter ihrem Shirt stach spitz der Sport-BH hervor. Unter ihren schmalen Wangen zeichneten sich deutlich dunkle Augenringe ab. Obwohl es ihr nicht gut ging, trainierte sie im hier Studio wie eine Berserkerin.

»Klar. Wo ist Milan?« Frida wusste, dass er es nicht gern sah, wenn jemand zu spät zum Training kam. Dann waren zur Strafe Liegestütze angesagt. So viele, wie Tage im Monat vergangen waren. Und bei Milan war immer der einunddreißigste.

»Er ist drüben. Zwei von diesen Testosteron-Spackos hauen sich die Köpfe ein. Haben sich nicht mal warm gemacht und gleich in die Pratzen geschlagen. Milan legt sie sich gerade zurecht.«

Frida holte sich ein Springseil und sprang, bis sie auf Temperatur war. Danach machte sie dreißig Jumping Jacks, bis Jo ihr die Hand auf die Schulter legte. »Mach noch ein paar Skippies. Und achte mal auf deine Technik. Du schlägst sie zu flach. Ich schaue, wo Milan bleibt. Er will heute Eins-Zwei-Kombinationen mit uns trainieren.«

Frida sah ihr nach, während sie mit den bandagierten Händen Jabs schlug. Härter, trieb sie sich an. Sie konzentrierte sich, schlug, wechselte von der Fußspitze auf den ganzen Fuß, Jab, Wechsel. Plötzlich hatte sie das Bild des geblümten Kleides auf der Matratze vor sich. Ihre Gedanken rasten, ihr Atem ging flacher. Sie boxte wütend ein paar Hooks in die Luft, wandte sich zum Sandsack und schlug so hart zu, wie es mit den Bandagen ging. Den Schmerz in den Händen brauchte sie jetzt.

Was, zum Teufel, war in dieser abgeschlossenen Kammer da unten passiert? Die KTU hatte Blut und Sperma sichergestellt. Die Auswertung der DNA-Spuren würde am längsten dauern. Aber Frida war sicher, dass sie weibliche DNA gefunden hatten. Und sie befürchtete, dass die Frau, der das Kleid gehört hatte, nicht mehr am Leben war.

»Ho, ho, ho!« Milan stand plötzlich neben ihr und hielt den Sandsack fest. »Wenn du so weitermachst, knockst du ihn aus.« Ihre Blicke trafen sich. »Alles okay?«, fragte er und wirkte besorgt.

Sie stützte ihre bandagierten Hände auf die Oberschenkel und atmete durch, bis sie wieder Luft hatte. Schweiß lief ihr in die Augen. Sie wischte ihn an der Bandage ab. »Ja! Scheiße, das war mal nötig.« Sie sah den Trainer an. »Was sind das für Typen, die gegenüber Frauen Gewalt beim Sex brauchen?«

Er reichte ihr die Boxhandschuhe und half ihr beim Anziehen. »Ist die Frage ernst gemeint?«

Frida deutete ein Nicken an.

Lange sah er sie an. »Letztlich sind das arme Würstchen! Wer Gewalt braucht, der gesteht seine eigene Hilflosigkeit ein. Ich kenne genug Männer, die es erst richtig anturnt, wenn ihr Gegenüber schwächer ist oder völlig ausgeliefert. Die ohne Schläge gar keinen mehr hochkriegen. Vielleicht sollten die sich mal hier in den Ring stellen, aber dafür sind sie zu feige.«

Frida wischte sich über die Augen. »Ich habe heute was gesehen, das kriege ich nicht mehr aus dem Kopf.«

Er ging in Grundstellung und tippte sie leicht mit der Führhand an. »Ich habe eine Idee, wie wir das ändern.«

Kapitel 7

Fertig! Das Arbeitszimmer, das gleichzeitig als Gästezimmer diente, war bereit für Henni. Nach seiner Rückkehr von der Nordsee hatte Haverkorn sofort mit dem Ausräumen begonnen. Kisten mit Ursulas Schulsachen und ein paar seiner alten Notizen waren nun im Trockenkeller verstaut. Wäre seine Frau zu Hause gewesen, hätte sie sich mit aller Kraft dagegen aufgelehnt, die Sachen auszusortieren, das war ihm klar. Aber seit sie den Schuldienst nach einem Zusammenbruch verlassen hatte, war sie kaum noch in diesem Zimmer gewesen. Sie würde nicht mehr unterrichten können. Das hatte der Therapeut nach Ursulas Suizidversuch deutlich gemacht. Wenn sie irgendwann aus der Klinik in Schleswig entlassen würde, dann in die Frührente.

Haverkorn öffnete die Tür des Kleiderschranks. Die Regale waren vollgestellt mit Kisten, in denen Alben mit alten Fotos und Erinnerungen lagen. Diese würde er ebenfalls nach unten bringen. Schon seit Jahren lagerten sie hier, und niemand sah sie sich an. Henni brauchte Platz für ihre Sachen.

Er hob eine Kiste heraus und stellte sie an die Tür. Eine Weile blätterte er in einem Album aus den Achtzigern. Verblichene Farbfotos von ihren Urlauben in Griechenland, Schweden und Bali. Ursula strahlte unter ihrem Strohhut. Er stand ernst daneben. Auf allen Bildern war ein melancholischer Zug in seinem Gesicht zu erkennen. Vielleicht, weil Ursula für ihn nie die große Liebe gewesen war. Sie hatten eine solide Ehe geführt. Aber seit seine Frau mit vierzig sein Wunschkind abgetrieben hatte, waren sie langsam auseinandergedriftet wie zwei Kontinentalplatten. Heute war ihre Ehe nichts mehr als Erinnerungen auf Polaroid. Er klappte das Album zu.

Ganz hinten im Fach lagen noch ein paar lose Fotos. Er zog sie heraus, erinnerte sich. Eine Firmenfeier im Büro. Jemand hatte wohl einen runden Geburtstag ausgerichtet. Der ehemalige Leiter der Mordkommission, Ewald Thienen, hielt ein Glas Sekt in der Hand und lachte in die Kamera. Wann war er in Pension gegangen? Als Andreas Vollmer das Team übernommen hatte. Vor gut fünf Jahren also. Aber dieses Foto war älter. Bald zehn Jahre. Auch Jochen Wolf war noch da gewesen. Er saß hinter Thienen und redete angeregt mit einer Kollegin. Die war auch schon lange weg. Wie hieß die noch? Astrid … und der Nachname? Vergessen.

Haverkorn, du bist nicht nur ein alter Sack, vergesslich bist du auch schon. Verdammt! Salmiak, genau. Sie hatte diesen seltsamen Nachnamen gehabt. Wie Ammoniak. Das war immer seine Eselsbrücke gewesen. Er sah auf die sektseligen Gesichter auf dem Foto. Nur eines war ernst. Eine junge Frau, die allein am Tisch saß. Marei Wendt.

Haverkorn blickte ihr lange in die traurigen Augen. An das Mädchen hatte er schon lange nicht mehr gedacht. Was hätte aus ihr werden können, wenn er sich mehr um sie gekümmert hätte. Wenn die Katastrophe ausgeblieben wäre. Er atmete aus und steckte das Foto mit den anderen in einen Briefumschlag. Aber die alten Schuldgefühle konnte er nicht wegschließen. Die waren in den letzten Jahren leiser geworden, aber nie ganz verschwunden. Nun stiegen sie wieder an die Oberfläche.

Haverkorn schob den Umschlag in einen der Kartons und brachte ihn mit dem anderen Kram zur Tür.

Morgen würde hier endlich wieder Leben in der Bude sein, wenn Henni bei ihm einzog. Als er vor der Lebertransplantation an ihrem Bett im Krankenhaus gesessen hatte und die Chancen gen null gingen, dass es einen Spender für sie geben würde, hatte er sich das ausgemalt. Wie es wäre, mit seiner Tochter zusammenzuleben. Und endlich die vierzig Jahre nachzuholen.

Haverkorn ging durch die Räume. Alles war bereit für seine Tochter. Nur Ursula bereitete ihm Kopfzerbrechen. Bei seinen wenigen Besuchen in der Klinik in den letzten Wochen hatte er nicht die richtigen Worte gefunden, ihr zu sagen, dass er Vater einer vierzigjährigen Tochter war. Er schob vor, dass er sie nicht damit belasten, ihre Therapie nicht mit einer solchen Nachricht überschatten wollte. Aber das war nicht der wahre Grund. Er war noch nicht bereit gewesen, ihr von seinem großen Glück zu erzählen. Morgen, sagte er sich. Morgen rufe ich sie an und sage es ihr.

Er öffnete die Tür und verharrte in der Bewegung. »Jutta!«

Die Frau vor der Tür war einen halben Kopf kleiner als er. Sie trug ein auffallendes Sommerkleid mit großen Blüten, was andere Frauen, die die sechzig überschritten hatten, sich wohl nicht getraut hätten. Ihr schulterlanges Haar war von ersten grauen Strähnen durchzogen. »Hallo, Bjarne. Hast du Lust auf ein Glas Wein? Ich war gerade in der Nähe.« Sie hob eine Weinflasche hoch.

»Ja, komm doch rein! Die Sachen bringe ich später in den Keller.« Haverkorn stellte die Kisten neben die Tür.

Jutta sah auf die Fotoalben. »Manchmal ist es gut, mit der Vergangenheit abzuschließen.« Sie ging an ihm vorbei.

Hatte sie nur die Fotos gemeint, oder steckte viel mehr in ihrer Bemerkung? Ein Hauch ihres Parfums lag in der Luft. Warum war er plötzlich so aufgeregt? Hennis Mutter und er waren vor über vierzig Jahren ein Liebespaar gewesen. Kein Grund, nach so vielen Jahren nervös zu werden. Warum war er es dann?

†

Um vier Uhr klingelte der Wecker des Smartphones. Frida drückte es aus und stand sofort auf. Sie machte fünfzig Sit-ups und zwanzig Liegestütze. Der Muskelkater schmerzte, aber sie hielt ihn aus. Heute war sie noch vor ihrem Vater auf den Beinen, der sonst immer um fünf Uhr der Erste in der Küche war. Lediglich Arthur gesellte sich für einen Moment zu ihr, als sie sich ein Brot machte. Sie gab ihm einen Brotkanten, er schnappte ihn und trottete zurück in die Diele. Dort lag der English Setter auf einem von Arthurs Hundekissen in der Diele und rührte sich nicht. Der alte Hütehund kümmerte sich rührend um seinen trauernden Freund, wich ihm kaum noch von der Seite, lag neben ihm und bewachte ihn. Langsam kam wieder Leben in Haders Hund. Er winselte nicht mehr so viel, fraß ein paar Happen und bewegte die Ohren, wenn man mit ihm sprach. Er war noch jung, würde den Verlust verschmerzen.

Frida setzte sich an den Küchentisch, trank Kaffee und aß ihr Brot. Die Müdigkeit saß in jeder Faser ihres Körpers. Es war fast elf gewesen, als sie den Boxclub in Hamburg verlassen hatte. Milan hatte Jo und sie richtig gefordert und mit ihnen die Eins-Zwei-Kombinationen geübt, bis Frida kaum noch ihre Arme oben halten konnte. Jo schien das Einzeltraining zur Höchstleistung anzutreiben. Frida war mit ihren Gedanken den ganzen Abend bei der geheimen Kammer gewesen. Vielleicht würden sie heute schon einige erste Untersuchungsergebnisse der KTU bekommen.

Der Hof lag noch im Dunkeln, als sie losfuhr. Ein blassrosa Streifen am Horizont kündigte den Sonnenaufgang an. Die weiten Felder der Marsch zogen in der Morgendämmerung an ihr vorbei. Ein paar einzelne Kühe standen, in sanfte Rottöne getaucht, auf den Weiden. Sie öffnete das Fenster und legte den Ellenbogen hinaus. Der Fahrtwind war kühl, aber der Tag würde wieder heiß werden. Für den Abend waren Hitzegewitter angekündigt. Hoffentlich regnete es endlich.

Schwalben stiegen neben ihr in den Himmel. Wie schön es hier ist, dachte sie. Es war richtig gewesen, in die Marsch zu ziehen. Raus aus der Enge und Schnelllebigkeit der Großstadt. Hamburg fehlte ihr nicht. Wieder wurde ihr bewusst, dass der Obsthof hier draußen eines Tages ihr gehören würde und dass sie noch immer keine Idee hatte, was sie mit diesem Erbe anfangen sollte. Sie war die Tochter eines Obstbauern in vierter Generation, hatte aber weder das Wissen noch die Leidenschaft, den Hof weiterzuführen. Ihr Vater war Anfang sechzig. Lange würde er die schwere Arbeit hier nicht mehr bewältigen können. Das Gespräch über die Zukunft schoben sie beide seit Wochen vor sich her.

Kurz nach fünf betrat Frida die Räume der Mordkommission. In den Büros waren leise Stimmen und Tastaturgeklapper zu hören. Der Geruch von Kaffee lag im Flur und führte sie sofort zum Besprechungsraum. Doch der war leer. Das nächste Teammeeting war für sieben Uhr angesetzt. Frida nahm sich einen Becher und goss sich Kaffee aus der Thermoskanne ein.

»Moin, da bist du ja«, sagte Anja und stellte sich neben sie. »Wahler will uns noch vor dem Meeting sehen.«

»Er ist schon da?« Frida trank einen Schluck.

»Ich weiß nicht, ob er überhaupt zu Hause war. Er hat denselben Anzug an wie gestern.«

Sie setzte den Becher ab. »Hast du den Bericht am Abend noch fertig gemacht?«

»Natürlich, Wahler wollte ihn gleich haben.« Anja schenkte sich Kaffee ein und trank. »Wollen wir? Dann haben wir's hinter uns.«

Sie ließen die Becher stehen und klopften am Büro des Leiters. Er bat sie herein. Wahler sah übernächtigt aus. Sein Bartschatten schimmerte heute noch dunkler. Er hatte die Anzugjacke auf einen Bügel gehängt und die Ärmel seines Hemdes hochgekrempelt. Der lange gestrige Tag und die Nacht hier im Büro waren ihm deutlich anzusehen.

Hinter seinem Schreibtisch stand ein Paar Schuhe. Saß Wahler tatsächlich in Socken am Schreibtisch? Anja hatte die Schuhe ebenfalls bemerkt und warf Frida einen Blick zu.

»Guten Morgen, setzt euch bitte!« Er zeigte auf seine Kapselmaschine. »Kaffee?«

Sie setzten sich. »Nein danke, hatten wir gerade!«, sagte Anja. »Oder möchtest du?«

Frida verneinte.

Der neue Leiter der Mordkommission unterdrückte ein Gähnen. »Euer Bericht ist sehr umfassend.« Er zog eine Mappe unter anderen Papieren hervor. »Ehrlich gesagt, weiß ich nicht, ob das ein Fall für unsere Abteilung ist. Vielleicht sollten wir die Sitte einschalten.«

Anja atmete langsam aus. Sie konnte ihre Anspannung nur schwer verbergen. »Die KTU hat gestern, wie ich schon im Bericht vermerkte habe, Blut, Sperma und Katzenhaare auf der Matratze und neben dem Bett sichergestellt. Wenn deren Bericht da ist, wissen wir mehr.«

Wahler streckte sich und ließ seine Schultern kreisen. Dann legte er die Arme hinter den Kopf. »Katzenhaare?«

»In der Mühle lebte auch ein Kater. Vielleicht ist er mal runtergeklettert, als Josef Hader die Klappe geöffnet hat.«

Wahler legte seine Arme auf den Schreibtisch und dachte einen Moment nach. »Wir wissen nicht, wer da unten in diesem Raum war. Vielleicht ging es einfach um harten Sex.«

»Ist das dein Ernst?«, platzte Frida heraus. »Der Raum ist gut versteckt und mit einer schweren Stahltür gesichert, die sich nur von außen öffnen lässt.«

Wahler atmete aus und ließ die Arme sinken. »Habt ihr weitere Hinweise auf die Anwesenheit einer Frau in dem Raum oder im Haus gefunden? Außer dem Kleid?«

»Nein, bisher nicht …«

»Gut, wir warten den Bericht der Kriminaltechnik ab. Ihr beide übernehmt den Fall Deichmühle! Aber lasst eure Emotionen außen vor! Die gehören nicht hierher. Wir beurteilen die Sachlage allein aufgrund der Spuren. Wenn sich nicht feststellen lässt, dass wir es mit einem Tötungsdelikt zu tun haben, geben wir den Fall an die Kollegen, verstanden?«

Sie nickten.

Er stand auf und zog seine Schuhe an. »Noch Fragen?«

»Nein!« Frida stand ebenfalls auf. Ihr passte der Verlauf des Gespräches genauso wenig wie Anja. Aber Wahler hatte recht. Wenn kein Tötungsdelikt vorlag, gehörte dieser Fall nicht in die Mordkommission.

»Gut, haltet mich auf dem Laufenden! Wenn der Bericht der KTU reinkommt, informiert ihr mich sofort!« Er wischte sich über die Augen. Wenn er überhaupt geschlafen hatte, dann sicherlich nur wenige Stunden. Frida hatte längst die Wolldecke auf der Couch in der Ecke bemerkt. »Der Tankstellenfall hat für das Team erst mal Priorität. Der BKI-Leiter hat mich gestern Abend von zu Hause angerufen. Er wünscht umgehend Ergebnisse. Dafür bündeln wir alle Kräfte. Wir sehen uns um sieben im Teammeeting.«

Anja verließ hinter Frida den Raum. »Hätte ja nicht besser laufen können«, sagte sie, als sie allein waren.

»Warten wir den Bericht ab.« Anja ging in ihr Büro und setzte sich an den Schreibtisch. Frida blieb in der Tür stehen.

»Nach dem Meeting fahren wir zum Sohn von Josef Hader. Ich habe seine Adresse. Er lebt in Hamburg«, sagte Anja. »Anschließend müssen wir noch mal raus zur Mühle. Die KTU hat die Wand der Kammer geöffnet.«

Die Adresse in Hamburg-Rissen war anders, als sie erwartet hatten: imposant. Die Villa lag inmitten hoher Blutbuchen in einem Garten, der unverkennbar von einem Gärtnerservice gepflegt wurde. Auf der Kieseinfahrt parkte ein BMW X3. Anja und Frida hatten sich zweimal vergewissert, ob sie bei dieser Adresse richtig waren. Nach der ärmlichen Behausung von Josef Hader in der baufälligen Mühle erwartete sie hier gediegener Hamburger Schick. Eine junge Frau öffnete und rief mit einem rauen Akzent nach der Hausherrin.

Theresa Hader war eine schöne Frau in den Vierzigern. Für den Wochentag war sie für Fridas Geschmack etwas zu elegant gekleidet. Für einen Moment dachte Frida, sie käme ihr bekannt vor, aber das war sehr unwahrscheinlich. Sie hatte in den letzten Jahren in Hamburg auf Streife in so viele Gesichter geschaut. Und diese reichen Hamburger Ehefrauen waren für sie wie Nähmuster aus demselben hochwertigen Modekatalog: bildschön und austauschbar.

»Theresa Hader?«, fragte Anja.

Die Frau nickte. »Ist etwas mit meinem Mann?«

Anja hielt ihren Dienstausweis hoch. »Kriminalpolizei, wir würden Sie gern kurz sprechen? Können wir reingehen?«

Theresa Hader sah sie bewegungslos an, stützte sich am Türrahmen ab. Nach kurzem Zögern bat sie sie in die Diele. Dort blieb sie stehen, als sei sie nicht bereit, schlechte Nachrichten im Wohnzimmer zu empfangen. »Geht es um meinen Mann?«

»Nein«, sagte Anja ruhig. »Kennen Sie Josef Hader?«

Die Frau schluckte trocken. »Das ist Roberts Vater! Ist ihm etwas zugestoßen?«

»Sie sind gestern nicht benachrichtigt worden?«, fragte Anja vorsichtig und warf Frida einen ungläubigen Blick zu. Hatte niemand die Familie von Josef Hader über sein Ableben informiert?

»Benachrichtigt? Was meinen Sie?«

»Vielleicht können wir uns setzen?«

Theresa Hader bat sie in einen kleinen Salon, wo sie auf der Couch Platz nahmen. »Was ist mit Josef, nun reden Sie schon! Warum kommt die Kripo ins Haus?«

Beim Überbringen von Todesnachrichten waren normalerweise Psychologen vom Kriseninterventionsteam dabei, um die Angehörigen sofort betreuen zu können. Dass die Familie noch nicht über Josef Haders Tod unterrichtet worden war, damit hatten sie nicht gerechnet.

»Frau Hader, Ihr Schwiegervater ist vorletzte Nacht verstorben«, sagte Anja geradeheraus. »Er ist von einer Treppe in seinem Wohnhaus gestürzt. Mein Beileid!«

Theresa Hader schwieg einen Moment. Sie knetete nervös ihre Hände. »Josef ist tot?« Sie sah erst Anja, dann Frida an, atmete tief durch. »Ich muss meinen Mann anrufen!« Sie wirkte plötzlich fahrig. Mit einer entschiedenen Bewegung stand sie auf und ging zu einem Sideboard, wo ein Festnetztelefon stand. Dann drehte sie sich um. »Und warum kommen Sie dann hierher, wenn es sich um einen Unfall handelt?«

»Die Ermittlungen sind noch nicht abgeschlossen.«

Theresa Hader telefonierte. Als sie nach ein paar Sätzen den Hörer auflegte, blieb sie am Sideboard stehen, als brauche sie diese Distanz zu ihren Gästen. »Möchten Sie Kaffee?«

Anja und Frida bejahten. Die Hausherrin ging nach draußen.

»Kaum zu glauben, dass Hader ihr Schwiegervater war«, flüsterte Frida und sah sich in dem luxuriösen Zimmer um.

»Du weißt, warum der alte Hader die einsame Mühle bevorzugt hat«, antwortete Anja.

Frida war mit ihren Gedanken in der schalldichten

Kammer unter der Küche, als Theresa Hader zurückkam. Hinter ihr betrat die Hausdame mit einem Tablett den Raum. Während diese den Kaffee servierte, stand Josef Haders Schwiegertochter am Fenster und blickte in den Garten. »Das hatte ja so enden müssen. Ich habe oft zu meinem Mann gesagt, dass er ihn in einem Heim unterbringen soll. Wir hätten den Platz bezahlt, keine Frage. Aber Josef war stur wie ein Ochse. Er wollte nicht weg aus seiner Mühle.«

»Wie gut kannten Sie Ihren Schwiegervater?«

Sie drehte sich zu ihnen, lehnte sich mit dem Rücken ans Fenster und verschränkte die Arme vor der Brust. »Wir haben uns nur selten gesehen. Er legte keinen Wert auf seine Familie.«

»Und Ihr Mann? Hatte er Kontakt zu seinem Vater?«, fragte Frida.

»Robert hat es immer wieder versucht. Er war an Weihnachten das letzte Mal draußen in der Marsch, wollte ihm eine Gans vorbeibringen.« Sie lachte auf. »Josef hat ihn mit dem Gewehr bedroht, hat geschrien, er solle verschwinden. Seinen eigenen Sohn, können Sie sich das vorstellen?«

Für einen Moment herrschte betretene Stille. Ein Geräusch war zu hören. Der Haustürschlüssel drehte sich im Schloss, die Tür wurde geöffnet. »Theresa?«

»Ich bin hier!« Die Hausherrin eilte ihrem Mann entgegen. Frida hörte die beiden in der Diele leise reden.

Robert Hader betrat den Raum. Er war, wie sein Haus, eine imposante Erscheinung. Der Sohn von Josef Hader mochte Ende vierzig, Anfang fünfzig sein. Er war groß und attraktiv, aber sein Anzug saß etwas zu eng um die Hüften. Mit einem festen Händedruck begrüßte er die beiden Polizistinnen, öffnete den Knopf seines Jacketts und setzte sich ihnen gegenüber in einen Sessel. »Mein Vater ist tot?«, fragte er.

»Das stimmt. Mein Beileid, Herr Hader«, sagte Anja. »Wir sind davon ausgegangen, dass sie gestern schon informiert wurden. Ihr Vater ist vorgestern in der Deichmühle von der Treppe gestürzt.«

»Wann ist es passiert?«

»In der Nacht. Wir vermuten, dass er auf dem Weg zur Toilette im Erdgeschoss war. Er trug einen Schlafanzug.«

Robert Hader kratzte sich an der Stirn. Er wirkte plötzlich erschöpft. »Dass es eines Tages so kommen würde, war mir klar. Die Mühle war nicht mehr sicher. Aber er wollte nicht wegziehen und auch keinen Handwerker hereinlassen. Ich hätte dafür bezahlt, keine Frage!« Er drehte sich zu seiner Frau um. »Theresa, bringst du mir bitte auch einen Kaffee?«

»Natürlich!« Sie ging hinaus.

Er versank einen Moment in Gedanken. »Mein Vater war aggressiv und streitsüchtig, hat sich mit jedem da draußen angelegt. Dass er niemanden ernsthaft verletzt hat, wundert mich.«

»Sie wissen also, dass es Streit gegeben hat?«

Robert Hader legte seine Stirn in Falten. »Streit? Das ist die Untertreibung des Jahres. Der hat da draußen Krieg gespielt mit den Nachbarn. Ich habe mehrfach Brände gelöscht. Mit Geld lässt sich doch einiges regeln. Aber als er Benno, seinen Hund, erschossen hat, ist das Fass übergelaufen. Da haben sie ihn angezeigt, und er hatte ein Verfahren am Hals.«

»Aber sein Hund war dort, als wir ihn gefunden haben.«

»Das ist Bruno, der neue Hund. Ich rede von seinem Vorgänger.«

»Warum hat er seinen Hund erschossen?«, hakte Frida nach.

Hader deutete ein Schulterzucken an. »Er hat seine Kommandos nicht befolgt. Und kein Jäger braucht einen Jagdhund, der ihm nicht gehorcht. Da ist ihm irgendwann der Geduldsfaden gerissen. So war mein Vater. Er hat nicht lange gefackelt, wenn man sich ihm widersetzt hat.«

»Wer hat ihn denn angezeigt?«, hakte Frida nach.

»Wissen Sie, ich kann mir die Namen von den Leuten nicht merken. Es waren so viele über die Jahre, die mit meinem Vater eine Rechnung offen hatten. Aber ich bin sicher, das finden Sie schnell heraus. Es gab auch ein paar Artikel in der Regionalpresse.«

»Sein Hund, also Bruno, ist jetzt auf dem Hof meiner Eltern. Wir haben ihn gestern mitgenommen. Sie können ihn jederzeit abholen.«

Hader sah sie an, als habe sie einen Scherz gemacht. »Ich kann ihn hier nicht aufnehmen. Meine Frau hat Angst vor Hunden.«

»Gibt es andere Angehörige, die ihn aufnehmen könnten?«

Er schüttelte den Kopf. »Meine Mutter ist schon lange tot. Sie starb, bevor Vater die Mühle gekauft hat. Bringen Sie den Hund in ein Heim, damit er vermittelt wird. Ich werde mich mit einer Spende erkenntlich zeigen.«

Theresa Hader kam zurück und reichte ihrem Mann eine Tasse Kaffee.

»Danke, Liebes. Komm, setz dich zu uns!«

Seine Frau nahm im Sessel neben ihm Platz.

»Warum die Kripo?«, fragte ihr Mann nun und stellte

die Tasse auf den Couchtisch. »Mein Vater ist von der Treppe gestürzt, es war ein Unfall. Oder habe ich etwas nicht mitbekommen?«

»Wie gut kannten Sie die Mühle, Herr Hader?«, stellte Anja eine Gegenfrage.

»Wie gut?« Er stockte. »Ich verstehe nicht, was Sie meinen.«

»Waren Sie in seiner Küche?«

Robert Hader blickte sie ungläubig an. »In seiner Küche? Ja, natürlich!« Er wurde langsam ungehalten. »Entschuldigung, worauf wollen Sie eigentlich hinaus?«

Auch Theresa Hader schien dem Verlauf des Gespräches nicht folgen zu können. Ihr fragender Blick wanderte zwischen den Polizistinnen und ihrem Mann hin und her.

»Wissen Sie, dass es unter der Küche der Mühle einen weiteren Raum gibt?«, fragte Frida.

»Einen weiteren Raum? Reden Sie von einem Keller?« Robert Hader runzelte die Stirn. »Soweit ich weiß, hatte er nur diesen Schuppen, die alte Waschküche!«

Anja fragte ganz direkt. »Sie wissen also nichts von dem versteckten Raum unter der Küche?«

»Nein! Nun reden Sie schon! Was haben Sie da unten gefunden?« Der Sohn von Josef Hader überkreuzte die Arme. »Hatte mein Vater etwa eine Leiche im Keller?«

Kapitel 8

Haverkorn ließ seiner Tochter Zeit, sich im Gästezimmer einzurichten. Er hatte sie am Morgen in St. Peter-Ording abgeholt und war mit ihr nach Itzehoe gefahren, wo er ihr die Wohnung gezeigt hatte. Er spürte, dass dies ein Umbruch war. Ein Neuanfang, den er mit sechzig hinlegte.

Er sah auf das Telefon, und ihm wurde bewusst, dass er seine Frau noch immer nicht in der Klinik angerufen und ihr von seiner Tochter erzählt hatte. Er verschob es auf den nächsten Tag.

»Brauchst du noch was?«, fragte er laut und setzte die Espressokanne auf den Herd, stellte die Gasflamme an.

»Nein, danke!«, rief Henni zurück.

Die Melodie seines Handys erklang in der Diele. Er ging hinüber und zog es aus der Tasche seiner Jacke, die an der Garderobe hing. *Andreas Vollmer* stand auf dem Display. »Moin, Andreas!«, grüßte er.

Am anderen Ende war kurz Stille. »Spreche ich mit Bjarne Haverkorn? Hier ist Nick Wahler.«

Erst in diesem Moment wurde ihm klar, dass der neue Leiter der Mordkommission Vollmers Büronummer übernommen hatte. Er musste dringend den Namen im Handy ändern. »Natürlich! Mein Fehler!«

»Ich möchte dich gern kennenlernen.« Wahler ging gleich zum vertraulichen Du über. »Wäre es dir möglich, in den nächsten Tagen kurz in der BKI vorbeizuschauen? Ich weiß, dass du noch krankgeschrieben bist. Deine Kollegen sagen, es geht dir wieder besser?«

»Ja, das stimmt.«

Wahler räusperte sich. »Ich würde ja auch zu dir nach Hause kommen, aber der neue Fall …«

»Ich habe davon gehört. Der Tote an der Tankstelle.« Haverkorn musste zugeben, dass die direkte Art von Nick Wahler ihm imponierte. Er zeigte ihm mit diesem Anruf, dass er trotz der wochenlangen krankheitsbedingten Pause noch immer zum Team gehörte. »Wie wäre es Freitagmorgen?«

»Sehr gut! Gleich um acht?«

»Ich bin um acht da.«

Wahler verabschiedete sich und legte auf.

Haverkorn stand einen Moment unschlüssig in der Diele. Ein lautes Zischen in der Küche ließ ihn herumfahren. Er lief hinüber und zog die Espressokanne vom Herd. Das war noch mal gut gegangen!

Henni stand hinter ihm, auf ihre Krücke gestützt. »Kann ich helfen?«

»Setz dich!« Er goss den Espresso in Tassen und stellte sie auf den Tisch, holte Milch und den Kuchen, den er gekauft hatte.

»Ich muss etwas mit dir besprechen.« Während er das Gebäck auf zwei Teller verteilte, überlegte er, wie er anfangen sollte. Er wählte den direkten Weg. »Deine Mutter möchte dich sehr gern sehen.«

Henni setzte die Tasse ab und lehnte sich zurück. »Ich sie aber nicht.« Sie wirkte angespannt, als sie sich eine Strähne hinter das Ohr strich. Die Bewegung erinnerte ihn an Jutta damals. Wenn sie wüsste, wie sehr sie ihrer

Mutter ähnelt, dachte er. Aber er sagte es nicht. Das hätte das Feuer erst richtig entfacht.

»Sie hat einen großen Fehler gemacht …«

»Einen großen Fehler?«, unterbrach sie ihn. »Sie hat mir vierzig Jahre erzählt, mein Vater wäre tot! Das kann ich nicht einfach so vergessen!«

Haverkorn verstand sie. Aber er gab nicht auf, denn er wusste, wie nahe sich Mutter und Tochter gestanden hatten. »Sie jetzt aus deinem Leben auszuklammern macht es nicht besser. Rede mit ihr. Sag ihr, wie du dich fühlst.«

»Sie hat mir jahrzehntelang feige ins Gesicht gelogen. Dabei wusste sie, wie sehr ich darunter gelitten habe, keinen Vater zu haben.« So verletzlich hatte sie noch nicht einmal im Krankenhausbett ausgesehen. Henni schob den Kuchenteller weg. »Mir ist der Appetit vergangen. Ich lege mich hin.« Sie stand mühsam auf und ließ ihn am Tisch sitzen.

Haverkorn schob auch seinen Teller beiseite und schaute aus dem Fenster. Die erste Auseinandersetzung hatte sie beide gründlich außer Gefecht gesetzt.

†

»Das müsst ihr euch gleich ansehen«, sagte Horst Lüttje, der Leiter der Kriminaltechnik, als Frida und Anja an der Mühle aus dem Jeep stiegen. Sie zogen Overalls und Handschuhe über, die Lüttje ihnen am Transporter der KTU gab. Von dort führte er sie jedoch nicht zum Haus, sondern zu dem Schuppen neben der Mühle. Zwischen dem gestapelten Brennholz summten Insekten.

»Wahrscheinlich ein Wespennest«, erklärte Lüttje, als er Fridas Miene sah. Wieder erinnerte sie sich an den Tag, als sie sich hier an heißen Eisenriegeln die Hände verbrannt hatte. »Da drin hat der ehemalige Bewohner seine Schmiedearbeiten angefertigt«, sagte sie.

Lüttje drehte sich um. »Das war wohl früher mal das Getreidelager der Mühle. Danach vermutlich eine Waschküche. Ein alter Kessel ist noch drin. Heute dient es als … Na, seht es euch selbst an.« Er öffnete die Tür und ließ sie eintreten. Ein strenger Geruch schlug ihnen entgegen. Frida musste kurz innehalten, bis sie sich daran gewöhnt hatte. Im Inneren war es überraschend kühl.

Ihr Blick fiel sofort auf das Reh, dessen aufgebrochener Kadaver vor der Wand an der Decke hing. Darunter war geronnenes Blut in einer Auffangschale zu sehen.

Anja inspizierte den eingebauten Küchentresen vor dem Fenster, auf dem jede Menge Messer lagen. Am Rand war ein robuster Fleischwolf angebracht. Neben einer Metallspüle mit Wasserhahn.

»In seinem Schlafzimmer haben wir einen Waffenschrank mit ein paar Büchsen und einem Jagdgewehr gefunden.«

»Waffenschein?«, hakte sie nach.

»Nada.« Lüttje zuckte die Schultern. »Aber bei dem Durcheinander da drin … Wie alte Leute halt so leben.«

Frida stand neben dem Reh, das professionell ausgeweidet worden war. »Und hier hat er das Wild abgehängt und das Fleisch verarbeitet.«

»Ekelhaft«, flüsterte Anja.

Frida wunderte sich, dass eine erfahrene Kollegin wie Anja von einem Tierkadaver angewidert war.

Lüttje wies auf eine Tür. »Da im Nebenraum steht eine Kühltruhe neben dem alten Waschkessel. Die ist brechend voll.«

Anja und Frida sahen sich an. »Habt ihr den Inhalt schon überprüft?«

Lüttje schien ihren Gedankengängen nicht zu folgen. »Ich habe mal reingesehen. Eine Menge Fleisch, würde ich sagen.«

Sie liefen an ihm vorbei, und Frida öffnete die Kühltruhe. Sie war gefüllt mit Fleischbeuteln, abgepackt in Portionen für ein bis zwei Personen.

»Der wäre so über den Winter gekommen«, sagte Anja. Sie ging zurück in den Raum, wo Lüttje auf sie wartete. Vor einem Regal mit eingemachten Gläsern blieb sie stehen. Jagdwurst, Blutwurst und Leberwurst aus Wild. »Wann untersucht ihr die Truhe genauer?«

»Sobald wir in dem Haus und der Kammer fertig sind.«

»So lange kann ich nicht warten, Horst. Lass ein paar Leute auch hier loslegen. Wahler will den Fall gern eindampfen. Wir brauchen etwas Konkretes, damit wir weitermachen können.«

Lüttje schüttelte den Kopf. »Schade, dass Vollmer weg ist. Der würde so schnell nichts eindampfen wollen.«

»Wahler hat genug mit dem Tankstellenfall um die Ohren. Er hat Druck von oben. Und durch die Medien. Der will sich hier draußen nicht noch mehr aufhalsen.«

Der Leiter der KTU ging zur Tür. »Okay, ich schicke ein paar meiner Jungs rüber. Soll ja später nicht heißen, wir hätten zu langsam gearbeitet.«

Frida war an den Küchentresen getreten. Sie zeigte auf die Jagd- und Tranchiermesser, die auf einem Küchentuch lagen. »Und damit sollten deine Leute anfangen. Wir müssen wissen, ob hier noch etwas anderes zerlegt wurde als Wild.«

Kapitel 9

Das Sommergewitter hing drüben über dem Alten Land und kam nicht über den Fluss. Ein Blitz zuckte über den Nachthimmel, ein dumpfes Grollen folgte. Frida blieb vor dem Reetdachhaus in ihrem Wagen sitzen und sah dem Naturschauspiel zu. Sie mochte Gewitter in der Nacht, wenn sie keinen Hagel brachten, der für die Ernte bedrohlich wurde. Aber heute spielte das Stück auf der anderen Elbseite, sie waren nur Zaungäste. Es würde für sie wieder keinen Regen geben.

Frida stieg aus und ging zum Haus. Sie wollte duschen und ein paar Stunden schlafen. Und essen musste sie auch endlich etwas. Anja und sie hatten den Tag in der Mühle verbracht. Die Wandverkleidung der Kammer war von den Kriminaltechnikern geöffnet worden. Darunter hatten sie – wie erwartet – ein ausgeklügeltes Lüftungssystem gefunden, das in schalldämmendem Material verlegt worden war. Ein solider Stahlbetonrahmen fasste die Kammer ein. Vor der Öffnung der Wand war ein Lärmtest durchgeführt worden. Der Schallschutz der Kammer hatte gut 150 Dezibel absorbiert. Mehr als den Schrei eines Menschen. Sollte Wahler jetzt noch Zweifel daran anmelden, dass dieser Raum dem Zweck diente, jemanden darin einzusperren, würde Anja ihm die Hölle heißmachen.

Frida blieb in der Diele stehen. Aus der Küchentür fiel Licht. Waren ihre Eltern noch wach? Sie ging hinein. Ihr

Vater saß über einem Bier am Küchentisch und las Zeitung.

»Warum bist du noch nicht im Bett?«

Fridtjof klopfte auf den Sitzplatz neben sich auf der Bank. »Setz dich mal zu mir.«

»Gleich. Gibt's noch was zu essen? Ich falle um vor Hunger.«

»Mutter hat noch Kartoffelsuppe im Topf.« Er las weiter, während Frida sich einen Teller mit Suppe füllte und Brot abschnitt. Sie setzte sich ihrem Vater gegenüber an den Tisch und war gespannt, was er mit ihr besprechen wollte. Denn dass er extra auf sie gewartet hatte, war offensichtlich.

Er schob die Zeitung weg und beobachtete sie eine Weile beim Löffeln der Suppe. »Ich habe ein Kaufangebot für den Hof.«

Im ersten Moment dachte sie, er mache Scherze. Aber sein Gesichtsausdruck hätte ernster nicht sein können. »Du willst verkaufen?« Sie legte den Löffel ab.

»Von wollen kann keine Rede sein. Aber wenn du den Hof nicht übernimmst, wird mir nichts anderes übrig bleiben.«

Plötzlich waren Arthur und Bruno zwischen ihren Beinen und ließen sich einträchtig unter dem Tisch nieder. Frida kraulte beide Hunde und war froh, dass der English Setter sich langsam bei ihnen einzugewöhnen schien. Es war eine gute Entscheidung gewesen, ihn mit auf den Hof zu nehmen.

Marta stand im Morgenmantel in der Tür. »Bitte rede ihm das aus, Frida! Wir verkaufen den Hof nicht. Das ist unser Zuhause!« Sie ging zum Küchentresen und schenkte sich ein Glas Wasser ein.

Fridtjof starrte in sein Bierglas.

»Papa, wir finden eine andere Lösung. Ganz sicher.«

»Ich kann den Hof noch ein, zwei Jahre führen. Aber dann schaffe ich das alles hier nicht mehr ohne Hilfe. Ein Schwiegersohn wäre gut.«

Diese alte Geschichte wieder. »Du weißt, dass es so bald keinen geben wird«, erwiderte Frida und nahm den Löffel wieder auf.

»Du bist zu wählerisch, mein Kind. ›Schönheit vergeht, Hektar besteht!‹ Das haben schon unsere Großeltern gesagt!«

Frida schmunzelte. Sie wusste, dass ihr Vater sie nur aufziehen wollte. »Wer will den Hof denn kaufen?«

»Du hast ihn letztens kennengelernt. Hermann Wolters. Der Bauer aus dem Alten Land. Er sucht einen Hof für einen seiner Söhne.«

»Altes Land? Was hast du denn mit denen da drüben zu schaffen?«, fragte Marta und konnte ihre Entrüstung nur schwer unterdrücken.

Ihr Mann warf ihr einen ärgerlichen Blick zu. »Lass mich mal allein mit Frida reden. Du bist schon wieder zu emotional.«

Fridas Mutter stellte laut das Glas ab. »Kommt, Arthur und Bruno, wir sind hier nicht erwünscht.« Sie ging mit den Hunden hinaus und zog die Tür laut ins Schloss.

»Das ist auch ihr Hof, Papa. Du kannst sie nicht immer ausschließen.«

Fridtjof Paulsen stand von der Küchenbank auf und ging zum Fenster. Er sah lange hinaus. »Die Arbeit wird auch für deine Mutter nicht leichter. Wir können die Augen nicht davor verschließen, dass wir beide bald zu alt sind, um diesen Hof am Laufen zu halten. Du machst Karriere bei der Polizei. Das verstehe ich alles. Aber du musst mich auch verstehen, mein Kind. Ich will den Hof nicht verfallen sehen.«

»Wie viel will Wolters denn zahlen? Ist das Angebot so gut, dass du ernsthaft darüber nachdenkst?«

Fridtjof zögerte und trank. »Es ist angemessen.«

Frida stand auf und trat zu ihm. »Papa, mach keinen Unsinn! Bitte, sag Wolters ab. Ich überlege mir was. Gib mir ein paar Tage. Das hier ist unser Zuhause, und das wird es auch bleiben.«

Am Morgen parkten vor der Mühle zwei Transporter der KTU. Daneben standen der VW von Klaus Behrens und ein Volvo mit Hamburger Kennzeichen. Frida erkannte ihn sofort. In diesem Wagen hatte sie im Frühjahr gesessen, als sie mit dem Rechtsmediziner Dr. Torben Kielmann zur Identifikation einer Wasserleiche nach Dänemark gefahren war. Frida atmete durch. Sie hatte gewusst, dass es irgendwann passieren, dass sie ihn wiedertreffen würde. An einem Tatort oder bei einer Obduktion im Institut der Rechtsmedizin. Aber heute war sie auf eine Begegnung mit ihm nicht vorbereitet gewesen.

Sie hatten sich vor ein paar Monaten beruflich kennengelernt, doch daraus war für eine Nacht mehr geworden. Ein One-Night-Stand, hatte sie damals gedacht. Bis ihr klar geworden war, dass sie Gefühle für ihn hatte. Aber seit sie sich im Frühjahr in der Uniklinik in Hamburg wiederbegegnet waren, hatten sie sich nicht mehr gesehen. Er war ihr ausgewichen, hatte ihr Angebot, einen Kaffee mit ihr zu trinken, ausgeschlagen. Er war offenbar kein Mann für komplizierte Geschichten.

Sie parkte ihren Jeep neben dem Volvo und blieb sitzen. Es war kurz nach sieben und noch kühl in der Marsch.

Aber nicht deshalb fror sie, sondern vor Aufregung. Wie würde Torben reagieren? Kollegial, distanziert oder abweisend?

»Frida?« Ein Klopfen an der Scheibe. Sie schrak zusammen.

Klaus Behrens stand neben ihrem Jeep und sah sie fragend an. »Alles okay bei dir?«

Frida reckte ihren Daumen nach oben, zog den Reißverschluss ihrer Sportjacke zu und stieg aus. »Ja, ich hab nur schlecht geschlafen.« Sie entdeckte die vielen Gestalten in weißen Overalls auf dem Grundstück. »Was ist denn hier los?«

»Die KTU hat das volle Besteck dabei. Im Nebentrakt, wo der Bewohner das Wild zerteilt hat, haben die Kollegen gestern Abend menschliches Blut gefunden. Der Test war eindeutig.«

Frida starrte ihn an. »Wo genau?«

Klaus hatte sich schon in Bewegung gesetzt. »An den Messern. Und am Fleischwolf!«, rief er über die Schulter. Er ging zu seinem Wagen und holte einen Werkzeugkasten heraus. »Die haben keinen Fünfzehner-Schlüssel dabei, kannst du dir das vorstellen? Zwei KTU-Transporter und kein Fünfzehner. Sauhaufen!«

Frida holte sich einen Overall, zog ihn und die Handschuhe über und ging zur Mühle. Wo war Torben? Sie konnte nicht glauben, dass ihr Körper so stark auf seine Anwesenheit reagierte, obwohl sie ihn noch nicht einmal entdeckt hatte. Sie hatten sich mehr als drei Monate nicht gesehen, und doch schlug ihr das Herz bis zum Hals.

»Wahler ist gleich hier«, sagte Anja plötzlich neben ihr. »Sorry, Morgen erst mal! Endlich kommt der Fall ins Rollen. Du hast es schon gehört?«

»Klaus hat's gerade erzählt. Wie viel menschliches Blut haben sie gefunden?«

»Es sind nur einzelne Antragungen an den Messern, am Fleischwolf und im Inneren der Gefriertruhe.« Frida verstand. »Hader könnte sich also auch beim Zerteilen des Wildes verletzt haben?«

»Ist nicht seine Blutgruppe.«

»Ist Torben deshalb hier?«, fragte sie beiläufig.

Anja blieb stehen und sah sie an. »Torben? Ihr duzt euch?«

Frida bemerkte zu spät, dass sie in gefährliche Wasser geriet. »Wir haben schon zusammengearbeitet«, antwortete sie ausweichend.

Anja schien zu verstehen. »Na komm! Er ist drüben im Wildpalast.« Sie setzten sich in Bewegung.

Frida ließ sich den Namen auf der Zunge zergehen. »*Wildpalast*? Dein Ernst? Wer hat denn den Namen erfunden?«

»Lüttje. Der hat einen seltsamen Humor, sage ich dir! Macht mir manchmal richtig Angst.«

Anja öffnete die Tür und trat ein. Frida folgte ihr und sah Torben am Küchentresen stehen. Er schaute auf und blickte sie an. Die Andeutung eines Grußes. Hatte er kurz gelächelt? Oder war das nur ihrem Wunsch entsprungen?

»Moin!«, rief sie in den Raum und blieb stehen. Auf dem Küchentresen war eine Plane ausgebreitet worden. Darauf lagen die abgepackten Fleischbeutel aus der Tiefkühltruhe. Torben nahm Proben und Abstriche für weitere Bluttests.

Frida wollte es hinter sich bringen. Sie ging hinüber. »Hi!« Neben ihm blieb sie stehen. »Noch was gefunden?«

Er sah sie an, und ein Schmunzeln zuckte auf seinen

Lippen. »Nein, bisher nicht.« Seine Hände griffen nach dem nächsten Beutel, öffneten ihn geschickt.

Frida fiel nichts mehr ein, was sie sagen könnte, und sie wandte sich ab.

»Und? Wie geht's dir?«, fragte er leise.

Sie blieb stehen. »Ganz okay. Und dir?«

»Auch.« Er sah auf den Beutel, den er bearbeitete.

Obwohl sie große Erinnerungslücken durch den Gin Tonic an der Hotelbar in Dänemark hatte, wusste sie, dass sie weit bessere Gespräche gehabt hatten. Und wie großartig sie beide im Bett gewesen waren. »Also dann …«, sagte sie, weil ihr nichts Besseres einfiel, lief nach draußen und lehnte sich an die Wand. Mit einer hektischen Bewegung streifte sie die Kapuze ab, atmete tief durch. Ihre Wangen glühten. Und der Puls pochte in ihren Ohren. Dieser Mann brachte sie noch immer völlig durcheinander.

Frida sah Nick Wahler aus seinem Auto steigen. Er zog den Overall über, nahm eine Akte aus dem Wagen und kam zu ihr. »Guten Morgen! Wo ist Anja?«

»Da drin!« Sie wies auf das Nebengelass. »Sie spricht mit Horst Lüttje.«

Ihr Chef betrat das Gebäude, das der Leiter der Kriminaltechnik »Wildpalast« getauft hatte. Frida zog sich die Kapuze des Overalls über den Kopf und folgte ihm. Als sie eintrat, stand Wahler neben Torben und den Fleischpaketen. Sein Gesicht zeigte, dass er den Gestank nur schwer ertrug. Schade, dass sie das tote Reh bereits abgehängt und weggebracht hatten. Sie hätte gern seine Reaktion gesehen.

Wahler drehte sich um. »Ich habe den DNA-Bericht vom LKA mitgebracht.« Er hielt die Aktenmappe in die Luft. »Den solltet ihr euch sofort ansehen.«

Anja nahm ihm die Mappe ab und schlug sie auf, blieb an den Tabellen und Erklärungen der LKA-Spezialisten hängen. »In der Kammer wurde DNA von zwei verschiedenen Personen gefunden. Einer männlichen und einer weiblichen.« Sie blätterte weiter, las einen Moment und sah Nick Wahler überrascht an. »Woher stammt diese Vergleichsprobe, bei der wir ein Match haben?«, fragte sie ihn und gab die Mappe an Klaus Behrens weiter, der sich in die Notizen vertiefte.

»Ein alter Vermisstenfall aus 2010«, antwortete Wahler. »Eine junge Frau ist damals auf einem Feldweg hier ganz in der Nähe entführt worden. Es gab nie eine Nachricht oder einen Erpresserbrief. Sie ist bis heute spurlos verschwunden.«

»Ich erinnere mich an den Fall«, sagte Klaus Behrens nachdenklich. »Der hat uns ganz schön zugesetzt.«

»Dann habt ihr damals einen Personendatensatz der Vermissten in der DAD registriert«, mutmaßte Anja.

Frida war unsicher. »DAD ist die DNA-Analyse-Datei des BKA, oder?«

»Ganz genau«, erwiderte Anja. »Darin war die DNA der Verschwundenen gelistet.«

»Es gab nie einen Treffer«, ergänzte Klaus Behrens. Er ließ die Akte sinken. »Bis heute.«

Schweigen im Raum. Frida spürte ein Kribbeln. Das hieß, dass diese Frau da unten in der Kammer gewesen sein musste! Sie war vor fast zehn Jahren verschwunden. Wie lange war sie da eingesperrt gewesen? Und was war mit ihr geschehen?

»Welche Blutgruppe hatte die Frau?«, fragte Anja.

Behrens suchte in der Akte nach der Blutgruppe. »AB negativ.«

»Dr. Kielmann?« Anja sah zu dem Rechtsmediziner, der in seinen Notizen kramte, die er sich über die Blutspuren auf den Messern und dem Fleischwolf gemacht hatte. Er fand, was er gesucht hatte, und sah auf. Sein Blick sagte alles. »AB negativ.«

Ich – Tag 12

Nicht die Enge hier drin ist das Schlimmste. Und nicht die Dunkelheit und das künstliche Licht, die sich abwechseln, wie er es für richtig hält. Er macht den Tag und die Nacht. Ob seine Tageszeiten etwas mit dem Leben da draußen zu tun haben, weiß ich nicht. Er gibt mir vor, wann ich etwas sehen darf und wann nicht. Aber das ist es nicht, was unerträglich ist.

Das, was mir am meisten zusetzt, ist meine Einsamkeit. Kein anderes Lebewesen sehen, hören und berühren zu können.

Wenn er mir Essen und Wasser herunterlässt, bettele ich ihn an, er möge sich zeigen oder mit mir reden. Oder wenigstens die Luke ein paar Momente länger offen lassen, damit ich weiß, dass er mich hört. Aber er reagiert nicht darauf.

Ich fühle mich wie die einzige Überlebende einer ausgestorbenen Spezies auf einem fernen Planeten. Manchmal schlinge ich die Arme um mich, um meinen Körper zu spüren und mein Herz zu hören. In diesen Momenten zerreißt es mich, weil ich meinen Mann und meine Kinder entsetzlich vermisse.

Wie geht es ihnen jetzt? Was denken sie, wo ich bin?

Ich habe nichts mehr aus meinem alten Leben. Selbst mein Kleid und meine Schuhe hat er mir weggenommen. Nur meine Unterwäsche durfte ich behalten. Zwei Jogginghosen, zwei Pullover, drei T-Shirts und mehrere Paar Socken habe ich hier unten gefunden. Ich kann sie am Waschbecken auswaschen, wenn sie anfangen zu riechen. Auch wenn ich hier wie ein Tier gehalten werde, habe ich mir die Würde erhalten, sauber zu sein.

Mittlerweile kann ich das beständige Flirren des Ventilators gut ausblenden, wenn ich schlafe oder von meinen Lieben träume. Er hält mich am Leben. Ohne ihn wäre ich sicherlich längst erstickt. Manchmal rede ich mit diesem summenden Ding, weil es fast das einzige Geräusch neben meiner Stimme ist. Dann bilde ich mir ein, der Ventilator flüstere mit mir, spreche mir Mut zu. Wie eine Fee, die mir täglich erscheint.

Halte durch! Sie finden dich!

Ich frage mich jeden Tag, warum dieser Mann mich ausgewählt hat. Warum hat er mich angesprochen? War es Zufall? War ich ein leichtes Opfer auf einem abgelegenen Feldweg, das seinen Jagdinstinkt geweckt hat? Oder hat er mich da vorher schon manchmal mit dem Fahrrad gesehen und den richtigen Moment abgewartet?

Wollte er *mich?*

Kapitel 10

»Perfekt!« Frida hatte ihr Rumpsteak angeschnitten und warf Haverkorn einen anerkennenden Blick zu.

Er musste im Stillen zugeben, dass ihn dieses Lob freute. »Für ein gutes Steak brauchst du eine Eisenpfanne. Richtig heiß werden lassen und dann erst das Fleisch reinwerfen, nur etwa zwei Minuten von beiden Seiten anbraten, dann noch etwas ruhen lassen.« Bevor Ursula in die Klinik gegangen war, hatte er gerade mal ein Spiegelei braten können. Aber seit er als Strohwitwer allein zurechtkommen musste, hatte er sich in der Küche ausprobiert. Dank der Koch-Tutorials auf YouTube konnten sich seine Fortschritte wahrlich sehen lassen. »Die Rosmarinkartoffeln hat aber Henni gemacht«, schob er nach.

Haverkorn war froh, dass Frida und Henni sich auf Anhieb sympathisch gewesen waren, als er sie einander vorgestellt hatte.

»Auch sehr lecker«, bestätigte Frida und schob sich eine Kartoffel in den Mund.

»Na, und der Wein … ganz großartig!« Henni lachte offen.

»Ja, ist ja gut!« Haverkorn kapitulierte und goss ihnen vom Grauburgunder nach, den Frida mitgebracht hatte. »Erzähl mal, Frida. Wie läuft es mit Nick Wahler?«, wechselte er das Thema.

Seine Kollegin lehnte sich zurück. »Anzugträger und

Arschloch! Mich hat er schon vom ersten Tag an auf dem Kieker. Der will jedem seinen Job erklären.«

»Wahler ist jung und hat diese Position bestimmt nicht beim Billard gewonnen. Gebt ihm Zeit, sich in seinem neuen Büro und Job einzurichten. Er markiert sein Revier, das wird sich geben«, sagte Haverkorn.

»Typen wie ihn habe ich viele getroffen«, sagte Henni. »Die überspielen ihre Unsicherheit mit dominantem Auftreten. Erst wenn sie spüren, dass sie als Chef respektiert werden, wird es besser.«

»Ich hoffe sehr, du hast recht!« Frida aß weiter und fragte, was er schon lange erwartet hatte. »Wann kommst du wieder, Bjarne? Du wärst der ideale Vermittler. Wir brauchen dich im Team!«

»Ich war heute beim Arzt. Er hat mir grünes Licht gegeben, dass ich wieder arbeiten gehen kann. Langstrecken laufen kann ich natürlich noch nicht, aber zum Glück ist meine Lunge wieder kräftig genug, dass ich mit der Einkaufstüte Treppen steigen kann. Und …« Er machte eine Pause, bis beide ihn anschauten. »… ich habe seit genau drei Monaten keine einzige Zigarette geraucht!«

Henni beugte sich zu ihm und küsste ihn auf die Wange.

Frida nickte anerkennend. »Glückwunsch! Dann kann ich den Aschenbecher auf dem Dach der BKI ja rüber in den Hof der JVA werfen. Die Knackis hätten sicherlich gern einen mit HSV-Emblem.«

Er sah Hennis verständnislosen Blick. »Direkt neben der Bezirkskriminaldirektion ist die kleinste JVA von Schleswig-Holstein. Wir können quasi rüberspucken.«

»Dann ist eure Kundschaft ja gleich nebenan«, sagte seine Tochter. »Wann nimmst du mich mal mit? Ich möchte gern dein Büro sehen.«

»Mein Büro ist jetzt unser Büro. Frida hält gerade meinen Stuhl warm. Oder sägst du schon daran?«

Sie lachten und tranken Wein. Haverkorn lehnte sich entspannt zurück und hörte zu, als Frida seiner Tochter erklärte, wie sie sich kennengelernt hatten und wie schwer es gewesen war, gegenseitiges Vertrauen aufzubauen. Es war richtig gewesen, Frida in die Mordkommission zu holen, dachte er. Er musste zugeben, dass er sich auf die Zusammenarbeit mit ihr freute, auch wenn er in diesem Moment wieder spürte, dass seine Zeit bei der Polizei abgelaufen war. Dass er sich nach seiner Pensionierung sehnte. Noch ein paar Monate, bis Frida flügge ist, dachte er. Ich sorge dafür, dass Wahler sie akzeptiert und dass sie ein fester Bestandteil des Teams wird. Dann gehe ich in den Ruhestand.

»Ihr wollt sicherlich noch über die Arbeit reden«, sagte Henni, nachdem die Teller abgeräumt waren. »Ich muss mich hinlegen, das war ein langer Tag.« Sie stand auf und lächelte Frida an. »Es war schön, dich kennenzulernen!«

Frida verabschiedete sich und wartete, bis sie die Tür geschlossen hatte. »Sie ist toll, Bjarne! Ich freue mich für dich!«

Er goss Wein nach. »Das ist sie. Du kannst dir nicht vorstellen, wie viele Gemeinsamkeiten wir haben.« Er trank einen Schluck. »Wie läuft es bei euch? Abgesehen von Wahler?«

Frida lehnte sich zurück und atmete aus. »Viel zu tun! Kennst du die alte Deichmühle bei Altendeich?«

»Ein neuer Tatort?«

»Mehrere!« Sie erzählte ihm von dem toten Mühlenbewohner, der Kammer unter seiner Küche, von den Blutanhaftungen im Wildpalast. »Wir haben sogar schon ein Match in der DAD. Erinnerst du dich, dass 2010 eine junge Frau in der Marsch verschwunden ist?«

Haverkorn hatte aufmerksam zugehört. Bei der Erwähnung der Kammer spürte er das altbekannte Kribbeln im Nacken. Als sie den Treffer in der DNA-Datenbank erwähnte, stand er vom Tisch auf und lehnte sich an die Spüle. Ihm war plötzlich übel.

»Du kennst den Fall?«, hakte sie nach.

Er ging zurück zum Tisch und stürzte seinen Wein herunter, goss sich nach. »Sie war also in dieser Kammer?«

»Ihre DNA war überall da unten.«

Er begann zu schwitzen, nahm ein Stück Küchenrolle und wischte sich die Stirn ab. »War es ihr Blut, das am Fleischwolf sichergestellt wurde?«

»Wir haben eine Probe zum LKA geschickt. Heute Abend kam die Bestätigung. Kein Zweifel!«

Er setzte sich wieder und starrte in sein Glas. »Ich erinnere mich an den Fall. Als Anneke Jung nach zwei Wochen nicht auftauchte, mussten wir davon ausgehen, dass sie nicht mehr lebte.« Es fiel ihm schwer, Frida in die Augen zu sehen und ihr nicht die Wahrheit zu sagen. Aber er musste erst mit sich selbst ins Reine kommen. »Wir haben weitergemacht. Niemand wollte aufgeben. Aber es gab einfach keine Spur, gar nichts.« Er schluckte trocken, trank etwas Wasser. »Wart ihr schon bei ihrer Familie?«

»Morgen fahren wir mit dem Kriseninterventionsteam hin.«

»Wer?«

»Anja und ich.«

»Wahler hält sich raus?« Er stand auf und begann, den Tisch abzuräumen. Beinahe rutschte ihm ein Teller aus der

Hand. Er stützte sich an der Spüle auf, sagte lange nichts, war vertieft in seine Gedanken.

Frida schwieg, obwohl ihr sicher nicht entgangen war, wie sehr ihn diese Neuigkeiten beschäftigten.

»Sag Anja, dass ich morgen mitkomme«, sagte er. »Ich kenne die Familie. Ihr wart damals beide noch nicht im Team.«

»Was wird Wahler davon halten?«

Haverkorns Entschluss stand fest. »Er will mich morgen treffen. Ich werde ihm sagen, dass mein Arzt mir heute bescheinigt hat, dass ich wieder einsatzfähig bin.«

†

Auf der Fahrt nach Hause musste Frida sich konzentrieren, um nicht in einen Sekundenschlaf zu fallen. Sie war todmüde, und die Fahrt über Land strengte sie an.

Als sie den Jeep vor dem Haus abstellte, vibrierte ihr Smartphone. Frida fingerte es aus der Tasche. Die Nachricht war von Torben. *Es war schön, dich heute zu sehen.*

Sofort klopfte ihr das Herz bis zum Hals. Sie lehnte sich zurück, schaute in den müden Lichtschein der Hoflampe. Was bedeutete diese Nachricht? Dass er sie auch nicht vergessen hatte? Dass ihm ihre Nacht in Dänemark ebenfalls nicht aus dem Kopf ging? Sie dachte an ihn, an seine Lippen, seine Hände, seine Bewegungen. Es waren nur einzelne Bilder, Fragmente, die sie in den Tagen danach aus dem Gin-Tonic-Blackout herausgefiltert hatte. Wie kurze Shots eines Liebesfilmes. Und sie wünschte sich nichts so sehr, wie jetzt bei ihm zu sein.

Was sollte sie Torben antworten? *Fand ich auch*, tippte sie. Löschte es wieder. Begann neu und löschte erneut.

Sie konnte nicht ausdrücken, was diese Nachricht mit ihr machte. Sie hatte keine Antwort für ihn. Frida steckte das Smartphone ein. Als sie aus dem Wagen stieg, wusste sie, dass sie eine weitere schlaflose Nacht haben würde.

Ihr Vater saß in der Stube vor dem Fernseher. Die Hunde schliefen neben ihm auf der Couch. Marta war schon ins Bett gegangen.

»Und? Wie war's?«, fragte er und gähnte.

Frida blieb in der Tür stehen. Sie wollte gleich ins Bett. »Bjarne geht's gut, er kommt wieder zurück.«

»Teilt ihr euch dann ein Büro?«

Darüber hatte sie sich noch keine Gedanken gemacht. »Sieht ganz so aus.«

Fridtjof sagte etwas, aber der Fernseher übertönte ihn. Im Film lieferten sich zwei Männer eine Verfolgungsjagd durch eine Stadt. Bremsen quietschten. Ein Schuss fiel. Ihr Vater nahm die Fernbedienung und stellte den Ton ab. »Noch mal wegen gestern Abend ...«

Frida ging zur Couch, setzte sich neben Arthur und kraulte ihm die Ohren. Der Setter blinzelte, schlief jedoch weiter.

»Wir müssen eine vernünftige Lösung für den Hof finden. Hermann Wolters' Angebot ist eine.« Er warf ihr einen Blick zu, sah dann wieder auf das stumme Fernsehbild.

»Der Verkauf ist keine Option! Es gibt andere Möglichkeiten. Wenn es bei uns ruhiger wird, nehme ich mir Urlaub und unterstütze dich bei der Apfelernte. Danach überlegen wir, wie es hier weitergeht.«

Fridtjof schwieg, also redete Frida. »Bald kommen die Saisonarbeiter. Ich hab gehört, dass Jacek wieder dabei ist. Er führt die Leute. Auf ihn kannst du dich verlassen.«

Jacek Kowalczyk war ein polnischer Vorarbeiter, der seit Jahren auf dem Hof einen guten Job machte und fließend Deutsch sprach. Wenn er die Ernte in den Apfelhöfen organisierte, konnte Fridtjof sich um den Vertrieb des Obstes kümmern.

Ihr Vater atmete tief durch. »Wir reden morgen in Ruhe darüber. Jetzt will ich wissen, wie der Krimi ausgeht.« Er schaltete den Ton wieder an. Die Verfolgungsjagd war beendet, Polizeisirenen heulten durch das Wohnzimmer.

Frida spürte, dass er sein Interesse für den Film nur vorschob, dass er ihr auswich. Sie war müde. Vielleicht war es besser, morgen darüber zu sprechen. Alles zu seiner Zeit. Sie wünschte Fridtjof eine gute Nacht, schob Arthurs Schnauze von ihrem Schoß und ging schlafen.

Kapitel 11

Die letzte schlaflose Nacht hatte er vor ein paar Monaten am Bett von Henni verbracht, als sie im Krankenhaus auf eine Spenderleber für sie warteten. Diese durchwachte Nacht war anders gewesen. Alte Sorgen und Schuldgefühle, die tief in seinem Inneren verschlossen gewesen waren und nun, da alles wieder aufbrach, wie heiße Lava an die Oberfläche stiegen, hatten ihn nicht zur Ruhe kommen lassen. Haverkorn setzte sich im Bett auf und sah auf den Digitalwecker. Acht Minuten vor fünf. Er fühlte sich zerschlagen, stand dennoch auf und trat ans Fenster. Die Häuserwände auf der anderen Straßenseite hatte er noch nie so nah empfunden. Er hatte das Gefühl, in dieser Stadt erdrückt zu werden, nicht mehr atmen zu können.

In der Küche setzte er die Espressokanne auf den Gasherd und setzte sich an den Küchentisch.

Anneke Jung.

Es war einer der Namen, die er nie mehr vergessen würde. Dieser Entführungsfall hatte die Mordkommission 2010 wahrlich an ihre Grenzen gebracht. Wenn ein Mensch spurlos verschwand, war es für die Hinterbliebenen immer furchtbar. Die Ungewissheit, die gleichen quälenden Fragen. Und die schlimmste von allen: Wo ist er oder sie?

Er erinnerte sich an die Familie der vermissten Frau, an ihren Mann und die zwei Jungs. Am Tag, als sie von dem

Feldweg entführt wurde, war ihr altes Leben vorbei gewesen. Die Jungs mussten heute sechzehn, siebzehn Jahre alt sein. Auf dem Weg ins Erwachsenenalter.

Die Espressomaschine begann zu zischen. Er wartete, bis er das Gluckern des Kaffees hörte, stand auf und stellte die Flamme aus.

»Bekomme ich auch einen?« Henni lehnte in der Tür.

»Entschuldige, hab ich dich geweckt?«

»Ich bin immer früh wach.« Sie setzte sich an den Küchentisch, während er ihnen die Tassen füllte. »Du siehst schrecklich aus, hast kaum geschlafen, oder?«

Er setzte sich zu seiner Tochter. »Frida hat mir gestern von einem Fall erzählt, an dem wir 2010 schon dran waren. Eine Frau war in der Marsch entführt worden. Bis gestern gab es kein Lebenszeichen von ihr.«

Henni rührte Zucker in den Espresso. »Ist sie tot?«

Er wusste nicht, ob er ›ja‹ oder ›vielleicht‹ sagen sollte. Sie hatten Blut von ihr gefunden. Aber keine Leiche. »Es ist sehr wahrscheinlich. Ich fahre heute Vormittag zu ihrer Familie.«

Henni trank und hing ihren Gedanken nach. »In Afrika gab es viele verschwundene Menschen. Frauen sind verschleppt worden, ihre Männer einfach vom Feld gekidnappt, von Warlords rekrutiert. Und die Kinder …« Sie beendete den Satz nicht. »Ich habe dieses Leid und die Tränen jeden Tag erlebt. Ich musste irgendwann weg, ich habe es nicht mehr ertragen …«

Henni hatte Haverkorn im Krankenhaus von ihrem Einsatz für das Rote Kreuz in Mali erzählt. Sie hatte dort viel Leid gesehen, und ihr Wunsch, den Menschen in Afrika zu helfen, war zu einer großen Bewährungsprobe für sie geworden. Er wusste, dass diese Zeit sie geprägt hatte. Er hatte aber nicht geahnt, wie sehr sie bis heute darunter litt, was sie dort gesehen hatte. Irgendwann würde er sie darauf ansprechen. Aber nicht heute Morgen, wenn er noch nicht einmal richtig wach war.

»Jetzt weißt du, warum ich Jutta nicht verzeihen kann!« Sie machte eine verärgerte Handbewegung. »Sie hätte uns nie auseinanderreißen dürfen!«

Haverkorn sah seine Tochter an und wusste, dass sie seine Zukunft war. Es würde viel Zeit brauchen, bis Henni sich wieder für ihre Mutter öffnen würde. »Nein, das hätte sie nicht tun dürfen.«

Sie tranken und schwiegen. Haverkorn musste plötzlich an seine Frau denken. Das Unbehagen, das ihn davon abhielt, sie anzurufen und ihr zu erzählen, dass er eine erwachsene Tochter hatte, war wieder da. Und in diesem Moment wusste er auch, warum er es ihr noch nicht gesagt hatte. Der Graben zwischen ihnen war mit den Jahren immer größer geworden. Und er wusste, dass die Entscheidung längst gefallen war. Dass er sich nur davor drückte, einen Schlussstrich unter seine Ehe zu ziehen.

»Ich melde mich heute bei der ambulanten Reha an«, wechselte Henni das Thema. Haverkorn war froh darüber und ließ seine Tochter von ihrem Reha-Programm erzählen, setzte noch eine Kanne auf den Gasherd und buk Brötchen auf. Nach dem Frühstück verabschiedete er sich von Henni, die sich Dörte Hansens »Altes Land«, eines seiner Lieblingsbücher, aus dem Regal gezogen und es sich auf der Couch gemütlich gemacht hatte. Noch etwas, was sie gemeinsam hatten: Sie liebten Bücher, die in Norddeutschland spielten. Er lächelte, als er die Wohnungstür hinter sich zuzog.

»Bitte, setz dich! Ich habe sofort für dich Zeit!« Nick Wahler winkte ihn zum Schreibtisch und tippte noch etwas in den Laptop.

Haverkorn nahm ihm gegenüber Platz. Wie oft hatte er hier bei Andreas Vollmer gesessen? Dieses Büro kannte er beinahe so gut wie sein eigenes am Ende des Flures, in dem nun Frida saß. Aber er sah, dass sich in den wenigen Tagen, in denen Wahler hier arbeitete, schon einiges verändert hatte. Auf einem Sideboard stand eine dieser modernen Kapselmaschinen. Der Kaffee aus der Gemeinschaftsküche schmeckte ihm offenbar nicht. Außerdem war ein zusätzliches Regal aufgestellt worden. Davor warteten einige Umzugskisten darauf, ausgepackt zu werden. Die Besucherecke war umfunktioniert worden. Die unbequemen Stühle waren einer Couch und zwei Sesseln gewichen. Vielleicht ließen sich schwierige Themen in einer gemütlichen Atmosphäre besser besprechen.

Wahler klappte den Laptop zu. »Ich bin noch nicht ganz fertig mit der Umgestaltung, aber es wird«, sagte er, weil er Haverkorns Blick bemerkt hatte.

»Was ein paar Einrichtungsgegenstände ausmachen«, entgegnete dieser ausweichend. »Ein völlig neues Büro.«

»Danke, dass du gekommen bist!«, sagte Wahler, und es klang aufrichtig. »Mir war es wichtig, dass wir uns persönlich kennenlernen. Ich hätte mir nur gewünscht, dass die Voraussetzungen dafür besser wären. Aber wir haben zwei neue Fälle. Du kennst das ja.«

Haverkorn deutete ein Nicken an. »Von dem Tankstellenfall habe ich in der Presse gelesen. Es gibt eine weitere Leichensache?« Er stellte sich ahnungslos gegenüber Wahler, weil er nicht wusste, wie der neue Vorgesetzte darauf reagieren würde, dass Frida ihm bereits Details zum Fall in der Deichmühle erzählt hatte.

»Eher einen alten Vermisstenfall, in dem es eine heiße Spur gibt.« Wahler lehnte sich nachdenklich zurück. »Du warst doch 2010 schon hier in der Abteilung. Sagt dir der Entführungsfall Anneke Jung etwas?«

»Ja, natürlich. Habt ihr die Frau endlich gefunden?«

»Bisher nur ihre DNA. Ich habe die Akte gezogen, aber noch nicht durchgesehen. Du warst einer der führenden Ermittler damals. Kannst du mich zu dem Fall kurz auf Stand bringen?«

Haverkorn versuchte, sich kurzzufassen. »Anneke wurde im Mai 2010 auf einem Feldweg in der Marsch entführt. Wir haben keine Spuren gefunden, bis auf einen fremden Fingerabdruck an ihrem Fahrrad, das hinter einem Gebüsch lag. Aber es gab kein Match in der Datenbank.« Er sammelte sich einen Moment. »Es waren harte Wochen, weil wir blind wie Maulwürfe waren. Keine Zeugen und auch kein Schreiben vom Entführer. Anneke war einfach wie vom Erdboden verschwunden. Wir mussten davon ausgehen, dass sie getötet und ihre Leiche beseitigt worden war.«

Wahler hatte ihm aufmerksam zugehört. »Offenbar hat sie noch eine Weile gelebt. Wie lange, können wir nicht sagen. Was wir wissen, ist, dass sie in einer Kammer festgehalten wurde, die sich unter der Küche eines abgelegenen Gebäudes in der Marsch befindet.«

Haverkorn wartete, aber Wahler redete nicht weiter. »Wo ist dieses Gebäude?«

»Kennst du die alte Deichmühle nahe Altendeich?«

Haverkorn spürte seine Anspannung, schon bevor er den Namen aussprach. »Die Mühle von Josef Hader?«

Wahler schien überrascht, dass er sofort wusste, um wen es sich handelte. »Genau!«

»Klar kenne ich diese Mühle. Eine Kammer unter dem Gebäude, sagst du?«

Wahler klappte den Laptop auf und suchte etwas. Er drehte ihn so, dass sein Gast auf das Display sehen konnte. Darauf waren einige Fotos zu sehen, die die KTU in der versteckten Kammer der Mühle gemacht hatte. »Mittlerweile steht fest, dass dieser Raum nachträglich eingebaut wurde. Massiver Stahlbeton mit einem ausgeklügelten Belüftungssystem. Da drang kein Schrei nach draußen.«

Haverkorn schwitzte, obwohl er sich gedanklich auf dieses Gespräch vorbereitet hatte. »Hader hat sie da unten festgehalten?« Er blickte lange auf die Fotos. Das Bett, auf dem ein geblümtes Sommerkleid lag, setzte ihm am meisten zu. Er erinnerte sich, dass Anneke bei ihrer Entführung ein solches Kleid getragen hatte.

Haverkorns Gedanken rasten. Er erinnerte sich an jenen Tag im Mai 2010, als er Josef Hader in der Mühle aufgesucht hatte. Sein Wagen war am Tag von Annekes Verschwinden auf dem Feldweg gesehen worden, weshalb er ihn als Zeugen befragt hatte. Er hatte mit dem Mühlenbewohner in seiner Küche gesessen. »Wo genau befindet sich diese Kammer?«

Wahler lehnte sich zurück und fixierte ihn. »Unter der Küche. Da war eine versteckte Bodenklappe, darunter die Kammer.«

Haverkorn schluckte trocken. Hatte er damals in Haders Küche gesessen, während Anneke unter ihm in dieser Kammer gefangen war?

»Alles in Ordnung?«, erkundigte sich Wahler.

Haverkorn hörte die Frage gar nicht. »Es ist nicht zu

fassen, dass die junge Frau die Marsch offenbar nie verlassen hat. Dass sie so nah an ihrem Entführungsort festgehalten wurde.« Er konzentrierte sich. »Dann stammte der Fingerabdruck auf dem Fahrrad von Hader?«

»Das wird gerade überprüft. Seine Leiche ist in die Rechtsmedizin gebracht worden. Wir warten noch auf das Ergebnis der erkennungsdienstlichen Behandlung.«

»Gut! Endlich ein Durchbruch in diesem Fall.« Er sah sich im Raum um, sah neben der Kaffeemaschine einen Kasten Wasser stehen. »Könnte ich etwas zu trinken haben?«

Wahler stand auf, füllte ein Glas und reichte es ihm. »Ich will ganz offen sein. Ich brauche dich im Team! Du kennst diesen Altfall. Ich kann auf dich nicht verzichten. Wann bist du wieder einsatzfähig?«

Haverkorn trank durstig. »Ich war gestern beim Arzt. Meine Werte sind gut. Er sagt, ich bin diensttauglich.«

»Das sind gute Neuigkeiten! Da wäre noch etwas.« Wahler goss sich ebenfalls ein Glas Wasser ein und setzte sich wieder. »Wir müssen es Anneke Jungs Familie sagen.«

Sie sahen sich schweigend an. Dieser Termin war nichts für schwache Nerven.

»Ich möchte hinfahren, wenn du nichts dagegen hast«, sagte Haverkorn. »Ich will es ihnen sagen. Das bin ich den Angehörigen schuldig.«

Haverkorn fand den Feldweg zur Deichmühle sofort wieder. 2010 war er zum letzten Mal hier gewesen. Am Tag der Katastrophe. Als alles aus dem Ruder gelaufen war.

Haverkorn parkte neben den Polizeifahrzeugen. Er blieb im Wagen sitzen und betrachtete die marode wirkende Mühle. Die Flügel schaukelten im Wind, brüchig und verwittert wie sein Ehrgeiz. Er öffnete die Autotür und hielt inne, spürte einen Druck auf der Brust, hustete lange. Aus seiner Tasche zog er eine Pastille und schob sie sich in den Mund. Dann stieg er aus. Halbherzig streifte er den Overall über, der ihn wie ein Michelin-Männchen aussehen ließ, und stieg über das Trassierband. Hier draußen war keiner seiner Kollegen zu sehen, aber er hörte Stimmen hinter der Mühle. Haverkorn ging am Deich entlang, umrundete das achteckige Gebäude und sah weiße Gestalten mit Schaufeln und Spaten, die den trockenen Sommerboden aufstemmten. Diensthundeführer mit Leichenspürhunden suchten den Deich ab.

»Bjarne!« Lüttje war der Erste, der ihn entdeckte. Der Leiter der Kriminaltechnik legte den Spaten weg und kam zu ihm, drückte ihm erfreut die Hand. »Alles wieder im Lot?«

»Fühle mich besser als mit zwanzig«, erwiderte Haverkorn und nickte in Richtung der Kriminaltechniker. »Habt ihr schon was?«

»Ein paar Knochen. Ziemlich groß, könnten menschlich sein, die muss sich Dr. Kielmann anschauen.«

»Torben ist hier?«

»Trinkt gerade einen Kaffee. Geh ruhig rein. Anja und Klaus sind auch drin.«

Die Kaffeeküche befand sich im Teil der Mühle, der schon freigegeben worden war, in der Küche oberhalb der Kammer. Dr. Torben Kielmann saß auf der Küchenbank, die zur Seite gerückt worden war. Ihm gegenüber saßen Anja Schlüte und Klaus Behrens am Küchentisch. Ihr Blick sprach Bände, als Haverkorn eintrat.

Anja fasste sich zuerst. »Bjarne?« Sie umarmte ihn freudig. »Bist du wieder im Dienst?«

»Seit heute!«

Klaus Behrens schüttelte ihm die Hand. »Endlich mal eine gute Nachricht!«

Torben Kielmann war aufgestanden und klopfte Haverkorn auf die Schulter. »Bjarne! Was haben sie mit dir gemacht? Verjüngungskur?«

Haverkorn beantwortete die Fragen zu seiner Genesung und hörte zu, was es Neues im Team gab. Der Rechtsmediziner trank seinen Kaffee aus und ließ sie allein, um draußen, wo Anneke Jungs Leiche gesucht wurde, seiner Arbeit nachzugehen.

»Ich komme gerade von einem Treffen mit Nick Wahler«, sagte Haverkorn, als er mit Anja und Klaus allein war.

Seine Kollegin warf ihm einen zweideutigen Blick zu. »Dann hast du ihn ja schon kennengelernt.«

Behrens räusperte sich auffällig. »Ich kann mir noch keinen Reim auf ihn machen. Er ist anders als Andreas. Aber jeder fängt mal an. Und dann gleich mit so einem Hochseilakt wie diesen beiden Fällen. Zum Glück ist die Kammer hier noch nicht in der Presse.«

Haverkorn trat an die Thermoskanne und schenkte sich eine Tasse Kaffee ein. »Wann will Wahler die Medien informieren?«

Anja zuckte die Schultern. »Wir wissen nicht, was er vorhat. Frag du ihn. Vielleicht erzählt er es dir.«

Haverkorn trank einen Schluck Kaffee. »Wer hat hier in der Mühle das Sagen? Du oder Klaus?«

Sein Kollege lachte. »Das haben wir offengelassen. Du kannst den Posten gern übernehmen.«

Haverkorn wurde bewusst, wie sehr er die Arbeit im Team vermisst hatte. Er winkte ab. »Wo ist Frida?«

»Auf dem Weg zu Wahler«, sagte seine Kollegin und

lehnte sich an das Küchenbord, auf dem die große Thermoskanne und mehrere Tassen aus der Kantine der BKI standen. »Er will was mit ihr besprechen.«

»Gibt es einen Grund, dass er sie einbestellt hat?«

Anja zuckte die Schultern. »Nicht, dass ich wüsste.«

»Wie macht sie sich im Team?«

»Es läuft gut! Sie ist eine Bereicherung für uns!«

Behrens griff nach einem belegten Brötchen, biss hinein und sagte kauend: »Das Mädchen kann was!« Er schluckte den Bissen herunter. »Aber es gibt ein paar Leute im Team, die sie übermotiviert finden. Was sie da oben an der Ostsee gemacht hat, stößt ihnen auf.« Er biss erneut ab. »Wir wissen nicht, warum. Aber Wahler hat sie auf dem Kieker.«

†

Frida saß an ihrem Schreibtisch und wartete darauf, dass ihr Vorgesetzter Zeit für sie hatte. Er hatte sie am Morgen angerufen und nach Itzehoe in die BKI beordert, jedoch nicht gesagt, was er von ihr wollte.

Gelangweilt scrollte sie auf dem Laptop durch ihre Mails, las ein paar, löschte sie oder legte sie in Ordnern ab. Sie sah auf ihr Smartphone und öffnete Torbens Nachricht.

Es war schön, dich heute zu sehen.

Noch immer hatte sie ihm nicht geantwortet. Was sollte sie ihm auch schreiben? Sie wusste nicht, ob es lediglich eine kleine Aufmerksamkeit gewesen war, um eine gute kollegiale Stimmung zu schaffen, oder ob mehr in seiner Kontaktaufnahme steckte. Ein *Ich-sehne-mich-genauso-nach-dir?*

»Kommst du?« Wahler stand in der Tür. Er sah müde aus. Sein Teint war büroblass, die dunklen Augenringe passten nicht zu seinem Ralph-Lauren-Stil. Seine neue Aufgabe schien ihm zuzusetzen. Frida sicherte ihren Computer und folgte ihrem Chef über den Gang in sein Büro.

»Bitte!« Er zeigte auf den Besucherstuhl, setzte sich hinter den Schreibtisch, auf dem sich Aktenberge gegenseitig stützten. Braune wie rosafarbene. Hatte er sich Altfälle gezogen?

»Hast du gut geschlafen?« In seinem Gesicht hing ein Lächeln wie aus der Konservendose.

Frida sah ihn ungläubig an. War das eine Fangfrage? »Ja, danke«, erwiderte sie.

»Ich habe mit deinen Kollegen über dich gesprochen.« Er beugte sich nach vorn, nahm einen Kugelschreiber in die Hand und vertiefte sich in ein paar Notizen. »Ich zitiere mal auszugsweise: klug, zielstrebig, freundlich, ehrgeizig, *eigensinnig* …« Er betonte das letzte Wort. »… neigt zu sprunghaften Handlungen …« Wahler lehnte sich zurück und schlug die Beine übereinander. »Das sind nur einige der Aussagen.«

Frida schluckte. Sie wollte nicht darüber nachdenken, wer von ihren Kollegen so über sie geurteilt hatte. Sicherlich nicht Bjarne, Anja und Klaus. Für die anderen würde sie die Hand nicht ins Feuer legen.

»Mir ist daran gelegen, jeden Einzelnen gut im Team zu integrieren. Das ist meine Aufgabe als Führungskraft und mein persönliches Anliegen.«

Frida nickte, aber ihre Gedanken kullerten wie Boule-Kugeln in ihrem Kopf herum. Was wollte er von ihr?

»Ich habe dich für den Herbst zu einem Seminar zum

Thema Teambildung und Konfliktmanagement beim LKA in Kiel angemeldet.«

Nun gut, das würde sie überstehen. War das alles? »In Ordnung. Gibt es schon einen Termin?«

Wahler schrieb etwas in seinen Kalender. »Ich schicke dir die Einladung per Mail.«

»Danke!« Frida stand auf.

»Das war noch nicht alles«, sagte er und klopfte auf einen der Aktenberge auf seinem Tisch. »Ich verschaffe mir nach und nach einen Überblick über die offenen Altfälle hier im Dezernat.« Das Konservendosenlächeln war wieder da. »Ich würde dich bitten, mich zu unterstützen. Gerade im Bereich der Altfälle haben wir Bedarf, dass die Akten noch einmal objektiv gesichtet werden. Ich dachte dabei an dich.«

Frida stockte, sah auf die Aktenberge. »Ich soll hier im Büro die alten Akten sichten, während die anderen an den aktuellen Fällen arbeiten?«

Nick Wahler stand auf und ging zu dem kleinen Beistelltisch, auf dem die Kapselmaschine stand. Er warf eine Espressokapsel ein. »Natürlich brauche ich dich auch im Deichmühlenfall.« Er drehte sich zu ihr um. »Du bist jung und ehrgeizig.« Lächelnd drückte er den Hebel herunter, der die Kapsel in die Maschine presste. »Du schaffst das zusätzlich, da bin ich mir sicher. Hier müssen wir uns alle erst mal unsere Sporen verdienen.« Er drückte einen Knopf, und die Maschine presste dröhnend den Espresso durch die feinen Düsen in die Tasse.

In Frida arbeitete es. Sie sollte am Feierabend die Altfälle durchgehen? Sie würde ein paar Wochen lang Nachtschichten einlegen müssen. War das ein Test? Wollte er schauen, wie belastbar sie war? Das konnte er gern haben!

»Die Altfälle interessieren mich. Mit welchem soll ich anfangen?«

Er nahm eine rosafarbene Akte, die ganz obenauf gelegen hatte. »Mit diesem Fall! Sag mir, was dir auffällt. Ich will es wissen, wenn jemand bei der Ermittlung geschlampt hat.«

Frida nahm die Akte in die Hand. Der Fall Anneke Jung. Sie sah ihn an. Er wirkte zufrieden, als er sah, dass sie verstanden hatte.

Kapitel 12

Haverkorn hörte die Stimmen seiner Kollegen oben in der Küche wie durch Watte. Er schwitzte, bekam kaum Luft in diesem dunklen Loch. Schluckte und musste sich an der Treppe abstützen. Wenn er schon so klaustrophobisch reagierte, obwohl oben die Klappe offen war, wie musste es Anneke Jung erst ergangen sein?

Sie war hier drin gewesen, daran gab es keinen Zweifel. Wie viele Wochen, Monate, Jahre? Während ihr Mann und ihre beiden Jungs nur ein paar Kilometer entfernt gebangt, gehofft und vielleicht irgendwann getrauert hatten, weil alle Hoffnung, sie wiederzusehen, erloschen war.

Sie war hier unten, als ich mit Josef Hader oben in der Küche saß. Ich war nur eine Mauer von ihr entfernt.

Das war das Schlimmste für ihn. Hader hatte ihm bereitwillig die Mühle und den Schuppen gezeigt. Der Mann war damals schon über sechzig gewesen. War er deshalb für ihn nicht als Täter in Betracht gekommen? Es war eine reine Routinebefragung gewesen. Damals waren sie einer Menge Hinweise nachgegangen, die sich als Sackgassen erwiesen hatten.

Der Hinweis auf den Geländewagen von Josef Hader war keine Sackgasse. Wir waren so nah dran!

Haverkorn erinnerte sich vage an das Gespräch. Josef Hader war wortkarg, aber nicht auffällig nervös gewesen. Er hatte eine plausible Erklärung abgegeben, warum er auf dem Feldweg fuhr, von dem die junge Frau entführt worden war. Sie hatten seine Reifenprofile überprüft. Ohne Ergebnis. Er musste sich die Altakte noch einmal ansehen, sein Gesprächsprotokoll nachlesen.

Hätte er etwas merken können?

Etwas merken *müssen?*

Sie hatten nach dem Rundgang in der Küche gesessen, und der Alte hatte Kaffee gemacht. Dann war der Anruf gekommen. Der Anruf, durch den Haverkorns Leben völlig aus den Fugen geraten war.

†

Frida war froh, endlich aus der Stadt heraus zu sein. Das Gespräch mit Wahler hatte sie nachdenklich gemacht. Er wollte sie gegen ihre eigenen Kollegen einsetzen. Vor allem wollte er, dass sie Haverkorn auf die Finger schaute. Wahler hatte sie zu Stillschweigen verpflichtet. Sie hatte die Anweisung, den Altfall Anneke Jung auf Fehler und Nachlässigkeiten in der damaligen Ermittlungsarbeit abzuklopfen. Der Leiter der Mordkommission wollte, dass Köpfe rollten, sollte jemand geschlampt haben. Und sie sollte ihm dabei helfen.

Frida hatte auf dem Weg angehalten und war ausgestiegen. Gedankenverloren lehnte sie an ihrem Jeep und blickte in die Weite der Marsch, füllte ihre Lungen mit frischer Luft. Noch war es recht kühl, die Hitze nicht zu spüren. Ab Mittag sollte es wieder heiß werden. Ein total verregnetes Frühjahr und dann von einem Tag auf den anderen kein Tropfen mehr, seit Monaten. War dies einer dieser Supersommer, der längst prognostiziert worden war?

Die Temperatur hier im Norden war über die Jahre angestiegen. Ihr Vater hatte ihr das am Beispiel des Braeburn-Apfels erklärt, der ursprünglich aus Neuseeland stammte und große Beliebtheit erlangte, weil er festes Fruchtfleisch und einen süßsauren Geschmack hatte. Vor dreißig Jahren hatte Fridtjof ein paar Bäume gepflanzt, um die neue Sorte in der Marsch zu testen. Die Äpfel waren anfangs nicht gereift, obwohl er sie bis Anfang November hatte hängen lassen. Im letzten Jahr konnte er sie schon Anfang Oktober pflücken. Er schätzte, dass die Durchschnittstemperatur in den letzten Jahren um 1,5 Grad gestiegen war. So schön dieser lange Sommer war, die Bauern stöhnten, die Beregnungsanlagen liefen Tag und Nacht. Der Grundwasserspiegel sank. Ihr Vater machte sich Sorgen um die Apfelernte, auch wenn er nicht darüber sprach. Hagelschläge hatten ein paar Hektar eines Apfelhofes mit der Sorte Elstar zerstört. Diese Äpfel konnten nur noch für Most genutzt werden. Ein Schaden, den nun der Rest der Ernte abfangen musste.

Ihr Smartphone vibrierte. Sie hatte es noch auf lautlos gestellt. Anja rief an. »Ich bin gleich da«, sagte sie statt einer Begrüßung.

»Und, was wollte er?«, fragte ihre Kollegin.

Frida hasste es, Anja anzulügen. Aber Wahler war unmissverständlich gewesen. »Er will mich zu einem Teambildungskurs zum LKA schicken. Nur Blabla.«

Anja lachte leise. »Nimm es mit Humor. Udo soll an einem Anti-Aggressionstraining im Elbsandsteingebirge teilnehmen. Ich weiß gar nicht, woher Wahler die Gelder dafür abgezweigt hat.«

»In zehn Minuten bin ich bei euch.« Sie atmete durch. »Ist Torben da?«

»Ja, er ist hier. Wir haben draußen Knochen gefunden, er untersucht sie gerade.«

»Knochen? Menschliche?«

»Ich weiß es nicht. Du kannst Dr. Kielmann selbst fragen. Ihr habt ja einen guten Draht.«

Frida lachte über ihren kleinen Seitenhieb und drückte Anja weg. Sie beobachtete einen Feldhasen, der auf dem Weg Haken schlug. Wahrscheinlich hatte er sie entdeckt. Ein letztes Mal sah sie sich um. Hier war Anneke Jung vor knapp zehn Jahren verschwunden. Das Fahrrad hatte man in einem der Sträucher gefunden. Der Fingerabdruck am Rahmen war die heißeste Spur gewesen, hatte aber nie jemandem zugeordnet werden können.

Josef Haders Fingerabdrücke waren mittlerweile in der Rechtsmedizin abgenommen worden. Bisher hatte sie noch nicht gehört, ob sie mit dem Abdruck auf dem Fahrrad der jungen Frau übereinstimmten. Sie würde Anja gleich fragen.

Kurz darauf parkte sie vor der Deichmühle. Sie spürte ihre Anspannung. Wie sollte sie sich Torben gegenüber verhalten? Sollte sie so tun, als habe sie die Nachricht nicht bekommen? Das wäre kindisch. Er hatte bei WhatsApp ja sehen können, dass sie die Nachricht gelesen hatte. Was dann? Auf ihr Arbeitspensum schieben, dass sie ihm noch nicht geantwortet hatte?

Oder einfach die Wahrheit sagen?

Torben kam ihr vor der Mühle entgegen. Er sah müde aus. Sein Blick ließ ihr Ameisen über den Rücken wandern.

»Morgen!«, sagte sie und blieb stehen.

»Morgen, Frida.« Er hatte in die Mühle gehen wollen, kam nun zu ihr herüber.

»Habt ihr schon was?«, fragte sie ausweichend. »Anja hat gesagt, der Leichenspürhund hätte Knochen gefunden.«

»Ja, aber es sind Hirschknochen.«

»Sorry, ich wusste nicht, was ich dir antworten soll …«, sagte sie.

Torben schien ihre Nähe nicht kaltzulassen. »Ist okay. Du musst dich nicht bei mir melden, wenn du nicht willst.«

Sie schwieg, obwohl sie nur einen Satz hätte sagen müssen. *Ich fand es auch schön, dich wiederzusehen.*

Torben wandte sich zur Mühle. »Ich muss rein, kommst du mit?«

Sie nickte und folgte ihm. »Torben?«

An der Tür drehte er sich um und sah sie mit diesem Blick an, der ihr schon damals unter die Haut gegangen war. Irgendwie wild und verletzlich.

»Wenn du mal ein Bier trinken gehen willst …«

Er zögerte, sah zu Boden. Sie dachte schon, er würde wieder absagen. Diese Situation hatten sie im Herbst schon einmal. »Klar, gern. Melde dich einfach, wenn es bei dir ruhiger wird.« Er schob die Tür auf und ging hinein.

Sie schlug vor Freude mit der Schlaghand einen Upper Cut in die Luft.

»Frida, alles in Ordnung?« Haverkorn stand plötzlich hinter ihr.

»Bjarne! Bist du wieder an Bord?«

»Bin ich! Nick Wahler ist informiert.«

»Großartig! Willkommen im Deichmühlenteam!« Sie spürte ihr schlechtes Gewissen und verfluchte ihren Chef, dass er sie ausgerechnet gegen Bjarne in die Spur schickte. Was, wenn sie tatsächlich etwas fand? »Hast du die Kammer schon gesehen?«

Er nickte, sagte jedoch nichts. Sie wusste auch so, dass ihn dieses dunkle Loch ebenso mitgenommen hatte wie sie selbst. »Torben sagt, dass die Knochen von einem Hirsch stammen.«

Haverkorn schien es schon zu wissen. »Ich habe gerade mit ihm gesprochen. Vielleicht hat Hader ihre Leiche anders entsorgt. Elbe, Nord- und Ostsee. Es gäbe viele Möglichkeiten.«

»Zu Blutwurst hat er sie zum Glück nicht verarbeitet. Die Proben aus der Gefriertruhe und von den Wurstgläsern waren alle sauber.« Sie stützte sich am Holzstapel ab. Von den Wespen war nichts mehr zu hören. Wahrscheinlich hatte einer der Kollegen das Nest zerstört, damit sie hier in Ruhe arbeiten konnten. »Was, wenn wir ihre Leiche nicht finden? Was sagen wir ihrer Familie?«

Haverkorn ging zur Tür, öffnete sie und ließ sie zuerst eintreten. »Die Wahrheit. Dass wir nicht wissen, wo sie ist.«

†

An der Gartentür des rot geklinkerten Einfamilienhauses wäre er am liebsten wieder umgekehrt. Obwohl ihn Frida, Anja und ein Psychologe des Kriseninterventionsteams begleiteten, hatte Haverkorn das Gefühl, dass die Last dieses Gespräches mit Anneke Jungs Familie allein auf seinen Schultern lastete. Sie gingen durch einen gepflegten Vorgarten, in dem sich ihm blaue Blütenbälle von Hortensien entgegenstreckten. An der Haustür blieb Haverkorn stehen, zögerte. Wann hatte er zuletzt auf diese Klingel gedrückt?

»Bjarne?«, fragte Frida leise. Er spürte ihre Hand auf seinem Unterarm. »Soll ich vorgehen?«

Er schüttelte den Kopf und betätigte die Klingel.

Die Tür wurde sofort geöffnet, als hätte man sie erwartet. Haverkorn erkannte Peter Jung kaum wieder. Er war in den letzten zehn Jahren scheinbar um zwanzig Jahre gealtert. Seine Haare waren weiß, obwohl er keine vierzig war. Tiefe Falten auf seiner Stirn und an den Mundwinkeln gaben ihm das Aussehen eines verbitterten Mannes.

»Oh, ich dachte, es ist …« Peter Jung erkannte ihn und schwankte zurück in Richtung Diele. »Haben Sie … sie gefunden?«, flüsterte er.

»Können wir reinkommen?«, fragte Haverkorn, statt ihm zu antworten.

Anneke Jungs Mann sah ihn an. Die Falten auf seiner Stirn schienen in den letzten Sekunden noch tiefer geworden zu sein. Er gab die Tür frei. Kalter Schweiß stand auf seiner Stirn. Er sah Haverkorn an. »Sie ist tot, oder?«

»Lassen Sie uns bitte hineingehen, dann erkläre ich Ihnen, was es Neues gibt.«

Peter Jung nickte.

»Ist noch jemand im Haus? Sind Ihre Jungs da?«

»Nein, die sind im Ferienlager. Aber Claudia ist da.« Es fiel ihm sichtlich schwer zu sprechen. »Meine Lebensgefährtin.«

Haverkorn ging vor, weil der Hausherr nicht in der Lage war. Er kannte den Weg in das Wohnzimmer, in dem er damals die Nachricht überbracht hatte, die Peter Jungs Welt zum Einstürzen brachte.

Eine Frau in den Dreißigern kam ihnen aus der Küche

entgegen, wischte ihre Hände an einem Geschirrhandtuch ab. Ihre Wangen waren leicht gerötet. »Was ist denn?« Sie sah die vier Gäste. »Besuch? Du hast gar nichts …«

»… Polizei«, sagte Jung knapp. »Das ist der Polizist von damals.« Er drehte sich zu Haverkorn um. »Claudia Weber.«

Haverkorn gab der Frau die Hand und stellte sich vor. Er hatte nicht damit gerechnet, dass Peter Jung wieder in einer Partnerschaft lebte. Obwohl es naheliegend war, Anneke war seit beinahe zehn Jahren verschwunden. Claudia Weber reagierte gefasst und wies ihnen den Weg ins Wohnzimmer. Dort setzten sie sich an den Esstisch am Fenster. Außer Jung, er blieb am geöffneten Fenster stehen. Die Gardine wurde vom Wind bewegt, wehte ihm ins Gesicht. Er schien es nicht zu bemerken.

»Möchten Sie etwas trinken? Kaffee? Tee? Wasser?«, fragte seine Freundin.

Alle lehnten ab. »Ist es für Sie in Ordnung, wenn Frau Weber bei unserem Gespräch dabei ist?«, fragte Haverkorn.

»Natürlich!«, sagte Jung und drehte sich zu ihnen um. »Ohne sie hätte ich die letzten Jahre nicht gepackt. Und die Jungs wären …« Er stockte, behielt den Rest des Satzes für sich.

»In Ordnung!« Haverkorn war der Einzige, der redete. Das hatten sie vorher so besprochen. Jung kannte ihn, hatte ihm damals vertraut. Ihm heute von einer fremden Person die Neuigkeiten überbringen zu lassen wäre unklug gewesen. Da der Hausherr noch immer am Fenster stand, öffnete er seine Sitzhaltung aktiv für ihn, indem er den Stuhl zum Fenster drehte. Haverkorn hatte nicht genug Luft für die Worte, die er sich am Morgen zurechtgelegt hatte. Er atmete tief durch, musste husten, fasste sich endlich.

»Zuerst muss ich Ihnen sagen, dass wir nicht wissen, wo Anneke ist. Und dass wir nicht wissen, ob sie tot ist oder noch lebt.« Er wartete einen Moment, als niemand etwas sagte, sprach er weiter. »Wir haben allerdings konkrete Hinweise, dass sie in einem Gebäude für längere Zeit festgehalten wurde.«

Jung sah ihn unverwandt an, reagierte jedoch nicht.

Claudia Weber schlug eine Hand vor den Mund. Sie war in den letzten Minuten zunehmend blass geworden, und Haverkorn sah ihr an, wie sehr ihr dieses Gespräch zusetzte. Aber sie blieb sitzen. Wahrscheinlich wollte sie stark sein, um ihren Lebensgefährten zu unterstützen.

»Wir haben unter besagtem Gebäude eine verschlossene Kammer entdeckt, worin dieses Kleid lag.« Er zog einen Asservatenbeutel aus seiner Aktentasche und legte ihn auf den Tisch. Er enthielt das geblümte Sommerkleid.

Jung starrte darauf und schloss einen kurzen Moment die Augen. Dass er das Kleid seiner Frau erkannt hatte, war offensichtlich.

»Wir haben auf dem Kleid und in der Kammer die DNA Ihrer Frau gesichert. Es gibt keinen Zweifel, dass sie sich dort aufgehalten hat.«

»Wo ist sie?«, flüsterte Jung.

Haverkorn sah Frida an, die ihm zunickte. Er atmete tief ein. »Das wissen wir nicht.« Er erwartete eine Reaktion, aber Jung blieb stumm. Verstand er, was er sagte? Oder hatte schon der Schutzmechanismus eingesetzt, der Angehörigen vorgaukelte, dass dies alles ein furchtbarer Irrtum sein müsse? »Wir haben Blut von Anneke gefunden, in einem Schuppen.«

Claudia Weber stöhnte leise auf. Jung schwieg. Er schien eine solche Nachricht erwartet zu haben.

»Wir haben das gesamte Grundstück abgesucht, aber keinen Hinweis auf Ihre Frau oder auf ihre Leiche gefunden.«

»Wo?«, fragte Jung kraftlos. »Wo ist diese Kammer?« Seine Stimme bebte. »Wo wurde sie festgehalten?«

Haverkorn warf Anja einen langen Blick zu. Sie hatten sich geeinigt, den Ort aus ermittlungstaktischen Gründen noch nicht preiszugeben. »Das Gebäude befindet sich hier in der Marsch. Mehr dürfen wir Ihnen leider noch nicht sagen.«

»Meine Frau ist seit zehn Jahren verschwunden, Herr Haverkorn. Sie haben die erste Spur von Anneke seit vielen Jahren gefunden, ganz in unserer Nähe. Und dieses Kleid …« Er griff nach dem Asservatenbeutel, hielt ihn in die Luft. »Das ist ihr Kleid! Das Kleid hat sie am Morgen getragen, bevor …« Tränen traten in seine Augen. Er ließ den Beutel auf den Tisch fallen. Seine Lebensgefährtin stand auf und nahm ihn in den Arm.

»Wir werden den Fall noch einmal neu aufrollen und versuchen, herauszufinden, warum Ihre Frau in dem besagten Gebäude war und wo sie jetzt ist!«

Peter Jung sah ihn hilflos an, löste sich aus der Umarmung seiner Freundin und wandte sich wieder zum Fenster.

Haverkorn spürte, dass es Zeit war, zu gehen. Der Mann war am Ende seiner Kräfte. Es war besser, das Gespräch heute zu beenden und wiederzukommen, wenn er die Informationen, die er gerade erhalten hatte, verarbeitet hatte. Er stand auf. Frida und Anja erhoben sich ebenfalls.

»Wir lassen Sie jetzt allein«, sagte Haverkorn. »Herr

Kraft vom Kriseninterventionsteam bleibt bei Ihnen. Wir kommen an einem anderen Tag wieder und reden dann ausführlich über alles, in Ordnung?«

Jung drehte sich zu ihm. »Bitte!« Mit roten Augen sah er Haverkorn an. Seine Stimme zitterte. »Bitte, finden Sie ihre Leiche!« Er schluckte, wischte sich Rotz von der Nase. »Wir wissen alle, dass sie nicht mehr lebt. Ich möchte sie endlich bestatten können. Dieser Horror muss aufhören! Die Jungs müssen um ihre Mutter trauern können!«

Haverkorn wusste, dass er keinerlei Zugeständnisse machen konnte und durfte. Aber er wünschte sich nichts so sehr, als dass diese Familie nach den vielen Jahren des Bangens und vergeblichen Hoffens, Anneke zu finden, endlich zur Ruhe kommen durfte.

»Wir tun alles, was in unserer Macht steht. Ich gebe Ihnen mein Wort! Wir geben unser Bestes, um Ihre Frau zu finden.«

†

»Es ist momentan eine große Herausforderung, das ist keine Frage, aber wir werden sie gemeinsam meistern!«

Wahler kam gerade richtig in Fahrt. Frida sah die unbeteiligten Gesichter des Teams. Die Zeit drängte. Alle hatten mehr als genug Arbeit. Sie wollten endlich zu den Fakten ihrer Fälle kommen und nicht diese lauwarme Motivationsrede ertragen müssen, die Wahler seit zwanzig Minuten abspulte.

Das Meeting des gesamten Teams an diesem Nachmittag war wichtig, um sich gegenseitig auf Stand zu bringen. Die Kollegen saßen mit bedrückten Gesichtern um den

Tisch herum. Keines der beiden Teams schien gute Nachrichten zu haben.

Das einzig Positive war, dass endlich auch Bjarne Haverkorn wieder dabeisaß. Frida hatte ihm seinen Schreibtisch überlassen und sich gegenüber ihren Arbeitsplatz eingerichtet.

Wahler sah aus, als hätte er eine Nacht durchgeschlafen. Sein frisch gebügeltes Hemd saß auf Taille, seine Schuhe glänzten. Selbst seine Gesichtsfarbe wirkte wie aufpoliert.

»Ich bitte nun die einzelnen Gruppenleiter, die Spurenlage zu kommentieren. Beginnen wir mit der Gruppe Tankstelle.«

Frida hörte interessiert zu, was die Kollegen über den Fortschritt im Tankstellenfall berichteten. Auch sie hatten kaum Anhaltspunkte. Keine Zeugen, keine Spuren am Tatort und vor allem: kein Motiv. Die Kasse in der Tankstelle war unangerührt gewesen. Ein Raubmord schied offenbar aus. War es doch eine Beziehungstat gewesen? Aber alle Befragungen in ihrem Umfeld deuteten auf das Gegenteil hin. Der Kassierer hatte in einer intakten Familie gelebt, war glücklich gewesen mit Frau und Kind. Es gab keinen Hinweis auf eine außereheliche Beziehung. Und auch das Arbeitsverhältnis zu seinem Chef und den Kollegen war unauffällig. Die Lackspur an der Dachsäule hatte ebenfalls bisher keine neuen Erkenntnisse gebracht. Sie tappten genauso im Dunkeln wie das Mühlenteam.

Unzufriedene Gesichter.

Wahler konnte seine Verärgerung kaum überspielen. Zu gern hätte er dem BKI-Leiter und morgen der Presse in der angesetzten Pressekonferenz einen Fortschritt in diesem medial präsenten Fall vorgestellt. Er maulte ein paar der Kollegen an, gab Anweisungen zu Dingen, die sie sicher längst erledigt hatten, und tigerte um den Besprechungstisch herum. Er wollte Führungsqualitäten demonstrieren, war aber offenbar mit seinem Latein am Ende.

Frida sah Haverkorn an. Er wirkte abwesend. Der Besuch bei Annekes Familie schien ihm noch immer zuzusetzen.

Nun war Anja an der Reihe und präsentierte die Fakten des Deichmühlenfalles. Sie umriss noch einmal die Umstände der Entführung im Jahr 2010 und präsentierte danach die bisherigen Erkenntnisse. Ja, Anneke Jung war in dieser Kammer gewesen. Es war eindeutig ihr Kleid, das auf dem Bett lag. Es war ihre DNA gewesen, die im gesamten Raum gesichert werden konnte. Ihr Blut wurde in der Kammer und im Wildpalast an den Messern, in der Kühltruhe und am Fleischwolf entdeckt. Aber nach der umfangreichen Suche mit Leichenspürhunden und Sonden waren lediglich Überreste von Wild auf dem umliegenden Grundstück gefunden worden. Kein menschliches Skelett und kein weiteres Lebenszeichen der Frau. Der Entführer, Josef Hader, war tot. Sie tappten völlig im Dunkeln, was mit Anneke passiert war, nachdem sie die Kammer verlassen hatte.

Hätte sie fliehen können, wäre sie sicherlich zum nächsten Haus gelaufen, um Hilfe zu bekommen.

An den Gesichtern sah Frida, dass alle dachten, was Anja nicht aussprach. Dass Josef Hader die junge Frau umgebracht und ihren Leichnam entsorgt oder sorgsam versteckt hatte. Und dass es nun eher ein Zufall bringen würde, ihre menschlichen Überreste aufzufinden.

»Da ist noch was. Ich habe heute Morgen einen Bericht unserer Blutspurenspezialisten vom LKA erhalten«, sagte

Anja und hielt ein bedrucktes Blatt hoch. Sie sah Wahler an, der mit undurchdringlichem Pokerface auf einem Sideboard saß. »Sie haben mit den Blutspuren von Anneke Jung aus der Kammer und aus dem Wildpalast noch ein paar zusätzliche Tests gefahren. Natürlich haben sie es auf Betäubungsmittel, Drogen und Mangelernährung untersucht.« Sie machte eine Pause. Nun hatte sie die Aufmerksamkeit der gesamten Mannschaft. »Dazu haben sie nichts gefunden. Aber …« Sie sah wieder zu Wahler. »… bei den Blutspuren aus der Kammer weist ihr hCG-Wert, also das humane Choriongonadotropin-Hormon, darauf hin, dass die Frau schwanger war.«

»Auch das noch!«, flüsterte einer der Kollegen.

»In den Blutproben von den Messern und vom Fleischwolf fanden sich Marker, die darauf hindeuten, dass die Schwangerschaft schon weiter vorangeschritten war. Wir könnten es mit einem hochschwangeren Opfer zu tun haben.«

Lähmendes Schweigen im Raum.

»Und das ist noch nicht alles.« Anja zog einen weiteren Ausdruck vom Tisch. Sie atmete angespannt. »Der Fingerabdruck auf dem Fahrrad stammt nicht von Josef Hader. Wir haben keine Übereinstimmung.« Sie sah in die überraschten Gesichter. »Wir müssen davon ausgehen, dass es einen Mittäter gab.«

Ich – Tag 20

Seit heute weiß ich, dass ich hier sterben werde.

Er war bei mir. Das erste Mal. Als er plötzlich die steile Treppe herunterkam, war ich aufgeregt wie ein kleines Kind. Das Herz schlug mir bis zum Hals.

Nach so vielen Tagen in Einsamkeit kam es mir wie ein Festtag vor, dass er sich zeigte. Dass ich endlich nicht mehr allein sein musste.

Ich stand vor ihm und redete auf ihn ein. Als wäre er ein Bekannter, der auf eine Plauderei und einen Kaffee vorbeikommt. Wie konnte ich so naiv sein?

Ich habe verdrängt, wer ich bin und wer er ist. Und was er mir hier antut.

Lange stand er vor mir, sagte kein Wort, sah mich nur an. Wie ein Mensch, der ein Tier in seinem heimischen Territorium beobachtet. Er war angewidert von meinem Anblick und zugleich fasziniert.

Dann sah ich, dass er etwas mitgebracht hatte. Er warf mir mein Kleid auf das Bett. Es war frisch gewaschen. Die Blutflecke waren verschwunden.

Ich rührte mich nicht. Da schlug er mich wieder.

Sein Blick war wie ein eisiger Windhauch, als ich meine Sachen abstreifte und das Kleid anzog.

Danach war nichts mehr wie vorher.

Ich bin ein Spielzeug für ihn. Und irgendwann wird er mich überhaben. Dann werde ich hier unten sterben.

Kapitel 13

»Unser erster gemeinsamer Arbeitstag!«

Frida sah Haverkorn an, der sich hinter seinen Schreibtisch gesetzt hatte und den Stuhl justierte, bis er auf seine Körpergröße eingestellt war. Durch den langen Krankenhausaufenthalt hatte er in den letzten Monaten beinahe zehn Kilo verloren. Aber seit ihrem letzten Treffen hatte er wieder etwas zugenommen. Alles beim Alten. Nur eines war anders: Er hatte keine Zigaretten mehr bei sich. Wenn die schwere Rauchvergiftung für etwas gut gewesen war, dann dafür, dass seine persönliche Raucherinsel auf dem Dach der BKI von nun an verwaisen würde.

»Ich hab schon gehört, dass du mich hier gut vertreten hast«, sagte er mit Augenzwinkern und einem warmen Lächeln.

Sie fragte sich, was er über den Flurfunk gehört hatte. »Dann hast du bestimmt nicht mit Nick Wahler gesprochen.«

»Nein, jedenfalls nicht über dich.« Ihr Schreibtischnachbar tippte etwas auf der Tastatur. Wahrscheinlich meldete er sich nach Monaten das erste Mal wieder im System an. »Gestern haben wir uns nur über den Anneke-Jung-Fall unterhalten. Aber er hat schon angedeutet, dass wir noch ein Gespräch führen werden, bei dem es um meinen Platz hier im Team geht.«

»Das führt er mit jedem. Mir hat er klargemacht, dass

ich noch grün hinter den Ohren bin. Er schickt mich zu einem Teamfindungskurs beim LKA.«

Haverkorn blinzelte ihr über seine Lesebrille zu. »Das ist doch eine gute Idee. Bei solchen Kursen nimmst du immer etwas mit, was du irgendwann brauchen kannst.«

»Jetzt fang du auch noch an!« Sie verschränkte die Arme hinter dem Kopf und sah aus dem Fenster über die Dächer von Itzehoe. »Ich kann ihn überhaupt nicht einschätzen. Was hältst du von Wahler?«

Haverkorn legte die Lesebrille auf den Schreibtisch und lehnte sich in seinem Stuhl zurück. »Ich kenne ihn erst seit gestern. Etwas kurz, um eine Einschätzung abzugeben.« Er dachte einen Moment nach. »Er ist sehr engagiert, das merkt man. Er will seinen Job gut machen. Und er bringt einiges an Erfahrung vom Kriminaldauerdienst mit. Wir hätten es schlechter treffen können.«

»Er hat einen Stock im Arsch!«, sagte sie. »Ich hätte mir gewünscht, Andreas wäre noch ein paar Monate länger geblieben. Bis ich mich hier richtig eingearbeitet habe.«

»Im Leben läuft es nie so, wie man es sich wünscht. Ich habe plötzlich eine Tochter. Und sogar ganz ohne pubertäres Gezicke.«

Frida nahm ihre Kaffeetasse und trank den letzten Schluck aus. »Was sagt denn deine Frau zu eurem Familienzuwachs?«

»Sie weiß es noch nicht.« Die Falten auf seiner Stirn vertieften sich zu kleinen Gräben.

Frida stellte lautstark die Tasse ab. »Deine Frau weiß nicht, dass du eine Tochter hast?«

Er antwortete nicht. Sein Schweigen war der beste Indikator seines schlechten Gewissens.

»Bjarne, du musst es ihr sagen!«

Ihre Blicke trafen sich. »Das wird sie hart treffen! Sie wird sich ausgeschlossen fühlen, nachdem unsere Ehe kinderlos geblieben ist. Ich will nicht, dass sie einen Rückfall hat.«

»Aber sie muss es erfahren. Du hast nichts Unrechtes getan, und Henni kann auch nichts dafür. Deine Frau wird es verstehen.«

Er nickte und trommelte mit den Fingern auf dem Schreibtisch. Plötzlich stand er auf und legte einen Finger in den Topf der Monstera, der einzigen Grünpflanze im Büro. »Hast du sie etwa gegossen?«

Frida verstand, dass er einen Themenwechsel brauchte. »Ich bin ein Bauernkind. Denkst du, ich lasse ein Lebewesen sterben, während du weg bist?«

Haverkorn stand nachdenklich neben dem Sideboard. Dachte er noch immer über das ausstehende Gespräch mit seiner Frau nach? Er drehte sich um und sah sie mit einer Verletzlichkeit an, die ihr naheging. »Ohne dich wäre ich heute nicht hier.«

Sie fühlte das Band zwischen ihnen beiden. Sie hatten sich gegenseitig das Leben gerettet. »Und ich nicht ohne dich!«

»Du hast dich für mich in Lebensgefahr gebracht. Es war saudumm und gefährlich, was du getan hast.« Er wurde laut. »Du wirst dich für mich nie wieder in Gefahr bringen, hörst du?« Ein Hustenanfall folgte. Er ging zurück zum Schreibtisch und warf eine Pastille ein.

Sie schwieg und wusste, dass sie jederzeit wieder so handeln würde, um ihn zu retten.

Haverkorn kam zu ihr, legte ihr schweigend eine Hand auf die Schulter. »Jetzt hole ich uns beiden zur Feier des

Tages einen Kaffee. Und zwar von Wahlers Kapselmaschine. Er ist zum Briefing beim BKI-Chef. Wollen wir doch mal sehen, ob sein Kaffee besser schmeckt als der aus unserer Küche.«

»Lass dich nicht erwischen, sonst statuiert er ein Exempel an dir. Ich glaube, der Konfliktbewältigungsworkshop in Sibirien ist noch nicht vergeben.«

Sie lachten, und die melancholische Stimmung verflog. Haverkorn ging hinaus.

Frida vertiefte sich in die Altakte des Entführungsfalles. Wahler hatte im Teammeeting die Prioritäten ganz klar auf den Tankstellenfall gelegt. Natürlich würden sie auch im Mühlenfall weiterarbeiten, aber er hatte den Großteil der Leute dem Team Tankstelle zugeteilt. Nur Frida und Haverkorn sollten weiterhin den Anneke-Jung-Fall bearbeiten.

»Wir haben weder eine Leiche noch eine Spur zur Vermissten«, hatte Wahler erklärt. »Ihr werdet diesen Fall noch einmal aufrollen und im Hinblick auf die heutigen Erkenntnisse neu bewerten. Aber solange nicht klar ist, was mit der Entführten oder ihrer Leiche passiert ist, nachdem sie die Kammer in der Mühle wieder verlassen hat, kann ich nicht mehr Personal abstellen. Im Moment gilt es, den Täter zu finden, der einen jungen Familienvater kaltblütig an einer Tankstelle erschossen hat. Der Fall ist frisch, aber diese Spur wird langsam kalt. Wir müssen endlich Ergebnisse liefern!«

Frida wusste, dass sie und Bjarne die letzte Chance für Annekes Familie waren, endlich zu erfahren, was mit der Entführten passiert war.

Haverkorn war zurück und stellte ihr eine Tasse hin. »Bitte sehr!«

Frida begutachtete die Crema. »Sieht perfekt aus!«

»Diese modernen Maschinen! War gar nicht so einfach, das Fach zu finden, wo die Kapsel reinkommt.«

Sie probierte einen Schluck. Der Kaffee war wirklich gut. »Wo wollen wir anfangen?«, fragte sie. »Ich würde gern die gesamte Altakte lesen und mich auf Stand bringen. Ich werde die Zeugenaussagen im Hinblick auf einen Mittäter prüfen. Mit wem hatte Josef Hader engen Kontakt, wer wurde bei der Mühle gesehen und so weiter.«

Haverkorn setzte sich. »Gut, tu das! Ich telefoniere die Bauunternehmen der Gegend ab, ob jemand beim Ausbau der Kammer geholfen hat. So einen Stahlbetonrahmen zu gießen, dazu braucht es Fachwissen.«

Frida hatte den Einstieg zu dem Kellerraum vor Augen. »Und die Stahltür. Vielleicht ist es eine alte Bunkertür. So was hat kein Baumarkt rumstehen. Mit dem Bauamt habe ich heute Morgen schon gesprochen. Hader hat natürlich keinen Bauantrag gestellt. Eigentlich hätte jede Art von Umbau gemeldet werden müssen, weil das Gebäude denkmalgeschützt ist.« Sie nippte an ihrem Kaffee. Daran könnte sie sich gewöhnen. Ob sie sich hier auch so eine kleine Kapselmaschine ins Zimmer stellen sollten? Sie dachte an den Müll, den sie produzieren würden, und entschied sich dagegen. »Das Bauamt hat schon einige Kämpfe mit Josef Hader ausgefochten, weil das Gebäude mehr und mehr verfiel. So, wie ich den Sachbearbeiter verstanden habe, waren sie kurz davor, es von der Bauaufsicht sperren zu lassen. Dann hätte Hader ausziehen müssen.«

Haverkorn suchte etwas im Internet und hörte nur mit halbem Ohr zu. »Ich fahre am Nachmittag raus zur Mühle, möchte sie mir noch mal in Ruhe anschauen.«

»Okay, ich komme mit. Ich würde gern ein kleines Experiment wagen.«

†

Haverkorn lenkte den Passat über den ausgefahrenen Feldweg und musste aufpassen, um keine Bodenwelle zu übersehen. Er mochte es, über die einsamen Feldwege der Marsch zu fahren, mochte das flache weite Land im Norden. Hohe Pappeln säumten den Weg. Gern hätte er angehalten und sich für ein paar Minuten die Beine vertreten. Aber Frida vor ihm gab Gas. Mit dem Jeep wirbelte sie so viel Staub auf, dass er sich ein Stück weit zurückfallen ließ. Sie hatten zwei Wagen genommen, damit Frida anschließend von der Mühle nach Hause fahren konnte.

Haverkorn hatte im Büro Stunden damit zugebracht, alle Bauunternehmen der Gegend abzutelefonieren. Keiner hatte in den letzten Jahren an der alten Deichmühle Arbeiten ausgeführt. Aber das war zu erwarten gewesen. Wer eine solche Kammer plante, würde sich nicht über offizielle Kanäle Handwerker suchen. Entweder hatte jemand schwarz für Josef Hader gearbeitet und ihn heute angelogen, oder die Arbeiter waren aus einem anderen Bundesland gekommen, wahrscheinlich sogar aus dem osteuropäischen Ausland. Dies war eine Sackgasse, wenn ihnen nicht ein glücklicher Zufall in die Karten spielte und einer der Marschbewohner damals in der Nähe der Deichmühle etwas beobachtet hatte. Frida hatte recht. Vielleicht konnten sie herausfinden, woher die schwere Stahltür über der Kammer stammte. Die KTU hatte auf der Tür eingestanzte Buchstaben und Nummern fotografiert: *E. L 628815.*

Vielleicht brachte ihn das weiter. Er hatte am Mittag mit einem Professor für Deutsche Geschichte an der Universität Hamburg gesprochen, der ihm jedoch zu der Kennzeichnung von Bunkertüren nichts hatte sagen können. Das sei nicht sein Fachgebiet, entschuldigte er sich. Er war jedoch so hilfsbereit, einen Freund in Bremen, der sich mit solchen Dingen auskannte, zu kontaktieren und um Rückruf zu bitten.

Haverkorn bog hinter Fridas Jeep zur Deichmühle ab und parkte auf dem Hof. Das Flatterband knatterte im Nordwestwind, der die Wolken von der Nordsee landeinwärts trieb. Aber nach Regen sah es noch immer nicht aus.

»Wie steht's um die Apfelernte nach diesem trockenen Sommer?«, fragte er, als sie zur Mühle liefen.

Frida stöhnte auf. »Mein Vater hat wochenlang alle Obstanlagen bewässert. Das hat ihn einige Nachtschichten und weit mehr als zehntausend Euro an Diesel gekostet. Das größte Problem ist aber, dass das Wasser aus der Elbe zu salzig ist.« Sie blieb vor der Eingangstür stehen. »Das salzige Wasser verursacht Schäden am Blattwerk und teils auch an den Äpfeln. Sie sehen aus wie verbrannt.«

Haverkorn konnte nicht glauben, dass das Elbwasser tatsächlich einen so hohen Salzgehalt hatte. »Wie groß ist der Schaden?«

»Mein Vater schätzt an die zwanzig Prozent. Aber wenn er nicht bewässert hätte, wäre es bei der Trockenheit dieses Jahr wohl ein Totalausfall geworden. Er hatte nur die Wahl zwischen Pest und Cholera.« Eine steile Falte bildete sich auf ihrer Stirn. »Das wird noch schlimmer werden, wenn es irgendwann die Elbvertiefung gibt. Dann fließt noch mehr salziges Wasser von der Nordsee in die Elbe. Aber die Nöte der Bauern interessieren ja keinen.

Es wird immer behauptet, dass die Vertiefung keinen Einfluss auf die Umwelt haben wird. Dass ich nicht lache!«

Haverkorn wusste, dass es um die Existenz ihres Vaters ging und um den Erhalt des Hofes. Im letzten Herbst war es finanziell äußerst brenzlig gewesen. Die diesjährige Apfelernte war lebenswichtig für die Familie. »Bis es die Elbvertiefung gibt, ist es ja zum Glück noch etwas hin.«

»Vielleicht lebt mein Vater dann schon auf dem Altenteil. Da kommen wir zum nächsten Problem. Was wird aus dem Hof, wenn er aufhört? Am liebsten hätte er, ich würde einen Obstbauern heiraten.«

Er lachte und gab ihr einen Knuff in die Seite. »Dann lach dir doch einen kernigen Naturburschen an!«

Frida verdrehte die Augen und betrat die Mühle.

»Fridtjof soll mir bei der Ernte bitte zwei Kisten Äpfel beiseitestellen. Elstar und Braeburn«, rief er ihr hinterher.

Sie drehte sich um. »Das macht er sicher gern. Komm doch nachher mit zum Abendessen zu uns. Meine Eltern würden sich freuen, dich wiederzusehen!«

»Heute Abend geht es leider nicht. Henni wartet auf mich.«

Sie teilten sich auf. Frida ging in die oberen Räume, wo Josef Haders Schlafzimmer und einige Abstellkammern lagen. Haverkorn erkundete noch einmal ausgiebig die untere Etage. Ein schwarzer Kater huschte an ihm vorbei in die Küche. Frida hatte ihm von dem Tier erzählt. Er suchte das Katzenfutter, fand die Dose im Kühlschrank und füllte den Napf. Dann setzte er sich auf die Küchenbank und dachte an den Tag im Frühsommer 2010, als er hier mit dem Mühlenbewohner gesessen hatte. Haverkorn schluckte. Was für ein Mensch war dieser Josef Hader gewesen? Und wer war der andere Mann, der seinen

Fingerabdruck auf dem Fahrrad des Opfers hinterlassen hatte? Sie würden alle Zeugen noch einmal befragen müssen. Aber nach beinahe zehn Jahren waren riesige Erinnerungslücken zu erwarten.

Sein Handy klingelte. Die Nummer kannte er nicht. Eine Bremer Vorwahl, er nahm das Gespräch an. »Haverkorn!«

»Dr. Günther Grüning. Moin, Herr Haverkorn! Mein Freund, Professor Meyer, hat mir Ihre Anfrage weitergeleitet.«

Der Kriminalhauptkommissar hatte nicht gedacht, dass der Experte für Bunkeranlagen sich so schnell bei ihm melden würde. »Vielen Dank, dass Sie mich anrufen. Können Sie uns wegen der Stahltür weiterhelfen?«

Der Experte hatte eine leicht nasale Stimme. »Möglicherweise! Ich habe mich viele Jahre mit der Kennzeichnung und Nummerierung von Bunkern in ganz Europa befasst. Die Buchstaben und Zahlen, die ich übermittelt bekommen habe, sagen mir tatsächlich etwas. Das E bezeichnet den Sektor, das L steht für Luftwaffe. Die Nummern sind fortlaufend. Aber entscheidend ist die zweite Zahl. 8815. Der Bunker mit dieser Nummer gehört zum sogenannten Atlantikwall und befindet sich in Scheveningen, einem Stadtteil von Den Haag. An den dortigen Stränden gab es an die neunhundert solcher Anlagen!«

Den Haag, Niederlande, dachte Haverkorn. War das eine Spur? »Dann haben wir es tatsächlich mit einer Bunkertür zu tun?«

Dr. Grüning lachte. »Nicht so, wie Sie es sich vorstellen. Diese Tür ist garantiert keine Eingangs- oder Gasschutztür. Ich habe von meinem Freund die Maßangaben bekommen. Die von Ihnen gefundene Tür ist achtzig Zentimeter breit und einen Meter zehn hoch. Diese Größenangaben passen. Aber das Material ist viel zu dünn und somit zu leicht. Eingangstüren von Bunkeranlagen sind mindestens dreißig Zentimeter dick und um die fünfhundert Kilo schwer! Ihre Tür misst gerade mal fünf Zentimeter. Ich vermute, Sie haben es mit einer Tür aus dem Bunkerinnenbereich zu tun. Eine Tür zum Mannschaftsbunker, zum Küchen- oder Toilettenbunker.« Er räusperte sich. »Eine solche Tür ist für Diebe auch leichter abzutransportieren.«

Haverkorn ließ sich das Gesagte durch den Kopf gehen. »Aber es könnte eine Tür von einer Anlage vom, wie sagten Sie, Atlantikwall in Den Haag sein?«

»Da bin ich mir ziemlich sicher. Wenn sie original ist und sich nicht jemand einen Scherz mit dieser Kennung erlaubt hat, dann stammt die Tür von Bunker 8815 in Scheveningen. Die Anlagen dort werden nach und nach wieder ausgegraben. Aber in den letzten Jahren waren viele Unbefugte in den Bunkeranlagen zugange. Da wurden nicht nur Türen abgeschraubt, da sind ganze Einrichtungen verschwunden!«

Haverkorn bedankte sich bei dem Experten und legte auf. Eine fundierte Aussage. Dennoch hatte er das Gefühl, dass sie mit dieser neuen Information kein Stück weiterkamen.

Frida stand in der Tür. »Hast du Neuigkeiten?«

Er berichtete ihr von dem Telefonat. »Es handelt sich wohl um eine gestohlene Tür aus dem Innenbereich eines Bunkers in den Niederlanden …«

»Vielleicht kam die Baufirma aus Holland.«

»Wenn sie diese ausgebaute Tür mitgebracht haben,

dann haben sie sicherlich nicht offiziell auf Rechnung gearbeitet. Das bringt uns nicht weiter.«

Sie schwiegen. Wieder eine Sackgasse.

Haverkorn drückte sich von der Bank hoch. Er spürte ein Ziehen im Ischiasnerv. Rückenschmerzen kündigten sich an. »Bist du bereit für dein Experiment?«, fragte er.

Sie atmete tief durch. »Ja.«

»Du kannst jederzeit rauskommen. Ich lege den Riegel nicht um und bleibe die ganze Zeit hier oben. Dir kann nichts passieren.«

Frida nickte und stieg auf der Treppe nach unten. Sie hörte ein dumpfes Poltern, als Haverkorn die schwere Klappe fallen ließ. Sie war allein in der Dunkelheit.

Ich – Tag 23

Ich will nicht mehr auf dem Bett schlafen. Es widert mich an, dort zu liegen, wo er sich genommen hat, was ich ihm in meiner alten Welt nie gegeben hätte. Wofür er Macht eingesetzt hat und Gewalt.

Die Nacht nach der ersten Vergewaltigung habe ich schlaflos auf dem Boden gelegen. Zurück ins Bett war unmöglich. Ich habe mir die Seele aus dem Leib gespuckt vor Ekel. Aber der Fußboden war hart und eiskalt. Ich weiß nicht, ob ich davon die Blasenentzündung bekommen habe, oder von dem, was er meinem Körper angetan hat. Er hatte Latexhandschuhe und ein Kondom übergestreift, als er mich gepackt und auf die Matratze gedrückt hat.

Will er sich mit dieser künstlichen Haut vor mir schützen?

Erst konnte ich kaum sitzen, weil er erbarmungslos und brutal war. Weil er sich mit aller Härte genommen hat, was er haben wollte.

Am Tag darauf hatte ich Blut im Urin. Ich muss seitdem ständig aufs Klo, obwohl ich nur Tröpfchen pinkeln kann. Die Schmerzen sind kaum auszuhalten. Als würde mir jemand ein glühendes Messer in den Unterleib rammen. Ich trinke viel, habe alle Klamotten, die ich hier habe, übergezogen und die Decke um mich geschlungen, um mich warm zu halten. Ich habe die Matratze herumgedreht und sitze auf dem Bett. Die Schmerzen werden immer schlimmer.

Als irgendwann die Falltür aufgeht, springe ich auf. Erst

denke ich, er kommt herunter und tut mir wieder weh. Aber er zeigt sich nicht, wirft nur Wasser und Essen zu mir herunter.

Ich bitte ihn, mir zu helfen, rede über meine Schmerzen, bitte ihn, mir Medikamente zu besorgen. Oder wenigstens Blasentee zu kochen. Aber er antwortet nicht und knallt die Klappe über mir zu.

Wer hat ihn zu diesem Monster gemacht, das er ist?

Kapitel 14

Frida legte sich auf das Bett, auf dem die KTU eine Plane ausgebreitet hatte. Sie atmete ruhig. Mit Haverkorn hatte sie ausgemacht, dass er ihr fünf Minuten in der Dunkelheit geben und dann den Lichtschalter für die Spots in der Decke betätigen würde, den ein Techniker in einem der Küchenschränke entdeckt hatte.

Einatmen.

Ausatmen.

Frida fühlte sich unwohl, aber das Atmen half ihr, ruhig zu bleiben. Es war so dunkel in diesem Raum, dass sie die Hand vor Augen nicht sehen konnte. So musste man sich fühlen, wenn man in einem Sarg aufwachte.

Die Sekunden vergingen, und Frida wurde plötzlich bewusst, wie eng es hier unten war, obwohl sie nichts sehen konnte. Sie hatte das Gefühl, keine Luft mehr zu bekommen.

Wie mochte es Anneke ergangen sein in den ersten Stunden, als die Klappe über ihr zugeschlagen worden war? Als ihr klar wurde, dass sie aus diesem Gefängnis aus eigener Kraft nicht entkommen konnte? Als sie ihre Kehle wund geschrien, aber niemand sie aus dieser Kammer befreit hatte? Als sie erkannt hatte, dass sie ihrem Entführer völlig ausgeliefert war?

Ihr Hals war trocken, sie schluckte. Ihre Zunge fühlte sich an wie Sandpapier. Sie richtete sich auf und atmete durch den Mund. Sie schwitzte, obwohl es hier kühler war als in den Räumen über ihr.

Wie lang waren fünf Minuten?

Frida hatte das Gefühl, dass mindestens schon zehn Minuten vergangen waren. Hatte Haverkorn sie vergessen? War er abgelenkt worden, hatte er vielleicht einen Anruf bekommen?

Sie stand auf. Mit der Psychologin, die ihr bei der posttraumatischen Belastungsstörung geholfen hatte, hatte sie Atemtechniken einstudiert. Sie konzentrierte sich darauf, schien die Stimme ihrer Psychologin zu hören. »Denken Sie nur an Ihre Atemübung! Blenden Sie alles andere aus! Einatmen, halten, ausatmen, halten.«

In diesem Moment ging das Licht an. Frida blinzelte, brauchte einen Moment, bis sich ihre Augen an das Licht gewöhnt hatten. Endlich!

Sie sah sich um. Die Kriminaltechniker hatten hier unten alles untersucht, eingetütet und mit Kontrastpulver abgepinselt. Finden würde sie nichts mehr. Es ging darum, sich selbst ein Bild zu machen von diesem Raum, in dem die junge Frau eingesperrt gewesen war.

Frida schluckte – in dem sie vielleicht ihr Leben verloren hatte.

Sie sah sich um, und das beklemmende Gefühl nahm von ihrem ganzen Körper Besitz. War dies hier nicht nur Annekes Lebensraum gewesen, sondern auch ihre Sterbekammer?

Sie ging die zwei Schritte zum Waschbecken, blieb stehen. Wie oft hatte sie sich hier gewaschen? Sie blickte in das Toilettenbecken aus Edelstahl. Wie oft hatte sie ihre Notdurft hier verrichtet? Das erinnerte sie an die Zellen in einer JVA. Vielleicht war es dort tatsächlich abmontiert worden. Sie sah Kratzer im Inneren des Beckens.

Frida trat näher heran. Kleine silberne Kratzer, gleichmäßig nebeneinander. Eine Strichliste?

Ihr Herz begann vor Aufregung zu klopfen. Sie lief zur Treppe, kletterte hoch. Mit Anstrengung konnte sie die Klappe aufdrücken. »Bjarne!«

Er war sofort bei ihr, half ihr mit der Tür und arretierte sie.

»Ich brauche mehr Licht. Hast du eine Taschenlampe?«

»Keine Ahnung. Vielleicht im Auto.« Ihre Aufregung übertrug sich auf Haverkorn. »Was ist denn los?«

Sie wollte keine Erklärungen abgeben, bevor sie sich nicht sicher war. »Gib mir mein Smartphone. Da, auf dem Tisch!«

Er brachte es ihr, und sie kletterte wieder hinunter. Vor dem Klo schaltete sie die Lampenfunktion an, leuchtete das Innere des Toilettenbeckens aus. Kleine metallische Striche, eng nebeneinandergesetzt, dazwischen waren in unregelmäßigen Abständen Leerräume.

Haverkorn war ebenfalls nach unten gekommen, starrte verständnislos in das Becken.

»Siehst du die Striche?«, fragte sie und spürte den Achselschweiß unter ihren Armen.

Er beugte sich näher heran. »Was ist das?«

»Ich bin nicht sicher. Vielleicht hat Anneke diese Striche hier hinterlassen. Könnte es ein Kalender sein?«

»Du meinst, sie hat hier ihre Tage mitgezählt?«

Frida begann, die Striche zu zählen. 142. Sie zählte noch einmal. »Hundertzweiundvierzig!«

Er rechnete es durch. »Wenn das stimmt, war Anneke fast fünf Monate hier unten.«

Frida nickte nachdenklich und machte ein paar Fotos der Strichliste im Becken. »Und wenn das Wochen sind? Wie viele Wochen hat ein Jahr?«

»Zweiundfünfzig, wenn es kein Schaltjahr ist.«

»Dann würde es bedeuten, dass sie zweieinhalb Jahre hier unten war.« Sie seufzte. »Bis Ende 2012. Und danach?«

Haverkorn ging zurück zur Treppe. »Wir müssen den zweiten Täter finden! Nur er kann uns sagen, was mit Anneke passiert ist. Und wo wir ihre Leiche finden.«

Hetfield kam über die Koppel zu ihr gelaufen. Der Esel hob den Kopf, als der Hengst sich in Bewegung setzte. Dann lief auch er los, um sich bei Frida ein paar Kraftfutterhappen abzuholen.

Die Zeit in der Kammer hatte sie mehr mitgenommen, als sie gedacht hatte. Unvorstellbar, mehr als einen Tag dort zubringen zu müssen. Vielleicht Wochen, Monate, Jahre. Was machte dieses Leben in einem abgeschlossenen Raum mit der Psyche eines Menschen?

Sie hatte gelesen, dass besonders in der U-Haft die Selbstmordrate recht hoch war, weil Menschen, die ihr gewohntes Leben in Freiheit gegen eine Gefängniszelle eintauschen mussten, oft nicht damit klarkamen, weggesperrt worden zu sein. Aber in einer JVA gab es noch soziale Strukturen, auch wenn die Häftlinge hinter Gittern saßen.

Anneke Jung war ihrem Peiniger vollkommen ausgeliefert gewesen. Er hatte entschieden, wann in der Kammer das Licht anging, wann es ausgeschaltet wurde und sie schlafen durfte, wann sie etwas zu essen bekam. Nicht auszudenken, was er dort unten mit ihr veranstaltet hatte.

Sie war schwanger gewesen. Von Josef Hader? Oder dem anderen, der sie entführt hatte?

Frida versuchte, gleichmäßig zu atmen, und kraulte Cobain hinter den Ohren. Sein Kopf hing über dem Zaun, und er suchte ihre Jacke nach weiteren Kraftfutterkrümeln ab. Der Hengst stand ruhig neben ihm. Frida ging zu ihm und kraulte seine Mähne.

»Wie geht es Hetfield?«, fragte eine männliche Stimme hinter ihr.

Frida drehte sich um. »Jesper!« Ihren besten Freund aus Kindertagen hatte sie schon einige Monate nicht mehr gesehen. Jesper war verheiratet und Vater einer Tochter. Und er war Obstbauer wie ihr Vater.

»Willst du zu Fridtjof?«

Er kam zu ihr und lehnte sich neben sie an den Zaun. »Ja, aber dann hab ich deinen Jeep gesehen und dachte, dass du vielleicht hier bist. Bei Hetfield.«

Sie lachte und sah dem Hengst zu. »Manche Gewohnheiten legt man nicht ab.«

»Seit wann habt ihr den Esel?«, fragte Jesper und kraulte dem Schreihals die Ohren.

»Seit einem halben Jahr. Mein Vater hatte die Idee, ihn in den Stall zu holen, damit Hetfield Gesellschaft hat.«

Jesper zog einen trockenen Brotkanten aus der Tasche. »Wie heißt er? Axl Rose?«

Frida lachte, weil er genau wusste, wie sie tickte. »Nein, Cobain.«

Jesper drehte sich zu ihr und sah sie an. »Es ist schön, dass du auf dem Hof wohnst. Dein Vater ist so stolz auf dich. Er erzählt es jedem, dass du in der Mordkommission arbeitest.«

Sie war überrascht, das zu hören, denn sie war immer

davon ausgegangen, dass es ihn ärgerte, dass sie nicht in seine Fußstapfen getreten war und den Obsthof übernahm. »Ja, das stimmt. Seit ein paar Monaten. Ich habe eine Weile gebraucht, bis mir klar war, dass ich das wirklich will. Aber ich frage mich auch, wer den Hof weiterführen soll, wenn mein Vater die Arbeit nicht mehr schafft.« Sie sah Jesper an. Es war tröstlich, hier neben ihm am Koppelzaun zu stehen, so wie früher. »Er denkt darüber nach, den Hof zu verkaufen.«

Der junge Bauer schien nicht überrascht zu sein. »Er hat auch mich gefragt, ob ich interessiert bin. Aber so viel Geld wirft mein Geschäft nicht ab. Ich könnte höchstens ein paar Hektar seiner Anlagen kaufen, aber nicht den ganzen Hof.«

Sie sahen sich an. Jespers Haare waren etwas länger als im Herbst, sein Gesicht wirkte schmaler. Er sah müde aus. Alle Bauern in der Marsch arbeiteten im Sommer an die sieben Tage in der Woche. Ruhiger wurde es erst wieder in den Wintermonaten, wenn die Natur sich und ihnen eine Pause gönnte.

»Wie läuft das Geschäft bei dir?«, fragte sie.

»Viel Arbeit. Die Trockenheit macht uns allen zu schaffen. Von den Salzschäden an den Bäumen hast du bestimmt schon von deinem Vater gehört.«

Sie nickte. »Es ist schön, dass du gekommen bist«, flüsterte sie. »Ich hatte einen Scheißtag heute.«

Er legte einen Arm um sie, und so standen sie einen Moment schweigend zusammen. »Hast du ein Bier für mich?«

Sie lachte. »Klar! Mein Vater trinkt sicher auch ein Feierabendbier mit uns.«

Jesper blieb bis kurz vor dem Abendessen. Sie saßen in der Küche zusammen, tranken Bier und sprachen von der anstehenden Ernte, den Hagelschäden und der Elbvertiefung, die ihnen in den nächsten Jahren hier im Obstbau zu schaffen machen würde. Fridtjof und Marta strahlten, weil Frida und Jesper endlich wieder zueinandergefunden hatten. Es fühlte sich ein bisschen an wie in alten Zeiten, als sie drüben im Pumpenhaus ihr Räuberlager gehabt hatten.

Die Hunde lagen unter dem Tisch, und Frida erzählte Jesper, wie ihr Vater und sie Josef Hader in der Deichmühle gefunden hatten.

»Der alte Hader«, sagte Jesper nachdenklich. »Das war schon ein seltsamer Typ. Hat mich und meine Arbeiter angebrüllt, wenn unsere Trecker durch die Apfelanlagen in der Nähe der Mühle gefahren sind. Aber er konnte scheißfreundlich sein, wenn er was von mir wollte.«

»Was wollte er denn von dir?«, fragte Frida.

»Vor ein paar Jahren war er mal auf meinem Hof, um sich eine Seilwinde auszuleihen.«

»Eine Seilwinde? Wofür denn?«

»Ich glaube, er wollte was Schweres in die Mühle heben.«

Frida horchte auf. »Weißt du noch, was?«

Jesper sah sie überrascht an. »Keine Ahnung, das hat mich auch nicht interessiert. Ich hatte Wichtigeres zu tun!«

»Weißt du noch, wann er bei dir auf dem Hof war?«

Ihr Jugendfreund schüttelte den Kopf. »Du stellst Fragen! Das ist sicher schon sieben, acht Jahre her. Oder länger, ich weiß es nicht mehr. Josef kam auf den Hof gefahren und druckste eine Weile herum. Er hat uns alle beim

Verladen aufgehalten. Als er die Seilwinde aus der alten Scheune hatte, ist er sofort verschwunden.« Jesper dachte nach. »Ich glaube, er hat sie mir nie zurückgebracht.« Er sah sie an und lachte. »Mach nicht so ein Gesicht! Das ist doch nicht schlimm, dass er sie behalten hat.«

Frida nickte abwesend. Was hatte der alte Hader damals mit der Seilwinde in die Mühle gehoben? Die schwere Bunkertür für die Kammer?

Die Männer unterhielten sich noch eine Weile, während Frida einsilbig am Tisch saß. Als Jesper sich verabschiedete, brachte sie ihn zu seinem Wagen.

Dort drehte er sich zu ihr um. »Alles okay bei dir? Du warst so ruhig.«

»Ja, danke. Es ist nur der neue Fall.«

Der junge Bauer umarmte sie, stieg ein und fuhr vom Hof.

Frida ging wieder in die Küche und setzte sich zu ihren Eltern an den gedeckten Tisch.

»Wie läuft es mit eurem Mühlenfall?«, fragte Fridtjof, zog die Hülle von einer Salami und schnitt die Wurst in dicke Scheiben.

»Du weißt, dass ich euch nichts darüber erzählen darf«, erwiderte Frida und biss in ihr Brot.

»Lass sie doch auch mal Feierabend machen«, mischte Marta sich ein.

»Ich muss dann noch etwas in meinem Zimmer arbeiten«, sagte Frida kauend. »Wahler hat mir einen Spezialauftrag gegeben. Ich soll alte Fallakten durcharbeiten.«

»Er hält viel von dir, hm?«, fragte ihr Vater und warf Arthur und Bruno jeweils ein großes Stück Salami zu, das sie sofort verschlangen. Die Hunde waren mittlerweile unzertrennlich. Frida war glücklich, dass der Setter sich so gut hier eingelebt hatte. Vielleicht konnte sie Robert Hader bitten, ihnen den Hund ganz zu überlassen.

»Eher nicht. Er will mir zeigen, wie unfähig ich bin«, sagte sie und trank Bier aus der Flasche. »Irgendwie hat er sich auf mich eingeschossen. Er will, dass ich meinen Kollegen Fehler bei den Ermittlungen nachweise.«

Marta legte ihr Messer weg. »Kannst du dich nicht beschweren?«

»Nein, Mama. Darauf wartet er doch nur.«

»Der Herr Vollmer war ein feiner Mensch. Wieso musste er ausgerechnet jetzt weggehen?«, fragte sie. »Kommt denn wenigstens Herr Haverkorn bald zurück?«

»Er ist wieder da.«

»Du wirst das Richtige tun, mein Mädchen. Die alten Akten durchzuarbeiten ist kein Fehler.« Fridtjof sprach kauend und schnitt eine weitere Salamischeibe ab. Dann wechselte er das Thema. »Frag Haders Sohn mal, was er für Bruno haben will. Wir behalten den Hund. So viel wie in den letzten Tagen ist Arthur schon lange nicht mehr gelaufen. Die beiden tun sich gut.«

Frida freute sich über seine Entscheidung. Und über den Themenwechsel. »Ich rufe ihn morgen an.« Wenn ihr Vater den Hund behalten wollte, würde er auch nichts gegen einen Kater haben. Sie musste den Schwarzen nur endlich einfangen.

†

Haverkorn räumte den Tisch vom Abendessen ab. Henni stand am Wasserkocher, um Tee zu machen. Sie hatten über seinen ersten Tag gesprochen. Aber er war nicht ganz bei der Sache gewesen. Immer wieder hatte er die Bilder des verzweifelten Gesichtes von Peter Jung vor Augen gehabt.

Welche Torturen hatte seine Frau seit ihrem Verschwinden durchleiden müssen? Dass sie schwanger gewesen war, hatte ihn und das Team schockiert. Dass von einem weiteren Täter ausgegangen werden musste, eröffnete ganz neue Dimensionen dieses Falles. Josef Hader war tot. Er selbst war kein sozialer Mensch gewesen. Im Gegenteil! Er hatte seinen eigenen Sohn mit dem Gewehr vom Hof gejagt. Mit wem hatte ein Mann wie er sich zusammengetan, um eine junge Frau zu entführen, festzuhalten und zu vergewaltigen? Und höchstwahrscheinlich danach zu töten?

»Hörst du mir zu?«, fragte Henni.

»Entschuldige, ich war in Gedanken.«

»Schwarzer oder Kräutertee?«

»Gern die Ostfriesenmischung mit Kandis.« Haverkorn setzte sich an den Tisch und beobachtete Henni. Sollte er zu Wahler gehen und ihm mitteilen, dass er damals schon einmal in der Mühle gewesen war? Dass es diese Spur zu Josef Hader gegeben hatte, die nach der Zeugenbefragung im Sande verlaufen war? Wie würde der neue Vorgesetzte reagieren? Mit Andreas Vollmer hätte er offen darüber reden können, aber mit Nick Wahler?

Henni stellte die Tasse vor ihm ab.

Er bedankte sich und rührte den Kandis in den Tee.

»Ich geh duschen«, sagte sie, und Haverkorn nahm den Tee mit zur Couch. Er vertiefte sich in das Buch, das auf dem Beistelltisch lag. Der neueste Roman von Paulo Coelho, den er schon lange hatte lesen wollen. Aber er konnte sich nicht konzentrieren. Immer wieder dachte er an die Kammer in der Mühle. Was hatte Anneke dort alles über sich ergehen lassen müssen? Nicht zu vergessen, dass sie dort unten eingeschlossen gewesen war, Tage, Wochen, Monate. Er schluckte. Vielleicht Jahre? Hatten sie heute mit der Strichliste tatsächlich ihren Kalender gefunden, der zeigte, wie lange sie in diesem dunklen Loch hatte ausharren müssen? Was war dann mit ihr passiert? Hatte Hader sie umgebracht? Waffen hatte er genug in der Mühle gehabt.

Das Türschloss der Wohnungstür knackte. Haverkorn horchte auf und drehte den Kopf. War Henni nicht im Bad?

»Bjarne?« Die Stimme seiner Frau.

Haverkorn atmete einmal tief durch und stand schwerfällig auf. Heute blieb ihm auch nichts erspart. Er ging in die Diele. »Ursula, was machst du denn hier?«

Seine Frau stand freudestrahlend vor ihm. »Überraschung!« Der Rollkoffer neben ihr ließ keinen Zweifel zu, dass es nicht nur ein Kurzbesuch war. Ursula war zurück.

Er nahm ihr die Jacke ab. »Warum hast du nicht angerufen? Ich hätte dich am Bahnhof abgeholt.«

»Das Taxi war schneller.« Sie sah erholt aus, als käme sie nicht aus einer psychiatrischen Klinik, sondern von einer Urlaubsreise.

»Bist du entlassen worden?«, fragte er vorsichtig.

»Entlassen! Das klingt, als käme ich aus dem Knast.« Sie ging ins Wohnzimmer. »Es ist schön, wieder zu Hause zu sein!«

Haverkorn legte seine Hand auf ihren Arm. »Ursula, wir müssen etwas besprechen.«

»Später!« Sie machte sich los.

»Bitte, ich …«

In diesem Moment öffnete sich die Badezimmertür. Henni kam heraus. Sie hatte lediglich ein Handtuch um ihren Körper gewickelt. Die beiden Frauen sahen sich an, keine sagte etwas.

Ursula fasste sich zuerst. »Du hast dich also längst mit einer anderen getröstet?«, flüsterte sie.

»Das stimmt so nicht!«, widersprach Haverkorn. »Lass es dir bitte erklären.«

»Was gibt es da zu erklären?« Ihre Stimme stieg im Schmerz in einen viel zu hohen Ton. Sie drehte sich zu ihm um. Tränen standen in ihren Augen. »Du konntest es kaum abwarten, mich in die Klinik abzuschieben. Dachtest du, ich würde nie mehr rauskommen?« Sie lachte auf, begann kurz darauf zu schluchzen.

»Es ist anders, als du denkst. Setzen wir uns erst mal, dann erzähle ich dir alles in Ruhe.«

Ursula blickte auf Henni, die halb nackt in der Diele stand und keine Worte fand, um die Situation aufzuklären. Sie drehte sich wieder zu ihrem Mann um. »Ich will die Scheidung! Und ich will die Wohnung, hörst du? In zwei Tagen bist du mit deiner Geliebten hier raus!« Sie ging in den Flur und nahm ihre Jacke von der Garderobe. Wütend versuchte sie, ihren Koffer durch die Tür zu zerren, der immer wieder aneckte. Sie riss daran, bis sie ihn im Hausflur hatte, und warf die Tür hinter sich ins Schloss.

»Das tut mir leid.« Henni trat neben ihn.

»Ich bin doch selbst schuld. Ich habe es bisher nicht fertiggebracht, ihr von dir zu erzählen. Ich war einfach zu feige.«

Sie legte ihm ihre Hand auf den Arm. »Soll ich gehen? Ihr könntet in Ruhe reden.«

Haverkorn sah auf die geschlossene Tür. »Nein!« Er

nahm den Wohnungsschlüssel. »Ich versuche, Ursula einzuholen und alles aufzuklären. So kann ich sie nicht gehen lassen.«

†

Frida lag in ihrem Zimmer auf dem Bett und las in der rosafarbenen Altakte, die sie von Nick Wahler bekommen hatte. Die Lichtbildmappe hatte sie sich zuerst angesehen. Diese war jedoch nicht sehr aussagekräftig gewesen. Sie hatte die Fotos des Feldwegs betrachtet, von dem die junge Frau verschwunden war, Zahlentafeln an den wenigen Spuren, am Fahrrad, neben den Blutspritzern und zwei Reifenprofilen. Das war nicht viel. Die wichtigste Spur war dieser fremde Fingerabdruck gewesen, der damals wie heute in eine Sackgasse führte.

Sie sah die durchgeführten Maßnahmen durch. Die Kollegen von der Schutzpolizei hatten da draußen tagelang jeden Grashalm umgedreht. Mantrailer, speziell ausgebildete Personensuchhunde, und Leichenspürhunde waren zum Einsatz gekommen. Erfolglos. Schnell war die SOKO Anneke gebildet worden, und die Kriminalisten hatten wochenlang in den Marschdörfern Zeugenbefragungen durchgeführt, um einen Anhaltspunkt auf die Frau oder ihren Entführer zu finden. Sie las einige der Befragungen, die alle zu einem Ergebnis führten: Niemand hatte etwas gesehen oder gehört, was für die Ermittlung brauchbar gewesen war. Zwischen diesen Seiten klebte noch immer die lähmende Hoffnungslosigkeit, die damals in der SOKO vorgeherrscht haben musste. Eine junge Frau war an einem sonnigen Maitag in der Marsch verschwunden, und es gab zehn Jahre lang keine Spur, was mit ihr auf diesem Feldweg geschehen und wohin sie gebracht worden war. Erneut wurde Frida bewusst, welch beklemmende Seite dieser Job bei der Kripo hatte. Jahrelang hatte sie davon geträumt, zur Mordkommission zu gehen, um Tötungsverbrechen aufzuklären, für Gerechtigkeit zu sorgen und den Opfern und ihren Familien eine Stimme zu geben. Aber wie ging man mit dem Scheitern um? Wie konnte man den Angehörigen verständlich machen, dass ein großer Polizeiapparat und die modernste Technik nicht in der Lage waren, ihre verschwundene Ehefrau und Mutter zurückzubringen?

Frida legte den Flyer eines Pizzalieferdienstes, der seit Wochen auf ihrem Beistelltisch herumlag, als Lesezeichen in die Akte und klappte sie zu. Morgen würde sie weiterlesen. Sie tippte das Display ihres Smartphones an, um nachzusehen, wie spät es war. Kurz vor zehn. Normalerweise wäre sie jetzt beim Boxtraining. Sie schaute auf den rissigen Sandsack, überlegte einen Moment. Entschlossen stand sie auf und holte ihre Sporttasche. Sie konnte in einer halben Stunde in Altona sein, der Club hatte bis Mitternacht geöffnet. Ein wenig Arbeit am Sandsack würde ihr guttun.

Kurz vor elf Uhr betrat Frida das Studio. Jo stand mit einem der Nachwuchsboxer im Ring, und Milan lehnte an den Seilen. Frida ging zu ihm.

»Führhand, Jo, Führhand!«, rief der Boxtrainer.

Jo schlug harte Jabs, und ihr Gegner wich zurück.

Frida lehnte sich neben Milan an die Seile. Er warf ihr einen kurzen Blick zu, schlug zur Begrüßung gegen ihren Boxhandschuh und konzentrierte sich wieder auf das Sparring. »Auf Distanz bleiben, Erkan!«

Sie beobachtete Jo, die wie ihr Sparringspartner eine

Maske trug. Sie kam blitzschnell aus der Deckung und schlug einen Haken. »Sie ist gut«, sagte sie.

Milan nickte und zeigte seine Grübchen. »Das ist sie. Aber das ist echt kein Gegner für Jo. Dieser Kraftprotz boxt ohne Sinn und Verstand.« Der Trainer verfolgte das Sparring. »Raus aus der Ecke, Erkan!« Er schüttelte den Kopf. »Der lernt es einfach nicht.«

»Ich mache mich mal warm.« Frida ging rüber zu den Geräten, nahm sich ein Seil und begann zu springen.

Milan folgte ihr nach ein paar Minuten. »Geht's dir besser?«

Frida konzentrierte sich auf die Sprünge. »Ja. Danke, dass du mir letztens zugehört hast.« Sie ließ das Seil fallen. »Unser neuer Fall ist so krass … du kannst dir nicht vorstellen, was für abgefuckte Typen da draußen rumlaufen.«

Der Trainer sah zu Jo, die den Sparringspartner gerade in die Seile drückte, dann aber von ihm abließ und offenbar das Sparring als beendet erklärte. Ihr Gegner kam hoch, erwiderte etwas und gestikulierte. Jo beeindruckte er damit nicht. Sie stieg durch die Seile und kam zu ihnen herüber.

»Schon Schluss?«, fragte Milan.

Jo zog ihre Handschuhe aus, danach die Maske. Die Bandagen ließ sie an den Händen. »Dieser Spacko hat im Training dicke Eier und eine große Fresse. Aber da drin tänzelt er um einen herum wie John Travolta auf Speed. Das macht keinen Spaß.«

Sie lachten, und Jos Sparringsgegner schickte ihnen ein paar türkische Flüche durch die Halle, bevor er in der Umkleide verschwand.

Milan legte ihr einen Arm auf die Schulter. »Frida, was

denkst du? Jo ist unterfordert. Zeigst du ihr, wie ein richtiges Sparring geht?«

Ihre Freundin widersprach nicht, sondern zog wortlos Kopfschutz und Handschuhe über.

Frida folgte ihr zum Ring.

Die Umkleidekabine war verwaist, als Frida ihre verschwitzten Sportsachen auszog. Sie hatte sich mit Jo beim Sparring ausgepowert und war zufrieden aus dem Ring geklettert. Jo war schon weg. Milan und sie waren die Letzten im Loft. Er wollte zusperren, sie musste sich beim Duschen beeilen.

Heute hatte sie sie endlich wieder gespürt, die Leidenschaft, die der Boxsport schon in ihrer Jugend bei ihr ausgelöst hatte. Das Körpergefühl, die Balance, um den Schwerpunkt in der Mitte zu halten, das Adrenalin beim Angriff, der der schwächste Moment beim Boxen war, weil man aus der Deckung ging.

So wie im wahren Leben.

Als sie geduscht hatte und angezogen war, nahm sie ihr Smartphone aus dem Schrank und sah verpasste Anrufe auf dem Display. Ihr Herzschlag ging schneller.

Torben hatte dreimal versucht, sie zu erreichen. Hatte er sich mit ihr auf ein Bier verabreden wollen? Sie sah, dass er das erste Mal acht Minuten nach elf angerufen hatte. Danach alle fünf Minuten. Nein, um eine Verabredung war es sicherlich nicht gegangen.

Eine WhatsApp-Nachricht ging ein. *Frida, ruf mich bitte dringend an! Egal wie spät. Torben*

Sie rief ihn zurück, spürte ihre Anspannung. Was würde er sagen?

Torben ging sofort ans Telefon. »Gut, dass du anrufst!«

»Sorry, ich war beim Boxen. Was ist denn so dringend?«

»Ich hab einen Treffer!«

Frida konnte nicht einordnen, wovon er redete. »Einen Treffer? Wie meinst du das?«

»Ich bin noch im Institut und gerade dabei, alle Knochen, die die Kollegen mit den Leichenspürhunden an eurer Mühle gefunden haben, zu ordnen und zu bestimmen. Das waren fast ausschließlich Wildabfälle. Aber jetzt habe ich einen menschlichen Knochen dazwischen gefunden.« Er klang aufgeregt. »Die Nummer deines neuen Chefs habe ich nicht.«

»Es ist gut, dass du mich angerufen hast.« Ihre Atmung ging flach vor Aufregung. Ein menschlicher Knochen, ausgegraben auf dem Gelände der Deichmühle. Hatte Torben eine Spur zu Annekes Leiche gefunden? Sie klemmte das Smartphone zwischen Ohr und Schulter und warf die Sportsachen in ihre Tasche. »Ich bin in Altona, fahre sofort los. In einer Viertelstunde bin ich bei dir.«

Kapitel 15

Torben erwartete sie schon an der Hintertür des Rechtsmedizinischen Instituts, einem zweigeschossigen Flachbau auf dem Gelände der Uniklinik in Eppendorf. Frida ging an ihm vorbei und nahm einen Hauch seines Parfums wahr. Allure Homme. Es triggerte sofort die Erinnerungen an Dänemark und ihre gemeinsame Nacht.

Torben schloss die Tür hinter ihr ab. Er trug einen grünen OP-Kittel über der Jeans. Müde sah er aus. Offenbar war es nicht seine erste Nachtschicht in dieser Woche. Sein Lächeln wirkte wie ein vorsichtiges Abtasten, wie viel Persönliches er in ihrer Nähe zulassen konnte. »Ich wusste gar nicht, dass du boxt«, sagte er statt einer Begrüßung.

»Du weißt ja auch nicht viel von mir.«

Sein Lachen wurde weicher. »Ich weiß, dass du Gin Tonic magst. Und wie du dich danach anfühlst.«

Ein Funkenregen in ihrem Magen.

»Komm!« Der Rechtsmediziner führte sie zu einem weiß gekachelten Raum, in dem noch Licht brannte. Auf dem Gang roch es nach starkem Desinfektionsmittel. Frida war froh, dass es Torbens Parfum überlagerte. Sie war wegen ihres Jobs hier, nicht wegen ihm, oder log sie sich da in die eigene Tasche?

Auf einem Edelstahltisch lagen verschiedene Knochen nebeneinander aufgereiht. Er zog Handschuhe an und stellte sich neben Frida. Sie konzentrierte sich auf die Knochen und wusste nicht, was sie mehr durcheinanderbrachte. Seine Nähe oder die Entdeckung.

»Das meiste davon waren Tierknochen. Vor allem Rot- und Damwild, aber auch Wildschwein und Gans.« Er zeigte mit dem Finger auf die jeweiligen Knochenstücke, die er offenbar nach den Tierarten sortiert hatte.

»Dann habe ich dieses Mondbein gefunden.« Er nahm einen kleinen, beinahe runden Knochen in die Hand und legte ihn auf seine Handfläche. »Er stammt definitiv von einem erwachsenen Menschen. Der Größe nach zu urteilen von einer Frau oder einem kleinen Mann.«

Sie sah darauf. »Was ist das für ein Knochen?«

Torben legte das Fundstück zurück auf den Tisch und nahm ihre rechte Hand in beide Hände. »Das Mondbein ist ein Handwurzelknochen, und er sitzt hier.« Er drückte mit dem Daumen leicht auf die Handfläche am Handgelenk.

Frida hatte sich so lange gewünscht, dass Torben sie wieder berührte. Aber durch Latexhandschuhe? In der Rechtsmedizin? Sie entzog ihm ihre Hand.

»Okay. Mehr hast du davon nicht gefunden?«

»Nein.« Er drehte sich wieder zum Tisch. »Mit diesen Fundstücken bin ich durch, aber vielleicht wurde nicht alles gefunden.«

Sie blickte auf das Mondbein. War dies der erste Hinweis, dass Anneke Jung in der Mühle umgebracht worden war? Ihr war übel, und sie fror plötzlich.

Torben zog die Handschuhe aus. »Komm! Lass uns gehen. Den Bericht schreibe ich morgen.«

Frida blieb stehen. Wollte er sie nach Hause schicken? Die Vorstellung, jetzt allein zu sein, war nicht auszuhalten.

Er drehte sich an der Tür zu ihr um. »Es ist Freitagabend. Lass uns auf dem Kiez was trinken gehen. Wir können beide einen Gin Tonic vertragen.«

Die Kneipe »Seemannsbraut« auf St. Pauli, in die Torben sie mitgenommen hatte, war gut gefüllt. Sie fanden noch einen Tisch in der Ecke. Frida zog ihre Lederjacke aus und setzte sich. Torben war schon auf dem Weg zum Tresen, um die Getränke zu ordern. Sie beobachtete ihn unauffällig. Er trug ausgewaschene Jeans, T-Shirt und Sneakers, hätte auch gut als Student durchgehen können. Niemand würde ihn hier und jetzt für einen Rechtsmediziner halten, der vor einigen Stunden noch an Leichen gearbeitet hatte.

Sie lehnte sich zurück und entspannte sich. Was war das für ein Tag gewesen!

Während Torben sich in seinem Büro im Universitätsklinikum umgezogen hatte, hatte sie Wahler eine E-Mail geschrieben und kurz umrissen, was er entdeckt hatte. Ihr Chef würde sicherlich morgen veranlassen, dass das Suchgebiet um die Mühle ausgeweitet wurde. Wo ein menschlicher Knochen gelegen hatte, waren vielleicht noch mehr.

War das ein Durchbruch? Was, wenn der Knochen, den sie gefunden hatte, nicht von Anneke stammte? Hatte es andere Frauen vor ihr gegeben?

Torben brachte die Drinks an den Tisch und setzte sich neben Frida. Sie prosteten sich zu und tranken. Dachte er auch gerade an den Abend in der Bar des Autobahnhotels in Odense?

»Kann man feststellen, ob der Handknochen von einer 2010 entführten Frau stammt?«, fragte Frida. »Ihr DNA-Profil haben wir.«

Er stellte sein Glas ab. »Dazu müssten wir am Mondbein DNA-fähiges Material extrahieren können. Dieser Knochen hier war schon lange in der Erde. Wir tun unser Bestes!« Torben trank einen weiteren Schluck seines Cocktails und schloss einen Moment die Augen. Seine Gesichtszüge entspannten sich.

Sie sah ihn an und fragte sich, wie er reagieren würde, wenn sie ihn jetzt küsste. Als hätte er es gespürt, öffnete er die Augen. »Sorry, das war eine harte Woche.« Er trank aus. »Willst du auch noch einen?«

Frida entschied, weiterzutrinken und ein Taxi nach Hause zu nehmen. »Klar, gern!« Sie holte einen Geldschein aus der Tasche. »Aber den zahle ich.«

»Du bezahlst das nächste Mal.«

Am Tresen sang eine Gruppe Touristen lautstark den Gassenhauer *Reeperbahn* von Udo Lindenberg mit, der in den Boxen lief. Ein junger Typ im Hoodie stieg auf einen Stuhl und dirigierte die Meute, bis er herunterkippte. Seine Kumpels brüllten vor Lachen.

Frida fragte sich, wie lange sie nicht mehr in einer Kneipe gewesen war. Es fühlte sich gut an, wieder auf St. Pauli zu sein. Hier im Kiez war sie vor ein paar Jahren einige Monate Streife gelaufen. Die Zeit in der Davidwache war hart und intensiv gewesen. *Hamburg, meine Perle*. Hier schlug der Puls der Stadt. Auf dem Kiez konnte in der Nacht alles passieren: handfeste Prügeleien, Taschendiebstähle und Schießereien bis hin zu einem Mafiamord. Es gab nichts, was es nicht gab. Und genau das machte dieses Viertel so gefährlich und so besonders. Das Spiel hier hatte seine eigenen Regeln, bei denen die Polizei meistens nur eine Randposition einnahm.

Torben war zurück, aber ohne Gläser. »Der Tresen ist

dicht. Das dauert mir zu lange. Lass uns abhauen!« Er nahm ihre Hand und zog sie hoch. Sie liefen über die Straßen von St. Pauli, wichen Passanten und Betrunkenen aus, teilten sich eine Pizza und aßen sie in einem Hauseingang. Sie redeten viel, kauften sich in einem Kiosk ein paar Dosen Astra, weil seit einigen Jahren Glasflaschenverbot auf St. Pauli herrschte. Sie tranken das Dosenbier auf einer Bank irgendwo beim Hans-Albers-Platz. Es schmeckte furchtbar, aber das lachten sie weg.

»Hast du dich gut eingelebt bei deinen Eltern?«, fragte Torben, der auf der Lehne ein Stück über ihr saß.

»Es war richtig, da rauszuziehen.« Sie überlegte die ganze Zeit, wie sie ihn darauf ansprechen konnte, was im Herbst zwischen ihnen passiert war. Warum er sie im Krankenhaus hatte stehen lassen. Aber wollte sie wirklich hören, was er antworten würde?

»Ich habe oft an Dänemark gedacht.« Er flüsterte beinahe.

Fridas Puls beschleunigte sich. Sie konnte ihn nicht ansehen. »Ich auch.«

»Das war eine Extremsituation für dich. Die Wasserleiche, die Angst um deine Freundin. Und unsere gemeinsame Nacht.«

»Es tut mir leid, dass ich so abweisend war«, sagte sie. »Es war wirklich zu viel für mich. Ein Gefühlsrad, das nicht aufhörte, sich zu drehen.«

»Ich weiß.« Er trank sein Bier aus und stellte die Dose auf die Bank. »Du konntest keine Entscheidungen treffen. Das habe ich verstanden.«

»Als wir uns im Krankenhaus gesehen haben, hatte ich eine getroffen.« Sie sah zu ihm auf. Sein Gesicht lag im Schatten. »Ich wollte es mit uns versuchen.«

Torben antwortete nicht. Er rutschte von der Lehne nach unten, blieb neben ihr sitzen. »Und ich dachte, du wolltest mir bei einem Kaffee sagen, dass aus uns nichts wird. Ich wollte uns dieses Gespräch ersparen.« Er beugte sich näher. Sie spürte seine Hand in ihrem Nacken. Warmer Atem auf ihrem Gesicht, ein sanfter Kuss. Sie küsste ihn ebenfalls. Wie zwei knutschende Teenager saßen sie auf der Parkbank, während auf St. Pauli das Nachtleben pulsierte.

Um drei Uhr morgens winkte Frida ein Taxi heran. »Ich muss ins Bett. Morgen wird ein langer Tag, wenn die Kavallerie auf dem Mühlengelände arbeitet.«

»Es war schön heute.« Er strich ihr eine Strähne aus dem Gesicht.

Das Taxi hielt neben ihnen. Sie umarmte Torben, gab ihm einen letzten Kuss. »Gute Nacht!«

Als das Taxi losfuhr, flogen die Lichter von St. Pauli an ihr vorbei. Sie legte den Kopf an die Lehne und schloss die Augen. Diese Nacht hatte ihren Körper und Sinne in Brand gesteckt. Sie hatte Angst, verletzt zu werden. Aber endlich auch den Mut, sich ihrer Angst zu stellen und sich auf einen Mann einzulassen.

†

Haverkorn lehnte am Holzstapel und trank den Kaffee, den er sich aus der Mühle mit nach draußen genommen hatte. Es war noch früh und recht kühl. Nick Wahler hatte ihn telefonisch über die neuen Entwicklungen in Kenntnis gesetzt, als er am morgendlichen Küchentisch gerade sein Tablet eingeschaltet hatte. Er war ohne Frühstück losgefahren.

Haverkorn beobachtete den Gruppenleiter, der drei Diensthundeführer und ihre Leichenspürhunde einwies und ihnen ihr Suchgebiet zuteilte. Ein Kleinbus der KTU fuhr auf den Hof. Haverkorn nickte Horst Lüttje zu, als der sich neben ihn stellte.

»Moin! Gibt's noch Kaffee?«, fragte der Leiter der Kriminaltechnik.

»Die Thermoskanne in der Küche ist frisch gefüllt. Bedient euch!«

»Na dann! Hoffen wir mal, dass wir noch was finden.«

Lüttje ging in die Mühle. Seine Leute folgten ihm. Einige trugen schon die weißen Overalls.

Ein schwarzer Pick-up parkte neben dem Transporter ein. Haverkorn kannte das Fahrzeug nicht. Hatten die Medien bereits Wind von der Aktion hier draußen bekommen? Wahler hatte für Montagnachmittag eine Pressekonferenz einberufen. Dass polizeiliche Maßnahmen im Umfeld der Deichmühle stattfanden, wussten mittlerweile auch die Vertreter der lokalen Blätter, die die Pressesprecherinnen der BKI nicht mehr aus ihren Klauen ließen. Es war heikel für Wahler, denn bei diesem offiziellen Termin für die Journalisten wollte er noch nicht über die Kammer sprechen. Er würde sich vage ausdrücken müssen und erklären, dass zu den Todesumständen von Josef Hader bisher kein Kommentar abgegeben werden könne. Der Gang an die Öffentlichkeit hatte jedoch auch seine positive Seite. Möglicherweise erinnerte sich doch ein Marschbewohner, mit wem Hader sich getroffen hatte.

Haverkorn wunderte sich, als Frida aus dem Pick-up stieg. »Ist dein Jeep kaputt?«, rief er ihr zu.

Sie kam zu ihm. »Morgen! Nein, der steht in Hamburg. Ich hole ihn später ab.«

Sie sah übernächtigt aus. Hatte sie die ganze Nacht in der Altakte gelesen? Das Strahlen auf ihrem Gesicht erzählte eine andere Geschichte. »Hamburg?«, fragte er und trank einen Schluck Kaffee.

»Er steht am UKE. Torben Kielmann hatte mich wegen des Knochenfundes angerufen. Danach waren wir was trinken. Ich bin mit dem Taxi nach Hause.« Sie versuchte, ernst zu bleiben. Aber ihre Augen strahlten. »Mein Vater hat mir seinen Wagen geliehen.«

»Mit Torben also, hm.« Er ließ unkommentiert, was er dachte. Die beiden würden ein schönes Paar abgeben. Aber er wollte nicht neugierig sein. Wenn es etwas zu erzählen gab, würde sie es früher oder später tun.

»Was soll ich machen?«, fragte sie und sah sich um.

»Hol dir einen Kaffee! Dann besprechen wir uns mit Lüttje und seinen Leuten. Die Leichenspürhunde sind schon auf dem Gelände unterwegs. Während die Kollegen hier suchen, fahren wir die Nachbardörfer ab und führen Befragungen durch. Hast du die Zeugenliste von damals kopiert?«

»Ja!« Sie zog eine Mappe mit Dokumenten aus ihrer Tasche. »Alle Zeugen mit Namen und Adresse. Mal schauen, ob die noch stimmen.«

Er nahm ihr eine Kopie ab. »Gut, ich fahre nach Deichgraben. Du fängst in Altendeich an. Wenn wir uns aufteilen, sind wir schneller.«

Frida sah auf die Unterlagen in seiner Hand. »Du hast 2010 Josef Hader befragt.« Ihr Tonfall war ruhig, es schwang kein Vorwurf darin. »Kannst du dich daran erinnern?« Sie sah ihm in die Augen.

»Ja, natürlich. Ich war hier in der Mühle.« Haverkorn merkte selbst, wie angespannt seine Stimme plötzlich klang. »Er hat mich hereingebeten und bereitwillig alle Fragen beantwortet.«

Sie sah lange hinüber zu den Gestalten in den weißen Kunststoffoveralls, die den Diensthundeführern folgten. Die nächste Frage fiel ihr nicht leicht, das spürte er. »Denkst du, dass sie auch hier war?«

Er räusperte sich. Wie oft hatte er sich diese Frage gestellt? Er war eine Woche nach Annekes Verschwinden bei Hader gewesen, nach dem Hinweis auf seinen Wagen in einer anderen Zeugenbefragung. Sie musste in der Kammer gewesen sein. Wo hätte er sein Opfer sonst versteckt haben sollen? Den Schuppen hatte er ihm ebenfalls gezeigt. Er erinnerte sich, dass Hader davon gesprochen hatte, die alte Waschküche zu einer Jägerstube umzubauen. »Sie muss unter uns in der Kammer gewesen sein.«

Frida legte ihre Hand auf seinen Arm. »Keiner konnte ahnen, was da unter der Küche ist.«

Er spürte, wie gut es tat, endlich mit jemandem darüber zu sprechen. »Ich denke oft an diesen Tag und frage mich, ob Hader sich seltsam benommen hat, ob ich etwas hätte sehen, hören oder bemerken müssen.« Er sah Frida an und schüttelte den Kopf. »Ich habe keine Antwort darauf.«

Sie blätterte die Dokumente durch, suchte etwas, fand die Seite. »Was mich nur wundert: Warum hast du die Befragung am 27. Mai durchgeführt, den Bericht jedoch erst zwei Wochen später, am 12. Juni, geschrieben und unterzeichnet? War das ein Versehen?«

»Nein, die Daten sind richtig.« Er ächzte stumm.

Frida bohrte weiter. »Brauchst du immer so lange, um deine Berichte zu schreiben?«

Er trank den Kaffee aus, der kalt geworden war, und stellte die Tasse auf den Holzstapel. »Nein, eigentlich nicht. Ich habe einen Anruf aus der BKI bekommen. Ich habe dann die Befragung abgebrochen und bin sofort nach Itzehoe gefahren.« Er atmete tief durch.

»Was war das für ein Anruf?«, fragte Frida.

»Mein ehemaliger Chef war dran. Eine junge Kollegin von mir stand auf dem Dach der BKI. Sie hatte gedroht, sich runterzustürzen. Mein Chef bat mich, sofort zu kommen, weil sie nur mit *mir* reden wollte.« Er erinnerte sich genau an den Tag. Und an das Bild, wie Marei Wendt dort am Rand des Daches stand, als er hinausgetreten war. »Bitte sag meinem Vater, es tut mir leid, dass ich ihn enttäuscht habe!«, hatte sie zu ihm gesagt.

Er bemerkte das Entsetzen in Fridas Blick. »Konntest du ihr helfen?«

Haverkorn schloss kurz die Augen. Es waren keine klaren Bilder mehr, nur noch vage Erinnerungen, wie verwaschene Polaroids, die nach und nach die Farben verloren. »Nein, sie ist gesprungen.« Zwölf Stockwerke tief. Danach war in seinem Leben nichts mehr gewesen, wie es war.

Frida ließ die Dokumente sinken. Ihr fehlten die Worte.

»Ich konnte es nicht fassen, dass sie wirklich gesprungen ist. Ja, sie hatte Probleme im Team. Heute würde man vielleicht sagen, dass sie von ein paar Kollegen gemobbt wurde. Später habe ich erfahren, dass sie seit Jahren ein schwieriges Verhältnis zu ihrem Vater hatte. Er war auch Polizist, im höheren Dienst. Und er hat sie dazu gedrängt, in den Polizeidienst zu gehen, obwohl sie lieber Kunst studieren wollte. Das Mädchen war labil. Und todunglücklich.«

»Und wie bist du damit klargekommen?«

Er dachte nur ungern an diese Zeit zurück. »Ich war

in psychologischer Behandlung, habe viel geschlafen und lange Spaziergänge gemacht. Ich konnte nicht verstehen, warum sich eine so junge Frau das Leben genommen hat.«

»Wie alt war deine Kollegin?«

»Jünger als du. Ende zwanzig.« Er sah ihr ins Gesicht und musste sich zusammenreißen, um seine Emotionen in den Griff zu bekommen. »Als ich wieder ins Büro zurückkehrte, waren zwei Wochen vergangen. Den Bericht habe ich aus dem Gedächtnis geschrieben. Und heute frage ich mich, ob ich diesem Mann mehr Beachtung hätte schenken müssen. Ob mir bei dem Gespräch in der Mühle irgendwas durchgerutscht ist und ich damit Annekes letzte Chance vertan habe, gerettet zu werden.«

Kapitel 16

Frida parkte das Auto ihres Vaters vor dem Haus der ersten Zeugin, die sie in Altendeich befragen wollte. Sie blieb noch einen Moment sitzen, denn das Gespräch mit Bjarne ging ihr nicht aus dem Kopf. Sie hatte gedacht, er hätte sich bei den Daten vertan, was jederzeit passieren konnte. Aber die Brisanz der Geschichte war ihr erst vorhin deutlich bewusst geworden.

Jeder andere Ermittler hätte die Befragung bei einem solchen Anruf ebenfalls abgebrochen. Ob Nick Wahler das auch so sehen würde?

Sie recherchierte auf ihrem Smartphone und fand ein paar Artikel von 2010 zum Suizid der jungen Frau. *Marei W. (29), eine vorbildliche Polizistin, Tochter des Kriminalrats Hans-Jörg W. Ein tragischer Tod, der viele Fragen aufwirft.* Es hatte keinen Abschiedsbrief gegeben, was zu einer Menge Mutmaßungen geführt hatte. Dass sie vor seinen Augen gesprungen war, musste Bjarne völlig aus der Bahn geworfen haben. Sie musste es Wahler mitteilen! Frida atmete tief durch. Genau das war ihr Auftrag: Unstimmigkeiten bei den damaligen Ermittlungen zu finden. Und nun hatte sie ein Leck gefunden. Würde Wahler Haverkorns Erklärung ebenfalls anerkennen? Würde er diesen Fehler menschlich bewerten oder eine interne Untersuchung einleiten?

Sie öffnete die Tür und stieg aus. Egal wie sie sich entschied, es würde sich falsch anfühlen. Was für eine beschissene Situation!

†

Haverkorn klapperte acht Adressen ab und traf fünf Zeugen von damals an. Kurz vor Mittag hielt er am Haus von Arne Friedrichs, der beim Straßenbauamt arbeitete und den Haverkorn an diesem Samstag beim Anstreichen seines Holzgiebels unterbrach. Er stieg von der Leiter, als Haverkorn ihn ansprach, und drückte ihm erfreut die Hand. »Herr Haverkorn! Geht's um die Mühle draußen?«

Er hatte viel Kontakt mit den Leuten in der Marsch und seine Ohren überall, wie Haverkorn sich erinnerte.

»Es wird schon gemunkelt, dass es Raubmord war«, berichtete der Hausbesitzer. »Der Hader hat so allein da draußen gelebt. Die Leute haben mitbekommen, dass die Polizei die alte Deichmühle abgesperrt hat.«

Es waren also Gerüchte im Umlauf. Aber auch Arne Friedrichs konnte, wie viele andere Einwohner, die Haverkorn befragt hatte, nichts Konstruktives beitragen. Die meisten hatten Josef Hader kaum gekannt. Sie wussten lediglich, dass er Ende der Neunziger von Dithmarschen zugezogen und kaum in den Ortschaften aufgetaucht war.

»Ein seltsamer Kauz«, sagte Arne und lehnte sich mit verschränkten Armen an die Aluleiter. »Hat nie gegrüßt, wenn man an der Mühle mal die Hand hob. Der hat wie ein Einsiedler gelebt. Schade, dass er dieses herrliche Gebäude so hat verfallen lassen. Dass der Denkmalschutz da nichts unternommen hat, versteht hier niemand.«

Haverkorn fragte ihn, ob er Josef Hader irgendwann zusammen mit einem anderen Mann gesehen hätte.

Arne Friedrichs schüttelte den Kopf. »Der war ein sturer Einzelgänger, den man lieber in Ruhe gelassen hat.«

Haverkorn verabschiedete sich und fuhr weiter auf den Parkplatz des Dorfgasthofes »Marschhus«. Es war Mittagszeit. Die beste Gelegenheit, eine Kleinigkeit zu essen und mit Heintje Kuhn, dem Wirt, zu plaudern, der immer den besten Klatsch wusste. Hier tranken und redeten die Leute, wenn der Alkohol die Zungen gelockert hatte. Heintje hatte ihm schon früher den einen oder anderen Hinweis gegeben, ohne indiskret zu werden. Und der Gasthof hatte eine fabelhafte Küche.

Der Kriminalhauptkommissar stieg aus und betrat das Wirtshaus, das hier am Platze schon seit dem achtzehnten Jahrhundert betrieben wurde. In der Diele hingen alte Fotos, deren Rahmen Patina angesetzt hatten. Auf einem der vergilbten Fotos stand ein Pferdefuhrwerk vor dem »Marschhus«, Grüppchen von Frauen in langen Kleidern mit Hüten und Schirmen an den Armen unterhielten sich. Längst vergangene Zeiten, das Fenster zu einer anderen Welt.

Es roch nach Bratkartoffeln, als er die Gaststube betrat.

»Moin!«, grüßte er die wenigen Mittagsgäste und ging zum Tresen, wo Heintje Kuhn ein Pils zapfte.

»Mensch, Bjarne, das ist ja eine Überraschung. Brauchst du wieder mal eine Auszeit?« Heintje brachte einem Mann das Bier, kam zu Haverkorn und drückte ihm die Hand. Der Wirt hatte die Statur eines Türstehers auf St. Pauli, war am ganzen Körper tätowiert, aber sein Gemüt war so friedvoll wie das einer Robbe beim Mittagsschlaf.

»Was hast du heute auf der Mittagskarte?« Haverkorn ging zu einem Tisch am Fenster und setzte sich. Das Lokal war typisch norddeutsch eingerichtet, Kissen und Gardinen in einem verstaubten Schick, die Polster der Sitze schon ein wenig abgewetzt. Er mochte diese abgewohnte Gemütlichkeit der Landgasthöfe, wo heute noch Feste gefeiert und Trauerfeiern ausgerichtet wurden. Wo sich das Dorf beim Stammtisch traf und mal auf den Tisch gehauen wurde, wenn einer von ihnen aus der Reihe tanzte.

»Königsberger Klopse nach Großmutters Rezept.« Heintje stellte sich zu ihm und senkte die Stimme. »Stimmt es, was die Leute sich erzählen?«

»Was erzählen sie sich denn?«, fragte Haverkorn.

»Dass der alte Hader in seiner Mühle erschlagen wurde. Warum ist sonst so viel Polizei da draußen?«

»Du weißt, ich darf nichts zu unseren Ermittlungen sagen. Ich kann nur bestätigen, dass Josef Hader tot ist.«

»Ist schon klar, Bjarne!« Er klopfte dem Kriminalhauptkommissar auf die Schulter. »Ein Bier und die Klopse?«

»Weizen alkoholfrei und *natürlich* Omas Klopse!« Haverkorn genoss das gute Essen und las eine Zeitung, die er sich vom Stapel genommen hatte. Gegen halb zwei leerte sich die Gaststube, und er ging zu Heintje, wo er einen Kaffee bestellte, den er am Tresen trank.

»Wie geht's dir?«, fragte der Wirt. »Wir haben uns ja seit dem Herbst nicht mehr gesehen.«

Haverkorn seufzte leise. »Gut so weit. Ich habe jetzt eine Tochter.« Er erzählte ihm, wie er zu dem späten Vaterglück gekommen war. »Aber meine Frau will die Scheidung!«

Heintje lachte und strich sich über seinen Bart. »Du tauschst die Frauen in deinem Leben aus, auch nicht schlecht!«

»Und ich muss aus meiner Wohnung raus.« Plötzlich

hatte er eine Idee. »Wenn du hier am Tresen was hörst, dass jemand sein Haus verkaufen will, sag mir Bescheid! Ich würde gern zu euch aufs Land ziehen.«

Der Wirt wurde nachdenklich. »Wenn du mich so direkt fragst: Die Kate vom Lehrer Baalke steht leer. Er ist letzten Monat ins Heim gekommen. Seine Tochter war hier und hat mir erzählt, dass sie das Haus demnächst verkaufen will. Das ist alles noch inoffiziell. Aber ich kann dir ihre Nummer besorgen, wenn du willst. Sie wohnt drüben in Buxtehude.«

Haverkorn erinnerte sich an die schöne Reetdachkate mit Fensterkreuzen und Rosen im Garten. Als er Ortwin Baalke im Herbst besucht hatte, war der alte Lehrer schlecht zu Fuß gewesen und an einer Krücke durch das Haus gehinkt. Das gemütliche kleine Haus hatte Haverkorn sofort gefallen. »Ja, unbedingt! Wenn da noch kein Makler dran ist, umso besser!«

»Wenn das klappt, trinkst du aber dein Bier bei mir, okay?« Heintje schmunzelte. Er wusste genau, wie gern der Kriminalhauptkommissar bei ihm einkehrte.

»Abgemacht!« Haverkorn nahm sich vor, später noch bei der Kate zu halten und ein paar Fotos von außen zu machen. »Sag mal, was erzählt man sich hier so über den alten Hader?«

Heintje polierte in aller Seelenruhe die Gläser aus der Geschirrspülmaschine. »Das meiste wirst du schon gehört haben. Er war ein Eigenbrötler und ein Choleriker. Der hat sich schnell in Rage geredet. Und ist auch handgreiflich geworden.«

»War er mal hier im ›Marschhus‹?«

Der Wirt hob abwehrend die Hände. »Erinnere mich nicht dadran! Einmal hat er sich hier volllaufen lassen.

Dann hat er angefangen, die Gäste anzupöbeln und zu schubsen. Da habe ich ihn rausgeschmissen.«

»Hat er sich gewehrt?«

»Dafür war er viel zu besoffen. Aber nachts hat er mir stinkende Wildabfälle auf die Treppe vor dem Gasthof gekippt. Das war eine riesige Sauerei! Ich habe den halben Vormittag sauber gemacht. Trotzdem stank die Treppe tagelang danach.«

Haverkorn nahm einen Schluck von seinem Kaffee. »Woher weißt du, dass er es war?«

»Ich hab ihn beobachtet. Er hat nachts vor dem Haus laut auf der Straße rumgebrüllt und meinen Namen gerufen. Als er mich am Fenster sah, hat er die Ladung abgekippt und mir den Mittelfinger gezeigt. Er war weg, bevor ich unten war.«

»Hatte er eine seiner Jagdwaffen dabei?«, fragte Haverkorn. »Hader hatte Büchsen in der Mühle. Und er soll gern damit gedroht haben.«

Der Wirt winkte ab. »Der war in der Nacht nicht bewaffnet, da bin ich mir ziemlich sicher.«

»Weißt du, mit wem Josef auf die Jagd gegangen ist?«

»Nein. Ich habe hier einige Gespräche unserer Jäger mitbekommen, dass der nicht mehr im Jagdverein dabei war, weil er seinen Hund erschossen hat. Nagele mich nicht darauf fest, aber der hat den Jagdschein nie neu beantragt.«

Haverkorn machte sich eine weitere Notiz: *Jagdschein Hader abklären.* »Und hast du ihn nach der Sache mit den Wildabfällen mal wiedergesehen? War er noch mal hier im Gasthof?«

Heintje stellte das Glas ab und warf das Geschirrtuch über seine Schulter. »Nein, der ist nicht mehr hergekommen! Aber ich habe ihn mal an der Mühle getroffen. Du weißt doch, ich bin bei der Freiwilligen Feuerwehr. Irgendwer hatte uns vor ein paar Jahren alarmiert, weil angeblich die Deichmühle in Brand stehen würde. Wir sind ausgerückt. Aber der Hader hatte ein großes Feuer hinter der Mühle angezündet. Er stand da zusammen mit einem Fremden, sie haben Bier getrunken und das Feuer beobachtet, das wirklich gewaltig war.«

»Was haben sie denn verbrannt?«

»Holz, Strauchwerk, Müll von seinem Gelände und sicher ein paar seiner Wildabfälle. Es roch nach verbranntem Fleisch, das weiß ich noch.«

Verbranntes Fleisch. Was hatte Josef Hader auf seinem Grundstück verbrannt?

»In welchem Jahr war das?«

»Kann ich nicht mehr sagen. Aber wir haben jeden Einsatz in unseren Büchern im Feuerwehrhaus vermerkt. Ich kann gern nachfragen, wenn du das genau wissen willst.«

»Ja, mach das bitte. Ruf mich an, wenn du ein Datum hast.« Er schob ihm eine seiner Visitenkarten über den Tresen.

Heintje steckte sie in die Brusttasche seines Hemdes.

»Und den anderen, der beim Feuer dabei war, hast du vorher nie gesehen?«

»Den kannte ich nicht. Er trug Jagdkleidung, wie Josef. War aber keiner hier aus der Gegend!« Der Wirt überlegte. »Ich kann mir Gesichter merken! Wenn jemand bei mir im Gasthof war, weiß ich das auch. Der Typ war noch nie hier. Aber was mir aufgefallen ist: Die beiden waren ziemlich vertraut miteinander. Haben zusammen gesoffen und gelacht.«

Haverkorn spürte ein Prickeln im Nacken. War das der

erste Hinweis auf den Mittäter, den sie suchten? »Kannst du den Fremden genauer beschreiben?«

Heintje stützte seine tätowierten Arme auf den Tresen. »Er war ein bisschen größer als Josef, schlank, lange Haare, Vollbart. Ich schätze, er war Mitte bis Ende fünfzig.« Er dachte nach. »Und etwas war seltsam an ihm.«

Haverkorn horchte auf. »Wie meinst du das?«

»Zuerst konnte ich nicht sagen, was mich an ihm irritiert hat. Er hatte so einen eigenartigen Blick. Irgendwann wurde mir klar, dass der wahrscheinlich ein Glasauge hatte.«

†

Fridas Befragungen verliefen beschwerlich. Einige der Zeugen wohnten nicht mehr in Altendeich. Andere waren nicht zu Hause, manche konnten sich schlichtweg nicht mehr erinnern – oder wollten es nicht.

Die nächste Zeugin auf der Liste war eine Frau, die mit Anneke Jung zur Schule gegangen war. Sie wohnte mit ihrer Familie in einem geklinkerten Einfamilienhaus, in dessen Vorgarten zwei Mädchen mit einem Jack Russell Terrier spielten. »Passt bitte auf Frisbee auf, okay? Er darf nicht auf die Straße laufen!« Kathrin Hürdler bat Frida höflich herein, obwohl sie an diesem Samstagvormittag unübersehbar beim Hausputz war. Sie saßen am Küchentisch bei einer Tasse Tee, als Frida ihr erklärte, warum sie gekommen war.

»Mich hat das damals wirklich mitgenommen. Ich konnte gar nicht glauben, dass Anneke entführt worden war.« Die brünette Frau rang nach Worten. »Als Kinder sind wir immer über die Feldwege gelaufen oder mit dem

Rad durch die Marsch gefahren. Da ist nie was passiert! Und dann wird sie als Erwachsene verschleppt!«

»Wir sind immer noch auf der Suche nach ihr, Frau Hürdler. Jeder Hinweis, den Sie uns heute geben können, ist hilfreich!«

Annekes Schulfreundin sah betroffen aus dem Fenster, als höre sie Frida nicht. Dann schüttelte sie den Kopf. »Nein, es tut mir leid. Alles, was ich wusste, habe ich damals schon Ihren Kollegen gesagt.« Sie rührte nachdenklich in ihrer Teetasse.

Plötzlich stürmten die beiden Mädchen mit dem Hund in die Küche. Frisbee bellte freudig und jagte die Kinder um den Küchentisch. Ihre Mutter schickte sie wieder zum Spielen nach draußen.

»Haben Sie Kinder?«, fragte sie plötzlich.

»Nein.«

»Möchten Sie Kinder?«

Frida schwieg und dachte an Torben. »Ja, vielleicht irgendwann.«

»Ich habe kürzlich Annekes Jungs getroffen. Die sind schon so groß geworden. Und sie kann das alles nicht mehr miterleben.« Sie wischte sich in einer plötzlichen Sentimentalität eine Träne aus dem Augenwinkel. »Für die beiden muss das damals schrecklich gewesen sein, als ihre Mutter nicht mehr nach Hause kam.«

Frida ließ ihr Zeit, sich wieder zu fassen. »Wir tun alles, um endlich aufzuklären, was damals geschehen ist.«

Die Frau sah auf. »Wenn ich mir vorstelle, dass meine Kinder ...« Sie beendete den Satz nicht.

Frida entschied sich, das Thema zu wechseln. »Wir ermitteln auch noch in einem anderen Fall. Vielleicht können Sie uns da weiterhelfen. Kannten Sie Josef Hader?«

Die Befragte sah sie mit feuchten Augen an, schüttelte den Kopf. Sie stand auf, riss von einer Küchenrolle ein Stück ab und schnäuzte hinein. »Nein, wer soll das sein?«

»Herr Hader lebte draußen in der Marsch, in der alten Deichmühle.«

»Ach, der!« Sie knüllte das Papier zusammen und warf es in den Mülleimer. »Nein, kennen ist zu viel gesagt. Ich habe ihn mal getroffen, als ich mit den Kindern und Frisbee auf dem Rad an der Mühle vorbeigefahren bin. Wir haben angehalten und gefragt, ob wir uns das Gebäude von innen anschauen dürften. Da hat er seinen Hund losgemacht.« Sie schüttelte verärgert den Kopf. »Können Sie sich das vorstellen? Er hat seinen Hund auf uns gehetzt. Da haben wir gemacht, dass wir wegkommen.«

Frida notierte sich diese Aussage. Josef Hader hatte genau gewusst, wie er die Leute der Nachbardörfer von der Mühle fernhielt. »Haben Sie außer Herrn Hader noch jemanden dort an der Mühle gesehen?«

Kathrin Hürdler setzte sich wieder. »Nein, nur ihn. Wer soll denn da noch gewesen sein? Mit dem hat sich doch keiner abgegeben!« Empörung lag in ihrer Stimme. »Nachdem er seinen Hund losgemacht hat, habe ich auch einen großen Bogen um die Mühle gemacht.«

»Fällt Ihnen sonst noch etwas zu Herrn Hader ein? Egal was.«

Sie seufzte leise. »Na ja! Das ist nichts, was Sie interessieren dürfte, aber komisch war es trotzdem. Ich habe ihn mal in Heide im Baumarkt getroffen. An dem Tag habe ich meine Schwester besucht und war mit ihr Pflanzen kaufen. Da stand er an der Kasse vor mir. Er hat aber getan, als würde er mich nicht kennen.«

»War er allein?«

»Ja! Und das hat mich gewundert. Warum ist der hundert Kilometer gefahren, um im Baumarkt einzukaufen? Ich war ja nur in Heide, weil meine Schwester da wohnt.«

»Wissen Sie noch, wann das war?«

»Keine Ahnung! Das ist ewig her. Ich glaube, meine Schwester hatte damals ihr zweites Kind noch nicht. Und ihr Junge wird bald zehn.«

Frida notierte sich die Angaben. »Und wissen Sie zufälligerweise noch, was er gekauft hat?«

Sie lächelte. »Ja, das weiß ich tatsächlich noch, weil ich mich so darüber gewundert habe. Er hatte den ganzen Wagen voller Stahlrohre. Für ein paar Rohre ist er nach Heide gefahren? Die hätte er doch genauso gut beim Baumarkt um die Ecke kaufen können.«

Auf dem Gelände der Mühle waren die Suchmaßnahmen am späten Nachmittag beendet worden: ohne Ergebnis. Die Stimmung der Leute war nicht die beste. Sie waren froh, endlich Feierabend machen zu können. Gerätschaften wurden zusammengetragen, Overalls ausgezogen und in Müllbeutel gestopft. Frida fand Haverkorn im Wildpalast, wo er sich mit dem Chef der Kriminaltechnik unterhielt. Sie diskutierten darüber, wie weit sie das Suchgebiet am nächsten Morgen ausdehnen sollten.

Horst Lüttje war der Meinung, dass eine weitere Suche keine Ergebnisse mehr bringen würde. »Egal wie groß wir den Radius ziehen, wir werden nichts mehr finden. Der hat die Leiche doch nicht neben seinem Haus begraben.«

Haverkorn wirkte unschlüssig. »Aber der menschliche Knochen war zwischen den Wildabfällen hier auf dem Gelände!«

Lüttje schwieg und schien keine Argumente mehr zu haben.

Frida stellte sich zu ihnen. »Kein Erfolg heute?«

»Nicht mal eine Fischgräte haben wir gefunden.« Lüttje gähnte und ging zur Tür. »Wir machen Feierabend. Meine Frau fragt schon, ob ich noch lebe. Schönen Abend!« Er ging hinaus.

Frida lehnte sich an die Spüle und sah sich im Raum um. Was hatte Hader hier drin getrieben? Mit Sicherheit wussten sie, dass er in diesem Raum das Wild zerlegt und das Fleisch verarbeitet hatte. Aber wie war das Blut von Anneke an die Messer und den Fleischwolf gekommen? Und noch eine weitere Frage war zu klären: War der menschliche Handknochen zwischen die tierischen Abfälle gerutscht, bevor diese im Garten vergraben worden waren?

»Bist du bei deinen Befragungen weitergekommen?«

Haverkorn schien ihr nicht zugehört zu haben, dann sammelte er sich. »Ich habe einen Hinweis auf einen Mann erhalten, der Josef Hader recht nahegestanden haben muss. Heintje Kuhn kennst du ja. Er hat mir erzählt, dass er ihn hier mal mit einem Fremden gesehen hat. Seiner Beschreibung nach sah der Mann ziemlich abgerissen aus, hatte einen Vollbart und trug Jägerkleidung.«

Frida erinnerte sich an die seltsame Begegnung mit dem Fremden in der Küche der Mühle. Sie hatte nicht mehr an ihn gedacht, weil sie davon ausgegangen war, dass es ein Landstreicher gewesen war, der zufällig hereingeschneit war. Sie sah Bjarne an. »Den habe ich gesehen! Am Tag nach Haders Tod. Ich habe in der Mühle den Kater gefüttert, und er stand plötzlich vor mir, fragte nach Hader.«

Haverkorn hörte aufmerksam zu, unterbrach sie nicht.

»Er sah aus wie ein Landstreicher, der von Haus zu Haus geht. Als ich ihm gesagt habe, dass Josef tot ist, ist er sofort verschwunden.«

»Ist dir irgendwas an ihm aufgefallen?«

Sie versuchte, sich sein Gesicht in Erinnerung zu rufen. »Nur, dass sein Bart sehr ungepflegt aussah.«

»Heintje hat sich noch an ein besonderes Merkmal erinnert. Er meinte, dieser Mann hätte ein Glasauge gehabt.«

Frida schüttelte langsam den Kopf. »Nein, das habe ich nicht bemerkt. Aber ich habe auch nicht darauf geachtet. Ich war total erschrocken, als er plötzlich hinter mir stand. Wir haben zwei Worte gewechselt, dann war er schon wieder raus aus der Mühle.«

In Haverkorn kam Bewegung. »Das ist unser Mann! Wir brauchen ein Phantombild! Das ist die einzige Spur, die wir haben.« Er sah auf seine Uhr und ging zur Tür. »Ich würde gern mit dir morgen Mittag nach Dithmarschen fahren. Da hat Hader bis Ende der Neunziger gelebt. Wir müssen sein Leben beleuchten und vor allem herausfinden, warum er in die Marsch umgezogen ist.«

»Du denkst, es war eine Flucht?«

Ihr Kollege zuckte die Schultern. »Ich würde mich nicht wundern, wenn er sich in seiner alten Heimat ein paar Feinde gemacht hat.«

Kapitel 17

Haverkorn öffnete die Tür zum Restaurant und sah sich zwischen den Tischen um. Ursula hatte darauf bestanden, dass sie sich in der Öffentlichkeit trafen. Sie wollte Henni nicht mehr in der Wohnung begegnen, was verständlich war. Er war ihr nach dem Eklat in ihrer Wohnung gefolgt und hatte ihr endlich gesagt, wer Henni war. Sie hatte ihn einfach stehen lassen. Nun hatten sie sich verabredet, um in Ruhe zu sprechen. Über ihre Ehe und ihre Zukunft.

Er war zehn Minuten zu spät, und der anklagende Zug um ihren Mund zeigte, wie sehr es sie verärgerte, dass er sie schon wieder hatte warten lassen.

Ursula bestellte Wasser, er ein Glas Wein. Essen wollten beide nichts.

Seine Frau blickte zum Fenster hinaus und wartete, dass er etwas sagte.

»Es tut mir sehr leid, wie das alles gelaufen ist.«

Sie sah ihn an. »Warum hast du mir die ganze Zeit nichts von deiner Tochter erzählt?« Ihre Stimme klang belegt. »Du hast mich ausgeschlossen.« Sie wischte sich eine Träne aus dem Augenwinkel. »Wie in den ganzen letzten Jahren. Es wundert mich nicht mehr, es verletzt mich nur noch.«

Der Kellner brachte die Getränke, und sie saßen am Tisch wie zwei Marionetten, die in verschiedenen Stücken spielten.

Haverkorn trank einen großen Schluck Wein. Ursula rührte ihr Wasser nicht an.

»Es tut mir unendlich leid«, sagte er in das Schweigen hinein. »Ich wollte dich nicht verletzen, ich wollte dich beschützen!« Er versuchte, in ihrem Gesicht zu lesen, ob sie an die Aufrichtigkeit seiner Worte glaubte. »Und irgendwann war ich zu feige, dir von Henrikje zu erzählen. Ich bin ein Idiot, ich weiß!«

Sie antwortete nicht. »Ich habe damals unser Kind abgetrieben und bin nie darüber hinweggekommen. Jetzt bekomme ich meine Strafe: dass du ein Kind hast und ich nicht.« Sie sah ihn an. »Und dass ich nun allein alt werde.«

Haverkorn wusste nicht, was er erwidern sollte. Dass ihre Ehe am Ende war, wussten sie seit längerer Zeit. Es ging nur noch um das »Wie« der Trennung, nicht mehr um das »Ob«.

»Ich möchte die Scheidung! Die letzten Monate werden sicherlich aufs Trennungsjahr angerechnet. Wir waren nie richtig glücklich zusammen …« Nun nippte sie doch an ihrem Wasser. »Ich bleibe dabei, ich möchte unsere Wohnung behalten. Wann kannst du raus sein?«

Haverkorn hatte mit dieser Frage gerechnet. »Ich packe morgen das Nötigste zusammen. Den Rest hole ich, wenn ich eine neue Wohnung gefunden habe. Ist das in Ordnung?«

Ursula nickte. Sie öffnete ihre Handtasche und nahm ein Taschentuch heraus, drückte es an ihre Augen. »Bjarne, eins sollst du wissen: Ich freue mich für dich und deine *Tochter*.« Sie schluckte. Dieses Wort auszusprechen, fiel ihr offenbar schwer. »Ich weiß, wie viel es dir bedeutet! Bitte, glaub mir das. Nun haben wir beide noch einmal eine Chance, für die letzten Jahre unser Glück zu finden.«

†

Bruno stürmte Frida entgegen, als sie auf dem Hof aus ihrem Auto stieg. Der Setter begrüßte sie freudig und lief mit ihr zur Tür, wo Marta und Arthur auf sie warteten. Am Vortag war das Gerüst um das Haus errichtet worden, und die alten Backsteinmauern wirkten etwas hilflos darunter, als stützten sie sich nun auf Krücken.

Ihre Mutter hielt sie an der Tür zurück. »Übermorgen fangen die Handwerker an. Kannst du das wirklich alles bezahlen, mein Kind?«

»Mach dir keine Sorgen. Das ist alles geregelt. Ich habe doch den Kredit aufgenommen. Dadurch, dass ich kostenlos bei euch wohne, kann ich die Raten bedienen.«

Bruno sprang an Frida hoch und schnüffelte an ihrer Tasche. »Er weiß genau, wo ich die Leckerlis für Hetfield und Cobain habe.« Sie schob seine Pfoten von ihrer Jacke, und er lief ihr um die Beine, als sie durch die Diele zur Küche ging. »Wo ist Papa?«

»Er wollte kurz im Stall was kontrollieren. Er kommt bestimmt gleich zurück.«

Aus dem Kühlschrank nahm Frida eine Flasche Wasser und etwas Apfelmost heraus. Sie füllte Apfelschorle in zwei Gläser und stellte sie auf den Tisch, wo ihre Mutter saß und Arthur kraulte. Bruno lag unter der Bank und schnappte verspielt nach dem alten Hütehund. Frida setzte sich. »Ich würde gern mal mit dir über den Hof reden.«

Marta sah sie überrascht an. »Mit mir? Ich dachte, ihr

zwei macht das unter euch aus. Was ich denke, interessiert doch eh keinen hier.«

»Du tust Papa unrecht. Er will dich nur beschützen!«

Marta seufzte leise. »Ja, das will er schon unser ganzes gemeinsames Leben lang. Aber ich bin stärker, als er denkt.«

Frida legte eine Hand auf die ihrer Mutter. Sie war schmal und warm. »Ich bin froh, dass du ihm verziehen hast. Es ist so wichtig, dass wir drei uns haben.« Sie sah Marta ins Gesicht, sah die tiefen Falten, die vom harten Leben auf dem Land an der Seite eines Obstbauern erzählten. Sie sah aber auch die unverbrüchliche Liebe, auch wenn es schwere Zeiten gewesen waren. Und die Liebe, die sie für ihre Tochter aufbewahrt hatte, obwohl diese jahrelang wie eine Fremde für sie gewesen war. »Ich möchte so sehr wie du, dass der Hof in unserer Familie bleibt. Aber ich kann ihn nicht weiterführen. Ich werde auch keinen Bauern heiraten, damit er ihn als euer Schwiegersohn übernehmen kann. Wir müssen eine andere Lösung finden.«

Martas Hände zitterten leicht. »Dann wird dein Vater ihn verkaufen. Wir brauchen Geld für unser Altenteil. Viele Jahre geht das nicht mehr gut mit der harten Arbeit.« Sie seufzte resigniert. »Fridtjof ist geschwächt seit der schweren Kopfverletzung. Er würde es nie zugeben, aber er schafft die Arbeit nicht mehr allein. Er braucht Hilfe. Aber danach wird er nicht fragen. Ich mache mir Sorgen um ihn.« Sie beugte sich näher zu Frida. »Damals, als Hagen noch hier gearbeitet hat, gab es jemanden, auf den er sich verlassen konnte. Aber seit der nicht mehr da ist …« Hagen Krohn war fast vierzig Jahre der Vorarbeiter auf dem Hof gewesen, bis Fridtjof ihn nach einem schlimmen Streit hinausgeworfen hatte. »Wir brauchen einen Ersatz für Hagen, aber finanziell können wir es uns nicht leisten.

Dein Vater redet nicht drüber, aber ich weiß, wie sehr es ihn beschäftigt. Nachts wälzt er sich hin und her, weil die Sorge um den Hof ihn schier erdrückt.« Frida spürte ihre Verzweiflung. »Und ich weiß nicht, wie ich meinem Mann helfen kann.«

Sie drückte die Hand ihrer Mutter. »Ich habe eine Idee, aber ich kann darüber noch nicht reden. Vertrau mir, Mama! Wir finden eine Lösung, mit der allen geholfen ist. Ohne dass wir den Hof verkaufen müssen.«

†

Sein Koffer war gepackt und stand in der Diele. Haverkorn sah sich um. Über dreißig Jahre hatte er in dieser Wohnung verbracht, und nun musste er sie von einem Tag auf den anderen verlassen. Aber er spürte keine Wehmut, sondern Vorfreude auf sein neues Leben. Mit seiner Tochter.

Er hatte Henni nach dem Gespräch mit Ursula gesagt, dass sie nicht weiterhin in der Wohnung bleiben konnten. Henni hatte ihm angeboten, übergangsweise in ihre Wohnung zu ziehen. »Sie ist natürlich kleiner und hat kein Gästezimmer. Aber ich kann auf der Couch schlafen, die ist sehr bequem!«

Haverkorn hatte sich über das Angebot gefreut. Er genoss die Tage mit Henni, ihre Gespräche, ihre gemütlichen Kochabende. Das wohlige Schweigen, wenn sie nebeneinandersaßen und ein Buch lasen. Seine Tochter war aus dem gleichen Holz geschnitzt wie er. »Ich komme sehr gern zu dir, vorausgesetzt, ich darf die Gästecouch haben. Dein unbequemes Bett musst du selbst behalten.«

Nach dem Abendessen hatten sie sich ans Kofferpacken

gemacht. Am nächsten Vormittag würde er Henni und ihr Gepäck in ihre Wohnung fahren, bevor er sich am Mittag mit Frida auf den Weg nach Dithmarschen machen würde. Am Sonntag bestand eine gute Chance, die Leute zu Hause anzutreffen. Und sie brauchten endlich Informationen über Josef Hader und über den Unbekannten mit dem Glasauge. Wer war dieser Mann? Hatte er Anneke Jung entführt und in Haders Gefängniskammer gebracht?

Frida hatte am Nachmittag in der BKI mit einem Spezialisten ein Phantombild des Mannes erstellt, der am Tag nach Josef Haders Tod in der Deichmühle gewesen war. Als Haverkorn das Bild sah, hatte er sofort an den jungen Charles Manson denken müssen, den Anführer der sektenähnlichen Kommune, deren Mitglieder 1969 in Kalifornien auf sein Geheiß ein Blutbad angerichtet und mehrere Menschen, darunter Roman Polanskis hochschwangere Ehefrau Sharon Tate, grausam ermordet hatten. Dieser Mann musste auch anderen Anwohnern aufgefallen sein. Mit dem Phantombild würden sie ihn hoffentlich aufspüren können.

Haverkorn ging in die Küche und sah sich um. Die Wohnungseinrichtung würde er Ursula überlassen. Er wollte nichts haben, außer seinem gemütlichen Lesesessel, den seine Frau nie gemocht hatte, weil er altmodisch war und nicht zu den übrigen Möbeln passte. Den Sessel würde er demnächst abholen. Vielleicht würde er Frida fragen, ob sie ihn mit dem Jeep transportieren konnte. Wie auch seine Wintersachen, die er vorerst im Schrank hängen ließ.

Was war mit den Fotoalben und anderen Erinnerungsstücken aus ihrer Ehe? Davon würde er nichts mitnehmen und nichts vermissen.

Sie hatten sich geeinigt, dass sie nur einen Anwalt nehmen würden. Da sie in einer Zugewinngemeinschaft lebten, würden all ihre Ersparnisse geteilt werden. Sie wollten keinen Streit, sondern so schnell wie möglich einen Schlussstrich ziehen, um neu anfangen zu können.

»Papa, dein Handy hat geklingelt!« Henni hielt ihm das Mobiltelefon hin. Zum ersten Mal hatte sie ihn Papa genannt. Er lächelte, als er dranging.

Fridas Stimme klang aufgeregt. »Bjarne! Ich hab den Code geknackt!«

Er verstand nicht, wovon sie sprach. »Code? Welchen Code?«

»Die Striche im Toilettenbecken! Ich habe mir gerade noch einmal die Fotos aus der Kammer angesehen! Als ich jetzt die Striche auf dem Foto sah, fiel mir unsere Geheimschrift in der Schule ein! Wir haben damals das Alphabet verschlüsselt. Und das hat funktioniert. Nur die Eingeweihten konnten unsere Spickzettel lesen. Bjarne, die Striche im Klo sind kein Kalender. Das sind Buchstaben!«

Haverkorn verstand noch immer nicht. »Buchstaben?«

Frida atmete durch. »Jeder Buchstabe im Alphabet hat eine Nummer. Das A hat die 1, das B die 2 und so weiter. Erinnerst du dich, dass hinter den Strichen in unregelmäßigen Abständen Leerstellen waren? Ich habe die Striche vor den Leerstellen gezählt und die Zahlen notiert. Dann habe ich den entsprechenden Buchstaben zugeordnet.« Er hörte sie atmen.

Haverkorn spürte ein Prickeln im Nacken. »Und was steht da in dem Toilettenbecken?«

Sie machte eine Pause. »Da steht: ›Frida ist bei mir‹.«

Er konnte nicht glauben, was er gehört hatte. »Wie bitte?«

»Ganz sicher. Sie hat ins Becken geritzt: ›Frida ist bei mir‹. Ich habe es mehrfach überprüft.«

»Kanntest du Anneke denn?« Er wusste selbst, wie absurd seine Frage klang.

»Nein! Als sie verschwunden ist, habe ich nicht hier in der Marsch gelebt. Sie hat ganz sicher nicht mich gemeint.«

»Gab es noch andere Frauen da unten in der Kammer?«

»Wir haben nur eine weibliche DNA gefunden, und die stammte eindeutig von Anneke.«

Haverkorn sah zu Henni, die ihn von der Couch aus beobachtete. Er wusste, dass sie eine wichtige Spur entdeckt hatten. Aber was nutzte sie ihnen, wenn sie sie nicht interpretieren konnten? »Was bedeutet diese Nachricht?«

Fridas Atem ging schneller, sie schien zu laufen. Er hörte eine Autotür zuschlagen. Ein Motor sprang an. »Ich melde mich gleich wieder. Ich muss in der Mühle etwas überprüfen!«

†

Die Silhouette der Deichmühle erhob sich in der Ferne wie ein schwarzer geflügelter Turm vor dem flammenden Abendrot. Der Feldweg lag schon im Dunkeln, als Frida vor dem baufälligen Gebäude hielt und im Handschuhfach nach der Taschenlampe suchte. Sie nahm sie heraus, griff nach der Katzenfutterdose und stieg aus.

Ein kühler Wind wehte aus Nordwest und ließ sie frösteln. Im Wetterbericht war angekündigt worden, dass die Hitzewelle nun endlich nachlassen würde. Als sie zur Tür lief, schoss ein schwarzer Schatten aus den Bäumen in den Lichtkegel der Lampe und war vor ihr an der Haustür. Der Kater maunzte hungrig und folgte Frida in die Küche, wo sie den Napf füllte. Der Schwarze schlang gierig das Futter herunter.

Die Haustür schlug auf und bewegte sich im Wind. Sie ging in die Diele, um sie zu schließen. Fridas Härchen an den Armen stellten sich auf. Dieser Ort war einsam und unheimlich in der Dunkelheit. Sie wollte weg von hier. Aber nicht, bevor sie gefunden hatte, was sie suchte.

Sie begann in der Küche, schaute in alle Schränke und Schubladen. Nichts! Auch im Bad wurde sie nicht fündig. Vorsichtig stieg sie die wackelige Treppe hinauf, auf der Josef Hader in den Tod gestürzt war. Im zweiten Obergeschoss befanden sich zwei Abstellräume, in denen eine Menge Krempel stand. Die Schuhabdrücke, die die Kriminaltechniker auf dem Staub der Dielen hinterlassen hatten, wirkten wie frische Fußspuren im Neuschnee. Aufmerksam ging sie durch die Räume, öffnete Schubladen, durchforstete Schränke und Truhen, um in diesen einen Hinweis zu finden. Sie hatte ein Bild vor Augen, war sich aber nicht mehr sicher, wo sie es gesehen hatte.

Sie stieg die wackelige Wendeltreppe ins Stockwerk darunter. Das Schlafzimmer war nur mit dem Nötigsten eingerichtet. Ein altes Holzbett, daneben ein Nachtschrank, ein Stuhl, ein Schrank an der Wand. Viele Kleidungsstücke hatte Hader nicht besessen. Die meisten Stücke waren Jagdklamotten. Frida zog die Schublade der Nachtkommode auf. Darin lag lediglich eine Bibel. Sie blätterte das Neue Testament durch, aber es fand sich nichts darin. Verdammt! Wo hatte sie dieses Bild gesehen?

Sie ging aus dem Schlafzimmer und blieb an einem der Lukenfenster stehen. Bei Tag hatte man von hier oben einen herrlichen Blick über den Deich und die Marsch. Aber jetzt sah sie nur hinaus in die Dunkelheit. Sie hörte die alten Mühlenflügel vor dem Fenster knarren. Ein unheimliches Geräusch. Sie war froh, dass unten der Kater in der Küche war. So hatte sie nicht das Gefühl, allein hier im Haus zu sein.

Der Raum neben dem Schlafzimmer war eine weitere Abstellkammer, die mit einer Menge alten Gerümpels vollgestellt war. Ein mottenstichiges Sofa und Krimskrams, der sich in den letzten Jahrzehnten in der Mühle angesammelt hatte. In der rechten Ecke stand ein Regal mit Wasserflaschen aus Plastik, Dosensuppen und Futter für die beiden Tiere. Frida schaute in jeden Winkel. Aber auch hier fand sie nicht, was sie suchte.

Wo hatte sie dieses Bild gesehen?

Irgendwann stand sie wieder in der Küche. Der Kater hatte sich auf der Bank zusammengerollt und schlief. Sollte sie versuchen, ihn zu fangen und mit auf den Hof zu nehmen? Sie ging langsam auf ihn zu, wieder schlug die Haustür im Wind und knallte gegen die Hauswand. Der Kater sprang erschrocken auf und huschte hinaus. Morgen würde sie ihren Vater bitten, das defekte Schloss zu reparieren.

Enttäuscht nahm sie die Katzenfutterdose vom Küchenbord und stellte sie in den Kühlschrank. Ihr Blick blieb an der Kühlschranktür hängen. Ein Einkaufszettel war mit einem Magnet daran befestigt. In der krakeligen Schrift des Hausbewohners stand dort: *Futter für Bruno und Moses.* Nun kannte sie wenigstens den Namen des Katers.

In diesem Moment sah sie das Bild. An der Wand hinter dem Kühlschrank hing ein Kunstkalender. Einer dieser Werbekalender, wie sie Firmen an Kunden verschenkten. Dieser stammte von der Raiffeisenbank Elbmarschen.

Frida trat näher. Sie hatte sich also nicht geirrt, dass sie sie hier gesehen hatte. Von dem Monatsblatt, das aufgeschlagen war, schaute sie eine ernste dunkelhaarige Frau mit rosafarbenem Blumenschmuck im Haar an. Sie hatte dichte, beinahe zusammengewachsene Augenbrauen: ihr Erkennungszeichen.

Frida Kahlo.

Aufgeregt nahm sie den Kalender von der Wand und sah sich das Bild an. Nichts. Sie schlug das Kalenderblatt hoch. Auf der Rückseite fand sich ein weiteres Bild der mexikanischen Malerin, daneben ein Text über sie. Über ihre Augen hatte jemand mit einem Kugelschreiber Kringel gemalt. Es sah aus, als würde sie eine Brille tragen.

War das Anneke gewesen? Dann hätte sie die Möglichkeit haben müssen, aus der Kammer in die Küche zu steigen. Wenn ja, was hatte das zu bedeuten? *Ich sehe dich?* Oder: *Sieh genau hin!* Verdammt! Sie verstand die Nachricht nicht.

Ihre Hand zitterte, als sie ihr Smartphone aus der Tasche zog. Sie wählte Haverkorns Nummer. »Es ist Frida Kahlo!« Sie erzählte ihm, was sie in der Küche entdeckt hatte.

Ihr Kollege ließ sich die neue Information durch den Kopf gehen. »Ich begreife den Sinn auch nicht. Aber trotzdem ist deine Entdeckung wichtig! Denn das bedeutet, dass Anneke sich auch oben im Haus bewegen konnte! Wie alt ist der Kalender?«

Frida sah auf das Deckblatt. »Von diesem Jahr. Frida Kahlo ist das Monatsblatt Juli.« Sie spürte ihren unruhigen Puls. »Sie war bis vor wenigen Tagen noch hier in der Mühle. Bjarne! Anneke lebt!«

Ich – Tag 143

Es ist kalt geworden, so kalt. Da draußen, in der richtigen Welt, sind die Tage längst kürzer geworden. Wahrscheinlich sind die Herbststürme schon über das Land gezogen. Vielleicht sind schon die ersten Flocken gefallen. Hier unten gibt es nur eine Jahreszeit: Sie heißt: Warten.

Warten auf das Licht.

Warten auf das Essen.

Warten auf ihn.

Warten auf die Angst.

Manchmal warte ich auf den Tod. Aber er findet mich nicht hier unten. Der Gedanke an meinen Tod ist nicht schlimm. Er fühlt sich still an und warm. Wie ein langer Schlaf. Aber die Vorstellung, dass meine Lieben nie erfahren, was mit mir geschehen ist, kann ich kaum ertragen.

Die dünne Decke wärmt mich nicht. Ich habe ihn gebeten, mir eine Daunendecke zu geben oder wenigstens wärmere Kleidung. Aber er hat nicht darauf reagiert.

Vor ein paar Wochen hat er mir Blut abgenommen. Gestern lag eine Packung Antibabypillen im Korb bei den Vitaminen, die ich regelmäßig bekomme.

Ich weiß, was das bedeutet.

Er wird die Kondome jetzt weglassen. Und er will sichergehen, dass hier nichts entsteht, was ihm Schwierigkeiten macht.

Was, wenn ich die Pille nicht einnehme? Wenn ich ein

Baby bekomme? Die Vorstellung, hier unten nicht mehr allein zu sein, lässt mir Tränen in die Augen schießen.

Ein Baby in meinem Arm.

Seine Wärme, sein einzigartiger Duft.

Ich denke an meine Jungs, und der Schmerz überwältigt mich. Erinnerungsfetzen, die mich am Leben halten. Wenn es sie nicht gäbe, ich weiß nicht, was ich tun würde, um all das hier nicht länger ertragen zu müssen.

Seine Nähe, seine Gewalt, sein perfides Spiel.

Seine Welt, die jetzt mein Leben ist.

Denken meine drei Jungs noch an mich, oder bin ich längst tot für sie? Werde ich sie je wiedersehen? Werde ich Peter und die beiden Blondschöpfe, die ihrem Vater so ähnlich sind, jemals wieder in die Arme schließen?

Ich schlage die Arme um meinen Körper, um mich zu wärmen. Der Winter rückt näher. Ich spüre es.

Kapitel 18

Hennis Wohnung war mit knapp fünfzig Quadratmetern um einiges kleiner als sein früheres Zuhause, aber sie lag am Stadtrand von Itzehoe mit Blick ins Grüne. Haverkorn stellte die erste Kiste ins Wohnzimmer und betrachtete fasziniert die holzgeschnitzten Skulpturen und afrikanischen Masken an den Wänden.

»Aus deiner Zeit in Mali?«, fragte er und trat näher.

»Ein paar habe ich mir selbst mitgebracht. Andere sind Geschenke von Freunden aus dem Kongo. Wenn sie dich stören, bringe ich sie ins Schlafzimmer.«

Haverkorn sah in ein düster dreinschauendes männliches Gesicht mit Augenschlitzen und großen Lippen. Daneben hing ein schmaler Frauenkopf mit Rastas aus Strick.

»Das ist eine Chokwe-Maske aus dem Kongo«, sagte Henni.

Verstört betrachtete er die Holzfigur eines menschlichen Körpers, in der eine Menge rostiger Nägel steckte.

Henni schmunzelte. »Ein Schutzfetisch der Bakongo aus dem Nordwesten Kongos. Er soll negative Energien filtern und aufheben.«

»Wenn es hilft …« Er nahm die Skulptur vorsichtig in die Hand. »Kannst du mir dann eine fürs Büro besorgen?«, fragte er und stellte sie wieder ab. »Du musst sie nicht wegräumen.« Er ging zur Schlafcouch und setzte sich darauf. Sie war bequem. Das war die Hauptsache.

So alt, dass er keine Veränderungen mehr ertrug, war er wahrlich noch nicht. Er würde sich in Hennis Wohnung schon einleben.

Seine Tochter ging in die Küche. Eine Tür führte auf den Balkon, auf dem ein Tisch und zwei Stühle Platz hatten.

»Soll ich uns heute Abend was kochen?« Sie öffnete den Kühlschrank, danach schlugen Türen einiger Küchenschränke. »Aber mehr als Pasta mit Tomatensoße kann ich nicht anbieten. Wir müssen morgen einkaufen gehen.«

Haverkorn lehnte sich in die Tür. »Ich fahre gleich mit Frida nach Dithmarschen. Da gibt es viele Hofläden. Ich bringe uns frisches Gemüse und vielleicht auch ein gutes Stück Fleisch mit.«

Henni setzte sich. Der Umzug strengte sie an. Auch wenn sie die Krücken mittlerweile kaum noch brauchte, war sie schnell erschöpft. Aber sie war eine Kämpferin. In einem Jahr würde sie wahrscheinlich einen Marathon laufen. »Super Idee! Ich werde es uns hier etwas wohnlich machen.«

Haverkorns Handy klingelte. Die Anruferin war Jutta. Er ließ es klingeln.

»Du kannst ruhig mit ihr reden. Solange ich es nicht muss«, sagte Henni, der sofort klar gewesen war, wer anrief. »Und ich möchte sie nicht hier haben. Wenn du dich mit ihr treffen willst, dann bitte nicht in meiner Wohnung.«

»Natürlich!« Er sah sich um. Die Küche war winzig, aber gemütlich eingerichtet. Man sah, dass hier gern gekocht wurde. Auch hier hatte Afrika einen Platz bekommen. Auf einem Regal stand eine weibliche Holzfigur mit winzigen Brüsten.

»Das ist eine Figur der Dogon aus Mali, die erste Skulptur, die ich mir gekauft habe.«

Haverkorn war fasziniert, aber auch überfordert von der fremden Kultur in Hennis Wohnung. »Vermisst du Afrika?«

Sie schwieg lange. »Manchmal«, flüsterte sie. Und er hatte das Gefühl, sie wusste selbst keine richtige Antwort darauf.

Wochenendstille lag über der zehnten Etage der BKI. Haverkorn mochte diese Sonntagvormittage, an denen es in den Büros der Mordkommission so ruhig zuging, als würden hier in der Woche normale Verwaltungstätigkeiten erledigt. Als könnte man am Freitagabend einfach seine Jacke nehmen und die Gedanken an die Arbeit bis Montagmorgen zurücklassen. Als würde in diesen Räumen nicht jeden Tag von Tod, Gewalt und verrohten Teilen einer Gesellschaft gesprochen, die fühlbar immer gewalttätiger wurde.

Es war der erste Tag seit Wahlers Arbeitsbeginn in Itzehoe, den sich der Leiter der Mordkommission freigenommen hatte, um seine Familie in Lübeck zu besuchen. Haverkorn hatte ihn noch am Abend über Fridas Entdeckung in der Deichmühle informiert, und sein Vorgesetzter hatte ihre Vermutung, dass Anneke Jung vielleicht noch lebte und erst vor Kurzem aus der Mühle geschafft worden war, sehr ernst genommen. Wahler hatte zugesichert, ihnen am Montagmorgen weitere Kollegen zur Seite zu stellen, um dieser Spur nachgehen zu können. Die letzte Woche war hart gewesen. Der Tankstellenfall hatte das Team bis zur Erschöpfung gefordert. Alle brauchten diesen freien Sonntag, um auftanken zu können. Nur Frida und Haverkorn wollten sich auf die Spuren von Josef Haders Vergangenheit machen.

»Wir müssen den Mann mit dem Glasauge finden!« Frida nippte am Kaffee, den sie ihnen beiden in Wahlers Büro geholt hatte. Ein Sonntagskaffee. Aus Wahlers Maschine schmeckte er einfach besser. »Er muss Anneke vor Haders Tod weggebracht haben.«

Haverkorn schwieg an seinem Schreibtisch und schaute nachdenklich aus dem Fenster auf die Dächer von Itzehoe. Die Stadtkirche St. Laurentii war heute keine strahlende Solistin vor einem Chor aus Schäfchenwolken, sondern wirkte an diesem trüben Tag wie eine stille Ordensschwester inmitten grauer Kutten. Die Schwalben flogen tief, vielleicht würde es am Nachmittag endlich den ersehnten Regen geben.

»Was, wenn es gar kein Unfall war?« Er drehte sich um und sah Frida an, die neben der Monstera-Pflanze am Sideboard lehnte. »Wenn Josef Hader nicht allein war, als er von der Treppe stürzte?«

Sie sah ihn zweifelnd an. »Es gab keinen Hinweis darauf! Die Mühle war abgeschlossen, als wir ihn gefunden haben.«

»Vielleicht hatte Glasauge einen Zweitschlüssel.«

Sie brauchte einen Moment. »Du meinst, der andere hat Hader von der Treppe gestoßen, Anneke aus der Kammer geholt und hinter sich abgeschlossen?« Sie verstummte, als versuche sie, sich an die Nacht zu erinnern, als sie Josef Haders Leiche entdeckt hatte. »Vielleicht war deshalb der Hund draußen«, sagte sie nach einer Weile. »Weil er ihn bei seinem Vorhaben störte …« Ihre Blicke trafen sich. »Wenn das stimmt, Bjarne …« Sie stemmte sich vom Sideboard hoch und stellte die Tasse ab. Ihre Körperhaltung strahlte Unruhe aus. »Dann reden wir hier von Mord! Und wir haben es nicht als solchen erkannt. Haben wir schon Infos aus der Rechtsmedizin?«

»Der Obduktionsbericht ist gestern auf Wahlers Schreibtisch gelandet. Der Sturz als Todesursache wird darin bestätigt. Der alte Hader ist an einer Gehirnblutung gestorben. Es gab keine Auffälligkeiten, keine weiteren Verletzungen, keine Anzeichen für ein Fremdverschulden.« Er trank seinen Kaffee aus. »Aber bei dieser wackeligen Treppe hätte es sicher gereicht, dem alten Mann einen kleinen Stoß zu versetzen. Oder ihm ein Bein zu stellen, damit er abstürzt.«

»Vielleicht gab es Streit zwischen Josef Hader und Glasauge. Möglicherweise ging es sogar um die Frau. Vielleicht wollte der andere sie für sich haben.« Sie schluckte. »Oder er wollte Anneke beseitigen, bevor sie das Kind bekommt.«

Haverkorn atmete tief durch. Daran hatte er auch schon gedacht. »Diese Spekulationen bringen uns nicht weiter. Wir müssen den zweiten Mann finden!« Er stand auf und ging zur Tür. »Lass uns gehen!«

Sie nahmen den Passat und fuhren von Itzehoe auf der A 23 in Richtung Nordsee. Ihr Ziel war Schafstedt, ein Dorf im Landkreis Dithmarschen, in dem auch heute noch viel Plattdeutsch gesprochen wurde. In diesem Geestdorf hatte Hader mit seiner Familie gelebt, bis er Ende der Neunzigerjahre in die Elbmarsch und die alte Deichmühle umgesiedelt war.

Zwanzig Minuten später überquerten sie den Nord-Ostsee-Kanal, auf dem sich ein Containerschiff träge gen Westen schleppte. Haverkorn drosselte die Geschwindigkeit und genoss die Aussicht von der hohen Brücke auf den Kanal. Als sie diesen passiert hatten, gab er wieder Gas.

Dithmarschen war bis Mitte des sechzehnten Jahrhunderts eine freie Bauernrepublik gewesen. Gern erinnerte er sich an den Geschichtsunterricht in der Mittelstufe. Die Schlacht bei Hemmingstedt im Februar 1500 war eine der wenigen Geschichtszahlen, die er behalten hatte. Dithmarscher Bauern hatten mit einer List die zahlenmäßig weit überlegenen Truppen des dänischen Königs geschlagen und damit ihre Unabhängigkeit bewahrt. Im Marschland hatten sie die Siele der Deiche geöffnet und so ihren Gegnern einen tödlichen Hinterhalt gelegt. Denn sie kannten die Gräben und wussten, wo man festen Boden unter den Füßen hatte und wo man versinken würde. Als Kind war er fasziniert gewesen von der Bauernschläue der Dithmarscher, die heutzutage von den Norddeutschen außerhalb der Region gern belächelt und auf Kohl und Watt reduziert wurden. Jeder wusste, dass mit »Kohlkopp« einer von ihnen gemeint war. Zum Glück kokettierten sie selbst damit.

Frida wirkte nachdenklich. Seit sie auf die Autobahn gefahren waren, blickte sie vom Beifahrersitz nach draußen auf die Landschaft und hing ihren Gedanken nach. Haverkorn war es nur recht. Schweigen war ihm immer lieber gewesen als pausenloses Gesabbel, nur um ein Gespräch in Gang zu halten.

Die Stimme aus dem Navi wies ihn an, die nächste Abfahrt zu nehmen. Sie verließen die Autobahn und folgten einer von Bäumen gesäumten Bundesstraße in Richtung der Nordsee, fuhren durch die Geest, eine seichte Hügellandschaft mit Wäldern, weiten Feldern und Viehweiden. Ein Hochsitz tauchte am Waldrand auf und verschwand wieder. Hinter dem Wald auf einem Hügel standen hohe

Windräder, deren Flügel sich langsam im Wind drehten. Ein paar Kilometer weiter ließen Wiesen, bestückt mit riesigen Solarflächen, keinen Zweifel daran, dass hier draußen die Energiewende Einzug gehalten hatte. Ortschaften tauchten auf und verschwanden im Rückspiegel. Hier dominierten roter Backstein und gelber Klinker. Die Häuser hatten niedrige Drempel und Zäune, um den Stürmen zu trotzen, die in der kalten Jahreszeit von der Nordsee landeinwärts peitschten. Auch Bauernhäuser und große Hallen bestimmten das Bild. Träge schwarzköpfige Schafe dösten auf einer Weide, die nach dem heißen Sommer mehr trockenes Heu als sattes Grün zu bieten hatte. Auf der anderen Straßenseite hatte ein Schwarm Möwen ein abgeerntetes Feld eingenommen, ein kreischendes Heer weißer Vogelleiber, das sich benahm, als hole es sich hier, was ihm zustehe.

Haverkorn schien plötzlich viel freier atmen zu können. Er genoss dieses Landgefühl und spürte wieder einmal seine starke Sehnsucht, endlich aus der Stadt fortzugehen und den Rest seines Lebens auf dem Land zu verbringen.

Bald erreichten sie Schafstedt, und das Navi leitete sie quer durch den Ort, der nicht größer als Deichgraben war. Am Ortsausgang fuhr Haverkorn langsamer. Aber das Navi ließ keinen Zweifel daran, dass die gesuchte Adresse außerhalb des Dorfes lag. Linker Hand zogen sich Wiesen und Weiden über sanfte Hügel. Ein Mäusebussard saß unbeweglich auf einem Zaunpfahl. Wehe den Kleintieren, die nicht schnell genug in ihren Löchern verschwanden. Auf der anderen Straßenseite erstreckte sich ein größeres Waldgebiet. Bevor sie den Waldrand erreichten, führte ein Wirtschaftsweg rechts von der Straße ab, und Haverkorn ließ sich vom Navi über holprige Betonplatten leiten, bis sie ein kleines Gehöft erreichten. Er parkte und stellte den Motor aus.

»Ganz schön weit ab vom Schuss«, sagte Frida. »Hader war offenbar schon immer ein Einsiedler.«

»Sehen wir es uns an!« Haverkorn stieg aus.

Das Wohnhaus war weiß getüncht. An einigen Stellen blätterte die Farbe ab. *Huf- und Wagenschmiede* stand in verwitterten Lettern unter dem Dachgiebel, ein verblasstes Relikt früherer Zeit. Irgendwo begann ein Hund zu bellen, aber er schien eingesperrt zu sein.

Haverkorn schaute sich um. Neben dem Haus befand sich ein in die Jahre gekommener Schuppen, dessen verwittertes Dach mit großen Planen vor Regen und Sturm geschützt wurde. An der Seite war ein windschiefer Carport angebaut, unter dem ein Ford Mondeo stand. Haverkorn wies mit dem Kinn auf den Wagen, und Frida verstand. Die Bewohner der alten Hufschmiede schienen zu Hause zu sein. Sie gingen zur Eingangstür. Der Hund hatte sich wieder beruhigt.

Auf der anderen Seite des Hauses war hinter einer Buchsbaumhecke, die lange nicht mehr geschnitten worden war, ein verwilderter Garten auszumachen. Daran schloss sich eine Weide an, auf der zwei Ponys dösten.

Frida klingelte und sah an der Fassade nach oben, die aus der Nähe noch abgewohnter aussah. Der Hund fing wieder an zu kläffen, sonst tat sich nichts. Sie klingelte länger. Endlich wurde die Tür geöffnet, und eine Frau in blau geblümter Kittelschürze blickte sie fragend an. Sie hatte die Sommerblässe der echten Rothaarigen. Ihre Haare waren granatrot gefärbt, die Ansätze grau nachgewachsen.

»Moin!«, grüßte Haverkorn und hielt ihr seinen Dienstausweis hin. »Kripo Itzehoe, Bjarne Haverkorn und meine Kollegin Frida Paulsen. Wir hätten ein paar Fragen an Sie, Frau …«

Sie brauchte einen Moment, bevor sie begriff. »Stademann, Frauke Stademann.« Sie kniff die Augen zusammen und starrte auf den Ausweis. »Na, denn kommen Sie mal rein!«, sagte sie, und er erkannte das mühsam abgewöhnte Plattdeutsch an dem gerollten »R«.

»Jens, kommst du mal?«, rief sie ins Haus. Frau Stademann führte sie über einen historischen Kachelboden Blauer Friesen, der Begeisterung bei Haverkorn auslöste. Auch die schwere Aussteuertruhe an der Wand fiel ihm sofort auf. Wäre er nicht im Dienst gewesen, hätte er die Frau gefragt, ob sie an einem Verkauf interessiert wäre.

Sie betraten die Wohnstube. Jens Stademann drückte sich von der Couch hoch. Eine Katze sprang vom Kissen und dehnte sich, bevor sie unter dem Tisch verschwand. Der Hausherr wirkte verschlafen. Er trug Arbeitshosen und Hosenträger über dem Holzfällerhemd. Er wischte sich die Hand an der Hose ab, bevor er sie ihnen reichte. Eine Bewegung, die ihm über die Jahre in Fleisch und Blut übergegangen zu sein schien, obwohl er gerade die Mittagsstunde auf dem Sofa beendet hatte.

Haverkorn stellte sie vor, und Jens Stademann angelte seine Lesebrille vom Tisch, um den Dienstausweis genau zu studieren. »Kripo Itzehoe?«, fragte er überrascht.

Seine Frau kam wieder ins Zimmer und trug ein Tablett mit Wasser und Gläsern vor sich her. »Wenn Sie lieber Kaffee oder Tee möchten?«

»Nein, danke!«, sagte Frida. Sie setzten sich zu viert an den alten Nussbaumtisch, auf dem eine beim Kreuzworträtsel aufgeschlagene Zeitschrift lag.

»Herr und Frau Stademann«, begann Haverkorn und

legte sein Notizbuch geöffnet vor sich auf den Tisch. »Wir sind hier, weil wir ein paar Informationen zu einem früheren Bewohner dieses Hauses brauchen. Sagt Ihnen der Name Josef Hader etwas?«

Die beiden Dithmarscher warfen sich einen kurzen Blick zu. Frau Stademann ergriff das Wort. »Natürlich, von ihm haben wir vor zwanzig Jahren das Haus gekauft!«

Haverkorn war froh, dass ihnen eine langwierige Suche nach den direkten Nachbesitzern erspart blieb.

»Darf ich fragen, von woher Sie zugezogen sind?« Er sah die Frau an, deren Wangen gerötet waren von der Aufregung über den Besuch zweier Kripobeamter.

»Wir stammen von hier! Wir haben drüben im Ort in einer Wohnung gelebt und wollten ein Haus kaufen.«

»Dann kannten Sie Herrn Hader vorher schon?«

Beide nickten vorsichtig.

»Wie würden Sie ihn beschreiben?«

Die Frau in der Kittelschürze drückte ihre Hände im Schoß. »Er war kein netter Zeitgenosse, schnell aufbrausend. Hat immer gleich rumgeschrien, wenn ihm was nicht passte. Seine Familie war nicht zu beneiden. Da hat es wohl oft Prügel gesetzt.« Sie stieß einen verächtlichen Laut aus. »Und als seine Frau starb, wurde es erst richtig schlimm.« Sie sah ihren Mann an, der ihr das Reden überließ. »Wenn er uns den Hof nicht so preiswert überlassen hätte, wären wir einem Schläger wie ihm eher aus dem Weg gegangen.«

»Der Hof war preiswert? Warum?«, fragte Frida.

»Keine Ahnung. Hier hing plötzlich ein ›Zu verkaufen‹-Schild am Haus. Jens hat es gesehen und nach dem Preis gefragt. Hader wollte zweihunderttausend D-Mark. Mein Mann hat ihn auf hundertachtzigtausend runtergehandelt.« Sie lachte auf. »Der Hof war sicher das Doppelte wert!«

»Und Sie wissen nicht, warum er unter dem Marktwert verkaufen musste?«

Beide zuckten die Schultern. Der Grund hatte sie ganz offensichtlich nicht interessiert. Hauptsache, sie hatten dieses Schnäppchen machen können.

»Woran ist Frau Hader gestorben?«, fragte Haverkorn weiter, während er etwas notierte.

»Da fragen Sie uns was, das ist ja schon ewig her. War das Krebs, Jens?«

Ihr Mann verzog den Mund. »Mutter, das weißt du doch besser als ich!«

»Ja, es war Krebs, denke ich. Das ging ganz schnell bei ihr. Im Frühjahr wurde sie krank, und im Sommer lag sie auf dem Friedhof.« Sie seufzte laut. »Plötzlich waren die hier allein. Die beiden Jungs haben mir leidgetan. Allein mit diesem ... *Stinkbüdel!*«

Haverkorn warf Frida einen Blick zu. »Zwei Jungs?«

»Na, die beiden Söhne. Die waren ja nun mit dem Schläger allein. Das wussten doch alle im Dorf, dass der hier draußen ein hartes Regiment geführt hat. Es hieß sogar, dass seine Jungs im Winter im Stall schlafen mussten, wenn sie nicht spurten.«

»Die Haders hatten *zwei* Söhne?«, hakte Frida nach. »Erinnern Sie sich an ihre Namen?«

Wieder sah sie ihren Mann an, der wohl auch unter der Woche eher wortkarg war. »Warten Sie, Robert und ...«

»Rolf!«, sagte Jens Stademann plötzlich.

»Robert und Rolf, genau! Der Rolf war der Ältere. Die waren vielleicht zwei, drei Jahre auseinander.«

Haverkorn machte sich ein paar Notizen und ließ den

beiden Zeit nachzudenken. Manchmal fiel den Leuten noch etwas ein, was sie gern mitteilen wollten. Aber die Eheleute Stademann schwiegen.

»Hatte Josef Hader hier Freunde oder Vertraute?«

»Der hat sehr zurückgezogen gelebt«, sagte die Hausherrin. »Er hat sich nur auf seine Familie konzentriert.«

»Das stimmt nicht ganz, Frauke!«, widersprach Jens Stademann zur Überraschung der Besucher. »Der Hader ist doch immer mit Heini Steen auf die Jagd gegangen, weißt du nicht mehr?« Er sah Haverkorn an. »Heini, also Heinrich Steen war zwar ein paar Jahre jünger als Josef, aber die beiden haben sich gut verstanden.« Er schüttelte den Kopf. »Der Heini, eine arme Sau ist das! Hat keine Frau, kein Geld und trinkt gern einen über den Durst.«

»Lebt Herr Steen noch hier in der Nähe?«, fragte Frida Jens Stademann und stellte Blickkontakt her, bevor seine Frau wieder das Wort ergreifen konnte.

»Klar, drüben auf dem Claußen-Hof. Er hat da freie Kost und Logis. Der ist hier auf der Geest festgewachsen wie ein Findling am Feldrand.«

»Eine letzte Frage noch.« Haverkorn klappte sein Notizbuch zu. »Hat Herr Steen ein Glasauge?«

Die Frau lachte. »Heini und ein Glasauge? Wie sollte er im Wald dann was treffen?«

†

Obwohl es Sonntagnachmittag war, hörten sie den Trecker schon, als sie auf dem Claußen-Hof aus dem Wagen stiegen. Das Gehöft lag auf einer kleinen Anhöhe hinter dem Waldgebiet, das sie auf dem holprigen Wirtschaftsweg durchquert hatten. Neben dem gepflegten Wohnhaus standen zwei moderne Hallen aus grüner Blechkonstruktion. Dahinter zogen sich Silagehügel mit Autoreifen bis zu einer Weide. Aus einer der Hallen kam das Motorengeräusch, und Haverkorn gab Frida mit einem Kopfnicken zu verstehen, dass sie es zuerst bei dem Trecker probieren würden. Frida war einverstanden. Sie gingen über den sauber asphaltierten Hof.

Fridas Gedanken wanderten zum Gehöft ihrer Eltern. Sie hoffte, dass der Kredit, den sie aufgenommen hatte, reichen würde, um wenigstens einen Großteil der Hoffläche nach den Bauarbeiten noch befestigen zu lassen. Die Schlaglochpiste vor dem Haus war schon lange kein Zustand mehr. Morgen würden die Arbeiten am Dach beginnen, und wenn diese zügig vonstattengingen, konnten Fenster und Türen aufgearbeitet werden. Ihr Elternhaus war alt und, finanziell gesehen, ein Fass ohne Boden. Aber es nützte nichts, sie mussten endlich anfangen, es dem Verfall zu entreißen.

Sie folgte Haverkorn, der die Ärmel seines Hemdes hochgekrempelt hatte. Am geöffneten Tor der ersten Halle sahen sie, dass es kein Trecker war, der den Lärm verursachte, sondern ein dieselbetriebener Gabelstapler, der Großkisten mit Möhren auf einen Anhänger lud.

Haverkorn winkte dem Fahrer zu, der sie bemerkte und den Motor abstellte. »Moin!«, rief der Bauer und kletterte vom Stapler, lüftete sein Basecap, fuhr sich durch die verschwitzten Haare und setzte es wieder auf. Er mochte Anfang vierzig sein. Sein Dreitagebart passte zu seiner Kleidung aus Arbeitsschuhen, Jeans und T-Shirt. Wahrscheinlich gab es hier draußen kaum jemanden, der am Wochenende die feinen Sachen herausholte. Auf dem Land war der Sonntag so gut wie jeder andere Tag.

»Herr Claußen?«, fragte Haverkorn.

Der Mann lehnte sich an den Stapler, zog eine Schachtel aus der Hosentasche und zündete sich eine Zigarette an. Er nahm einen Zug. »Wer will das wissen?«

Haverkorn zog erneut seinen Dienstausweis aus der Tasche. »Bjarne Haverkorn und Frida Paulsen, Kripo Itzehoe. Sind Sie Wilfried Claußen?«

Der Bauer rauchte, und die Neugier stand ihm ins Gesicht geschrieben »Wilfried ist mein älterer Bruder, ich bin Erik Claußen. Wie kann ich Ihnen weiterhelfen?«

»Moin!«, grüßte Frida und schüttelte ihm die Hand. Sie spürte die rauen Hände des Landarbeiters und drückte fest zu. Diesen kernigen Typen konnte man nur durch beherztes Zugreifen imponieren. »Wir suchen Heinrich Steen. Er soll hier auf dem Hof wohnen und arbeiten.«

Erik Claußen warf den Zigarettenstummel auf den Boden und trat ihn aus. Die Kippe hob er auf und warf sie in eine Tonne am Hallenrand. Hier herrschte Ordnung. »Heini? Der wohnt hier. Was ist mit ihm? Hat er was ausgefressen?«

»Wir möchten ihm nur ein paar Fragen stellen«, sagte Haverkorn und sah sich um. »Ist er da?«

Der Bauer überlegte einen Moment. »Er hat heute frei. Vielleicht ist er in seiner Wohnung, drüben im alten Gesindehaus.« Er wies zu einem Gebäude am Rand des Hofes. Hinter dem Feld begann der Wald. »Wenn sein Mofa da ist, ist er es auch. Versuchen Sie es einfach!« Er tippte an sein Basecap und stieg wieder auf den Stapler.

Sie bedankten sich und gingen in die Richtung, die er ihnen gewiesen hatte. Hinter ihnen sprang der Dieselmotor an und gab lärmend zu verstehen, dass hier heute ein normaler Arbeitstag war.

Frida spürte die ersten Tropfen. Endlich setzte der lang ersehnte Regen ein. Aus ein paar Tropfen wurde ein Schauer, und sie liefen schneller. Das Gesindehaus sah nicht so gepflegt aus wie das Haupthaus, war aber bei Weitem besser erhalten als die Hufschmiede der Stademanns. Über der Haustür gab es ein kleines Vordach, wo sie sich unterstellten. Neben ihnen stand eine verwitterte Holzbank, davor war ein Mofa älteren Modells aufgebockt.

Haverkorn klopfte. »Herr Steen?« Er drückte die Klinke herunter und schob die Tür auf, die einen quietschenden Ton von sich gab. »Hallo, ist jemand da?«, rief er und trat einen Schritt ins Haus. Frida bemerkte eine Bewegung hinter einer Gardine am Fenster. »Da ist jemand«, raunte sie ihrem Kollegen zu.

Er nickte. »Herr Steen? Wir würden gern mit Ihnen sprechen.«

»Ich gehe nach hinten«, sagte Frida und umrundete das Gebäude. Ihr Gefühl war richtig gewesen, auch hier gab es eine Tür, die in einen kleinen, gut gepflegten Gemüsegarten führte. Sie wollte gerade anklopfen, als die Tür von innen aufgerissen wurde. Der Mann, der plötzlich vor ihr stand, war genauso erschrocken wie sie selbst. Er musste um die sechzig sein, hatte lockiges graues Haar und einen ungepflegten Vollbart. Er passte auf die Beschreibung, die der Wirt in Deichgraben Bjarne Haverkorn gegeben hatte.

»Herr Steen?«, fragte sie und hob ihren Dienstausweis in die Höhe. »Frida Paulsen, Kripo Itzehoe.«

Ihre Blicke trafen sich. In dem Moment fiel es ihr auf. Eines seiner Augen passte nicht zum anderen. Eine Regenbogenhaut war braun, die andere blau. Frida spürte ihre Anspannung.

Welches war das Glasauge?

Bevor sie etwas sagen konnte, ergriff der Mann plötzlich einen langen Gegenstand und schlug ihn ihr gegen das Schienbein. Der Schmerz fuhr ihr durch den ganzen Körper. Der Mann warf eine Schaufel weg, drängte sie zur Seite und stürzte davon.

»Bjarne!«, rief Frida und biss die Zähne zusammen. Sie tastete ihr Schienbein ab. Haverkorn hatte das Haus durchquert und stand in der Tür. Frida sah Steen über den Hof in Richtung Straße laufen.

Sie rannten los.

Der Bauer auf dem Gabelstapler stellte den Motor ab und sprang herunter. »Heini! Was ist denn los?«

»Bleiben Sie stehen!«, rief Haverkorn hinter Frida, die trotz ihres Schmerzes im Bein schneller lief als er. Ihr war klar, dass er nach seiner schweren Krankheit diesen Wettlauf nicht lange durchhalten würde.

»Hol den Wagen!«, rief sie ihm über die Schulter zu. Dann steigerte sie ihre Geschwindigkeit. Steen hatte das Haupthaus passiert und war nur noch etwa hundert Meter von der Straße entfernt. Dachte er wirklich, dass er sie dort abhängen konnte? Wo wollte er hin? Frida gab alles und bemerkte, dass er langsamer wurde. Offenbar war er es nicht gewöhnt, längere Strecken zu laufen. Hier machte sich ihr Ausdauer- und Aufwärmtraining im Boxclub bezahlt. Sie holte Meter für Meter auf. An der Straße angekommen, blieb Steen stehen und drehte sich zu ihr um. Er atmete schwer, schien nicht zu wissen, wohin er nun sollte.

»Bleiben Sie stehen!«, rief Frida außer Atem. »Wir haben nur ein paar Fragen an Sie!« Hinter sich hörte sie den Passat näher kommen.

Ein Kleintransporter näherte sich auf der Straße mit hoher Geschwindigkeit und würde Steen den Weg abschneiden. Das würde ihr ausreichen. Steen sah sie erschrocken an, drehte sich um und lief los.

»Nein!«, schrie Frida, aber es war zu spät. Bremsen quietschten, der Transporter erfasste den Geflüchteten, schlingerte über die Straße und kam mit einem dumpfen Aufschlag im Straßengraben zum Stehen.

Frida hörte, wie jemand hinter ihr fluchte. Sie stand an der Straße und konnte sich nicht bewegen. Ihr Herz pumpte. Noch immer hatte sie das Bild vor Augen, wie Heini Steen sie angesehen hatte und vor den Kleintransporter gelaufen war. Haverkorn legte ihr die Hand auf den Arm. Er war kreidebleich. Auch Erik Claußen stand plötzlich neben ihnen. Sie ging mit schweren Schritten zur anderen Straßenseite, wo der Körper liegen geblieben war. Die Männer folgten ihr. Frida kniete sich neben den Verunglückten. Ein Arm war seltsam abgewinkelt. Blut lief ihm über das Gesicht, und er stöhnte leise. Sie blickte auf zu Haverkorn, der schon das Handy am Ohr hatte. Hinter ihm stand der Bauer, der die Arme um seinen Körper geschlungen hatte, als sei ihm kalt.

»Wir holen Hilfe! Bleiben Sie ruhig!«, redete Frida auf den Schwerverletzten ein.

»Der Rettungswagen ist unterwegs!« Haverkorn kniete sich neben sie. Ganz vorsichtig drehten sie den Mann in die stabile Seitenlage. Frida blieb bei ihm sitzen, während die Männer die Unfallstelle absperrten und sich um die Fahrerin des Transporters kümmerten. Sie redete beruhigend auf ihn ein. Wenn Heini Steen starb, hatte sie ihn auf dem Gewissen!

Kapitel 19

Rettungs- und Streifenwagen trafen zehn Minuten später an der Unfallstelle ein. Der junge Notarzt und sein Team übernahmen den Schwerverletzten. Er hatte einen komplizierten Armbruch und blutete aus einer Kopfwunde, war nicht ansprechbar. Innere Verletzungen würden erst in der Notfallklinik festgestellt werden können. Ein Rettungshubschrauber landete kurz darauf auf dem Feld neben der Straße und flog Heini Steen in die Westküstenklinik nach Heide. Die Fahrerin des Kleintransporters hatte nur leichte Prellungen davongetragen. Sie wurde im Rettungswagen behandelt. Der Schock saß tief bei ihr. Die Bilder vom Aufprall des Körpers auf ihren Wagen würden sie sicherlich die nächsten Monate verfolgen.

Mittlerweile war von zwei Schutzpolizisten die Straße gesperrt worden. Frida und Haverkorn hatten den Kollegen den Unfallhergang geschildert und Nick Wahler informiert.

Nun saß Frida auf einem ausrangierten Treckerreifen von der Größe eines Kindersandkastens und stützte den Kopf in die Hände. Warum war Steen so panisch vor ihr geflohen, dass er kopflos in dieses Fahrzeug gelaufen war? War es ein Schuldeingeständnis gewesen?

»Du hast keine Schuld daran«, sagte Haverkorn und setzte sich neben sie. Er reichte ihr eine Wasserflasche, die er aus dem Passat geholt hatte. »Er hat sich selbst dafür entschieden, auf die Straße zu flüchten.«

Ein grauhaariger Mann in Gummistiefeln kam auf sie zugelaufen. Sein Gesicht sah nach Ärger aus. »Können Sie mir diese Scheiße hier mal erklären?«, schrie er aus ein paar Metern Entfernung.

Haverkorn stand auf und streckte den Rücken durch. »Und Sie sind …?«

Der Mann baute sich vor ihnen auf und stemmte die Arme in die Hüften. »Wilfried Claußen, der Eigentümer des Hofes.«

Haverkorn blieb ruhig und erklärte, dass sie Heinrich Steen lediglich ein paar Fragen hatten stellen wollen.

»Und da müssen Sie den Mann wie ein Tier auf die Straße hetzen? Ich werde Sie anzeigen!«, rief Claußen aufgebracht. »Das Ganze wird Konsequenzen für Sie haben!«

»Wir haben Herrn Steen mehrfach aufgefordert, stehen zu bleiben. Es war sein eigener Entschluss, auf die Straße zu laufen«, sagte Haverkorn.

Der Bauer atmete tief durch und wischte sich über die Stirn. Dass dieser Unfall an seinen Nerven zehrte, war verständlich. Endlich schien er sich zu beruhigen. »Was wollten Sie denn von Heini?«

»Es handelt sich um Ermittlungen bezüglich eines Tötungsdeliktes«, wagte Haverkorn sich vor. »Kennen Sie Josef Hader?«

»Hader?«, wiederholte der Bauer. »Hat der nicht mal in der alten Hufschmiede gewohnt?«

»Genau!«

Er verschränkte die Arme. »Kennen ist zu viel gesagt. Er ist ja vor über zwanzig Jahren hier weg.« Auf der

Straße wurde es lauter. Er drehte sich neugierig um. Der Rettungswagen, der die Fahrerin des Transporters versorgt hatte, startete den Motor und fuhr weg.

»Aber Heini hat sich wohl noch mit ihm getroffen, soweit ich weiß. Sie waren Jagdgenossen.«

»Haben Sie Josef Hader mal bei ihm gesehen?«

Er zuckte die Schultern. »Keine Ahnung, wer Heini dahinten in seiner Hütte besucht hat. Ging mich auch nichts an!«

»Ist Ihnen an Ihrem Angestellten in letzter Zeit etwas aufgefallen? Hat er sich anders benommen als sonst? Wirkte er fahrig, war er unpünktlich?«

Claußen lachte auf. »Heini ist immer seltsam drauf. Er ist ein komischer Kauz, aber seine Arbeit macht er gut. Solange er nüchtern auf die Arbeit kommt, ist mir der Rest egal.«

»Können wir einen Blick in seine Wohnung werfen?«

»Ist das wirklich notwendig? Sie sehen ja, was hier gerade los ist.«

»Herr Claußen, wir suchen nach einer vermissten Person und gehen davon aus, dass Herr Steen etwas über deren Verbleib weiß. Wir müssen alle Räumlichkeiten auf dem Hof durchsuchen.«

Der Bauer hob in einer ergebenen Geste die Hände. »Tun Sie, was Sie tun müssen! Aber wenn Sie in mein Wohnhaus wollen, bringen Sie mir erst mal einen Durchsuchungsbeschluss.«

»Das wird vorerst nicht nötig sein.« Haverkorn räusperte sich. »Eine letzte Frage noch. Wissen Sie, ob Herr Steen ein Glasauge hat?«

»Glasauge? So ein Quatsch! Er hat verschiedenfarbige Augen. Das ist alles.«

Der Bauer ließ sie stehen, und sie gingen wieder hinüber zum alten Gesindehaus, um sich die Wohnräume von Steen näher anzusehen. Sie hatten Verstärkung angefordert, um den Hof nach Anneke zu durchsuchen. Bis diese Leute eintrafen, würde es dauern. Darauf konnten sie nicht warten. Wenn die junge Frau lebte und sich hier auf diesem Hof aufhielt, mussten sie sie schnellstens finden. Sie waren sich sicher, dass Steen einen triftigen Grund gehabt hatte, vor ihnen zu flüchten und panisch auf die Straße zu laufen.

Aufmerksam sahen sie sich in den beiden Zimmern, die Heini Steen bewohnte, um. Dies hier war eine typische Junggesellenbude: funktional eingerichtet, ohne jeden Sinn für Gemütlichkeit. In der Küche stapelte sich das schmutzige Geschirr, im Wohnzimmer türmten sich Zigarettenkippen, lagen leere Bierflaschen auf dem Fußboden. Das Bett war nicht gemacht, das Zimmer wurde deutlich zu selten gelüftet.

Aber schnell war klar: In diesen Räumen hatte der Bewohner Anneke nicht versteckt. Zurück in der Diele entdeckten sie eine weitere Tür, die in den Keller führte. Haverkorn ging voraus. Er musste den Kopf einziehen, so niedrig war der Türsturz. An der Wand ertastete er einen Lichtschalter und knipste ihn an. Eine altersschwache Glühbirne leuchtete die ausgetretenen Stufen nach unten aus.

Plötzlich blieb Haverkorn auf der Treppe stehen. Seine Haltung war angespannt. Frida nahm ihn in diesem Moment ebenfalls wahr: den strengen Geruch nach Blut und Tod. Haverkorn warf ihr einen Blick zu. »Bereit?«

Sie atmete durch und nickte, obwohl sie alles andere als

bereit war. Wenn sie ihn nicht verfolgt hätte, würde Heini Steen jetzt nicht in Lebensgefahr schweben. Immer wieder geisterte der Ausdruck seiner Augen durch ihre Erinnerungen. Die Angst, die darin gestanden hatte, bevor er in den Transporter hineingelaufen war. Sie hatte ihn auf die Straße getrieben.

Frida atmete durch den Mund. Langsam stiegen sie auf den Stufen hinunter in die Unterkellerung. Sie blieb stehen und stützte sich an der Backsteinwand ab. Übelkeit überkam sie. Der Geruch und die Vorstellung, die nächste grauenvolle Entdeckung zu machen, waren zu viel. Ihr war schwindelig. Sie wollte nur noch hier raus.

Haverkorn drehte sich zu ihr um und schien sofort zu verstehen, was mit ihr los war. »Geh zurück, Frida! Ich schaue mir das allein an. Du wartest oben.«

»Aber …«

»Keine Widerrede, du gehst nach oben! Ich rufe dich, wenn ich dich brauche, okay?«

»Okay!« Sie drehte sich um und spürte, wie wackelig ihre Knie waren. Zurück in der Diele wandte sie sich in Richtung Küche, nahm sich dort aus dem Wandschrank ein sauberes Glas und füllte es mit Leitungswasser. Dann schöpfte sie kaltes Wasser in ihr Gesicht, bis die Übelkeit verflog. Sie trank durstig und setzte sich auf einen Küchenstuhl, dachte an Heini Steens Gesicht und die verschiedenfarbigen Augen. Und plötzlich war sie sicher, dass er nicht der Mann war, den sie vor ein paar Tagen in der Mühle getroffen hatte. Der Landstreicher mit dem Rucksack war größer gewesen als er.

»Da unten ist nichts außer einem ausgeweideten Hirsch und einer toten Ratte, die fürchterlich stinkt.« Haverkorn lehnte sich an die Küchenzeile. Er war blass. Dieser Tag ging auch an ihm nicht spurlos vorüber. »Die Kollegen müssten gleich da sein, dann durchsuchen wir den restlichen Hof.«

»Ich glaube nicht, dass wir sie hier finden«, sagte Frida. »Wenn er Anneke aus der Mühle weggeschafft hat, dann sicherlich an einen Ort, der viel abgelegener ist.«

»Herr Haverkorn?« Erik Claußen stand in der Küchentür. »Ihre Kollegen sind da, soll ich sie herbringen?«

»Gleich!« Haverkorn deutete auf den freien Stuhl am Küchentisch. »Würden Sie uns bitte noch ein paar Fragen beantworten?«

Der jüngere der Claußen-Brüder setzte sich an den Tisch. »Kann ich eine rauchen?«

»Das ist Ihr Haus hier, bitte!«

Claußen klopfte sich eine Zigarette aus der Schachtel und bot ihnen ebenfalls eine an. Frida verneinte und dachte daran, dass Haverkorn erst vor Kurzem mit dem Rauchen aufgehört hatte. Wie schwer fiel es ihm, die Zigarette abzulehnen?

Während der Bauer die Flamme des Feuerzeuges springen ließ, nahm Haverkorn Fridas Glas und trank einen Schluck Wasser. »Wir suchen nach einer vermissten Frau, Herr Claußen. Wir müssen davon ausgehen, dass Herr Steen gemeinsam mit einem anderen Täter diese Frau entführt und mit Gewalt an einen Ort gebracht hat, wo sie eingesperrt wurde.«

Der Bauer sah ihn fassungslos an und blies den Rauch aus. »Heini, unser Heini …?« Er wischte sich über das Gesicht. »Das kann ich nicht glauben! Ja, er ist ein seltsamer Typ. Nicht ganz klar in der Birne. Aber er hat Angst vor Frauen, glauben Sie mir. Er hätte doch nie …« Ein langer Zug an der Zigarette. Seine Hand zitterte.

»Genau das könnte der Grund sein, warum diese Frau entführt und gefügig gemacht wurde!«, sagte Frida.

Erik Claußen drehte sich zu ihr. Er wollte widersprechen, aber konnte es nicht. Vielleicht dachte er ebenfalls daran, wie panisch Steen heute vor den beiden Polizisten geflüchtet war. Er rauchte und schwieg.

»Hat Herr Steen ein Auto?«, fragte Haverkorn.

Der Bauer hustete. Seine Stimme klang belegt. »Ein Auto? Nein, nur das Mofa draußen.«

»Könnte er sich von jemandem letzte Woche ein Auto geliehen haben?«

Claußen lachte auf. »Heini? Der hat ja nicht mal einen Führerschein. Der hat nie die Fahrschule geschafft.« Er drückte die Zigarette auf einem Teller mit Pizzaresten aus. »Wie sollte er denn die Frau transportiert haben? Auf dem Sozius seines Mofas? Hören Sie, der Heini ist eine arme Sau! Keine Familie, keine Freunde. Der kommt hier nie wirklich raus. Die Jagd ist das einzige Hobby, das er neben dem Saufen hat.«

»Hat er denn einen Jagdschein?«, fragte Frida.

Der Bauer schüttelte den Kopf. »Jagdschein, ach was! Den Heini würde kein Jagdverein aufnehmen. Er jagt ein bisschen Federwild und ein paar Hasen. Meine Güte, da braucht man doch keinen Schein für.«

»Unten im Keller hängt ein ausgewachsener Hirsch, Herr Claußen.« Haverkorn sah Frida an, die wusste, was er jetzt fragen würde. »Und wenn Herr Steen nur ein Mofa hatte, wie hat er den Hirsch allein aus dem Wald hierhergebracht?«

Schweigen.

»Sie wirken nicht überrascht. Kann es sein, dass Sie ihm dabei geholfen haben?«

»Mein Gott, ein Stück Hirschkeule isst doch jeder gern. Und hier bei uns gibt es wenig Rotwild. Heini hat mich nachts angerufen, als er den Achtender erlegt hatte. Klar hab ich ihm mit dem Hirsch geholfen. Wenn Sie mich jetzt anzeigen wollen, dann tun Sie das! Ist ja jetzt egal! Das macht den Unfall auch nicht ungeschehen!«

†

Die Jagdhütte war nicht groß. Sie stand zwischen dem Wildwuchs des Waldes und war mit Tannengrün beschlagen, um sie vor fremden Blicken zu verstecken. Erik Claußen deutete darauf, und ihm war anzusehen, dass ihm die Vorstellung, dort eine entführte Frau zu finden, zu schaffen machte.

Am Nachmittag waren alle Gebäude des Hofes vom Keller bis unter das Dach von Suchtrupps der Polizei, die Haverkorn angefordert hatte, inspiziert worden. Ohne Erfolg. Aber es war auch nicht zu erwarten gewesen, dass Heini Steen die Frau auf dem belebten Hof versteckt hielt.

Die Idee, Erik Claußen nach einer Jagdhütte zu befragen, war Haverkorn gekommen, als die Kollegen, die bei der Suche geholfen hatten, bereits abgefahren waren. Gerade Wilderer wollten im Wald nicht gesehen werden, brauchten einen Rückzugsort. Der Bauer hatte sich an eine solche Hütte erinnert und hatte sie hergeführt.

Haverkorn, Claußen, Frida und zwei weitere Polizisten hatten den Wagen auf einem Waldweg stehen gelassen und stiegen quer durch das Unterholz.

»Sie waren noch nie da drin?«, vergewisserte sich Haverkorn.

Der Bauer lief neben Haverkorn. »Nein! Da durfte niemand rein. Ich habe die Hütte mal zufällig entdeckt, als ich mit den Hunden hier draußen unterwegs war. Heini war ganz aufgeregt, als ich da aufgetaucht bin. Es passte ihm nicht, dass ich seine Jagdhütte gefunden hatte. Er tat ganz geheimnisvoll, als ich sie mir anschauen wollte.«

»Und da haben Sie sich nicht gefragt, warum er sich so seltsam benahm?«

»Heini war immer seltsam! Über ihn hat sich auf dem Hof keiner gewundert.«

Sie erreichten die Hütte, die sie ohne die Hilfe des Bauern sicher nicht sofort gefunden hätten. Sie stand an einer kleinen Lichtung in der Nähe eines Wildwechsels. Der Erbauer hatte mit Holz und Dachpappe gearbeitet. Auf die Außenwände und das Dach hatte er Reisigbündel genagelt. Fenster gab es keine. Nur kleine, fast unsichtbare Luken, durch die der Jäger im Inneren das Wild sichten und schießen konnte. Sie waren von innen verschlossen.

Haverkorn ging um den etwas windschiefen Bau herum. Er brauchte einen Moment, um die gut versteckte Tür auf der hinteren Seite zu finden, und betrachtete das Vorhängeschloss. Aber damit hatte er gerechnet. Erik Claußen hatte ihnen auf dem Hof einen Bolzenschneider herausgesucht und setzte diesen am Bügel an. Er rutschte ab, versuchte es erneut und zerteilte das Metall. Der Bauer trat zur Seite.

Haverkorn zog Latexhandschuhe über, nahm das Schloss ab und öffnete die Tür. Da er von der Helligkeit des Tages in die Dunkelheit der Hütte trat, brauchte er ein paar Sekunden, um sich an das Zwielicht im Inneren zu gewöhnen. Es roch nach Tannengrün und ungewaschenen Kleidern. Der Innenraum war klein. Keine fünf Quadratmeter, schätzte Haverkorn. An der Wand gegenüber stand ein Klappstuhl vor einer der Luken. Daneben ein Kasten Bier. Vor der rechten Wand stand eine niedrige, aus Holzresten gezimmerte Bank, über die eine Wolldecke gebreitet war. Darunter erkannte Haverkorn die Umrisse einer Person. In seinem Nacken kribbelte es. Er trat näher. »Hallo?«

Keine Reaktion.

Er griff nach der Decke und zog sie weg. Die nackte Frau lag regungslos vor ihm. Haverkorn starrte auf ihren Körper, den blanken Busen und den aufgerissenen Mund.

»Ich glaube, die ist ganz freiwillig hier«, sagte Frida.

Haverkorn lockerte seinen angespannten Nacken. Er deckte Heini Steens Gummipuppe wieder ab und ging nach draußen.

†

Diese Nacht war anders. Nicht nur, dass nach der anhaltenden Trockenheit der letzten Wochen endlich Regen ans Fenster trommelte. Auch sie selbst fühlte sich wie in einer fremden Haut ausgesetzt.

Ein Mensch war ihretwegen schwer verletzt worden, schwebte in Lebensgefahr. Niemand machte ihr offene Vorwürfe. Niemand gab ihr die Schuld daran. Vielleicht war das das Schlimmste. Dass alle sie mit Samthandschuhen anfassten. Ihr wäre es lieber gewesen, jemand von den Kollegen hätte sie mal richtig angeschrien oder ihr mit Konsequenzen gedroht.

Frida lag im Bett und lauschte dem Beat der Regentropfen. Aber heute beruhigte diese Melodie sie nicht, trommelte sie nicht in den Schlaf, den sie dringend nötig hatte.

Sie wälzte sich nach links und sah wieder Heini Steens

angstvollen Blick vor sich, bevor er auf die Straße gelaufen war. Sie drehte sich auf die andere Seite und sah das Blut in seinem Gesicht.

Als die Tränen kamen, ließ sie sie zu. Als Kind hatte sie sich manchmal in den Schlaf geweint. Heute funktionierte es nicht.

Um halb drei zog sie sich eine Joggingjacke an und ging nach unten. Sie machte sich auf dem Herd etwas Milch heiß, rührte Honig hinein und setzte sich auf die Bank in der Küche. Das war ein Geheimrezept ihrer Großmutter gewesen, wenn sie als kleines Kind nicht schlafen konnte. Marta hatte es nach dem Tod ihrer Mutter übernommen. Frida trank die heiße Milch, fühlte sich ein wenig wie das kleine Mädchen von damals und fand Trost darin. Lange starrte sie in die Dunkelheit und lauschte dem Ticken der Uhr in der Diele und dem gleichmäßigen Trommeln des Regens.

»Schlimme Dinge wie heute passieren«, hatte Haverkorn auf der Rückfahrt zu ihr gesagt. »Wir müssen das aushalten können, sonst werden wir irgendwann den Druck nicht mehr ertragen.«

Sie wusste, dass er recht hatte. Aber er hatte ihr nicht sagen können, wie man sich dieses »Aushalten« antrainieren konnte. Da musste wohl jeder seinen eigenen Weg finden. Irgendwann würden diese Schuldgefühle nachlassen. Bis dahin musste sie sie eben aushalten.

Der Regen wurde stärker, die Tropfen peitschten wie laute Gewehrsalven an die Scheiben hinter ihr. Sie liebte dieses alte Haus, das in den Nächten knarrte und ächzte. Vier Generationen der Paulsens hatten bereits hier in dieser Küche gesessen. Und diese hatten weit härtere Zeiten erlebt, als sie gerade durchstehen musste.

Morgen würden die Bauarbeiten auf dem Hof beginnen. Die Reetdachdeckerei würde das erste Gewerk auf der Baustelle sein. Danach kamen die Zimmerleute und Tischler. Sie hatte sich darauf gefreut, dass das Haus nun endlich saniert würde. Dass sie diesen alten morschen Kasten aufpolieren würden, damit sie sich in Zukunft nicht mehr für ihn schämen mussten. Oft genug hatte sie die Blicke der Nachbarn gesehen, wenn sie zu dem morschen Giebel und auf das vermooste Reetdach hochgeschaut hatten, das an einigen Stellen schon bis auf die Balken durchsackte. Sie hatte es ihnen allen beweisen wollen, dass der Paulsen-Hof noch nicht am Ende war.

Aber seit heute war ihr das plötzlich nicht mehr wichtig.

Frida stand auf und stellte die leere Tasse in die Spüle. Zurück in ihrem Zimmer sah sie auf ihr Smartphone. Noch immer keine Nachricht von Torben. Wie gern wäre sie jetzt bei ihm gewesen. Hätte in seinem Arm alles vergessen, was gestern passiert war. Was, wenn er es längst bereute, sie geküsst zu haben? Sie legte sich ins Bett und dachte an sein Gesicht. Endlich konnte sie einschlafen.

Nick Wahler war offenbar am Vorabend aus Lübeck zurückgekommen, denn er saß schon im Büro, als Frida kurz nach sieben in der BKI ankam. Anja sagte ihr, dass er sie sprechen wolle, und sie klopfte an seine Tür, um es hinter sich zu bringen. Wahler rief sie herein, bat sie, sich zu setzen, und ging zur Kapselmaschine. Ohne zu fragen, füllte er mit ein paar Handgriffen zwei Tassen und drückte ihr eine in die Hand. »Du siehst aus, als hättest du heute Nacht kein Auge zugetan.«

»Danke!« Sie trank einen Schluck. »Viel geschlafen habe ich nicht.«

»Was gestern in Dithmarschen passiert ist, wird untersucht werden müssen.« Er setzte sich hinter den Schreibtisch und lehnte sich zurück. Im Gegensatz zu ihr sah Wahler ausgeschlafen aus. Heute trug er einen schwarzen Anzug, der ihn blass wirken ließ. Der dunkelblaue stand ihm eindeutig besser. »Kommst du damit klar?«

Sie dachte sich, dass er nicht die Untersuchung, sondern den Schwerverletzten meinte, und nickte. Ihm gegenüber würde sie keine Schwächen eingestehen. »Unfälle wie dieser passieren. Ich komme klar.«

Er trank einen Schluck und zog ein paar gedruckte Seiten heran. »Bjarne hat mir heute Morgen schon Bericht erstattet. Ich habe gerade mit der Westküstenklinik in Heide telefoniert. Herr Steen ist noch nicht außer Lebensgefahr. Sie wissen nicht, ob und wenn ja, wann er vernehmungsfähig sein wird.«

Frida knetete ihre kalten Hände. »Wie schwer ist er verletzt?«

Wahler sah ihr in die Augen. »Das dürfen sie uns nicht sagen.«

Sie nickte und schwieg. Die Schuldgefühle zerrten an ihr, um sie in die dunkle Ecke tiefer Zweifel zu ziehen, wo sie alles infrage stellte. Wahler beobachtete sie. Frida konzentrierte sich. »Wir gehen davon aus, dass Steen der Mann war, den der Zeuge Heintje Kuhn bei der Deichmühle am Lagerfeuer zusammen mit Josef Hader gesehen hat. Herr Steen hatte zwar kein Glasauge, wie der Zeuge angenommen hat, aber er litt wohl an Heterochromie, einer Pigmentstörung der Regenbogenhäute seiner Augen.«

Wahler nickte. Er wirkte unzufrieden.

Sie sprach weiter. »Die Durchsuchung der Räume auf dem Hof am gestrigen Nachmittag hat nichts ergeben, was uns weiterbringt. Aber das haben wir auch nicht erwartet. Wenn er der gesuchte Mittäter ist, dann hat er da draußen ein abgelegenes Versteck für sie. Dithmarschen ist ideal dafür. Da gibt es eine Menge einsame Flecken, abgelegene Gehöfte, Behausungen, viele Waldflächen. Seine Jagdhütte haben wir durchsucht, das war auch eine Fehlanzeige.«

»Wie hat er die erlegten Tiere transportiert?«, fragte Wahler. »Was wiegt so ein Hirschkadaver? Siebzig, achtzig Kilo? Hier im Bericht steht, dass er nur ein Mofa besitzt.«

»Einer der Bauern da draußen, Erik Claußen, hat das Wild für ihn aus dem Wald geholt und zum Hof gebracht. Dafür hat er wohl ein paar gute Stücke abbekommen.«

»Könnte dieser Bauer Herrn Steen auch beim Transport von Anneke Jung geholfen haben? Was denkst du?« Wahler überflog die Unterlagen, während er sprach. »Er wird die Frau ja wohl kaum mit dem Mofa aus der Deichmühle geholt haben.«

Frida dachte an Erik Claußen. Er hatte einem Wilddieb geholfen, aber sie glaubte nicht, dass er näheren Umgang mit Heini Steen hatte. »Nein, das glaube ich nicht. Steen ist ein ziemlicher Einzelgänger. Er lebt seit Jahren da draußen auf dem Hof. Er hat den Autoführerschein nicht geschafft, aber bei so einem Job auf dem Bauernhof muss man Pkw und Trecker fahren können. Da gibt es einen großen Fuhrpark, vielleicht hat er sich heimlich bedient. Das müssen wir abklären.«

Wahler schob die Blätter zusammen und lehnte sich zurück. Für einen kurzen Moment schloss er die Augen. Eine steile Falte bildete sich auf seiner Stirn, die ihn älter aussehen ließ. Hatte er gestern seinen Familientag in Lübeck überhaupt zur Erholung nutzen können, nach den Nachrichten aus Dithmarschen? »Hast du die Altakte durchgearbeitet?«, wechselte er plötzlich das Thema.

Frida spürte ihr schlechtes Gewissen. Darauf war sie nicht vorbereitet. »Ja.«

»Ist dir etwas aufgefallen bei den Ermittlungen von 2010?« Er sah ihr direkt in die Augen. »Gab es Unregelmäßigkeiten?«

Frida würgte an der Antwort. »Nein, ich habe nichts entdeckt!« Sie brachte es nicht über sich, Bjarne vor Wahler bloßzustellen.

Ihr Vorgesetzter stand auf, drehte sich zum Fenster und begann, die Lamellen der Jalousie zu glätten, obwohl sie wie mit dem Lineal ausgerichtet wirkten. »Wie kommt es dann, dass Bjarne heute Morgen eingeräumt hat, damals bei der Zeugenbefragung von Josef Hader einen Fehler gemacht zu haben?« Er drehte sich wieder zu ihr.

Frida hatte nicht daran gedacht, sich mit Bjarne abzustimmen. Dass er seinen Fehler bei Wahler einräumen würde, hätte sie wissen müssen. Nun saß sie in der Falle.

»Wie kann das sein, dass du das Abweichen der Daten zwischen der Zeugenbefragung von Josef Hader und Haverkorns Bericht übersehen hast?«

Sie schwieg. Alles, was sie sagte, würde es noch schlimmer machen.

Wahler kam um den Tisch und setzte sich auf die Schreibtischkante. »Mir ist klar, dass du Bjarne schützen willst!« Sie wollte widersprechen, aber er fiel ihr ins Wort. »Denkst du wirklich, dass ich einen so guten Ermittler wie Bjarne aufgrund einer Unstimmigkeit, die jedem passieren kann, bestrafen würde?«

Sie antwortete nicht, massierte nur ihre kalten Hände.

Er ging wieder hinter den Schreibtisch und setzte sich. »Er ist heute Morgen zu mir gekommen und hat mir die Umstände erklärt. Es war eine Ausnahmesituation. Du hast sicherlich von dem Suizid der Kollegin damals gehört. Wir hatten ein klärendes Gespräch, und ich habe ihn wieder an die Arbeit geschickt.« Nick Wahler sah sie an, und sie zog den Kopf ein. Jetzt würde er ein Exempel an ihr statuieren. Aber er sagte nichts. Wahler hatte sich zurückgelehnt und die Augen geschlossen. Plötzlich sah er überarbeitet und müde aus. »Geh nach Hause!«

Frida hatte nichts anderes erwartet. Mit steifen Gliedern stand sie auf.

Er sah sie an. »Nimm dir diesen Tag frei und schlaf dich mal richtig aus. Morgen bist du pünktlich zum Teammeeting hier!«

Freinehmen? Ausschlafen? Sie stand vor ihm und wusste nicht, was sie sagen sollte.

»Und dann finden wir Anneke Jung! Oder ihre Leiche!«

Sie ging zur Tür.

»Und, Frida ...« Wahler nannte sie das erste Mal beim Vornamen. Er redete leise, aber sie verstand jedes Wort. »Belüge mich nie wieder!«

†

Wahler war beinahe zehn Minuten überfällig. Sonst verspätete er sich nie, das Team wurde unruhig. Er hatte das Meeting am Morgen kurzfristig angesetzt. Haverkorn konnte sich denken, dass es um den gestrigen Einsatz in Dithmarschen gehen würde. Er goss sich Kaffee nach und sah zur Tür. Auch Frida war noch nicht da. War sie der Grund für Wahlers Verspätung?

Die Tür wurde geöffnet. Nick Wahler kam herein, zog sein Jackett aus und hängte es über die Stuhllehne. Dann setzte er sich auf seinen Platz an der Stirnseite des ovalen Tisches und wartete, bis alle Gespräche verstummt waren. »Gut, fangen wir an.«

»Frida fehlt noch!«, sagte Anja und sah auf ihre Armbanduhr.

»Ich habe sie heute beurlaubt«, erklärte Wahler und warf Haverkorn einen kurzen Blick zu.

»Beurlaubt oder suspendiert?«, fragte Henning geradeheraus.

»Wie ich schon sagte, Frida ist beurlaubt!« Der Leiter der Mordkommission überhörte das aufgeregte Getuschel. »Bjarne, gibst du uns eine Zusammenfassung der gestrigen Ereignisse?«

Haverkorn wiederholte, was er Wahler am Morgen schon berichtet hatte. Als er den schweren Unfall nach der Verfolgung von Heini Steen erwähnte, wurde es still im Raum. Alle Augen waren auf ihn gerichtet. »Herr Steen schwebt noch immer in Lebensgefahr.« Er räusperte sich, weil seine Stimme wegsackte. »Der gesamte Hof wurde gestern von unseren Einsatzkräften durchsucht.« Er erzählte schließlich, wie er in der Jagdhütte die Gummipuppe entdeckt hatte. Ein paar Kollegen lachten, was die Stimmung etwas auflockerte. »Wir haben keinen Hinweis auf Anneke gefunden«, schloss Haverkorn seinen Bericht.

»Ihr denkt, Steen ist vor euch geflüchtet, weil er der Mittäter ist, den ihr sucht?«, fragte ein Kollege vom Team Tankstelle.

»Das ist eine Möglichkeit. Seine Panik war echt, als

Frida sich als Polizistin zu erkennen gab. Eine weitere Option ist, dass er geflohen ist, weil er regelmäßig in den Wäldern wildert. Möglich, dass ihm die Sicherung durchgebrannt ist, als wir vor seiner Tür standen, weil ein Hirsch in seinem Keller hing. Sicherlich war ihm klar, dass Wilderei strafbar ist.«

»Vernehmen können wir ihn nicht«, erklärte Wahler. »Der Arzt wollte sich nicht festlegen, wann sein Patient ansprechbar ist.« Er sah sich im voll besetzten Besprechungsraum um. »Wenn wir von der Möglichkeit ausgehen, dass er der gesuchte Mittäter ist und Anneke in seiner Gewalt hat …«, er sah in die erwartungsvollen Gesichter, »haben wir bisher keinen Anhaltspunkt, wo er sie hingebracht haben könnte. Er hat auf dem Hof eine mietfreie Wohnung. Große finanzielle Sprünge kann er nicht machen, soweit wir wissen. Bis auf Josef Hader hat er offenbar keine Freunde. Das gibt uns wenig Spielraum bei der weiteren Suche.«

»Und seine Fingerabdrücke?«, warf eine Kollegin vom anderen Team ein.

»Der Mann ist schwer verletzt! Eine erkennungsdienstliche Behandlung war bisher nicht möglich. Die Klinik weiß Bescheid, dass wir seine Abdrücke dringend brauchen.« Haverkorn setzte der erneute Rückschlag in diesem Fall enorm zu. Er hatte in der letzten Nacht kaum ein Auge zugetan. Es fühlte sich an, als hätten sie Anneke nun endgültig verloren.

Schweigen im Raum. Jeder der Kollegen kannte diesen frustrierenden Moment, wenn alle Spuren immer wieder in eine Sackgasse führten.

»Und wenn er der Falsche ist?«, dachte Anja laut. »Wenn er gar nicht der Mann ist, der eiskalt an einer solchen Entführung und jahrelangen Gefangenschaft einer Frau mitwirken konnte? Überlegt mal, Steen hat keinen Führerschein und keinen Jagdschein. Nach dem, was du von ihm erzählt hast, Bjarne, scheint er nicht der Hellste zu sein.«

»Das stimmt. Auch ich habe so meine Zweifel, ob er dazu überhaupt in der Lage gewesen wäre«, erwiderte Haverkorn. »Wir gehen nun noch einer weiteren Spur nach. Gestern haben wir den Hinweis auf die Existenz eines zweiten Sohnes von Josef Hader bekommen, von dem wir bisher nichts wussten. Er soll zwei Jahre älter sein als Robert Hader.«

»Ein Familienmitglied, von dem ihr jetzt erst erfahrt? Wie konnte das passieren?«, fragte ein Kollege, der sonst in Wirtschaftsdelikten ermittelte. Sein Name war Haverkorn entfallen.

»Rolf Hader ist der älteste Sohn von Josef Hader. Sein Bruder Robert hat uns in den bisherigen Befragungen nichts von seiner Existenz erzählt. Ich habe eine Abfrage beim Einwohnermeldeamt gemacht. Rolf Hader hat seit über zehn Jahren keinen festen Wohnsitz in Deutschland. Er ist in keinem unserer Systeme aktenkundig. Kurz gesagt, er ist nicht auffindbar.« Der Kriminalhauptkommissar blickte in nachdenkliche Gesichter. In Deutschland war die Meldepflicht so engmaschig, dass kaum jemand durch das Netz rutschte. Außer, er wollte nicht gefunden werden. Doch dazu musste er irgendwo auf der Straße leben. Oder im Ausland. »Ich werde Robert Hader heute zu seinem Bruder befragen. Da setze ich als Nächstes an.«

»Gut, halte mich dazu auf dem Laufenden«, übernahm Wahler wieder das Wort. »Udo, gibst du uns einen Überblick zu eurem Fall?«

Der angesprochene Kollege hatte ebenfalls wenig Neues zu berichten. Das Team hatte den Radius der Zeugenbefragungen um das Terrain der Tankstelle größer gezogen. Unzählige Hinweise aus der Bevölkerung waren ausgewertet worden, ohne Erfolg. Die Familienverhältnisse des Tankstellenkassierers waren nochmals grundlegend durchleuchtet worden, aber dort schien kein Motiv für den Mord zu liegen. Auch in der Vergangenheit des Opfers war nichts zu finden, kein illegales Glücksspiel, keine heimliche Drogenvergangenheit. Seine Weste war sauber gewesen. »Unsere einzige Spur ist weiterhin die blaue Lackspur an der Tanksäule. Das LKA hat nun endlich eine Auswertung zu dieser Lackantragung erstellt.«

»Hat ja lange genug gedauert!«, raunte einer der Kollegen.

»Es handelt sich dabei nicht um einen Standard-Fahrzeuglack der Autoindustrie, sondern um eine individuell gemischte Lackierung, offensichtlich auf Wunsch eines Kunden. Da sind wir dran. Wir haben an alle Autolackiereien im Umkreis von hundert Kilometern eine Nachfrage zu diesem Speziallack geschickt. Bisher kein Treffer.«

Zwei Teams, zwei Fälle. Keine Ergebnisse.

Nick Wahler räusperte sich und stand auf. »Ich habe gleich einen Termin bei Hanno Tehfs, um ihm Ergebnisse zu liefern.« Er blickte in die Runde. Beim Namen des BKI-Leiters herrschte dicke Luft im Raum. »Hat noch jemand etwas zu sagen, womit ich seine Laune heben kann?«

Stille. Niemand würde jetzt mit Wahler tauschen wollen.

»Dachte ich mir.« Nick Wahler nahm sein Jackett vom

Stuhl und zog es über. Dann verließ er den Raum. Selten hatte sich eine Besprechung so geräuschlos aufgelöst. Keiner der beinahe dreißig Kollegen sprach beim Hinausgehen. Die Stimmung war gedrückt. Aber nicht einer von ihnen dachte daran aufzugeben. Und das war es, was in diesem Moment zählte.

Ich – Tag 1225

Meine Welt ist eintönig und grau. Ich existiere hier in diesem winzigen Raum, den ich ordentlich und sauber halte, denn es ist meine Welt. Und ich bin ein menschliches Wesen. Deshalb putze und wasche ich, so gut es geht. Ich pflege mich. Nicht für ihn, sondern für mich.

Ich bin kein Tier in einer Höhle!

Ich bin ein Mensch. Gefangen von einem Monster, das da draußen sicherlich keiner als solches erkennt.

Wie ist er zu diesem Monster geworden? Diese Frage beschäftigt mich seit mehreren Lichtzeiten. Ich kann nicht mehr in Tagen denken. Tage existieren hier drin nicht. Nur die Licht- und die Dunkelzeit.

Aber ich habe meine Fantasie und meine Erinnerungen.

Jede Ecke dieses Raumes ist für mich eine Jahreszeit. Wenn ich mir Frühling wünsche, gehe ich in die linke Ecke neben dem Bett. Dort blühen Schneeglöckchen für mich und Krokusse. Ich stelle mir vor, wie sie duften, lausche den Singvögeln, deren Stimmen ich niemals vergessen darf. Ich denke an die ersten tanzenden Mücken und die Sonnenstrahlen, die noch nicht richtig wärmen. Und ich sehne mich nach dem Summen der Insekten in Obstblüten.

Wenn ich gern im Sommer sein will, setze ich mich in die rechte Ecke neben dem Bett. Ich stelle mir dort reife Kornfelder, Mohn- und Strohblumen vor, Schwalben, die hoch im blauen Himmel fliegen, Schäfchenwolken, Kinderlachen am Badesee, Eis, das in die Hand tropft, und lange Sommerabende, wenn die Grills angeheizt werden. Und fröhliche Menschen, die einander im Arm halten.

In der Herbst- und Winterecke sitze ich weniger. Ich hasse Dunkelheit. Und ich hasse Kälte. Ich sehne mich nach nichts so sehr wie dem Tageslicht und Sonne auf meinem Gesicht.

Aber mehr und mehr wird mir klar: Er wird mich nie mehr hinauslassen. Warum lebe ich dann noch?

Kapitel 20

Das exklusive Firmengebäude der Sportschuhfirma Hansefeet GmbH & Co. KG in der Hafencity ließ keinen Zweifel aufkommen, dass die Geschäfte gut liefen. Haverkorn hatte sich im Internet über Robert Hader schlaugemacht. Trotz der schwierigen Familienverhältnisse war er offenbar ein guter Schüler gewesen, denn er hatte Ende der Achtziger ein Eins-a-Abitur abgelegt. Danach hatte er BWL und Sportwissenschaften an der Humboldt-Universität in Berlin studiert. Zu dieser Zeit musste er seine zukünftige Frau kennengelernt haben. Theresa Langen war die Tochter des Hamburger Unternehmers Fritz Langen, der mehrere Lederfabriken besaß. Diese hatte er bei seinem Tod 1998 seiner einzigen Tochter vererbt, die ihren Mann schließlich in die Geschäftsführung holte. Aber offenbar hatte Robert Hader keinen Hang zur Lederindustrie. Er verkaufte einen Großteil der Werke und baute innerhalb weniger Jahre eine Sportschuhproduktion auf, die in respektabler Zeit schwarze Zahlen erwirtschaftete und Hader ein Haus in Rissen und beste Reputation in den Hamburger Unternehmerkreisen bescherte. Haverkorn hatte recherchiert und Presseartikel gefunden, die berichteten, dass Hansefeet seit einem Jahr Materialien aus recycelten Plastikabfällen aus den Ozeanen verwendete, was der Firma ein grünes und innovatives Image verpasst und die Umsätze nahezu verdoppelt hatte. Robert Haders Karriere wirkte wie ein buntes Vorzeigealbum. Was sich schnell ändern konnte, wenn die Presse Wind davon bekam, was sein Vater da draußen in der Mühle getrieben hatte.

Haverkorn setzte sich auf die Ledercouch mit Blick auf Hafenwasser und teure Wohnhäuser in zeitgenössischer Architektur. Er dachte, dass er sich die Kugel geben würde, wenn er in so einen Block einziehen müsste. Aber da die Mieten hier exorbitant waren, würde er nie in die Verlegenheit kommen. Die Dame am Empfang hatte ihm Kaffee gebracht und ihn wissen lassen, dass Robert Hader in wenigen Minuten für ihn Zeit hätte. Er nahm sich eine Zeitschrift vom Tisch und blätterte darin, aber er konnte sich nicht konzentrieren.

Nick Wahler hatte richtig daran getan, Frida heute nach Hause zu schicken. Der gestrige Tag hatte ihr enorm zugesetzt, auch wenn sie das selbst ihm gegenüber nicht zugegeben hatte. Heute Morgen im Büro hatte sie furchtbar ausgesehen: übernächtigt, hohlwangig, blass. Er hoffte, dass sie den Tag nutzte, um sich zu erholen.

»Herr Haverkorn?« Die Empfangsdame stand neben ihm und komplimentierte ihn in ein Büro am Ende des Ganges. Er sah Glaswände, Marmorböden, modernen Baustil. Dieses Bürogebäude hatte weder Charme noch Seele. Wie die meisten Betonklötze der Hafencity.

Robert Hader stand hinter seinem Schreibtisch auf. Er hatte den Knopf seines Jacketts geöffnet und drückte dem Kriminalhauptkommissar verbindlich die Hand. Haverkorn warf einen faszinierten Blick über seine Schulter. Durch die verglaste Rückfront des Büros sah er die Elbe und dahinter eine Reihe Kräne im Hansahafen.

»Beeindruckend, nicht wahr?«, fragte der Unternehmer und setzte sich an seinen Schreibtisch.

»Man muss sicherlich viel arbeiten für diesen Ausblick.« Haverkorn nahm auf dem Besucherstuhl Platz. Auch hier stand ein Kaffee für ihn bereit.

»Wie kann ich Ihnen weiterhelfen, Herr Haverkorn?« Robert Haders Telefon klingelte. Er hob ab, hörte einen Moment zu und bat darum, den Anrufer zu vertrösten und ihn in den nächsten dreißig Minuten nicht zu stören.

Haverkorn zückte sein Notizbuch. »Sie haben ja schon mit meinen Kolleginnen gesprochen. Dennoch gibt es beim heutigen Ermittlungsstand neue Fragen.«

»Haben Sie denn schon Ergebnisse?«, fragte sein Gesprächspartner.

»Tut mir leid, dazu kann ich leider nichts sagen. Aber eine Information habe ich für Sie. Die Obduktion ist abgeschlossen, der Leichnam Ihres Vaters wird demnächst zur Beisetzung freigegeben.«

»Danke!« Hader nickte und lehnte sich zurück.

Haverkorn stellte ihm einige Fragen zum Verhältnis zu seinem Vater, aber er erfuhr nichts Neues. Die Antworten hatte er schon im Bericht von Haders erster Zeugenbefragung gelesen. »Wie sind Sie nach dem Tod Ihrer Mutter mit Ihrem Vater zurechtgekommen?«

Robert Hader antwortete nicht sofort. Er atmete aus. »Mein Vater war ein harter Mann, ein Schläger. Als meine Mutter noch lebte, hat sie ihn manchmal besänftigen können, wenn er einen seiner Anfälle hatte. Und sie ist oft dazwischengegangen.« Er stockte. »Aber als sie an Krebs starb, gab es vor ihm keinen Schutz mehr. Mit sechzehn bin ich weggelaufen und nie zurückgekehrt.«

Haverkorn machte sich einige Notizen. »Was ist mit Ihrem Bruder Rolf passiert?«

Das Lächeln auf Haders Gesicht verrutschte für einen

Moment. »Rolf war immer ein schwieriges Kind, verhaltensauffällig nennt man das wohl heute. Er hat sich schon früh rumgetrieben und ist irgendwann auf der Straße gelandet. Das letzte Mal habe ich ihn gesehen, als er mich vor meiner Firma um Geld für den nächsten Schuss angebettelt hat.« Er sah Haverkorn in die Augen. »Ich habe ihn weggeschickt.«

»Wie lange ist das her?«

Er überlegte einen Moment. »Vielleicht zehn, zwölf Jahre.«

»Seitdem hatten Sie keinen Kontakt mehr zu ihm?«

Der Unternehmer beugte sich nach vorn und legte die Arme auf den Schreibtisch. »Rolf war der Ältere, er hat die größten Dummheiten angezettelt. Mein Vater hat ihn früher grün und blau geprügelt. Noch mehr als mich. Wir wollten beide weg von diesem Tyrannen. Ich habe mich in der Schule angestrengt, um mir ein gutes Leben aufbauen zu können. Rolfs Weg war ein anderer, er führte auf die Straße. Vielleicht hat er sich in irgendeiner Bahnhofstoilette längst den goldenen Schuss gesetzt. Er ist seit Jahren verschollen.«

»Er hat sich nie mehr bei Ihnen gemeldet?«

»Nein. Keine Nachricht, kein Lebenszeichen. Ich habe viele Jahre versucht, ihn aus dem Sumpf zu ziehen, wollte ihm Arbeit geben und eine Wohnung. Aber er wollte nur Cash von mir für den nächsten Schuss. Einem Süchtigen kann man nicht helfen.«

†

Als Frida auf den Hof fuhr, standen ein Transporter und ein Pick-up vor dem Haus. Die Reetdachdecker hatten schon einen großen Teil des verwitterten Schilfrohrs an den schadhaften Stellen heruntergeholt. Der Tag hatte zum Glück sonnig begonnen, weitere Niederschläge waren bis zum Abend nicht zu erwarten. Die offenen Dachstellen würden am Feierabend mit Planen abgedeckt werden.

»Moin!«, rief Frida hinauf. »Alles klar bei euch?«

»Moin, Frida! Wird Zeit, dass wir mal rankönnen hier oben. Lange hätte das Dach nicht mehr gehalten«, rief ihr einer der Arbeiter zu. Sie winkte ihm zu und ging ins Haus.

Marta war in der Küche und schälte Kartoffeln für das Mittagessen. »Was machst du denn schon hier, mein Mädchen?«

Die Hunde wuselten plötzlich zwischen ihren Beinen herum. Frida kraulte ihre Ohren. Bruno schnappte spielerisch nach Arthur, der die Attacken des Jüngeren mit der Würde des Alters ertrug. Frida dachte daran, später noch einmal zur Mühle zu fahren und den Kater zu füttern. Sie schickte die Hunde auf ihren Platz in der Diele, und sie gehorchten.

Die Müdigkeit saß ihr in den Knochen. Am frühen Morgen war sie für zwei Stunden in einen unruhigen Schlaf gefallen, in dem sie von Heini Steen geträumt hatte. Er hatte ohne Gesicht neben einem ausgeweideten Hirsch von der Decke gehangen. Sie war wie gerädert aufgestanden.

Erschöpft setzte sie sich an den Küchentisch und schenkte sich etwas Tee aus Omas Teekanne ein. »Mein Chef hat mir heute freigegeben. Ich soll mich ausschlafen.«

Marta stellte ihr einen Teller mit einem belegten Brot

auf den Tisch. »Iss mal was und leg dich aufs Ohr! Gut, dass dein Chef sich um dich sorgt.«

Frida biss vom Brot ab und fragte sich, warum Wahler sich plötzlich Gedanken um ihre Verfassung machte. Warum hatte er sie nicht bestraft, nachdem er sie beim Lügen ertappt hatte? Und warum hatte es keine Konsequenzen für Bjarne gegeben? War Wahler gar kein so harter Knochen, wie er ihnen anfangs hatte weismachen wollen? »Was kochst du denn, Mama?«

»Labskaus für die Handwerker. Die wollen eine ordentliche Mahlzeit haben am Mittag.« Marta trocknete sich die Hände an einem Wischtuch ab und setzte sich zu ihr. »Vater hat mir noch immer nicht gesagt, dass der Verkauf des Hofes abgesagt ist. Habt ihr noch mal darüber gesprochen?«

Frida hatte ein schlechtes Gewissen, weil sie sich längst darum hatte kümmern wollen. Aber in den letzten Tagen war einfach zu viel los gewesen. »Nein, noch nicht. Aber ich spreche mit ihm. Mach dir keine Sorgen!«

Marta legte ihr eine Hand auf den Arm. »Schlaf dich erst mal aus, mein Kind.«

Über ihnen war lautes Hämmern vom Dach zu hören. Frida war klar, dass sie in ihrem Zimmer heute nicht zur Ruhe kommen würde. Sie trank ihren Tee aus und stand auf. »Hier ist es zu laut. Ich fahre nach Hamburg ins Boxstudio.«

»Übernimm dich nicht«, warnte ihre Mutter.

Wenn sie schon nicht schlafen konnte, wollte sie sich mal wieder richtig auspowern. Sie ging nach oben in ihr Zimmer und packte ihre Sporttasche.

Eine Nachricht ging auf ihrem Smartphone ein. Sie zog es aus der Tasche. *Sehen wir uns heute Abend?*, fragte Torben. Seine erste Nachricht seit ihrem Treffen in St. Pauli. Ihr Magen flatterte vor Aufregung.

Sie überlegte einen Moment und schrieb. *Gerne! Wann und wo?*

Er war online und antwortete sofort. *19.30 Uhr bei mir. Ich koche uns was.*

Sie sagte Torben für den Abend zu, nahm eine frisch gewaschene Jeans vom Stapel, ein T-Shirt mit Dekolleté und die Sandalen, die sie nach dem Training gegen die Sneakers tauschen würde. Dann packte sie schöne Unterwäsche, die Zahnbürste sowie eine Kosmetiktasche in ihre Sporttasche.

»Es kann spät werden heute!« Frida gab ihrer Mutter einen Kuss auf die Wange, die Kartoffeln für das Labskaus aufsetzte.

»Was ist denn los, Mädchen? Du bist ja plötzlich ganz aufgedreht.«

»Wartet nicht auf mich. Ich bin heute Abend noch verabredet.« Die Hunde verfolgten sie bis zu ihrem Jeep. Fridtjof kam über den Hof und pfiff. Arthur und Bruno liefen ihm entgegen.

»Du bist schon zu Hause?«

»Wahler hat mir freigegeben. Ich fahre nach Hamburg zum Training.«

Er blickte nach oben zu den Reetdeckern. Er sah zufrieden aus.

»Papa, bitte verkauf den Hof nicht! Lass uns noch mal in Ruhe darüber nachdenken, wie es in den nächsten Jahren weitergeht.«

»Hermann Wolters hat sein Kaufangebot erhöht. Damit könnten wir alle Schulden zahlen und aufs Altenteil ziehen.«

In Frida zog sich etwas zusammen. »Du willst den Hof wirklich verkaufen?«

Fridtjof sah hinüber zum Haus, und ein wehmütiger Ausdruck lag in seinem Gesicht. »Ich fürchte, wir werden ihn verkaufen *müssen.*«

Frida nahm die Abkürzung über den Feldweg und bog in die Einfahrt des Ahlsen-Hofes. Vor der modernen Technikhalle standen zwei von Jespers Leuten, und sie fragte nach ihm. Sie zeigten auf eine weitere Halle in grüner Metallkonstruktion, die neu und teuer aussah. Sie fand Jesper im Gespräch mit einem Techniker, der ihn in eine neue Maschine einwies.

»Frida!« Jesper kam zu ihr.

»Entschuldige, dass ich euch störe. Ich muss dringend mit dir reden!«

Jesper drehte sich zu seinem Gesprächspartner um. »Danke, Theo. Wir sind doch durch, oder?«

Der Mitarbeiter verabschiedete sich und ging nach draußen.

Frida sah sich beeindruckt um. »Was hast du vor? Willst du die Äpfel gleich hier verarbeiten?«

Ihr Jugendfreund lachte. »So weit kommt es noch. Nein, nächstes Jahr kann ich die ersten Dachkirschen ernten. Und hier drin ist eines der modernsten Kühlsysteme. Damit können wir unser Obst länger lagern als die Konkurrenz und verkaufen, wenn die nicht mehr liefern kann. Durch die Investition sind gute Margen drin!«

»Kirschen?« Sie war beeindruckt von Jespers Ideen. Er blieb nie stehen, hatte den Hof nicht nur modernisiert, nun würde er auch das Sortiment ausbauen. Kirschen im Sommer, Äpfel im Herbst.

Frida blieb vor ihm stehen. Sein Gesicht war ihr seit ihrer Kindheit vertraut. Mittlerweile hatte der Stress einige Falten darin hinterlassen. Er war der erste Mann gewesen, der sie geküsst hatte. Und ihre Freundschaft hatte es verkraftet, als die Gefühle letztes Jahr noch einmal aufgeflammt waren und sie ihnen nicht nachgegeben hatten. »Ich möchte mit dir über unseren Hof reden.«

Er lehnte sich an einen Stahlträger und verschränkte die Arme. »Durch diese neue Investition kann ich euch den Hof nicht abkaufen. Ich würde euch gern helfen, das weißt du.«

Frida setzte alles auf eine Karte. »Du sollst den Hof nicht kaufen. Du sollst mit uns eine Kooperation eingehen. Eine Partnerschaft. Du hast natürlich mehr Manpower und moderne Technik. Aber wir haben viel Land, und mein Vater hat eine Menge Erfahrung! Wissen, das ihm schon sein Vater weitergegeben hat.« Als Jesper nichts sagte, redete sie weiter. »Du willst ins Dachkirschengeschäft? Dann roden wir ein paar alte Apfelhöfe und pflanzen Kirschbäume. Fridtjof schafft es nicht mehr allein. Und du brauchst mehr Obstanlagen, wenn du wachsen willst.« Das war hoch gepokert. Sie wusste, dass Jesper sie nicht brauchte. Dass er allein sehr gut zurechtkam.

»Weiß Fridtjof von deinen Partnerschaftsplänen?«, fragte er.

»Ich wollte zuerst dich fragen, bevor ich mit ihm rede. Du weißt, wie stur er sein kann.« Sie ging ein paar Schritte in die Halle. »Aber das hier wird ihm auch imponieren! Er hält große Stücke auf dich, weißt du? Wir zusammen können ihm eine Neuausrichtung anbieten!«

Der junge Bauer sah sie an. »Kooperation, ja?«

»Natürlich wird ein notarieller Vertrag ausgearbeitet.

Und wenn mein Vater in ein paar Jahren entscheidet, sich aufs Altenteil zurückzuziehen, pachtest du unsere Flächen. So bleibt unser Haus in der Familie, und meine Eltern haben ein Auskommen im Alter.«

Jesper schwieg lange, und Frida drängte ihn nicht. »Das klingt gar nicht so übel! Gib mir ein, zwei Tage, um darüber nachzudenken.«

Kapitel 21

Die Reetdachkate des alten Lehrers war in einem guten Zustand. Am Zaun standen verschiedenfarbige Stockrosen, im Vorgarten leuchteten bunt blühende Löwenmäulchen. Haverkorn machte ein Foto mit dem Smartphone, öffnete die Gartenpforte und ging zum Haus. Als er nach dem Gespräch mit Robert Hader ins Auto gestiegen war, hatte Heintje Kuhn, der Wirt vom »Marschhus«, bei ihm angerufen und ihm mitgeteilt, dass die Tochter von Lehrer Baalke heute in seinem Haus sei, um ein paar Sachen auszuräumen. Da er Interesse am Kauf bekundet habe, könne er sie mittags dort antreffen.

Haverkorn klingelte, und einen Moment später wurde die Tür geöffnet. Er streckte der Frau die Hand entgegen. »Moin, ich bin Bjarne Haverkorn.«

»Karola Matthes, kommen Sie herein.« Neben der Tür standen einige gepackte Umzugskartons. »Mein Vater ist im Heim«, erzählte sie ihm auf dem Weg in die kleine Küche. »Er blüht förmlich auf zwischen den anderen Bewohnern. Hier war es doch etwas einsam für ihn.«

Haverkorn erinnerte sich an seinen letzten Besuch. Im Herbst hatte er Ortwin Baalke in seinem Haus als Zeuge befragt. Er ging an einem leeren Regal vorbei, das damals mit Büchern gefüllt gewesen war. Auf den Stufen der Treppe hatte eine Katze gelegen. »Was ist aus der Katze geworden?«, fragte er.

»Die habe ich mitgenommen. Sie hat sich ganz gut bei uns eingelebt.«

Karola Matthes bot ihm einen Tee an, den er dankend annahm. Sie setzten sich an den Küchentisch. Haverkorn sah durch die geöffnete Hintertür in den Garten, in dem krumme Apfelbäume standen. Rot schimmerten die Äpfel durch das Blattwerk.

»Und selbst hier einziehen möchten Sie nicht?« Er sah die Frau an, die so gar keine Ähnlichkeit mit ihrem Vater hatte.

»Wir haben ein Haus auf der anderen Elbseite. Aber mir ist wichtig, dass die Kate in gute Hände kommt.« Sie lächelte. »Heintje Kuhn hat sich sehr für Sie ins Zeug gelegt.«

»Er würde wohl gern sehen, dass ich öfter bei ihm einkehre.«

Sie lachten. Die Chemie stimmte zwischen ihnen. Aber sie hatten noch nicht über den Kaufpreis gesprochen.

»Sie würden hier allein einziehen wollen?«, fragte sie und rührte in ihrer Teetasse.

»Ich lebe in Scheidung«, sagte er, und es fühlte sich gut an. »Meine Frau übernimmt unsere Wohnung, und ich möchte gern von Itzehoe aufs Land ziehen.«

»Heintje sagte, dass Sie bei der Polizei arbeiten?«

Haverkorn schmunzelte innerlich. Das hatte der Wirt sicherlich nur getan, weil er wusste, dass er damit dieser Frau imponieren würde. »Ich bin bei der Kripo, das stimmt. Aber bald gehe ich in Pension. Dann möchte ich im Garten sitzen und viel lesen.«

Haverkorn ließ sich von ihr das Obergeschoss zeigen. Dort befanden sich zwei kleinere Zimmer mit Dachschrägen und eine Abstellkammer. »Das Bad mit Wanne ist im Erdgeschoss.« Sie ließ ihn einen Blick hineinwerfen. »Möchten Sie auch den Garten sehen? Mein Vater hat viel Zeit darin verbracht.«

»Gerne!« Sie gingen nach draußen. Ans Haus schloss sich eine Terrasse an, auf der ein paar in die Jahre gekommene Gartenmöbel standen. Über eine Backsteinmauer rankte wilder Efeu. Über einen flachen Zaun ragten Sonnenblumen.

Neben der Terrasse begann eine Streuobstwiese, größtenteils Apfel-, aber auch Kirsch- und Pflaumenbäume. Am Gartenzaun wuchsen Beerenhecken, dahinter lag die Marsch. Vor der Terrasse erstreckte sich eine grüne Oase. »Die Apfelbäume sind wahrscheinlich so alt wie das Haus«, sagte die Tochter des Eigentümers.

Sie führte ihn in einen kleinen Schuppen neben dem Haus. Er war bis zur Tür mit Holzlatten, Werkzeug und allerlei Trödel zugestellt. »Der muss natürlich noch entrümpelt werden. Keine Ahnung, was mein Vater über die Jahre hier alles angesammelt hat.« Plötzlich hatte sie den Schalk im Gesicht. »Wenn er hier eine Leiche versteckt hat, sagen Sie's keinem!«

Haverkorn lachte. Ihr Humor gefiel ihm. Er musste plötzlich an die Huf- und Wagenschmiede in Dithmarschen denken. Er spürte ein Kribbeln im Nacken. Was lagen dort noch für Leichen von Josef Hader im Keller? Vielleicht konnte er mit den Stademanns reden und mit einem Leichenspürhund das Anwesen durchsuchen lassen.

»Alles in Ordnung?«

»Ja, ich war in Gedanken schon wieder bei meiner Arbeit.«

Sie gingen zurück in den Garten. Er schaute sich um

und wusste, dass er soeben sein Herz an dieses Haus verloren hatte. »Jetzt kommen wir mal zum Geschäftlichen. Welchen Kaufpreis stellen Sie sich denn vor?«

Karola Matthes sah ihn nachdenklich an. »Sie sehen ja, im Haus müsste einiges gemacht werden. Aber die Bausubstanz ist gut, das Dach wurde vor vier Jahren neu gedeckt. Unser Gutachter sagt, im jetzigen Zustand kann ich dreihunderttausend Euro verlangen.«

Haverkorn schluckte. Das würde er niemals zusammenbringen, wenn durch die Scheidung seine Ersparnisse halbiert wurden.

Sie schien sein Zögern richtig zu deuten. »Ich würde auf zweihundertachtzigtausend runtergehen. Aber mehr ist wirklich nicht drin.«

Das war immer noch mehr Geld, als er flüssigmachen konnte. »Wann brauchen Sie meine Entscheidung?«, fragte Haverkorn.

»In spätestens drei Tagen. Dann setze ich ein Schild in den Garten.« Sie reichte ihm die Hand. »Ich hoffe, Sie kaufen es, Herr Haverkorn. Das würde meinem Vater sicher gefallen.«

†

Der gestrige Regentag hatte die Temperatur im Loft auf ein erträgliches Maß abgekühlt. Frida war froh, dass wenig los war. Neben dem Ring standen nur ein paar Jugendliche, die mit Milan ein Probetraining absolvierten. Ihre Sprüche waren härter als ihre Schläge. Aber sie schienen Gefallen am Training zu finden.

Sie nickte dem Boxtrainer zu und begann mit ihrem Aufwärmtraining. Ihre Müdigkeit war seit Torbens Nachricht verschwunden. Sie sprang Seil, bis sie außer Atem war, arbeitete ein paar Minuten am Speedball, um ihre Reflexe zu trainieren, und wechselte danach an den Sandsack.

»Du bist früh dran heute!« Milan begrüßte sie und touchierte kurz ihren Handschuh mit seinem, bevor er sein Paar auszog, die Schnüre zusammenband und sich über die Schulter warf.

»Mein Chef hat mir freigegeben.«

Der Trainer lehnte sich an die Wand und wickelte seine Bandagen ab. »An einem Montag? Hast du nicht gesagt, dein Chef sei ein Idiot?«

Frida lachte. »Dachte ich auch. Aber vielleicht habe ich mich geirrt.«

Im Hinterteil der Halle wurde es laut. Die Jugendlichen fingen an, mit den Handschuhen lachend auf sich einzuprügeln. Noch sah es nicht gefährlich aus, aber bei unerfahrenen Boxern war die Verletzungsgefahr durch einen falsch gesetzten Schlag groß. »Hört auf mit dem Scheiß! Schluss für heute!«, rief Milan. »Geht endlich duschen!«

Er musterte sie. »Du siehst fertig aus. Schlafprobleme?«

Sie setzte sich auf einen Mattenstapel an der Wand. Milan folgte ihr und ließ sich neben ihr nieder.

Frida erzählte von dem Fall, ohne ins Detail zu gehen, und schloss mit dem Unfall von Heini Steen.

»So was kann immer passieren«, sagte der Trainer. »Mir ist hier beim Sparring ein Zwanzigjähriger zusammengeklappt. Er hatte einen Thrombus im Gehirn, der geplatzt ist. Hätte er an dem Tag nicht mit mir geboxt, hätte er wahrscheinlich noch eine ganze Weile gelebt. Ich habe mir lange Vorwürfe gemacht. Aber genau wie du konnte ich das nicht vorhersehen.«

»Scheiße!« Frida legte ihre Hand auf seine Schulter. »Warst du auf seiner Beerdigung?«

»Wir waren alle dort. Hättest mal die Jungs sehen sollen. Die härtesten von ihnen haben am lautesten geflennt.«

Frida stieß ihn an. »Harte Faust, weicher Kern?«

»Ja, Mann!« Er gab ihr einen sanften Stoß mit der Faust. »Und du bist vom gleichen Kaliber. Es wäre schlimm, wenn wir keine Empathie hätten. Aber wir müssen sie steuern können, dürfen uns von ihr nicht kontrollieren lassen. Wenn doch, haben wir den falschen Job. Dann müssen wir Sesselfurzer werden.«

Sie stand auf. »So weit kommt's noch!«

Er wies auf den Boxring. »Ich habe eine Stunde Freiraum. Wie sieht's aus? Willst du ein Einzeltraining? Bisschen Sparring? Sonst überflügelt dich Jo beim nächsten Mal. Ihr Jab ist mittlerweile knallhart!«

†

Andreas Vollmer hatte sich in seinem neuen Büro beim LKA in Kiel offensichtlich schon gut eingelebt. Überall lagen Aktenstapel, und ein Bild seiner Tochter stand auf dem Schreibtisch. Sogar die obligatorische trockene Grünpflanze, die er in Itzehoe am Fenster gehabt hatte, gab es hier. Auch wenn diese noch ein paar grüne Blätter hatte. Er hatte Haverkorn im Verwaltungsgebäude abgeholt und durch ein abgeschlossenes Tor wieder vom LKA-Gelände nach draußen geführt. Da die Gebäude des Landeskriminalamtes völlig überfüllt waren und beinahe aus allen Nähten platzten, hatte die Behörde außerhalb des Geländes weitere Büros angemietet, wo auch die Cold Case Unit Platz gefunden hatte.

Vollmer setzte sich zu Haverkorn an den runden Besuchertisch und öffnete zwei Flaschen Wasser. »Ich hätte nicht gedacht, dass wir uns so schnell wiedersehen!« Er schenkte das Wasser in Gläser.

»Ich war neugierig.« Haverkorn trank einen Schluck. Die Kohlensäure stieß ihm auf, und er stellte das Glas ab. »Ich wollte mal schauen, wie es dir hier in Kiel geht. Goldene Wasserhähne haben die hier wahrscheinlich auch nicht auf dem Klo?«

Haverkorns ehemaliger Vorgesetzter machte eine ausschweifende Handbewegung. »Du siehst ja mein neues Reich. Viel verändert hat sich nicht.« Er lachte. »Die ersten Tage sind immer etwas holprig. Mein Team ist kleiner als in der BKI, aber ich habe auch gute Leute hier.« Er stand auf und schloss die Tür. »Wir bauen die Cold Case Unit ja erst auf. Das ganze Projekt braucht noch Struktur und Anerkennung. Einige denken, dass die Unit überflüssig ist und dass hier Kräfte gebündelt werden, die beim aktuellen Ermittlungsgeschehen fehlen. Kleinkarierte Gestrige gibt es leider überall. Aber seit den Aktionen des NSU gibt es endlich ein Umdenken.« Er sah Haverkorn an und versicherte sich seiner Aufmerksamkeit. »Andere Bundesländer haben mit den Cold Case Units längst mehr Erfahrung. Hamburg ist ein gutes Beispiel. Das Team hat einige großartige Erfolge vorzuweisen. Aber der Anfang ist auch bei uns gemacht. Wir haben erst mal nur zwei Leute in der Unit. Aber mit ihnen können wir über den kurzen Dienstweg hoffentlich einiges bewirken. Frag mich in einem halben Jahr noch mal!«

»Darauf kannst du dich verlassen. Wir haben auch wieder einen Altfall auf dem Tisch. Deswegen bin ich hier. Ich habe ein Anliegen.«

Vollmer horchte auf. »Kaum zurück im Dienst, schon ist der alte Jagdhund erwacht. Also, wie kann ich dir helfen? Schieß los!«

Haverkorn erzählte von der 2010 verschwundenen Frau. Andreas Vollmer war erst ein paar Jahre später zur Mordkommission gekommen, sodass er die Umstände von Anneke Jungs Verschwinden nicht kannte. Interessiert hörte er zu. Als die Sprache auf die isolierte Kammer unter der Mühle kam, beugte er sich nach vorn. »Ihr denkt, die Frau lebt noch? Nach gut zehn Jahren Gefangenschaft?«

Haverkorn atmete langsam aus. Seit dem Rückschlag in Dithmarschen hatte er keine große Hoffnung mehr, Anneke noch lebend zu finden. »Wir können es nicht ausschließen, auch wenn wir keinen Anhaltspunkt haben, wohin sie gebracht worden sein könnte.«

Vollmer nickte nachdenklich. »Was muss diese Frau über die Jahre durchgemacht haben. Unvorstellbar!«

»Wir treten auf der Stelle, Andreas. Wir brauchen deine Hilfe!«

»Was kann ich tun?«

»Du bist besser vernetzt als wir. Insbesondere im Hinblick auf ungeklärte Altfälle. Kannst du mal deine Fühler in Richtung deiner Kollegen ausstrecken, ob ein ähnliches Tatmuster schon woanders aufgetreten ist? Vielleicht hat es in einem anderen Bundesland einen vergleichbaren Fall gegeben.« Er sah auf die Aktenberge, die auf dem Sideboard lagen. Andreas Vollmer hatte hier wahrlich genug zu tun. Aber seine Bitte war zumutbar. Es war eine Chance für sie, weil Vollmer Zugang zu Informationen über das Netzwerk des LKA hatte. So gering sie auch war, sie mussten sie nutzen.

»Natürlich, die Kollegen wird dieser Fall sicherlich auch interessieren. Schreib mir alle relevanten Fakten auf! Und ich sehe, was ich für dich tun kann.«

Haverkorn stand auf, nahm ein Blatt Papier aus dem Drucker und notierte alle Informationen, die Vollmer benötigen würde. »Wir machen uns jetzt auf die Suche nach dem älteren Sohn des Täters, Rolf Hader. Aber wir wissen nicht, ob er überhaupt noch lebt.« Er berichtete, was er von dessen Bruder erfahren hatte.

Vollmer verschränkte die Arme. »Habt ihr es schon in Obdachlosenunterkünften versucht?«

Haverkorn dachte daran, wie aufwendig die Suche nach Rolf Hader werden würde, da sie keinen Anhaltspunkt hatten, wo er sich in den letzten Jahren aufgehalten hatte. »Da sitzt Anja gerade dran. Ich werde Frida morgen noch mal in die alte Heimat der Familie schicken. Vielleicht hatte er noch Kontakt zu alten Schulfreunden.«

»Wie geht es Frida? Kommt sie mit Nick Wahler klar?«

Haverkorn wiegte den Kopf. »Es ist nicht einfach für sie. Wahler ist ein anderer Typ als du. Dennoch macht er einen guten Job! Sie werden sich schon zusammenraufen.«

Es klopfte, und eine Kollegin steckte den Kopf herein. »Andreas, Ullrich Meyer möchte dich sprechen.«

»Okay! Ich komme gleich!«

Die Frau verschwand und schloss die Tür.

Haverkorn erhob sich. »Danke, dass du Zeit für mich hattest!«

Sein ehemaliger Chef erhob sich ebenfalls. »Sag nächstes Mal vorher Bescheid, dass du kommst. Dann gehen wir was essen.«

»Gerne!« Er drückte ihm die Hand. »Und ruf an, wenn es dich mal nach Itzehoe verschlägt!«

Vollmer lachte wie jemand, der im Leben nach vorn blickt und die Vergangenheit schon hinter sich gelassen hat.

†

Frida klingelte an der Haustür der Adresse, die Torben ihr geschickt hatte. Der Summer surrte, und sie drückte die Tür auf, lief in dem hellen Hausflur nach oben. Die Eispackung in ihrer linken Hand wurde zu kalt, und sie wechselte in die andere. An einer Tankstelle in Altona hatte sie eine Packung von ihrem Lieblingseis Vanille-Macadamia besorgt, weil sie nicht mit leeren Händen erscheinen wollte. Sie stieg höher. In der letzten Etage war die Wohnungstür nur angelehnt. Ein Duft nach geköchelten Kräutern und Rotwein drang bis in den Flur. Sie klopfte und trat ein.

Torben erschien barfuß in der Diele. Im Hosenbund seiner Shorts steckte ein Wischtuch. Seine Haare fielen wild durcheinander, als habe er sie nach dem Duschen an der Luft trocknen lassen. »Hi! Komm rein!« Er nahm ihr das Eis ab und ging voraus, während sie ihre Sandalen abstreifte.

Sie blieb in der Mitte des offenen Wohnraumes stehen. Links standen eine helle Couchlandschaft, daneben ein Bücherregal und ein Smart-TV. Auf der anderen Seite hantierte Torben hinter der Kochinsel. Aber Frida konnte den Blick nicht von der Panoramaglasfront vor sich abwenden. Sie trat auf die Dachterrasse, von der sie in einen Park schaute. Kinderlachen unter Bäumen, Hundegebell, Grillgerüche. Ein Sommerabend in Hamburg. »Gehst du nur für die Miete arbeiten?«, fragte sie, als er sich hinter sie stellte und seine Arme um sie legte.

»Die Wohnung gehört mir.«

Sie umfasste seine Arme und versuchte, das Bauchkribbeln wegzuatmen. »Hast du im Lotto gewonnen?«

»War ein Geschenk meiner Eltern.«

Sie drehte sich in seiner Umarmung. »Ich erbe irgendwann unseren Hof. Wenn du also mal Ferien auf dem Bauernhof machen willst?«

Sie küssten sich. Sofort hatte sie Appetit auf mehr. Auf eine Nacht, die sie im Gin-Tonic-Nebel schon einmal erlebt hatte. Aber heute würde sie sich vorher nicht betrinken.

»Hast du Hunger?«, fragte Torben und löste sich von ihr.

»Und wie!« Frida folgte ihm in die offene Küche, wo der Tisch, der sich an die Kochinsel anschloss, schon gedeckt war. Sie sah das weiße Geschirr, die Weinkaraffe und Gläser. Und die Mühe, die in diesem Abendessen steckte.

Er hob den Deckel einer Kasserolle hoch. »Ich habe uns Boeuf Bourguignon gekocht. Davor gibt es Salat mit gratiniertem Ziegenkäse. Magst du doch, oder?«

»Klingt super! Wo hast du kochen gelernt?«

»Während des Studiums habe ich unsere WG bekocht. Damals eher mit Pasta und Suppen. Aber nach und nach habe ich mir einiges beigebracht. Es entspannt mich, wenn ich in der Küche stehe.« Er zog den Ziegenkäse aus dem Backofen und legte ihn auf die vorbereiteten Salatteller.

»Kann ich helfen?«

»Du kannst das Brot schneiden!« Er zeigte auf ein Holzbrett. Sie zog ein Messer aus dem Block und schnitt das Baguette auf. »Was jetzt?«

Torben entkernte einen Granatapfel. »Gießt du uns schon mal den Wein ein?«

Frida füllte zwei Gläser und reichte ihm eins. Sie stießen an.

»Setz dich!« Torben brachte die Salatteller zum Tisch und setzte sich zu ihr. »Du siehst müde aus.«

Sie nahm die Gabel und stocherte im Salat herum, ohne etwas zu essen. »Ich habe kaum geschlafen letzte Nacht.«

»Warum? Was ist los?« Er biss in eine Scheibe Brot.

»Gestern ist was Schlimmes passiert.« Sie erzählte ihm, warum sie mit Haverkorn nach Dithmarschen gefahren war, und berichtete schließlich über den Unfall. »Der Mann war total in Panik! Er hat nicht auf die Straße geachtet, ich konnte nichts machen. Er ist einfach losgerannt. Ich wollte ihn noch warnen, aber es war zu spät.« Sie trank einen Schluck Wein und spürte seine Wirkung. Sie nahm etwas Brot, sprach kauend weiter. »Er hätte tot sein können!«

»Weißt du, wie es ihm geht?«

»Er ist schwer verletzt. Genaues wissen wir nicht.«

»Das hätte jedem passieren können!« Er griff über den Tisch nach ihrer Hand. »Jeder Pilot oder Arzt kann einen Fehler machen, der Menschen das Leben kostet. Es gibt Risiken, in jedem Beruf!«

»So was Ähnliches hat mein Boxtrainer auch gesagt.«

»Scheint ein guter Typ zu sein. Nimmst du mich mal mit?«, fragte Torben.

Frida merkte, dass er vorsichtig zu einem anderen Thema übergehen wollte. »Zum Boxen?«

»Warum nicht?«

Die Vorstellung, gemeinsam mit Torben zu trainieren, gefiel ihr. »Klar, gern!« Sie sah ihm beim Essen zu. Eine Frage brannte ihr die ganze Zeit unter den Nägeln. »Bist du mit dem Mondbein weitergekommen?«

»Wir mussten einen Teil des Knochens zermahlen, um DNA extrahieren zu können. Wir sind dran.« Er stand auf und stellte die Kasserolle auf den Tisch. »Denkst du, er stammt von der Frau aus der Kammer?«

»Vor ein paar Tagen dachte ich das noch, jetzt nicht mehr.« Sie erzählte ihm, warum sie glaubten, dass Anneke noch vor wenigen Tagen in der Mühle gewesen war. »Wir wissen nicht, wohin er sie gebracht hat. Sie war wahrscheinlich hochschwanger. Wir können nur hoffen, dass sie noch lebt.«

Torben nahm die Weinflasche und schenkte ihnen nach. »Eine schwangere Frau wäre ein großes Risiko für den Täter.«

Frida drehte nachdenklich das Weinglas in der Hand.

»Wenn der Handknochen von einer anderen Frau stammt …«, er sah ihr in die Augen, »dann haben wir es hier mit einem Serientäter zu tun, der schon viele Jahre aktiv ist.«

†

Henni hatte sich gewünscht, an diesem Abend außerhalb zu essen. Sie hatte einen Vietnamesen gewählt, und Haverkorn hoffte, dass auch er dort etwas auf der Karte finden würde, was ihm schmeckte. Die asiatische Küche war ihm bisher immer suspekt gewesen, aber seine Tochter hatte ihm versprochen, dass er begeistert sein würde. Vor allem die *Ramen* wären fantastisch!

Was *Ramen* waren, wusste Haverkorn nicht. Aber er hatte sich darauf eingelassen. Heute wäre er mit ihr überall essen gegangen, denn seine Laune war brillant. Er wollte Henni mit den Bildern der Lehrerkate in Deichgraben überraschen. Auch wenn er noch nicht wusste, wie er dieses Haus finanzieren sollte, wollte er es unbedingt kaufen.

Das asiatische Restaurant war an diesem Montagabend nur mäßig besucht. Als Haverkorn ein paar Gäste mit Stäbchen essen sah, war er kurz davor, wieder umzukehren. Aber Henni strahlte, und so tat er ihr den Gefallen und setzte sich an den Tisch, der mit Besteck, Stäbchen und diversen Soßenflaschen eingedeckt war.

Kaum saßen sie, war auch schon die Bedienung am Tisch und drückte Haverkorn eine Karte mit vielen Bildern in die Hand. »*Ramen* sind eine Suppe?«, fragte er schließlich, als er den Begriff unter einer einladend aussehenden Suppenschüssel las.

Henni amüsierte sich offensichtlich über seine Skepsis. »Genau, asiatische Nudelsuppe. Du kannst wählen zwischen Rind oder Hühnchen als Einlage. Du wirst es mögen, glaub mir!«

Als die Getränke kamen, bestellte Haverkorn *Ramen* mit Rind, Henni mit Hühnchen. Dann zog er sein Smartphone aus der Tasche und suchte in der Fotodatei die Bilder seines Traumhauses. Er zeigte ihr zuerst das Foto, das er von der Gartenpforte aus gemacht hatte. Die Reetdachkate mit den Löwenmäulchen im Garten.

Henni nahm das Smartphone und sah sich das Bild an. »Tolles Haus! Wo ist das?«

»In Deichgraben in der Elbmarsch. Nicht weit vom Hof von Fridas Eltern.«

»Wirklich schön! Ich liebe diese alten Reetdachhäuser!«

»Blätter mal weiter! Es gibt noch mehr Fotos!«

Henni wischte über das Display, und er sah ihr an, wie fasziniert sie war. Als sie bei der Terrasse und dem Garten mit den knorrigen Obstbäumen ankam, ging ihre stille

Begeisterung in gedämpfte Ausrufe über. »Wahnsinn!«, schwärmte sie, als sie ihm sein Telefon zurückgab. »Wer wohnt da?«

»Der letzte Bewohner ist ins Heim gekommen. Es steht zum Verkauf.« Haverkorn sah sie an. »Ich will es kaufen!«

Für einen Moment war sie sprachlos. »Du?«

»Ich will mich schon seit Längerem verändern. Die Stadt geht mir auf die Nerven. Ich möchte gern aufs Land ziehen.«

»Was kostet es?«, legte sie den Finger in die Wunde.

Er rüstete sich innerlich. »Zweihundertachtzigtausend. Ohne Maklercourtage. Ich muss mich innerhalb von drei Tagen entscheiden.«

Seine Tochter schwieg, schien zu rechnen. »Das ist eine Menge Kohle. Hast du so viel Geld zurückgelegt? Die Scheidung von deiner Frau steht ja auch noch an.«

Er nahm sein Bier und trank einen durstigen Schluck. »Ich arbeite an einer Lösung.«

Sie lehnte sich nach vorn, um etwas zu erwidern, aber in dem Moment stand der Kellner neben ihnen und servierte die Nudelsuppen. Haverkorn staunte, wie groß die Schüsseln waren. Anfangs hatte er sich gefragt, ob er von diesem Süppchen satt werden würde.

Henni griff nach dem Löffel, aß jedoch nicht. »Du hast den Kaufpreis nicht zusammen, richtig?«

Er fing an zu essen. »Mir fällt schon was ein.«

»Warum fragst du mich nicht?«

Haverkorn sah überrascht von seinem Teller auf. »Dich?«

Seine Tochter aß einen Moment schweigend. »Hast du schon mal darüber nachgedacht, dass wir zwei dort zusammen einziehen könnten?«

»Du willst mit deinem alten Vater aufs Dorf ziehen?«

Henni lachte und erinnerte ihn mit einem Blick daran, die Suppe nicht kalt werden zu lassen. »Unser Probewohnen klappt doch wunderbar. Und so wie ich die Bilder des Hauses gesehen habe, kann jeder seinen eigenen Bereich haben. Du unten, ich oben oder umgekehrt.«

Die Idee begann ihm zu gefallen. »Es gibt nur unten ein Bad.«

»Dann bauen wir eben oben ein zweites Bad ein.«

Er löffelte die Suppe, die köstlich schmeckte, kulinarischer Balsam für die Seele. »Du meinst es wirklich ernst? Wir kaufen dieses Haus?«

»Ich wäre vor ein paar Monaten fast gestorben. Ich will mein Leben nicht mehr mit irgendwelchem Wenn und Aber vergeuden. Lass es uns tun!«

Kapitel 22

Das leise Piepen ihres Weckers holte sie aus dem Schlaf. Sie suchte nach dem Smartphone neben sich und drückte die Weckfunktion aus. Torben drehte sich auf die andere Seite und schlief weiter.

Für einen Moment genoss sie die Wärme im Bett. Sie drehte ihren Kopf und atmete seinen Geruch ein. Zu gern hätte sie sich an ihn geschmiegt. Aber sie musste los.

Frida stand auf. Die Dämmerung hing über den Dachfenstern wie fahles Nachtlicht. Draußen war es nicht mehr dunkel und noch nicht hell. Sie versuchte, sich im Halbdunkel des fremden Schlafzimmers zurechtzufinden. Jeans und T-Shirt fand sie neben dem Bett. Die Unterwäsche lag wahrscheinlich zwischen den Laken.

Frida überlegte, ob sie Licht machen sollte, um BH und Slip zu suchen. Aber sie wollte Torben nicht wecken. Sie würde einfach die Sportunterwäsche anziehen, die sie noch in ihrer Tasche hatte. Leise schlüpfte sie in ihre Sachen und blieb noch einen Moment neben dem Bett stehen. Sie sah Torbens Umrisse und hörte ihn atmen.

Der Drang, sich wieder zu ihm zu legen, war so stark, dass es schmerzte, weil sie gehen musste. Zu gern wäre sie hiergeblieben, um mit ihm aufzuwachen und zu frühstücken. Aber sie musste pünktlich zum Teammeeting in Itzehoe sein. Wahler war deutlich gewesen. Und sie konnte sich keinen Fehltritt mehr leisten.

In der Küche fand sie Stift und Block und hinterließ Torben eine Nachricht. Sie sah die Kaffeemaschine, wollte aber keinen Lärm in der Wohnung machen. Also trank sie ein Glas Wasser und blickte durch die Panoramaverglasung in den erwachenden Tag. Ein dezentes Pink hing über Hamburg, ließ die Wolken wie pastellfarbene Watte-bälle wirken. Frida öffnete die Balkontür, trat hinaus und lehnte sich an das Geländer. Das Vogelkonzert hatte schon eingesetzt, sie hörte eine einsame Amsel ticken.

Der Abend mit Torben hatte ihr gutgetan. Der Unfall von Heini Steen beschäftigte sie noch immer, aber sie wusste, dass sie wieder so handeln würde, um Anneke endlich aufzuspüren. Solange sie ihre Leiche nicht fanden, gab es einen kleinen Funken Hoffnung, dass diese Frau nach den Jahren des Martyriums noch lebte. Dieser Funke reichte Frida, um weiterzumachen.

†

Haverkorn saß schon eine Stunde vor Beginn des Teammeetings am Schreibtisch. Er hatte auf der Schlafcouch in Hennis Wohnung kaum ein Auge zugetan und war um sechs Uhr ohne Frühstück aus dem Haus gegangen. Die Couch war bequem gewesen, keine Frage, aber diese afrikanischen Masken und Skulpturen hatten ihn offenbar doch wach gehalten. Oder der Stillstand bei ihren Ermittlungen.

Er hatte sich hin- und hergewälzt und war irgendwann in die Küche gegangen, um in der Ermittlungsakte zu lesen. Aber er hatte keinen neuen Ansatz gefunden.

Rolf Hader. War er es gewesen, den Frida in der Mühle gesehen hatte? Oder lebte er gar nicht mehr, der Herumtreiber und Junkie? Haverkorn hatte den restlichen Tag gestern genutzt, um durch die Polizeiauskunftssysteme etwas über ihn zu erfahren. Aber entweder hatte er sich nie etwas zuschulden kommen lassen, oder er war nicht erwischt worden. Dieser Mann war ein unbeschriebenes Blatt. Keine Eintragungen im System, kein Treffer im Internet. Sein Personalausweis war seit 2003 abgelaufen und nie erneuert worden. Auch eine Anfrage beim Einwohnermeldeamt hatte nichts gebracht. Rolf Hader hatte keine Einträge.

Robert Hader hatte recht, sein Bruder war seit Jahren verschollen.

Auch die letzte Spur, die sie hatten, schien in eine Sackgasse zu führen. Der Verbleib von Anneke war so ungewiss wie damals, als sie entführt worden war. Er fühlte die Hilflosigkeit, die ihm schon 2010 zu schaffen gemacht hatte. Und er fragte sich, wie er ihrer Familie wieder unter die Augen treten konnte.

»Bjarne, so früh schon hier?« Henning Ahrendt stand in der Tür.

»Moin, komm doch rein!«

Sein langjähriger Kollege trat zu ihm an den Schreibtisch und setzte sich auf Fridas Stuhl. »Wie geht's Frida nach dem Unfall?«

»Sie hat ganz schön daran zu schlucken. Sie gibt sich die Schuld.«

Henning schüttelte nachdenklich den Kopf. »Als Marei sich vom Dach gestürzt hat, weißt du noch? Wir haben uns alle wochenlang Vorwürfe gemacht, weil wir sie als Frischling so hart rangenommen hatten. Konnte ja keiner ahnen, wie labil das Mädchen war und welche Vorgeschichte sie mit ihrem Vater hatte.«

»Sie hatte von Anfang an ihren Stempel weg. Der Apfel fällt nicht weit vom Stamm. Wie oft habe ich den Spruch damals gehört. Dieser Spießrutenlauf war völlig unnötig.«

»Klar, wir haben es ihr zusätzlich schwer gemacht, weil sie die Tochter von Hajo Wendt war.« Er schwieg einen Moment. »Aber letztlich ist das Mädchen damals aus freien Stücken aufs Dach gestiegen und in den Tod gesprungen. Menschen treffen Entscheidungen. So wie euer Tatverdächtiger. Er hat entschieden, auf die Straße zu flüchten. Ich hoffe, Frida kriegt es schnell auf die Reihe.«

»Und bei euch? Wie geht's jetzt weiter?«

»Wir drehen jeden Stein im Umkreis der Tankstelle um, aber niemand hat in der Nacht etwas gesehen. Wir haben nur eine vage Zeugenaussage, dass um die Tatzeit auf der B 431 ein dunkler Pkw mit einem Hamburger Kennzeichen mit erhöhter Geschwindigkeit Richtung Autobahn gefahren ist.« Ahrendt griff nach einem von Fridas Stiften und drehte ihn zwischen den Fingern. »Der Rechtsmediziner sagt, dass der Täter direkt vor seinem Opfer gestanden haben muss, als er ihm die Waffe an den Kopf hielt und abdrückte. Wir wissen immer noch nicht, warum der Kassierer überhaupt rausgelaufen ist. Er hat die abgeschlossene Tür geöffnet und ist raus.«

»Vielleicht hat er den Täter gekannt.«

»Dem sind wir auch nachgegangen. Aber weder in der Familie noch im Freundeskreis gibt es so immense Probleme, dass man sie mit Waffengewalt austragen müsste. Wir denken, der Kassierer hat draußen etwas gesehen, was ihn unvorsichtig gemacht hat.«

»Wollte der Täter Benzin klauen?«

Sein Kollege verneinte. »Geht nicht. Nachts kann man da erst tanken, wenn man vorher gezahlt hat.«

Haverkorn drückte seine Schultern durch, um die Müdigkeit loszuwerden. »Nick Wahler hat einen schweren Einstieg. Es imponiert mir, wie er hier die Rudelführung übernommen hat und uns den Rücken freihält. Der BKI-Leiter hat ihn sicher gestern ordentlich unter Druck gesetzt, endlich zu liefern.«

»Ist ja richtig, aber Andreas fehlt mir trotzdem.«

Haverkorn berichtete vom Treffen mit Andreas Vollmer, als Frida ins Büro kam. »Moin, die Herren. Ist das ein Kaffeekränzchen? Soll ich Kuchen holen?« Sie lachte und strahlte. Kein Vergleich zu gestern.

Ahrendt erhob sich schwerfällig. »Von wegen Kaffeekränzchen. Ich habe deinen Stuhl angewärmt. Bis gleich im Meeting.« Er verließ das Büro.

Frida setzte sich an ihren Platz. »Was gibt es Neues? Hast du Rolf Hader aufspüren können?«

Haverkorn sah sie nachdenklich an. »Kannst du mir mal sagen, was du gestern gemacht hast?«

Lachend lehnte sie sich zurück. »Ich war boxen.«

»Und deshalb strahlst du heute, als hättest du einen Preis gewonnen?« Er sah sie an. »Wie heißt er?«

Die Überraschung war ihr deutlich anzusehen. »Schwörst du mir, dass es unter uns bleibt?«

Haverkorn lehnte sich nach vorn. »Warum? Prügelt dein Vater ihn sonst windelweich, weil er kein ehrbarer Schwiegersohn ist? Ist es etwa einer aus der Stadt?«

Sie lachten gemeinsam, und die Schwere der letzten Tage schien aus diesem Büro zu verschwinden. »Vielleicht solltest du es meinem Vater beibringen.« Sie wurde ernst und sah ihm in die Augen. »Es ist Torben.«

So überraschend war das nun wirklich nicht. »Torben Kielmann? Das freut mich für euch!«

Die nächsten zehn Minuten erzählte er von seinen Recherchen, dem Gespräch mit Robert Hader und dem Treffen mit ihrem ehemaligen Vorgesetzten. »Ich möchte, dass du nach dem Teammeeting wieder nach Dithmarschen fährst. Wir müssen wissen, ob es dort alte Schulfreunde oder Bekannte gibt, mit denen Rolf Hader noch Kontakt hat, oder ob er in den letzten Jahren mal da aufgetaucht ist.«

Ihr Strahlen verschwand. Er sah ihr an, dass sie überlegte, ihm diese Idee auszureden. Aber er wollte, dass Frida nach Dithmarschen fuhr, weil sie sich den Geschehnissen dort und dem Unfall von Heini Steen noch einmal stellen musste. Wie ein Reiter, der sofort auf das Pferd steigen musste, das ihn abgeworfen hatte.

†

Nach dem Teammeeting machte sich Frida erneut auf in Richtung Nordsee. Kurz bevor sie in den Jeep stieg, bekam sie eine Nachricht von Torben. *War echt schön gestern! Wann sehen wir uns wieder? PS: Du hast was vergessen. Ich hoffe, du arbeitest heute nicht ohne Dessous …* dahinter ein augenzwinkernder Smiley. Frida lachte und startete den Motor. Sie würde sich später bei ihm melden.

Vierzig Minuten später erreichte sie Schafstedt. In der Ortsmitte parkte sie den Jeep und sprach Leute auf der Straße mit der Frage an, ob sie Josef Hader oder seine Söhne gekannt hatten. Die meisten Befragten verneinten. An den Bewohner der alten Wagen- und Hufschmiede außerhalb des Ortes erinnerte sich keiner von ihnen. Oder wollte es nicht. Bis sie einen älteren Passanten ansprach, der zwar den Namen Hader nicht kannte, ihr aber die Adresse einer ehemaligen Lehrerin gab, die damals in einer weiterführenden Schule unterrichtet hatte und die noch immer in Schafstedt lebte. Er sagte, Christa Holstein, die mittlerweile sicherlich schon die achtzig überschritten hätte, könne sich an jeden ihrer Schüler erinnern. Frida solle es bei ihr versuchen.

Die alte Lehrerin war auch zu Hause und bat Frida erfreut herein. Viel Besuch schien sie nicht mehr zu bekommen. Die Wohnung in dem Mehrfamilienhaus, das gut einen neuen Anstrich hätte vertragen können, roch nach Klosterfrau Melissengeist und war eine Hommage an Tüllgardinen und Spitzendeckchen. Ein West Highland Terrier kläffte und beruhigte sich erst wieder, als sein Frauchen den Gast ins Wohnzimmer gebeten und den Hund auf den Schoß gehoben hatte.

Frida sah die ehemalige Lehrerin an, die vor einem riesigen Bücherregal Platz genommen hatte. »Frau Holstein, können Sie sich an die Brüder Robert und Rolf Hader erinnern? Sie sind Ende der Siebziger, Anfang der Achtziger hier zur Schule gegangen.«

Die alte Dame kraulte den Hund, der die neugierigen Knopfaugen auf Frida gerichtet hatte, während sie überlegte. »Robert und Rolf, ja. Warten Sie … Das waren doch die Jungs, die drüben in der alten Hufschmiede gewohnt haben.«

»Genau!« Frida lehnte sich nach vorn.

Die Lehrerin wiegte den Kopf. »Ja, ich erinnere mich. Die Jungs hatten es nicht leicht. Ihr Vater war kein Guter, wissen Sie? Da hat es oft Prügel gesetzt. Vor allem der Ältere, der Rolf, hat unter diesem Schläger gelitten. Er hat allerdings auch viel Unsinn ausgeheckt. Das hat seinen Vater zur Weißglut getrieben. Aber damals ging man bei so was nicht dazwischen und hat denen das Jugendamt auf den Hals geschickt. Die Erziehung war Elternsache. Und wenn die Eltern prügeln wollten, mussten wir wegschauen.«

»Wir suchen Rolf Hader. Ich weiß, es ist lange her, aber vielleicht gibt es hier in Schafstedt noch alte Schulfreunde von ihm, die ich aufsuchen könnte?«

Christa Holstein setzte den Hund auf den Boden. Er kam zu Frida und begann, aufgeregt an ihrem Hosenbein zu schnüffeln. Wahrscheinlich witterte er Arthur und Bruno.

Die ehemalige Lehrerin strich die Tischdecke glatt. »Schulfreunde, nun ja. Keiner wollte sich so richtig mit den beiden Hader-Jungs abgeben. Und nach der Geschichte mit der kleinen Johannßen …«

»Welche Geschichte?«, hakte Frida nach.

»Ach natürlich, das können Sie ja gar nicht wissen. Die Merle Johannßen war damals in derselben Klasse wie Robert, der Jüngere. Er und Rolf haben sie im Sommer mal auf einen ihrer Streifzüge durch die Geest mitgenommen. Ich denke, sie war damals zwölf oder dreizehn Jahre alt. Am Abend kam Merle nicht nach Hause. Die Hader-Brüder sagten, das Mädchen hätte sich am Nachmittag von ihnen getrennt. Ihre Eltern haben natürlich das Schlimmste befürchtet. Sofort wurden Suchkräfte im Dorf zusammengestellt, um Merle aufzuspüren. Aber die Suche blieb in dieser Nacht ergebnislos. Man schaltete die Polizei ein, bis ein Forstarbeiter am nächsten Tag das in Tränen aufgelöste Mädchen im Keller eines Abbruchhauses am Waldrand fand. Er hatte ihre verzweifelten Schreie gehört. Sie erzählte, dass die Brüder sie dort hingelockt und eingesperrt hatten.« Sie sah Frida kopfschüttelnd an. »Die Jungs wurden befragt, sie stritten aber alles ab. Die

Johannßens glaubten ihrer Tochter und rückten bei dem alten Hader an, aber der hat sie lautstark aus dem Haus geworfen. Das haben sie natürlich nicht auf sich sitzen lassen und die Schulleitung und die gesamte Elternschaft verrückt gemacht, damit die beiden Jungs von der Schule flogen.« Sie überlegte einen Moment. »Wie war das noch, warten Sie! Einen offiziellen Verweis konnte die Schulleitung nicht erteilen. Merles Aussage stand gegen die der Jungs. Deshalb blieben sie an der Schule.«

»Also ist diese Geschichte nie abschließend aufgeklärt worden?«, hakte Frida nach.

Die alte Dame hob den Hund wieder auf den Schoß. »Nein. In der Schule gab es wochenlang kaum ein anderes Thema auf den Gängen. Aber als ein paar Monate danach eine andere Schülerin spurlos verschwand, geriet die Geschichte um Merle Johannßen mehr und mehr in Vergessenheit.«

Frida beugte sich gespannt vor. War sie auf eine wichtige Spur gestoßen? »Ein anderes Mädchen?«

»Hilda Petersen. Sie war dreizehn.«

»Ist sie wieder aufgetaucht?«

»Leider nein. Hilda war eine meiner klügsten Schülerinnen. Und so hübsch und nett!« Sie seufzte leise. »An einem Tag im Herbst 1981 ist sie auf dem Nachhauseweg verschwunden. Niemand hat sie nach der Schule gesehen. Sie war einfach weg, von einem Tag auf den anderen.«

»Hat man die Hader-Brüder befragt?«

»Natürlich! Aber ihr Vater hatte sie nach der Schule direkt nach Hause beordert. Sie haben bis abends mit ihm Malerarbeiten am Haus durchgeführt.«

Frida atmete flach. »Die Polizei muss doch nach Hilda gesucht haben.«

»Natürlich! Viele Wochen und Monate! Nicht nur die Polizei, halb Schafstedt war damals auf den Beinen, um Hilda zu finden. Aber es gab keine Spur von dem Mädchen. Es war furchtbar. Viele denken, sie ist von einem Triebtäter verschleppt worden. 1981 war ein schreckliches Jahr!«

†

Das Teammeeting am Morgen war nicht nur für Nick Wahler unbefriedigend gewesen. Dieses Mal hatte auch der BKI-Leiter, Hanno Tehfs, daran teilgenommen und eine Brandrede gehalten. Er hatte sich in Rage geredet, mehr Einsatz, Überstunden, Ergebnisse verlangt und hatte Wahler gegenüber ein paar Spitzen gesetzt, als sei der dem Job nicht gewachsen. Als müsse hier endlich mal jemand auf den Tisch hauen. Der Leiter der Mordkommission hatte schweigend seine Hände massiert. Danach hatte Wahler sich bei seinem Vorgesetzten für sein Kommen bedankt und sich vor sein Team gestellt. Wenn Unzulänglichkeiten bestünden, würde er dies auf seine Kappe nehmen. Jeder Einzelne hier arbeite bis an die Belastungsgrenze. Man tue alles, um die Fälle schnellstens aufzuklären. Hanno Tehfs hatte ihm einen langen Blick zugeworfen, war aufgestanden und hatte das Meeting verlassen. Wichtige Termine, hatte er gesagt. Wenn seine Rede etwas bewirkt hatte, dann, dass sie Nick Wahler große Sympathien beim Team eingebracht hatte. Und wenn nicht Sympathie, dann auf jeden Fall den Respekt seiner Leute.

Nachdem Frida nach Dithmarschen aufgebrochen war, hatte Haverkorn mit Anja und Klaus die weitere Vorgehensweise besprochen, wie sie Rolf Hader aufspüren konnten. Die Fahndung lief, würde aber wohl kaum Erfolge bringen, da sie kein aktuelles Foto von ihm hatten. Anja sortierte die Hinweise aus der Bevölkerung, die nach Wahlers Pressekonferenz zum Deichmühlenfall hereinkamen, telefonierte mit den Zeugen und filterte Sachdienliches heraus. Aber bisher war ein heißer Tipp ausgeblieben. Sie sprach mit Suppenküchen und Missionen der Heilsarmee, um Rolf Hader ausfindig zu machen. Klaus hatte die Drogen- und Suchtberatungsstellen übernommen. Er hielt auch den Kontakt mit der Schutzpolizei im Umkreis von fünfzig Kilometern, die es melden würde, falls es Auffälligkeiten mit Landstreichern gab. Wenn es Rolf Hader gewesen war, den Frida in der Mühle gesehen hatte, konnte er sich noch in der Nähe aufhalten.

Haverkorn selbst wollte gerade zum Hörer greifen, als sein Festnetztelefon klingelte. Kieler Vorwahl. Er hob ab.

»Moin Bjarne, hier ist Andreas. Keine lange Vorrede, ich hab was für dich!«

»So schnell?« Er hatte vor nächster Woche keine Rückmeldung aus Kiel erwartet.

»Ein Kollege aus Frankfurt, der in der K11 die Altfälle bearbeitet, hat mir heute Morgen ein paar Infos gemailt. Ich glaube, du solltest in den Taunus fahren.«

Haverkorn spürte ein Prickeln im Nacken. »Was hast du?«

»In einer Suchtklinik im Taunus, nahe Glashütten, ist 2001 eine Süchtige spurlos verschwunden und nie wieder aufgetaucht. Der Kollege hat die Patientenlisten von damals im System eingepflegt. Aufgrund meiner Anfrage hat er alle Namen eingegeben, die du mir genannt hast. Und er hatte einen Treffer. Rolf Hader war zur gleichen Zeit in der Suchtklinik wie die verschwundene Frau.«

Kapitel 23

Friedrichskoog lag an der offenen Nordsee. Bekannt war der Ort vor allem durch die Seehundstation, die sich der tiergerechten Aufzucht von Heulern verschrieben hatte. Vor einigen Jahren war Frida das letzte Mal im Ort gewesen, hatte eine der Liveshows der Station erlebt und am Hafen Krabben gegessen. Heute hatte sie weder Zeit für das eine noch das andere.

Merle Johannßen hieß jetzt Merle Heisler und wohnte in einem gesichtslosen Haus im Bungalowstil an der Zufahrtsstraße zum Hafen. Während Frida von Schafstedt in Richtung Nordsee gefahren war, hatte Anja den neuen Namen und die Adresse der ehemaligen Klassenkameradin von Robert Hader recherchiert und ihr telefonisch durchgegeben.

»Hast du schon eine Spur zu Rolf Hader gefunden?«, hatte sie ihre Kollegin gefragt. Aber Anja hatte keine Resultate zu vermelden. Einen Obdachlosen in einer Obdachlosenunterkunft zu suchen war die reinste Sisyphusarbeit. Wenn jemand den Mann aufspüren konnte, dann sie.

Frida klingelte an der Adresse, die sie bekommen hatte, und erwartete, dass die Zeugin um diese Uhrzeit nicht zu Hause war. Aber die Tür wurde geöffnet, und eine Frau in den Fünfzigern mit einem Baby auf dem Arm sah sie fragend an.

»Frau Heisler?«

»Ja?« Die Frau wirkte gestresst und schien zu überlegen, ob sie die fremde Frau abwimmeln oder ihr Anliegen zuerst anhören sollte.

Frida hielt ihren Dienstausweis hoch. »Frida Paulsen, Kripo Itzehoe. Ich habe ein paar Fragen zu zwei Ihrer früheren Klassenkameraden, Robert und Rolf Hader.«

Das Gesicht der Frau verzog sich zu einer wütenden Grimasse. »Tina, nimmst du Ella mal?«

Hinter ihr erschien eine junge Frau und nahm ihr das Baby ab. Die Kleine begann zu quengeln. Merle Heisler zog die Tür hinter sich zu. »Hören Sie, ich will mit dieser alten Geschichte nichts mehr zu tun haben!«

»Ich verstehe, dass das schwer für Sie ist, aber wir ermitteln im Fall einer verschwundenen Frau. Sie würden uns sehr …«

»Was verstehen Sie nicht an meinem Nein? Muss ich noch deutlicher werden?« Ihre Stimme war nur noch ein wütendes Flüstern. »Ich möchte, dass Sie verschwinden! Lassen Sie mich in Ruhe!«

Sie sahen sich einige Sekunden in die Augen.

Frida gab nach, auch wenn sie gern etwas erwidert hätte. Sie konnte die Zeugin nicht zwingen, mit ihr über den Vorfall von damals zu sprechen. »Entschuldigen Sie bitte die Störung!« Sie ging zur Straße. Die Frau starrte ihr hinterher, bis sie in den Jeep eingestiegen war.

Frida entschied, sich nach dieser Pleite eine kleine Pause zu gönnen und irgendwo ein Krabbenbrötchen zu essen. Dann konnte sie Torben in Ruhe auf seine Nachricht antworten.

Sie parkte am ehemaligen Fischereihafen. Dieser war vor einigen Jahren nach gut einhundertsechzig Jahren

Fisch- und Krabbenfang geschlossen worden, da die anlandenden Krabbenkutter den Steuerzahler nur noch Geld gekostet hatten und der Hafen damit als unwirtschaftlich galt. Frida hatte die Klage der Gemeinde und Anwohner von Friedrichskoog gegen das Wirtschaftsministerium in der Presse verfolgt. Als die Klage schließlich abgewiesen und der Hafen endgültig abgewickelt wurde, war das ein schwarzer Tag für die Gemeinde und die alten Traditionsunternehmen. Und für das Landschaftsbild, das ohne die schaukelnden Krabbenkutter eigenartig tot wirkte. Die Werft hatte geschlossen, die Fischer waren nach Büsum abgewandert.

Frida ging ein paar Schritte. Ein Schwarm Möwen kreischte über dem Wasser. Sie sah hinüber zur Seehundstation auf der anderen Seite des Hafenbeckens und hörte eine blecherne Frauenstimme, die durch ein Mikro mit den Besuchern der Seehundshow sprach. Vor ihr lag ein Indoor-Spieleparadies. Das Gebäude, das Frida von ihrem letzten Besuch nicht kannte, hatte die Form eines riesigen Wales. Familienbespaßung, die auf jahrhundertealte Traditionen folgte. Es war einfach traurig.

Sie sah sich um und musste einsehen, dass es hier nicht einmal mehr einen Imbiss gab, an dem man ein Fischbrötchen bekam. Die nächste Pleite an diesem Tag. Sie ging zurück zu ihrem Wagen. Als sie eingestiegen war, sah sie, dass Bjarne Haverkorn versucht hatte, sie anzurufen. Sie rief zurück.

»Frida, ich bin auf dem Weg in den Taunus. Es gibt eine interessante Spur!« Er berichtete ihr von der Patientin aus der Entzugsklinik, und dass er sich dort morgen Vormittag mit einem Kollegen der K11 aus Frankfurt treffen werde. »Rolf Hader war zur selben Zeit in der Klinik.«

Frida spürte ihre Aufregung. »Ich war in Schafstedt. Leider bin ich hier nicht weitergekommen. Ich fahre morgen nach Hamburg und befrage Robert Hader noch mal zu den Vorfällen an seiner Schule.«

»Mach das! Was ich bisher weiß, ist, dass er seinen Bruder sehr wohl bei seinem Entzug unterstützt hat. Er hat damals dessen Therapie bezahlt.«

Frida stellte den Wagen auf einem der Parkplätze der Westküstenklinik in Heide ab und stieg aus. Die Eingangshalle der Klinik war ein imposanter Glastrakt, der die älteren Bestandsbauten mit den Neubauten verband. Es war früher Nachmittag, und sie war hungrig. Aber bevor sie sich etwas zu essen besorgte, wollte sie sich nach Heini Steen erkundigen. Am Empfang zeigte sie der Mitarbeiterin ihren Dienstausweis und fragte nach dem behandelnden Arzt des Schwerverletzten.

Sie wurde gebeten, sich ein paar Minuten zu gedulden, und holte sich am Automaten eine Dose Cola und zwei Schokoriegel, während sie wartete. Einige Minuten später kam ein Arzt mit langen Schritten zum Empfang gelaufen. Er fragte etwas, und die Empfangsmitarbeiterin wies auf Frida.

Sie würgte den süßen Bissen des Riegels runter und spülte mit Cola nach. Die halb volle Dose stellte sie auf den Boden.

Sie knetete nervös die Hände, als der Arzt auf sie zukam. Er war mittelgroß, untersetzt und trug die typische Krankenhausblässe im Gesicht. »Dr. Jürß«, stellte er sich vor. »Ich habe leider nicht viel Zeit für Sie. Es wäre besser gewesen, Sie hätten vorher einen Termin gemacht, Frau …«

»Paulsen!«, half sie ihm. »Tut mir leid! Ich war in der Nähe und wollte hören, wie es Herrn Steen geht.«

Der Arzt wies auf die Besucherbank. »Setzen wir uns doch kurz.«

Sie kam seiner Bitte nach, obwohl sie lieber gestanden hätte, um die Neuigkeiten zu hören.

»Sind Sie die Polizistin, die an dem Unfall beteiligt war?«

Frida schluckte. »Wegen mir ist er panisch auf die Straße gelaufen.« Sie hielt seinem Blick stand.

»Aha!«, sagte der Arzt, und Frida wusste nicht, ob es ein Vorwurf oder lediglich eine Feststellung war. »Aufgrund der ärztlichen Schweigepflicht kann und darf ich Ihnen keine Angaben zu den Verletzungen und dem genauen Zustand meines Patienten machen.« Er atmete aus. »Aber so viel kann ich sagen: Herr Steen ist außer Lebensgefahr und auf dem Weg der Besserung.«

Eine riesige Last fiel von ihr ab. »Danke!«

»Dennoch ist er noch nicht vernehmungsfähig. Sollten Sie deshalb gekommen sein, muss ich Sie enttäuschen.« Er sah auf seine Armbanduhr und stand auf. »Leider muss ich auch schon weiter.«

Sie erhob sich von der Besucherbank. »Herr Dr. Jürß, wann können wir mit Herrn Steen sprechen? Er ist ein wichtiger Zeuge in einem Vermisstenfall. Es geht um eine hochschwangere Frau, die dringend medizinische Hilfe braucht.«

Damit hatte sie seine Aufmerksamkeit. »Das wird sicherlich noch einige Tage dauern. Wenn Sie mir Ihre Karte dalassen, rufe ich Sie an, sobald ich einer Zeugenbefragung zustimmen kann.«

Frida kramte eine Karte mit ihren Daten hervor und drückte dem Arzt die Hand. »Vielen Dank!«

Er hielt ihre Hand fest. »Sie sind noch jung, Frau Paulsen. Aber Ihr Job ist stressig, und Stress ist ein Killer.« Er ließ sie los und wies auf die Coladose und das Schokoladenpapier. »Sie sollten sich gesünder ernähren und mal wieder durchschlafen! Wissen Sie, wie viele junge Menschen wir hier in der Notaufnahme mit Myokardinfarkt … also Herzinfarkt oder Schlaganfällen behandeln?«

Am Mittwochmorgen schlief Frida aus, weil sie nicht nach Itzehoe fahren musste, sondern später in Hamburg einen Termin mit Robert Hader in dessen Firma ausgemacht hatte. Als sie in die Küche kam, war der Frühstückstisch gedeckt, aber ihre Eltern hatten bereits gegessen. Ihre Mutter hantierte an der Spüle, ihr Vater war vermutlich schon draußen im Stall, um Hetfield und Cobain zu versorgen. Auch die Hunde waren nicht da. Wahrscheinlich waren sie mit Fridtjof unterwegs.

»Morgen, Mama!« Sie ging zu ihrer Mutter, die Einweckgläser ausspülte, um Marmelade einzukochen. Neben ihr standen Körbe mit Erdbeeren, Stachel- sowie Johannisbeeren.

Frida setzte sich auf die knarzende alte Holzbank am Küchentisch, schnappte sich ein Brötchen aus dem Korb und goss sich Kaffee ein. Sie entdeckte die Keramikschale mit frischer Erdbeermarmelade und strich diese ohne Butter aufs Brötchen.

Marta trocknete sich die Hände ab und setzte sich zu ihr. Sie sah müde aus. Ihre Eltern schliefen beide nicht viel, waren seit Jahrzehnten Frühaufsteher, was das Leben auf dem Bauernhof mit sich brachte. Aber an diesem Morgen war Frida sicher, dass ihre Mutter eine Sorge mit sich herumschleppte, die ihr eine schlaflose Nacht bereitet hatte. Sie legte ihr Brötchen auf den Teller. »Mama, was ist los?«

»Dein Vater macht mir Sorgen.« Ihre Mutter schenkte sich ebenfalls eine Tasse Kaffee ein. »Er wälzt sich nachts schlaflos hin und her. Manchmal steht er auf, geht in die Stube, und ich finde ihn dann morgens schlafend vor dem Fernseher. Ich weiß einfach nicht, was ich tun soll. Er redet ja nicht mit mir.«

»Wenn ihn etwas bedrückt, will er dich sicher nicht beunruhigen. Lass mich mit ihm reden. Vielleicht sagt er mir, was los ist.« Sie drückte die Hand ihrer Mutter, die wieder aufstand und sich den Einweckgläsern zuwandte.

Frida trank den Kaffee aus, nahm den Rest des Brötchens und ging hinaus. Ein herrlicher Sommertag. Über ihr hämmerten die Handwerker. Ein Großteil des Daches war schon wieder mit Reet gedeckt. Die goldgelbe Farbe des neuen Schilfrohrs hob sich vom Moosgrün der alten Reetdachfläche ab, die noch intakt war und vorerst nicht erneuert wurde. Das gesamte Dach mit Reet zu decken, hätte Frida nicht bezahlen können. Viele Hausbesitzer in der Marsch hatten die alten Reetdächer herunterreißen und mit Dachschindeln oder Wellblech eindecken lassen. Aber für Frida war es von vornherein klar gewesen, dass das Wohnhaus ein mit Reet gedecktes Haus bleiben würde.

Der Tag war sonnig, aber nicht zu heiß. Die Rosskastanie auf dem Hof rauschte leise im Wind. Ihre Blätter waren teilweise dunkelbraun, ein Zeichen der Krankheit, die europaweit die Kastanien befallen hatte. Die typischen Bäume der alten Alleenstraßen und Biergärten mit ihren Schatten spendenden Kronen starben nach und nach ab.

Hoffentlich mussten sie die Kastanie nicht auch irgendwann fällen. Dann wäre der Hof nackt und gesichtslos.

Sie sah sich um. Wenn die Reetdecker fertig waren, würden die Fenster und Türen aufgearbeitet werden. Und danach musste sie schauen, ob noch Geld übrig war, um den Hofplatz zu befestigen. Schon jetzt waren die Arbeiten am Dach teurer als kalkuliert, da mehr Holzbalken durchgefault waren und erneuert werden mussten, als anfangs vermutet. Aber am Dach durfte man keine halben Sachen machen. Denn die Winterstürme in der Marsch zerstörten alles, was nicht niet- und nagelfest war.

»Moin!«, grüßte sie nach oben und hob die Hand mit dem Brötchen. Kauend lief sie weiter.

»Bei der Polizei müsste man arbeiten«, rief einer der Reetdecker. »Dann könnte man ausschlafen!« Die anderen grölten. Frida zeigte ihnen lachend den Mittelfinger. Sie ging über den Hof und hörte Hetfield im Stall wiehern. Cobain stimmte schreiend mit ein. Frida ging in das Backsteingebäude, zu dem sie in ihrer Kindheit immer zuerst gelaufen war, wenn sie von der Schule nach Hause kam. Noch vor ihren Eltern hatte sie ihren Hengst begrüßen wollen, den sie über alles liebte. Frida blieb an der Tür stehen. Diese Erinnerungen gaben ihr ein Gefühl der Geborgenheit, wie sie es lange nicht mehr gespürt hatte. Es roch wie früher nach Pferd, frischem Heu und Leder. Tief atmete sie den Duft ihrer Kindheit ein.

Mit zwölf hatte sie Hetfield zum Geburtstag bekommen. Über zwanzig Jahre war das nun her. Sie waren beide älter geworden, aber ihr enges Band war geblieben. Sooft sie Zeit hatte, ging sie mit dem Hengst auf die Koppel.

Die Hunde kamen ihr freudig entgegengelaufen und begrüßten sie. Bruno sprang an ihr hoch. Sie wehrte ihn mit den Händen ab und hockte sich hin, um ihn zu kraulen. Der Setter leckte ihr dankbar die Hände. Arthur, der alte Hütehund, trottete langsam zurück zu den Pferdeboxen. Frida stand auf und folgte ihm.

Sie entdeckte ihren Vater in Hetfields Box. Er drehte ihr den Rücken zu, hatte die Hände auf eine Forke gestützt und starrte bewegungslos auf den Boden.

Er sah verloren aus.

Frida blieb stehen. Sie wollte ihn ansprechen, aber seine Körpersprache verriet ihr, dass er hier Ruhe suchte. Dass er allein sein und nachdenken wollte.

Sie wollte lautlos den Stall verlassen. In diesem Moment entdeckte sie der Esel und begann, laut nach ihr zu schreien. Fridtjof drehte sich zu ihr um. »Frida! Guten Morgen!«

»Ist alles in Ordnung?«, fragte sie und ging in die Box. Hetfield schnaubte, und sie kraulte ihm die Ohren.

»Ja, alles okay.« Das Lächeln in seinem Gesicht sollte seine Worte bestätigen, aber sie durchschaute ihren Vater. Die Sorge um den Hof stand ihm ins Gesicht geschrieben. Er wusste noch immer nicht, wie es zukünftig weitergehen sollte, wer den Hof übernahm. Das belastete ihn offensichtlich mehr, als er zugab. Sie musste endlich mit Jesper sprechen und eine Antwort auf ihr Angebot bekommen. Erst dann konnte sie auch ihrem Vater von ihrem Plan erzählen. Vielleicht würde ihm die Kooperation mit Jesper endlich etwas Hoffnung geben, dass der Hof eine Perspektive hatte, dass die harte Arbeit der letzten Jahre nicht umsonst gewesen war. Sie ließ den Gedanken nicht zu, was passieren würde, wenn Jesper ablehnte.

»Wollen wir die beiden auf die Koppel bringen?«, fragte Fridtjof.

Sie wäre gern mitgegangen. »Das geht leider nicht, ich muss gleich los.« Ein warmes Gefühl der Zusammengehörigkeit überkam sie. Frida ging zu ihm, umarmte ihn und erschrak, wie schmal er in den letzten Wochen geworden war. Ihr Vater war immer ein großer Mann mit einem durchtrainierten Körper gewesen, den das Leben auf dem Land und die schwere körperliche Arbeit fit gehalten hatten. Jetzt wirkte sein Körper beinahe mager. Die Arbeitshose wurde nur durch die Hosenträger an seinem Körper gehalten.

Bevor sie etwas sagen konnte, klingelte ihr Smartphone. Sie ließ ihn los und zog es aus der Tasche. »Das ist mein Kollege. Da muss ich rangehen.«

Fridtjof nickte, und während sie mit Haverkorn telefonierte, führte er Hetfield und Cobain auf die Koppel. Als Frida aufgelegt hatte und allein im Stall stand, hatte sie das Gefühl, einen wichtigen Moment mit ihrem Vater verpasst zu haben.

Ich – Tag 2480

Ich werde es beenden, wenn ich den Mut finde. Er lässt mich hier nicht mehr raus, und die Kraft, meine Scheinwelt aufrechtzuhalten, ist aufgezehrt. Mein Lebenswille schwindet, weil meine Hoffnung fort ist. Die Hoffnung, meine Familie jemals wiederzusehen.

Ich will nur noch schlafen. Nicht länger auf diese vier Wände starren, die wie stumme Wächter um mich herumstehen.

Ich könnte mich am Bett mit dem Laken erhängen. Wichtig ist, dass die Luftröhre abgedrückt wird. Dafür müsste mein Gewicht reichen. Andere schaffen das auch.

Vielleicht stelle ich auch einfach das Essen ein. Oder ich trinke nichts mehr.

Das Monster kann mich nicht zwingen weiterzuleben.

Es wird seltener, dass er zu mir kommt. Sein Interesse hat nachgelassen.

Vielleicht bin ich ihm zu verbraucht. Oder zu alt. Vielleicht hat er ein neues Objekt der Begierde gefunden.

Vielleicht muss ich mich nicht selbst umbringen, weil er es bald tut. Schnell und effizient.

Ich habe die Gesichter meiner Lieben vergessen. Und wie ihre Stimmen klingen.

Es fühlt sich an, als hätte ich da draußen nie existiert. Als hätte ich immer hier gelebt, in diesem Bunker, in dem ich nicht leben und nicht sterben kann.

Kapitel 24

Bjarne Haverkorn war ein Kind des Nordens. Er war im Land zwischen den Meeren geboren, und dort wollte er irgendwann sterben und beerdigt werden. Er liebte das flache Land, auf dem die Stürme sich austoben konnten, weil sie kaum Hindernisse fanden. Er empfand die Nähe zur See als Privileg. Er mochte sogar die grauen Tage des Winters, die lichtlos und nasskalt waren und Menschen depressiv machten.

Wenn er aber doch in den Süden kam, genoss er die Berge, die großflächigen Wälder der Mittelgebirge und die einsamen Täler. Die Farben der Natur waren dort immer etwas satter als im Norden. Mit Ursula war er am Anfang ihrer Ehe oft zum Wandern nach Bayern, in den Taunus oder nach Österreich gefahren. Bevor seine Frau die Fernreisen entdeckt und ihn überredet hatte, im Urlaub wegzufliegen.

Im Taunus war er bestimmt schon fünfzehn Jahre nicht mehr gewesen. Haverkorn hatte keine Zeit, um wandern zu gehen, aber er genoss die Fahrt vom Hotel zur Entzugsklinik. Deren Parkplatz befand sich am Ende eines Kiesweges, der sich hinter einem schmiedeeisernen Tor erstreckte. Er war überrascht, wie luxuriös das Anwesen war. Robert Hader hatte für seinen Bruder einiges springen lassen, damit dieser seine Sucht überwand. Ohne Erfolg, wie Haverkorn mittlerweile wusste.

Er hatte in einem Landhotel übernachtet und so gut geschlafen wie lange nicht mehr. Im Zimmer hingen keine afrikanischen Masken, die durch seine Träume geisterten.

Um neun Uhr war er mit dem Frankfurter Kollegen Christian Poschl auf dem Parkplatz der Klinik verabredet. Poschl hatte zugesagt, die Ermittlungsakte mitzubringen und bei dem Gespräch mit der Klinikleitung dabei zu sein. Als Haverkorn parkte, stieg ein Mann aus einem Volvo mit Frankfurter Kennzeichen. Er war groß, schlank und trug den austauschbaren Dresscode eines Kriminalhauptkommissars: Stoffhose und Poloshirt.

»Christian Poschl.« Er drückte Haverkorn die Hand.

»Bjarne Haverkorn! Danke, dass du mich hier unterstützt.«

»Wollen wir in der Cafeteria erst mal einen Kaffee trinken?«

Haverkorn war einverstanden. Die Klinik war im neunzehnten Jahrhundert ein Jagdschloss gewesen und irgendwann aufwendig saniert worden. Seine Augen wanderten über die vielen Erker und Türmchen, die den Patienten wohl auf ihrem schweren Weg das Gefühl von Geborgenheit und Komfort geben sollten. Sie gingen auf den Haupteingang zu, neben dem ein goldenes Schild den Namen des Hauses verkündete: *Quaesitum Klinik*. Haverkorn forschte in seinen verschütteten Lateinkenntnissen und kam darauf, dass es etwas mit Suche zu tun haben musste.

»Mit was für Patienten haben wir es hier zu tun?«, fragte er den Frankfurter Kollegen noch vor der Tür. »Elitäre Abhängige und deren Angehörige?«

Poschl nickte. »Diese Klinik wählt ihre Klientel nach der Größe der Brieftasche aus. Deshalb dringt auch nichts davon nach draußen, was hinter diesen Mauern passiert. Diskretion war wohl das Wort, das damals bei unseren Ermittlungen am häufigsten gefallen ist.«

Sie betraten das Foyer, liefen über den spiegelnden Marmorboden zum Empfang, der dem eines Luxushotels ähnelte, und meldeten sich an. Die Rezeptionistin sah im Computer nach. Um zehn Uhr würde Dr. Held, der Klinikleiter, für sie Zeit haben. Bis dahin nutzten sie die Gelegenheit, sich in der Cafeteria gegenseitig auf Stand zu bringen.

Sie wählten einen Tisch am Fenster mit Blick in den ausladenden Park. Patienten in Morgenmänteln schlappten durch den Raum, tranken Kaffee und lasen Zeitung. Offenbar wollten sie lieber für sich sein und beachteten sie gar nicht.

Poschl nahm die Ermittlungsakte aus seiner Aktentasche. »Die Frau, die 2001 von hier verschwunden ist, heißt Isabelle Helthoff. Sie war damals dreiundzwanzig und Tochter eines Unternehmensberaters aus München.« Er zog ein Foto aus der Akte.

Haverkorn sah es an und stockte. Anneke Jung war älter gewesen, als sie entführt worden war, aber diese junge Frau hätte ihre Schwester sein können. Die gleichen langen dunklen Haare, die braunen Bambi-Augen. Er suchte das Foto von Anneke in der Akte, die er mitgebracht hatte, und legte es neben das Foto von Isabelle Helthoff.

Poschl nickte langsam. »Dann hat er einen Typ!«, sagte der Kriminalist und fuhr fort. »Ihr Vater hatte Isabelle nach ihrer langjährigen Abhängigkeit hier untergebracht. Als sie verschwand, war sie seit knapp drei Monaten in der Klinik und auf einem guten Weg, clean zu werden.«

»Wie lange war Rolf Hader da schon hier?«

»Soweit ich weiß, vier Wochen.« Der Blick von Poschl ruhte auf den Fotos. »Die Patientenakte von Isabelle Helthoff haben sie uns damals für die Ermittlungen ausgehändigt, auf ausdrücklichen Wunsch ihres Vaters. Ob wir die Akte von Rolf Hader einsehen dürfen, werden wir gleich erfahren. Aber der Klinik dürfte noch immer sehr daran gelegen sein, das spurlose Verschwinden ihrer Patientin endlich aufgeklärt zu wissen.«

Haverkorn blätterte in der Frankfurter Akte. »Erzähl mir, was wir wissen.«

»Es war ein Sonntagabend. Eine kleine Gruppe hatte hier am späten Nachmittag noch einen Gesprächskreis, an dem Isabelle teilgenommen hat. Sie habe recht entspannt gewirkt, erzählten die Teilnehmer später. War fast schon gut gelaunt, was man von ihr nicht kannte. Nach diesem Termin war sie kurz auf ihrem Zimmer. Danach hat sie nur noch der Rezeptionist gesehen, als sie durch die Halle nach draußen gegangen ist. Er war der Letzte.«

»Ich gehe davon aus, ihr habt im Park jeden Grashalm umgedreht, jeden einzelnen Patienten und Mitarbeiter befragt?«

»Haben wir, aber nichts! Kein Hinweis, wo sie geblieben ist, kein Lebenszeichen von ihr seit 2001. Ihr Vater hat uns wochenlang gehörig zugesetzt. Seine Drohungen gab es täglich zum Frühstückskaffee. Aber weder sein Geld noch sein Einfluss haben sie zurückgebracht.« Er sah Haverkorn an. »Wir haben damals natürlich auch Rolf Hader nach ihr befragt. Ich habe dir ein Post-it an die Zeugenvernehmung geheftet. Kurz: Sie haben einen gemeinsamen Kurs besucht, hatten privat jedoch keinen Kontakt. Am betreffenden Sonntag hat er sie nicht gesehen.«

Haverkorn überflog das Gesprächsprotokoll, was Poschls Zusammenfassung entsprach. Immer mehr Fragen tauchten auf: Hatte Rolf Hader schon als Kind den Drang verspürt, Schwächere in seine Gewalt zu bringen? War das verschwundene Mädchen in Dithmarschen sein erstes Opfer gewesen? Hatte die Schülerin dort auch lange braune Haare gehabt?

»Wie lange war Hader nach dem Verschwinden der Frau noch hier in Behandlung?«

»Ich habe mich bei der Klinikleitung erkundigt. Drei Wochen. Danach hat er den Entzug abgebrochen und die Klinik verlassen.«

Drei Wochen, dachte Haverkorn. Wenn Rolf Hader sie entführt hatte, wo war Isabelle in dieser Zeit gewesen? Hier in der Nähe, wo er sie unter Kontrolle hatte? Oder schon bei seinem Vater?

†

Robert Hader verspätete sich. Er sei im Werk aufgehalten worden, sagte seine Empfangsdame, die Frida einen Teller mit Keksen neben den Kaffee stellte. Sie saß in einer Besucherecke, neben der Wasser über eine Steinplatte plätscherte und im Boden verschwand. Sie sah sich in der Firmenzentrale der Hansefeet um, einem Marmorglaskasten mit Blick auf den Hafen. Jede Ecke dieses Gebäudes hatte nur eine Botschaft: dass Robert Hader ein gemachter Mann war. Frida nahm sich einen Keks und schlug die Beine übereinander. Sicherlich war es für den Unternehmer ein riesiges Ärgernis, dass sein Vater und sein Bruder nun im Fokus polizeilicher Ermittlungen standen. Wie schnell verbreitete sich heutzutage ein Gerücht im

Netz und war nicht mehr aufzuhalten. Wenn die Presse den Zusammenhang zwischen dem ehemaligen Bewohner der Deichmühle und diesem erfolgreichen Geschäftsmann herstellte, würde es einen kleinen Skandal in den Lokalblättern geben. Und wahrscheinlich nicht nur dort. Dieser Fall würde über die Landesgrenze hinaus für Aufsehen sorgen.

Bisher hatte Nick Wahler die Kammer unter der Deichmühle und ihren Zusammenhang mit dem Verschwinden von Anneke Jung unter Verschluss gehalten. Die Brisanz dieser Entdeckung war allen klar. Wenn das publik wurde, konnte der Fall schnell eine Dynamik bekommen, die nicht mehr aufzuhalten war. Dann würde der Druck auf ihr Team durch Medien und Öffentlichkeit, die Frau endlich zu finden, immens zunehmen.

Frida wartete bereits seit zehn Minuten. Um sich die Zeit zu vertreiben, zog sie ihr Smartphone aus der Tasche und las ein paar E-Mails. Als sie aufblickte, sah sie Robert Hader durch die Drehtür am Eingang treten. Mit hallenden Schritten kam er auf sie zu.

»Frau Paulsen! Entschuldigen Sie bitte meine Verspätung! Wir hatten heute Morgen eine Havarie im Werk. Die Produktion steht still. Deshalb kann ich Ihnen auch nur fünf Minuten widmen. Kommen Sie, bitte!«

Er führte sie in sein Büro, und Frida blickte durch die Glaswand hinter seinem Schreibtisch auf die hoch aufragenden Kräne im Hansahafen. Der Unternehmer setzte sich, sah auf seine Armbanduhr und wartete, bis sie Platz genommen hatte. »Was kann ich für Sie tun?«

»Ich will es kurz machen. Mein Kollege Herr Haverkorn und ich waren in Schafstedt. Er hat Ihnen sicherlich schon davon berichtet.«

Hader nickte und wartete, worauf sie hinauswollte.

»Ich habe mit einer Ihrer Lehrerinnen, einer Frau Holstein, gesprochen. Sie hat mir vom Fall der verschwundenen Merle Johannßen erzählt.« Frida ließ es erst einmal so stehen. Wie würde der jüngere der Hader-Brüder darauf reagieren?

Ihr Gegenüber lachte auf. »Deshalb haben Sie sich heute auf den Weg nach Hamburg gemacht? Wegen eines dummen Streiches unter Kindern?«

»Sie bezeichnen das als dummen Streich, wenn ein kleines Mädchen über Nacht in einem Abbruchhaus eingesperrt wird?«

Robert Hader stöhnte auf und ereiferte sich. »Hören Sie, ich war damals zwölf, mein Bruder vierzehn. Rolf hatte immer solche Flausen im Kopf. Er hat Frösche mit einem Strohhalm aufgeblasen, Kobel von Eichhörnchen ausgehoben und Mitschülern Klebstoff in die Ranzen gepresst. Er war ein Hitzkopf mit einer Menge blöden Ideen.« Er atmete durch und sprach ruhiger weiter. »Merle Johannßen war mit mir in einer Klasse. Sie war eine verwöhnte, vorlaute Ziege, die niemand mochte. Sie hat mich beim Spicken erwischt und beim Lehrer verpetzt. Daraufhin gab es für mich einen Eintrag und zu Hause Schläge mit dem Lederriemen. Rolf hat immer versucht, mich zu beschützen, und nach dieser Geschichte wollte er der Johannßen eine Lektion erteilen.«

»Und Sie haben da mitgemacht?«

»Ich wusste doch gar nicht, was er vorhatte. Er sagte mir, er würde die Tür gar nicht abschließen. Merle würde ganz allein da wieder rauskommen. Aber diese Abreibung würde sie nie mehr vergessen und mich in Ruhe lassen. Ich habe ihm geglaubt und bin mit ihm nach Hause gegangen.

Erst als Merle am nächsten Tag nicht in die Schule kam, war mir klar, dass mein Bruder mich angelogen hatte.«

Frida dachte an ihre Kindheit auf dem Dorf, und dass die Abreibungen an ihrer Schule ebenfalls nichts für Zartbesaitete gewesen waren. »Sie wollten Ihren Bruder nicht verpfeifen, das verstehe ich.«

»Rolf war nicht nur der Ältere, er war viel größer und stärker als ich. Er hätte mich windelweich geprügelt, wenn ich ihn verraten hätte. Ich habe gemacht, was er von mir verlangt hat. Also habe ich seine Geschichte gegenüber der Schulleitung bestätigt, dass Merle sich schon nachmittags von uns getrennt hatte.« Er verfiel ins Grübeln, obwohl die fünf Minuten, die er Frida anfangs zugestanden hatte, längst abgelaufen waren. »Und irgendwie habe ich als Kind zu meinem großen Bruder aufgeschaut. Er war mutig und stark, hat sich gegen unseren Vater gestellt, um mich zu beschützen. Er war mein Held!« Er sah Frida an. »Bis ich alt genug war, um zu erkennen, dass er mit seinen brutalen Neigungen in dieser Gesellschaft nur verlieren kann. Dass nicht rohe Gewalt mich vor diesem Schläger zu Hause retten würde, sondern ein gutes Schulzeugnis. Als ich aufs Gymnasium gekommen bin, was ich meinem Schulleiter verdanke, der sich dafür starkgemacht hat, konnte ich mich Rolfs Einfluss langsam entziehen. Irgendwann hat er mich in Ruhe gelassen, als er erkannte, dass er mich verloren hatte.«

Ein Klopfen an der Glastür, die geöffnet wurde. »Herr Hader? Die Firma Kobitzsch ist jetzt da.«

»Einen Moment noch, wir sind gleich fertig.«

Die Tür wurde leise geschlossen, und Hader wandte sich ihr wieder zu. »Bestimmt denken Sie, ich hätte mich mehr für meinen Bruder einsetzen müssen, damit er nicht auf die schiefe Bahn geriet. Aber das war unmöglich. Er hatte zu viel Gewaltpotenzial. Das Erbgut meines Vaters …«

Frida schwieg einen Moment. »Ich bin zehn Jahre in Hamburg Streife gefahren. Ich habe alles gesehen, Herr Hader. Ich weiß, wie schnell Menschen unter die Räder kommen können.« Sie machte eine Pause, um dem Gesagten Nachdruck zu verleihen. »Sie wollten ihm helfen, haben ihm damals die Entzugsklinik bezahlt. Das ist mehr, als andere Angehörige tun würden.«

Robert Hader schien überrascht, dass sie davon wusste, aber er sagte nichts. Für einen Moment wirkte er weich und nahbar, als sei er ihr dankbar dafür.

»Eine Frage habe ich noch. Wie sah Merle Johannßen damals aus?« Haverkorn hatte ihr erzählt, wie ähnlich sich Anneke Jung und die verschwundene Patientin im Taunus gewesen waren, dass Rolf Hader höchstwahrscheinlich einen Opfertypus hatte.

»Etwas pummelig, braune Haare, Pferdeschwanz.«

»Braune Augen?«

»Keine Ahnung! Das ist ewig her. Warum fragen Sie danach?«

»In der Entzugsklinik im Taunus, in der Sie Ihren Bruder 2001 untergebracht haben, ist damals eine Patientin als vermisst gemeldet worden. Wissen Sie davon?«

Er sah sie verständnislos an. Dann schien er sich zu erinnern. »Stimmt! Der Klinikleiter hat mich angerufen und darüber informiert, dass es eventuell schlechte Presse geben könnte. Er wollte mich vorwarnen und sagte, alles werde in Ordnung kommen und die Patientin sicherlich bald auftauchen. Wurde sie gefunden?«

»Nein, bis heute nicht. Ihr Bruder war zur gleichen Zeit im Taunus. Drei Wochen, nachdem sie verschwunden ist, hat er seinen Entzug geschmissen und die Klinik verlassen.«

Hader nickte langsam. Er wollte etwas sagen, hielt aber inne. Er schien plötzlich zu verstehen, was Frida damit andeutete. »Sie denken, Rolf hatte etwas damit zu tun?«

Sie ging nicht auf seine Frage ein. »Wir müssen dringend Ihren Bruder finden! Haben Sie noch eine alte Handynummer von ihm? Wie haben Sie ihn damals erreicht?«

Nervös wischte sich der Geschäftsmann über die Augen. »Rolf hatte kein Handy. So war er nicht …«

»Dann die letzte Adresse von ihm? Oder die eines Kumpels, bei dem er unterkam? Ich brauche einen Anhaltspunkt, wo wir mit der Suche nach ihm beginnen können.«

Unwirsch stand er auf und stützte sich mit den Armen auf dem Schreibtisch auf, bildete eine Symbiose mit den Kränen hinter ihm. »Ich weiß nicht, wo Rolf auf der Straße übernachtet hat. Nachdem er aus der Entzugsklinik verschwunden ist, hat er sich jahrelang nicht mehr gemeldet. Ich habe viel Geduld, Zeit und Geld investiert, um ihn von der Straße zu holen, ihn von seiner Drogensucht zu befreien. Aber er ist von jetzt auf gleich untergetaucht. Bis er irgendwann wieder vor mir stand, weil er Geld brauchte. Da habe ich ihn weggeschickt. Das verzeihe ich mir bis heute nicht, Frau Paulsen. Ich habe meinen Bruder im Stich gelassen.« Er setzte sich wieder. »Rolf hatte nie einen Anker im Leben. Ich hatte mein Studium, meine Frau, meinen Job. Er hatte nur die Drogen.« Er blickte zur Tür, wo die Empfangsdame ein Zeichen der Dringlichkeit gab. »Wenn ich wüsste, wo sie ihn suchen können, würde ich Ihnen helfen. Wenn das, was mein Vater da draußen veranstaltet hat, publik wird, kann ich den Laden hier dichtmachen! Diesen Skandal überlebt meine Firma nicht. Die Aasgeier warten doch nur darauf, mich fertigzumachen.«

»Aasgeier?«

Hader schenkte ihr ein mildes Lächeln. »Die Branche ist gnadenlos. Nach dem Wirtschaftsaufschwung der letzten Jahre brechen nun härtere Zeiten an. Die Konkurrenz aus China drängt auf den Markt, und sie demontiert unsere Preise.« Er stand auf und kam um den Schreibtisch, um sie zu verabschieden.

Frida erhob sich ebenfalls und ging zur Tür. »Melden Sie sich bitte, wenn Ihnen noch eine Idee kommt, wie wir Ihren Bruder finden können. Vielleicht erinnert sich Ihre Frau an irgendetwas.«

Robert Hader öffnete die Tür. »Das glaub ich kaum. Theresa konnte Rolf nicht ausstehen. Er passte nicht in ihr blank poliertes Weltbild.«

†

Dr. Roland Held war der kaufmännische Leiter der Entzugsklinik, ein drahtiger Endfünfziger mit den ersten lichten Stellen im ergrauten Haar. Er empfing Haverkorn und seinen Frankfurter Kollegen in seinem Büro, einer gemütlichen Oase mit Zimmerpflanzen in Deckenhöhe und Couchecke, das mit der kalten Eleganz von Robert Haders Büro in der Hafencity rein gar nichts gemein hatte. Er lächelte und machte einen gelösten Eindruck.

Christian Poschl übernahm die Gesprächsführung, als sie auf der Couch Platz genommen hatten. »Wir ermitteln noch immer im Fall der verschwundenen Isabelle Helthoff. Und es gibt neue Erkenntnisse.«

»Neue Erkenntnisse?« Der Klinikleiter schlug einen geschäftlichen Ton an. »Haben Sie sie endlich gefunden?«

»Nein, leider nicht.« Christian Poschl warf Haverkorn einen kurzen Blick zu. Sie hatten vorher abgesprochen, dass er die Information herausgeben konnte, dass es einen Fall mit Parallelen gab. »Einer Ihrer früheren Patienten, der 2001 ebenfalls hier in der Klinik war, als Frau Helthoff verschwand, ist im Zuge anderer Ermittlungen aufgetaucht. Wir vermuten einen Zusammenhang.«

»Ach wirklich? Und wie heißt dieser Patient?«, forschte Dr. Held nach.

»Es handelt sich um Rolf Hader. Erinnern Sie sich vielleicht an ihn?«

Die Tür wurde geöffnet, und Helds Sekretärin kam mit dem Tee herein. Sie stellte die Tassen und einen Teller mit Waffeln auf den Tisch.

»Danke, Frau Gauting!« Der kaufmännische Leiter stand auf und ging zu seinem Schreibtisch. »Rolf Hader, der Name sagt mir leider nichts mehr.«

Haverkorn sah, dass Helds Sekretärin einen Moment innehielt, als der Name des Patienten fiel. Sie sah ihren Chef an, der sich auf seine Suche im Computer konzentrierte. Diskret verließ sie das Büro und schloss die Tür.

»Wenn ich mir sein Foto ansehe, erinnere ich mich vage an ihn. Hier steht, dass er unsere Behandlung auf eigenen Wunsch vorzeitig abgebrochen hat.«

»Würden Sie uns die Akte aushändigen?«, fragte Haverkorn. »Auch ein Foto von ihm wäre hilfreich.«

Der Klinikleiter rückte vom PC weg. »Ohne seine Zustimmung kann ich Ihnen die Akte nicht übergeben.«

»Rolf Hader ist seit über zehn Jahren verschollen.«

»Dann bringen Sie mir einen richterlichen Beschluss!« Er stand auf und kam wieder zurück zur Couch.

Haverkorn stand auf. »Das regle ich sofort!« Er fragte nach der Mailadresse der Klinikleitung und ging nach draußen, um mit dem zuständigen Staatsanwalt zu telefonieren, der sich darum kümmern sollte. Dann rief er Frida an, erreichte aber nur ihre Mailbox. Haverkorn sprach darauf, umriss die Situation in der Klinik und erzählte von dem ähnlichen Opfertyp. Er steckte das Handy ein und trat zum Schreibtisch der Sekretärin. Sie wirkte auf ihn wie eine dieser unscheinbaren guten Seelen in Vorzimmern.

Sie sah auf und lächelte ihn an. »Ja, bitte?«

»Frau Gauting, richtig?«

»Richtig.«

»Sie erinnern sich an Rolf Hader?«, wagte er die direkte Konfrontation.

Sie sah ihn überrascht an. »Ja, das stimmt. Rolf! Er war ein netter Patient!«

Haverkorn war überrascht. Als »nett« hatte ihn noch niemand bezeichnet. »Dann kannten Sie ihn näher?«

»Nun ja, nah würde ich nicht sagen. Ich habe Rolf mal bei einer Sache geholfen, und er hat sich dankbar gezeigt.«

Haverkorn lehnte sich an ihren Schreibtisch. »Erzählen Sie mir mehr? Worum ging es da?«

»Rolf hatte die Anmeldung für einen Kurs verschludert. Und weil dieser übervoll war, bat er mich, bei Dr. Held ein gutes Wort einzulegen, damit er noch teilnehmen konnte.«

»Was war das für ein Kurs?«

»Ein Malkurs.« Der Zug um ihren Mund wurde weich. »Er war sehr begabt!« Sie zeigte auf ein Aquarellbild hinter ihr an der Wand. »Das hat er mir geschenkt.«

Haverkorn musste zugeben, dass das Bild, das einen einsamen Strand mit Treibgut zeigte, gelungen war. Hader hatte nur Natur gezeichnet, keine Menschen. Das Aquarell wirkte melancholisch und verletzlich. War dies seine verborgene Seite?

»Und sie konnten ihn im Malkurs unterbringen?«

Sie lachte, und ihr Lachen war ansteckend. »Mein Chef konnte mir schon damals nichts abschlagen.«

»Das glaube ich Ihnen aufs Wort!« Aufmunternde Worte halfen, bei Zeugen Vertrauen aufzubauen. »Und wie hat sich Herr Hader bei Ihnen erkenntlich gezeigt?«

Sie hob den Zeigefinger. »Nicht so, wie Sie jetzt denken! Er hat mir Lakritz aus Hamburg auf den Schreibtisch gelegt. Das mag ich so gern.«

»Kannten Sie auch Isabelle Helthoff?«, fragte er weiter.

»Natürlich!« Ihr Lachen wich ehrlicher Besorgnis. »Es ist schrecklich, was damals passiert ist. Isabelle war eine so schöne junge Frau. Und sie war auf dem besten Weg, ihre Sucht zu besiegen.« Sie beugte sich zu Haverkorn und senkte die Stimme. »Rolf hat das wirklich fertiggemacht, als sie verschwand. Hier neben diesem Schreibtisch hat er gestanden und geheult wie ein Kind. Er hat es kaum verkraftet, dass sie plötzlich nicht mehr da war.«

Haverkorn war überrascht. Was für eine Show hatte Rolf Hader hier abgezogen? »Herr Dr. Held sagte, er und Isabelle hätten sich kaum gekannt.«

Sie überkreuzte die Arme. »Wenn Sie in einem Unternehmen an die wirklich wichtigen Informationen wollen, dann fragen Sie nie den Chef! Der kennt meistens nur die Aktenlage oder das, was man ihm zuträgt. Fragen Sie seine Sekretärin, die kennt die Menschen persönlich.« Sie kostete ihren kleinen Triumph aus. »Rolf und Isabelle waren ein Liebespaar. So etwas war und ist in der Klinik nicht erwünscht, also haben sie es geheim gehalten.« Sie schaute ihn traurig an. »Rolf hat es nur mir anvertraut.«

Kapitel 25

»Wir haben ein Foto von Rolf Hader vom Bürgeramt in Heide bekommen, wo sein letzter Personalausweis ausgestellt wurde. Das lassen wir beim LKA bearbeiten und auf sein heutiges Alter anpassen. Natürlich auch in der Variante mit Vollbart. Dann geht das Foto in die Fahndung.« Frida hörte an Haverkorns Tonfall, dass er motiviert war, weil nun endlich wieder Bewegung in den Fall kam. »Ansonsten nicht viel Neues. Er hat sich recht gut in der Klinik aufgeführt, hat auf Wunsch seines Bruders …«, Haverkorns Telefonstimme brach kurz ab, dann war er wieder da, »… Anti-Aggressionstraining teilgenommen. Einmal ist er im Park mit einem Joint erwischt worden, das hat mir die Sekretärin des Klinikleiters erzählt.«

»Das ist alles?«, fragte Frida unzufrieden.

»Nicht ganz. Isabelle Helthoff und Rolf Hader waren ein Liebespaar. Die Sekretärin war wohl eine enge Vertraute von Hader. Sonst weiß offenbar niemand davon.«

Frida drehte sich auf ihrem Stuhl zum Fenster, legte die Beine auf den Schreibtisch und sah hinaus zur Stadtkirche St. Laurentii. Die Zwiebelhaube und die vier Spitztürmchen an den Ecken glänzten in der Sonne. »Was, wenn es stimmt?«

»Vielleicht hatten sie Streit, bevor Isabelle verschwunden ist, vielleicht wollte sie sich von ihm trennen, und er hat sich mit Gewalt genommen, was sie ihm nicht mehr geben wollte. Wir werden es nicht erfahren. Spekulationen bringen hier nichts.«

»Etwas anderes hat die Akte nicht ergeben? Nur, dass er Hasch geraucht hat?«

»Den psychopathologischen Befund und die Verhaltensanalysen, die über jeden Patienten erstellt werden, hat uns der Klinikleiter nicht überlassen. Dafür brauchen wir einen richterlichen Beschluss. Ich fahre jetzt zurück, bin morgen wieder im Büro. Anja hat das Foto von Rolf Hader schon bekommen. Sie setzt sich mit dem LKA in Verbindung. Ich habe es dir auch per Mail geschickt. Schau mal, ob das der Mann aus der Mühle sein könnte.«

Während Frida ihre E-Mails sichtete, erzählte sie, was sie beim Gespräch mit Robert Hader erfahren hatte. »Ich glaube ihm. Er weiß nicht, wo sein Bruder ist. Ihm geht gerade der Arsch auf Grundeis. Wenn die Presse erst mal an ihm dran ist …«

»Noch hat Wahler kein Statement abgegeben. Und das wird er auch nicht, bevor wir Rolf Hader gefunden haben.«

Sie hatte Haverkorns E-Mail angeklickt und das Foto geöffnet: Es zeigte einen Mann in den Dreißigern. Er hatte kurze dunkle Haare, trug jedoch keinen Bart. Ein kleiner Leberfleck war über der linken Augenbraue zu erkennen. So ein individuelles Merkmal war äußerst hilfreich für die Fahndung. Sie sah lange auf seine Augen. Leer, traurig, hoffnungslos. Sie kamen ihr bekannt vor. Frida versuchte, sich diesen Mann mit Vollbart und längeren Haaren vorzustellen. »Ich weiß nicht, ob das der Typ in der Mühle war«, sagte sie. »Ich warte ab, was das LKA aus dem Foto herausholt. Die Augenpartie kommt mir irgendwie bekannt vor. Aber vielleicht erinnert sie mich auch nur an einen Suffi vom Kiez. Keine Ahnung!«

»Frida, fahr noch mal raus aufs Land und rede mit den Leuten! Frag gezielt nach einem Landstreicher im besagten Zeitraum.«

»Okay! Das mache ich. Gute Fahrt und bis morgen!« Sie legte auf und ging ins Nachbarbüro, wo Anja auf der Tastatur klapperte.

»Ich habe mit Bjarne telefoniert. Ich werde mich in Altendeich nach dem Landstreicher erkundigen. Vielleicht wurde er ja in der Nähe noch mal gesichtet.«

»Tu das ...« Ihre Kollegin arbeitete konzentriert weiter. »Das Foto habe ich ans LKA geschickt mit einem Dringlichkeitsvermerk. Ein paar Mitarbeiter von Suppenküchen haben sich bei mir gemeldet. Aber das Phantombild, das wir von dir haben, ist zu ungenau. Das passt so ungefähr auf fünfzig Prozent ihrer Kunden. Und mit dem Namen Rolf Hader wird das auch nichts. Die meisten kennen ja gar nicht die Klarnamen der Leute dort. Sie kennen nur Krätze, Atze und Keule, wie die sich eben auf der Straße rufen. Hoffentlich kommen wir mit dem Foto weiter!«

»Das klappt bestimmt!« Frida legte ihr die Hand auf den Arm und ging hinaus. Sie musste diesen Landstreicher aufspüren. Hatte sie Rolf Hader am Tag nach dem Tod des Mühlenbewohners gegenübergestanden? War sie ihm wirklich so nahe gekommen? Aber wenn er in der Nacht seinen Vater die Treppe hinuntergestoßen und Anneke an einen anderen Ort gebracht hatte, warum war er dann zurückgekommen?

Seine Spur war längst kalt. Egal wen Frida fragte, niemand hatte den Landstreicher gesehen. Sie würde morgen weitermachen. Jemand musste ihm doch begegnet sein! Bevor sie nach Hause fuhr, machte sie einen kleinen Umweg zum Hof von Jesper Ahlsen. Er hatte sich noch nicht bei ihr gemeldet, und sie wollte vorsichtig nachhaken, ob er sich eine Kooperation vorstellen konnte.

Seine Familie saß in der Küche beim Abendessen. Jesper lud sie ein mitzuessen, aber sie wollte nach Hause. »Meine Eltern warten auf mich. Ich komme morgen wieder.«

Jesper schien zu ahnen, weshalb sie gekommen war. Er folgte ihr auf den Hof und brachte sie zum Jeep. »Zu deinem Vorschlag! Ich hab mir ein paar Gedanken dazu gemacht.«

»Und?«

»Da ist noch einiges zu berücksichtigen, aber der Ansatz ist wirklich gut.«

Sie war erleichtert. »Das ist großartig! Wenn wir da einen vernünftigen Weg finden ...«

»Eins nach dem anderen! Erst mal redest du mit deinem Vater! Wenn Fridtjof ebenso überzeugt ist, dass er eine Partnerschaft möchte, sprechen wir weiter. Okay?«

Sie umarmte ihn. »Ich rede sofort mit ihm und rufe dich an. Geh wieder rein! Sie warten auf dich.«

Frida gab Gas und nebelte den trockenen Feldweg ein. Endlich gab es Hoffnung für ihren Hof. Sie musste nur noch ihren Vater überzeugen, der ein übler Sturkopf sein konnte. Aber er musste einsehen, dass es die beste Lösung war, den Hof und ihr Zuhause zu erhalten. Jesper war ehrlich und arbeitete hart. Er hatte sich längst Fridtjofs Vertrauen und seine Wertschätzung verdient. Dennoch würde es ihrem Vater schwerfallen, wenn er sich in Zukunft mit dem jungen Bauern absprechen und Entscheidungen gemeinsam mit ihm treffen musste. Wie würde er auf das

Thema Kirschen reagieren? Er hatte sein Leben lang Äpfel angebaut. Würden ihn Jespers moderne Arbeitsweise und die computergesteuerte Sortieranlage überfordern? Fridtjof war ein Bauer vom alten Schlag. Er konnte die Bäume lesen, war eins mit der Natur und ihren Launen, erkannte sofort, welche Insekten in den Obsthöfen nützlich und welche schädlich waren. Er wusste genau, wie er die Bäume schneiden musste, damit die Sonne durch das Blattwerk auch in die nächste Reihe fiel und die Äpfel perfekt reifen ließ. Er sah an den Blättern, welche Nährstoffe dem Baum fehlten. Von Fridtjofs Fachwissen würde auch Jesper profitieren. Es war eine Win-win-Situation. Jedenfalls in Fridas Augen. Nun musste sie ihren Vater nur noch davon überzeugen, dass er es auch so sah.

Frida parkte vor dem Haus. Die Reetdecker waren fertig geworden, die Planen verschwunden. Das Dach war wieder dicht. Ab morgen würde ein Tischler aus dem Nachbarort hier übernehmen. Das Haus bekam eine Verjüngungskur, jeden Tag ein wenig mehr.

Frida ging hinein. »Mama?«

Bruno kam durch die Diele gefegt und sprang vor Freude an ihr hoch. Arthur trottete geruhsam hinter ihm her.

Ihre Mutter saß in der Küche. Sie knetete ein Taschentuch in der Hand. »Mein Kind, endlich!«

»Hast du geweint? Was ist denn los? Ist was mit Papa?«

Marta schnäuzte ins Taschentuch. »Dieser Mann war da, der Bauer aus dem Alten Land. Sie sind zusammen weggefahren.« Mit rot geweinten Augen sah sie ihre Tochter an. »Sie sind zum Notar. Dein Vater will den Hof verkaufen.«

Frida rief in den Büroräumen des Notars an, doch dort sprang nur die Mailbox an. Eine monotone Stimme teilte ihr mit, dass sie außerhalb der Geschäftszeiten anriefe. Sie wusste, dass der Notar für gute Kunden Ausnahmen machte und auch abends Termine wahrnahm. Einen Hof in dieser Größenordnung zu verkaufen war ein einträgliches Geschäft für ihn. Das würde er sich nicht entgehen lassen. Wie sollte sie ihren Vater erreichen? Ein Handy hatte er nicht, hatte sich immer dagegen gewehrt, sich ein Mobiltelefon anzuschaffen. »Brauch ich nicht!«, war seine Erklärung gewesen.

Ihre Mutter hatte erzählt, Fridtjof habe ein so gutes Angebot für den Hof bekommen, das er unmöglich ablehnen könne. Mit Hermann Wolters sei besprochen, dass sie noch bis Ende des Jahres mietfrei im Haus bleiben könnten, um in Ruhe eine Wohnung zu suchen. Frida wolle er damit nicht belasten. Sie habe ihr eigenes Leben, der Hof sei für sie nur eine Bürde. Er werde ihr diese Entscheidung abnehmen. Ein für alle Mal!

Ihre Mutter hatte versucht, ihn umzustimmen. Oder wenigstens auf Frida zu warten und nicht sofort zu verkaufen. Aber Fridtjof hatte sich nicht erweichen lassen. Der Sturschädel der Paulsens, wie sie ihn hasste!

Sie fluchte, startete den Jeep und gab Gas, raste durch die Hofausfahrt auf die Straße und hätte beinahe einen Radfahrer übersehen, der einen Schlenker machte und zum Glück nicht stürzte.

Fridtjof war vor einer guten Stunde aufgebrochen. Das Notariat lag im übernächsten Ort. Sie konnte es schaffen, wenn die Formalien die beiden Parteien vor der Unterzeichnung noch ein wenig aufhielten. Auf der Bundesstraße kam sie gut voran. Sie holte alles aus ihrer alten Schüssel heraus, was möglich war. Die Vorstellung, dass ihr Zuhause bald einem Fremden aus dem Alten Land gehören würde, machte sie wütend. Aber vor allem schmerzte es sie, sich vorzustellen, dass sie ihn verloren. Dieser Hof war von Generation zu Generation weitergegeben worden, der ganze Stolz der Paulsens. Auch wenn sie keine Bäuerin war und die Tradition nicht fortführen würde, das Haus und die Ländereien gehörten zu ihrer Familie! Und sie hatte eine gute Alternative gefunden, eine solide Grundlage für die nächsten Jahre.

Vor dem Gebäude der Kanzlei stellte sie den Jeep auf den Bürgersteig ins Parkverbot. Es war ihr egal, sie hatte keine Zeit zu verlieren. Auf der anderen Straßenseite stand der schwarze Pick-up ihres Vaters. Daneben parkte der SUV des Bauern aus dem Alten Land.

Sie klingelte Sturm, klopfte an die Tür. Nichts passierte. Nochmals versuchte sie es über das Telefon, ließ es wieder und wieder klingeln. Nur die Mailbox. Sinnlos.

Sie war wütend und enttäuscht, dass ihr Vater über ihren Kopf und den ihrer Mutter hinweg entschieden und sich zu einem Verkauf hatte überreden lassen. Wie konnte er sie so übergehen? Sie lebte seit Monaten bei ihnen, hatte Fridtjof das ganze Frühjahr bei den Arbeiten auf dem Hof unterstützt, bevor sie wieder in den Polizeidienst zurückgekehrt war. Sie zahlte aus ihrer Tasche die Sanierungsarbeiten! Was erwartete er noch von ihr? War es eine Bestrafung, weil sie nicht seinen beruflichen Weg eingeschlagen hatte? Oder war es tatsächlich pure Verzweiflung?

Plötzlich wurde die Haustür geöffnet. Hermann Wolters kam heraus, warf ihr einen schnellen Blick zu und ging grußlos an ihr vorbei. Sie sah ihm nach, wie er in seinen SUV stieg und davonfuhr.

Zu spät. Es war vorbei.

Sie schob die Tür auf und stieg die Treppe nach oben, öffnete die Tür zur Kanzlei. Sie hörte Stimmen im Zimmer des Notars.

»... gut daran tun, dich mit deiner Bank zu verständigen«, hörte sie die Bassstimme des Notars.

Sie klopfte an und ging hinein.

»Frida!« Ihr Vater saß am Tisch und sah sie überrascht an. Er sah schlecht aus, blass, unrasiert, verzweifelt.

»Wie konntest du das tun?«, fragte sie. »Das ist auch Mamas und mein Zuhause! Wie konntest du den Hof einfach über unseren Kopf hinweg verkaufen?«

Fridtjof senkte den Kopf und schob die vor ihm liegenden Unterlagen zusammen. »Du hast recht!« Er sah sie an. »Das ist unser Zuhause! Deshalb habe ich auch nicht unterschrieben. Ich hab's nicht übers Herz gebracht.« Langsam stand er auf. Er wirkte ausgezehrt, schien in wenigen Stunden um Jahre gealtert. »Aber wir sind pleite. Nächste Woche muss ich Insolvenz anmelden. Ich weiß einfach nicht weiter.«

Sie ging zu ihm und umarmte ihn, spürte ihre Tränen. »Ich weiß einen Ausweg, Jesper wird uns helfen.«

Er löste sich von ihr. »Jesper?«

»Komm! Lass uns nach Hause fahren. Dann überlegen wir, wie es weitergeht.«

Nun galt es, Tatsachen zu schaffen. Frida rief Jesper aus dem Auto an, und er sagte zu, sofort zum Paulsen-Hof zu kommen. Als sie wieder zu Hause waren, konnte ihre Mutter die gute Nachricht kaum fassen. Sie war überglücklich, dass ihr Mann zur Vernunft gekommen war, und vergoss vor Erleichterung ein paar Freudentränen.

Kurz darauf erschien Jesper, und sie setzten sich um den Küchentisch. Marta brachte Bier, Obstschnaps und schmierte ein paar Brote. Sie wusste, dass es eine lange Nacht werden würde. So saßen sie alle zusammen, die Hunde schliefen neben ihnen, und Fridtjof legte die Karten auf den Tisch.

Das Geld, das er mit der letzten Apfelernte verdient hatte, war aufgebraucht. Er würde nicht einmal die Saisonarbeiter für die neue Ernte zahlen können. Die Hausbank würde ihm keinen weiteren Kredit bewilligen, sie kannte seine prekäre Finanzlage. Einem Bauern mit leeren Taschen gab man kein Geld. Den Hof hatte er längst beliehen, die nächste Rate war fällig. Eine ausweglose Situation für Fridtjof Paulsen. Für ihn war es der einzige Weg gewesen, alles zu verkaufen und damit die Gläubiger auszuzahlen. Bei Hermann Wolters' Kaufangebot wäre nach Abzug der Schulden noch eine Restsumme für ihn und Marta fürs Altenteil sowie für die Bedienung von Fridas Kredit geblieben, den sie für die Sanierung des Hofes aufgenommen hatte. Aber als er beim Notar gesessen und Wolters ins Gesicht gesehen hatte, war ihm klar geworden, dass es ihm nicht möglich war, sich von seinem Hof zu trennen. Er war sein Leben und das seiner Frau. Und er bedeutete Frida viel, das hatte er endlich verstanden. Er hatte den Stift weggelegt und den Wutausbruch des Bauern von »drüben« über sich ergehen lassen.

Sie schwiegen, als Fridtjof alles auf den Tisch gepackt hatte, was es zu sagen gab. Frida teilte eine Runde Obstbrand aus und eröffnete ihrem Vater ihre Idee, mit dem Ahlsen-Hof eine Kooperation einzugehen. Er ließ seine Tochter reden, sah sie an und schüttelte hin und wieder den Kopf, was wohl mehr Bewunderung als ein Zeichen seiner Ablehnung war. Als sie fertig war, übernahm Jesper. Er hatte sich bereits Gedanken gemacht, wie die Partnerschaft zwischen den beiden Höfen aussehen konnte. Die Pläne, ins Dachkirschengeschäft einzusteigen, ließen Fridtjof aufhorchen. Endlich kam wieder Leben in ihn, seine Wangen bekamen Farbe, und er diskutierte lange mit dem jungen Bauern. Selbst als Marta und Frida gegen zwei Uhr in der Nacht vom Tisch aufstanden, um ins Bett zu gehen, blieben die Männer sitzen, ganz in ihre Fachsimpelei vertieft.

Frida spürte, dass für den Paulsen-Hof nun ein neues Zeitalter anbrach. Sie hatte die beiden Bauern zusammengebracht, nun mussten sie sich einigen. Jesper hatte eine erste Finanzspritze für den Hof zugesagt, um die Insolvenz abzuwenden. Sie würden in den nächsten Tagen einen Kooperationsvertrag ausarbeiten und schon bald die ersten von Fridtjofs Anlagen besichtigen, die nach der Apfelernte gerodet und auf den Anbau von Kirschen umgestellt werden konnten.

Als Frida im Bett lag, sah sie, dass Torben sich gemeldet hatte. *Ich vermisse dich*, schrieb er. *Wann sehen wir uns?*

Ganz bald!, schrieb sie und schlief ein, bevor sie seine Antwort gelesen hatte.

†

Haverkorn rief am Morgen seine E-Mails ab und wartete auf sein kleines Team, das noch in der Kaffeeküche festhing. Die gestrige Fahrt vom Taunus in den Norden war nervenaufreibend gewesen. Baustellen und Staus hatten ihm das Vorwärtskommen erschwert. Er war erst kurz vor Mitternacht im Bett gewesen. Henni hatte ihm das Abendessen bereitgestellt, und er war glücklich gewesen, dass sie auch die afrikanischen Skulpturen aus dem Wohnzimmer weggeräumt hatte. Sie kannte ihn scheinbar schon besser, als er gedacht hatte. Der Nagelmann bewachte nun wohl Hennis Schlaf in ihrem Zimmer.

Anja und Frida kamen zur Tür herein und stellten ihm eine Tasse Kaffee hin. Auch Klaus Behrens gesellte sich zu ihnen und schloss die Tür. Haverkorn umriss noch einmal den Tag im Taunus, berichtete von den Erkenntnissen zum Verschwinden von Isabelle Helthoff und kam zu den Informationen, die er von der Sekretärin des Klinikleiters bekommen hatte.

»Das LKA war wirklich schnell!«, sagte Anja im Anschluss. »Die Kollegen haben sich gestern noch an das Foto gesetzt. Sie haben Rolf Haders aktuelles Alter simuliert. Einmal ohne und einmal mit Vollbart. Beide Fotos habe ich gestern in die Fahndung gegeben. Soziale Einrichtungen wie Suppenküchen und Obdachlosenheime im Umkreis von hundert Kilometern habe ich direkt mit den Fotos versorgt.«

Klaus Behrens berichtete von seinen Nachforschungen, die jedoch keine Ergebnisse gebracht hatten.

Während sein Kollege sprach, sah Haverkorn Frida an, die müde wirkte. War sie wieder bei Torben in Hamburg gewesen?

»Was ist bei dir?«, fragte er sie, als Klaus fertig war. »Hast du Zeugen gefunden, die den Landstreicher gesehen haben?«

»Nein!« Sie gähnte verhalten. »Bisher nichts. Ich werde heute mit der Befragung weitermachen, wenn das okay ist?«

»Tu das!« Haverkorn gefiel ihre Hartnäckigkeit. Klingelputzen war wahrlich kein schöner Job.

»Kurze Nacht gehabt?«, fragte Anja.

Frida erzählte, was am Abend bei ihr zu Hause abgelaufen war. Ihre Kollegen schwiegen. Sie verstanden, wie brenzlig die Situation auf dem Gehöft ihrer Eltern war. Als sie von ihrer Idee der Kooperation mit Jesper Ahlsen berichtete, wich ihre Betroffenheit der Freude, dass es Hoffnung gab.

»Gut!« Haverkorn ging wieder zur Tagesordnung über. »Ich werde gleich versuchen, einen richterlichen Beschluss zur Herausgabe von Rolf Haders psychopathologischem Befund und der Verhaltensanalysen zu bekommen. Anja, du bleibst weiterhin an der Fahndung nach ihm dran. Klaus, du fährst mit Frida raus in die Marsch! Nehmt die Fotos vom LKA mit und zieht den Radius um die Mühle größer. Irgendjemand muss den Landstreicher gesehen haben. Die Leute auf dem Dorf halten Ohren und Augen offen. Fremde in der Gegend fallen eigentlich immer auf.«

»Okay!«

»Ich werde gleich mit Wahler unsere neuen Erkenntnisse besprechen. Er hat heute Mittag wieder einen Termin bei Tehfs, und der will Fortschritte sehen. Vielleicht reicht ihm das erst mal aus.« Er sah nicht überzeugt aus. Das war zu wenig, um den BKI-Leiter milde zu stimmen.

»Haben die Kollegen in Frankfurt DNA-fähiges Material von Isabelle Helthoff?«, fragte Frida.

»Poschl sagte, sie hätten Proben von ihrer Zahn- und Haarbürste genommen. Warum?«

»Vielleicht sollten wir das DNA-Profil anfordern und zu Torben schicken lassen. Es gibt ja immer noch den Knochen, der in der Nähe der Mühle gefunden wurde.«

»Gute Idee. Kümmerst du dich darum, Anja?« Er schrieb ihr die Dienstnummer von Christian Poschl auf, der seine weitere Kooperation zugesagt hatte.

Als seine Kollegen das Büro verlassen hatten, lehnte er sich für einen Moment zurück. Haverkorn hatte dem Team gegenüber seine Skepsis nicht zum Ausdruck bringen wollen. Er glaubte nicht, dass sie Rolf Hader finden würden, wenn er nicht gefunden werden wollte. Der Tatverdächtige war ein Mann der Straße, besaß weder ein Handy noch eine Kreditkarte. Er konnte untertauchen und unter dem Radar leben.

Haverkorn war sich fast sicher, dass Anneke Jung längst nicht mehr am Leben war. Eine schwangere Frau war ein viel zu großes Risiko für den Entführer. Wahrscheinlich würden sie nicht einmal ihre Leiche finden.

Kapitel 26

Am Nachmittag brach vor Haverkorns Büro Hektik aus.

»Wir haben ihn!«, rief Anja. Sie stand in der Bürotür. Auf ihren Wangen bildeten sich vor Aufregung rote Flecken. »In Hamburg, in einer sozialtherapeutischen Wohngruppe, hat ihn jemand erkannt.«

Haverkorn brauchte einen Moment, um zu begreifen. Er stand auf und folgte ihr zügig über den Gang.

»Eine Sozialarbeiterin hat sich auf meinen Fahndungsaufruf gemeldet.« Anjas Stimme überschlug sich beinahe. »Sie hat ihn wiedererkannt. Seine Statur, die Militärkleidung, das Alter, der Leberfleck über dem Auge, alles passt. Sie ist sich sehr sicher, dass das der Mann vom Foto ist!«

»Wer koordiniert den Einsatz?«

»PK 11. Wahler telefoniert mit dem Einsatzleiter.«

Sie eilten ins Büro des Mordkommissionsleiters, der noch am Telefon war. »Nein, aber können wir euch schicken.« Er hörte einen Moment zu. »Das wissen wir nicht. Vielleicht mit einem Messer. Schusswaffe ist nicht sehr wahrscheinlich. Aber er ist gewaltbereit. Das SEK wäre hilfreich!« Er nickte, obwohl der andere ihn gar nicht sehen konnte. »Danke, Kollege!« Wahler legte auf. »Bjarne, wir fahren nach Hamburg. Anja, du bleibst in Rufbereitschaft, koordinierst hier vor Ort die Lage und informierst den Rest des Teams!« Er sah zur Tür. »Wo sind Klaus und Frida?«

»Zeugenbefragung in der Marsch«, sagte Haverkorn auf dem Weg zur Tür. Keine Zeit für ganze Sätze.

Der Leiter der Mordkommission nahm sein Smartphone und folgte ihm. »Gut! Los geht's!«

Sie nahmen Wahlers BMW, und er gab Gas. Haverkorn wurde durchgeschüttelt, irgendwann packte er den Haltegriff über seinem Kopf. Sie redeten nur das Nötigste miteinander, sein Chef musste sich aufs Fahren konzentrieren. Haverkorn war froh, dass er nicht am Steuer saß.

Fünfzig Minuten später parkten sie in St. Georg in einer Querstraße zum Zielobjekt. So schnell war er noch nie in Hamburg gewesen. Sie stiegen aus und sahen sich um. Wahler hatte die Information erhalten, dass Zivilfahnder des Polizeikommissariats 11 vor Ort waren und regelmäßig Lagemeldung gaben. Das SEK war nicht zu sehen. Die Spezialeinheit würde sich irgendwo verdeckt in einer Seitenstraße oder einem Parkhaus aufstellen und von dort gezielt losmarschieren.

Dann würde alles ganz schnell gehen.

Haverkorn sah auf der anderen Straßenseite einen Mann in ziviler Kleidung, der eine Schussweste mit der Aufschrift *POLIZEI* trug. Er redete mit zwei Männern in Zivil, wahrscheinlich Kräften des PK 11. Dieser Mann war der Einsatzführer, das Bindeglied zum SEK hier draußen. Wahler ging hinüber und sprach einen Moment mit ihm.

»Er sitzt in seinem Zimmer«, sagte er, als er zurück war. »Das SEK ist da, es geht jeden Moment los. Der Einsatzleiter hält Kontakt mit einer Mitarbeiterin in der sozialen Einrichtung.« Er wirkte angespannt. Winzige Schweißtropfen standen auf seiner Stirn. Eine solche mobile Lage hatte er auch nicht alle Tage.

Nur wenige Sekunden später tauchten die Männer des SEK aus einer Seitenstraße auf. Die neue Einsatzkleidung der Eliteeinheit war nicht mehr schwarz, sondern steingrau-olive. Haverkorn sah sie heute zum ersten Mal mit der neuen Ausrüstung. Sie waren bewaffnet, trugen Sturmhauben, Schusswesten und Helme. Zügig rückten sie in die Straße des Zielobjekts vor. In erster Linie sollte die Maskierung der Beamten sie selbst und ihre Familien vor Racheakten schützen, aber sie war sicherlich auch sehr wirksam, um Straftäter bei Einsätzen einzuschüchtern.

Das SEK war 1972 auf Weisung des damaligen Polizeipräsidenten gegründet worden. Aus dem Debakel der blutigen Befreiung der Olympiageiseln in München waren in der gesamten Bundesrepublik Konsequenzen gezogen worden und gut ausgebildete, ausgerüstete und trainierte Spezialeinheiten entstanden. Das Hamburger SEK war eine Eliteeinheit mit hoher Praxiserfahrung bei rund einhundert Einsätzen pro Jahr. Die Kollegen waren topfit. Haverkorn atmete flach. Auch wenn sie vortrefflich ausgebildet waren, konnte immer etwas schiefgehen.

Der Mann mit der Schussweste gab Wahler ein Zeichen. Es ging los. Zugriff!

Sekunden vergingen. Die Anspannung stieg. Dann kam der Einsatzführer, der mit seiner Einheit per Funk Kontakt hielt, zu Wahler. Er sah zufrieden aus. »Die Zielperson ist gesichert.«

†

Vor zwei Tagen war Frida das letzte Mal in der Mühle gewesen, um Moses, den Kater, zu füttern. Schon wenn sie auf den Hof fuhr, kam er mittlerweile angelaufen und begleitete sie ins Haus. Er wurde zutraulicher, ließ sich jedoch noch nicht von ihr anfassen. Frida war sicher, dass es irgendwann so weit sein würde, dass er ihr sein Vertrauen schenken würde und sie ihn mit auf den Hof nehmen könnte. Bruno kannte er ja schon, und Arthur würde in seinem Alter keine Schwierigkeiten machen. Moses würde sich sicherlich schnell bei ihnen einleben.

Sie stieg aus dem Jeep, und der Kater, der offenbar hinter dem Holzstapel gesessen hatte, kam maunzend auf sie zugelaufen.

Ihr Handy klingelte, und sie stellte die Katzenfutterdose aufs Wagendach. »Bjarne?«

»Nur ganz kurz, ich bin mit Wahler in Hamburg. Rolf Hader ist hier in einer Wohngruppe gesichtet worden. Das SEK ist vor Ort. Ich gebe dir Bescheid, wenn wir ihn in Gewahrsam haben.« Er wartete ihre Antwort nicht ab, sondern drückte sie weg.

Sie hatte die Anspannung an seiner Stimme gehört. Frida konnte nicht glauben, dass es plötzlich so schnell gegangen war, dass sie Rolf Hader gefunden hatten. Die vom LKA bearbeiteten Fotos von ihm waren offensichtlich der Durchbruch gewesen. Am liebsten wäre sie sofort nach Hamburg gefahren, um dabei zu sein. Aber ihr war klar, dass sie zu spät kommen und den Kollegen nur im Weg sein würde. Nun hieß es Nerven behalten und abwarten, bis Bjarne sich wieder meldete.

Sie war einige Stunden mit Klaus Behrens unterwegs gewesen und hatte in Altendeich an Haustüren geklingelt, um nach dem Landstreicher zu fragen. Aber auch zu zweit hatten sie kein Glück bei ihrer Suche. Er schien sich hier draußen bewegt zu haben wie ein Geist.

»Na komm!« Der Kater lief neben ihr, aber mit genug

Abstand, um sofort entwischen zu können, wenn sie nach ihm greifen würde.

Über sich hörte sie das pfeifende Flügelschlagen von Stockenten. Sie blieb stehen und blickte nach oben. Was würde nun aus der Mühle werden? Robert Hader würde das Erbe antreten. Hatte er vor, sie zu sanieren und zu erhalten? Oder würde er sie lieber verfallen lassen, bis sie nur noch eine Ruine und reif für die Abrissbirne war?

Frida betrat das Gebäude. Der Kater war längst in der Küche verschwunden. Sie ging zur Spüle, wo sie den Fressnapf immer stehen ließ. Aber dort war er nicht.

Sie sah sich um und entdeckte ihn unter dem Tisch. Seltsam! Hatte sie vergessen, ihn zu säubern? Sie beugte sich nach unten, griff nach dem Gefäß und füllte es. Der Kater blieb sogar sitzen, als sie sein Futter vor ihm abstellte. Vielleicht konnte sie es in den nächsten Tagen wagen, ihn zu streicheln. Frida richtete sich auf und betrachtete das Bild von Frida Kahlo.

Sie ging zum Kalender und hob das Blatt an, sah auf das zweite Foto der Künstlerin, das nun auf dem Kopf stand, und die mit Kugelschreiber gemalten Ringe über ihren Augen. Hatte Anneke dieses Bild übermalt? War das ein Lebenszeichen von ihr? Wenn ja, was hatte sie dem Entdecker dieser Botschaft sagen wollen?

Vielleicht: *Sieh genau hin!*

Frida tat es, entdeckte aber nichts Neues auf dem Kalenderblatt. Sie sah auf die Augen der Kahlo, die an ihr vorbeiblickten. Frida drehte sich um.

Oder: *Sieh hinüber?*

Gegenüber befand sich eine Wand, daran hing ein einzelnes Foto in einem Bilderrahmen.

Frida ließ das Kalenderblatt sinken und ging hinüber, sah

sich das Foto an, erkannte die alte Hufschmiede in Dithmarschen. Vor dem Haus stand eine Familie. Vater, Mutter und zwei kleine Söhne. Waren das die Haders zu einer Zeit, als die Mutter noch nicht dem Krebs erlegen war?

Die dunkelhaarige Frau mit dem schüchternen Lächeln erinnerte sie an jemanden.

Als es ihr auffiel, schlug ihr Herz schneller.

Die Frau auf dem Foto hatte eine große Ähnlichkeit mit Anneke Jung.

Konnte das sein? Hatte Josef Hader sein Opfer danach ausgesucht? Weil es ausgesehen hatte wie seine Frau?

Wann war das Foto aufgenommen worden? Vorsichtig nahm Frida das Foto ab. Sie drehte es um und öffnete die Metallverschlüsse, nahm erst ein Stück Pappe, dann das Foto heraus. Es stand keine Jahreszahl auf der Rückseite. Sie drehte es um und starrte darauf.

MONSTER

stand in großen Buchstaben auf dem unteren Bildrand, der vom Rahmen verdeckt gewesen war. Blauer Kugelschreiber, wie bei den Ringen über den Augen der Kahlo. Hatte sie gerade Annekes Botschaft entdeckt?

MONSTER. Frida schluckte trocken. Sie betrachtete die Familie, die in die Kamera lächelte.

Ein Geräusch ließ sie aufblicken. In der Tür stand ein Mann. Es war der Landstreicher, den sie schon einmal hier gesehen hatte. Haare und Vollbart waren verfilzt, die Militärkleidung, die er trug, verdreckt. Frida sah ihn an, entdeckte den kleinen Leberfleck über seiner linken Augenbraue. Sie ließ das Foto sinken. Wen auch immer das SEK gerade in Hamburg festnahm, Rolf Hader war es nicht.

†

Was für ein Tag, dachte Haverkorn und ließ sich auf seinen Bürostuhl sinken. Wieder eine Sackgasse! Diese Rückschläge machten ihn mürbe. Der Mann, den das SEK in St. Georg festgenommen hatte, war ein harmloser Suchtkranker gewesen. Ja, es gab eine gewisse Ähnlichkeit mit dem rekonstruierten Foto von Rolf Hader. Größe und Statur, das Alter und der Vollbart hatten gepasst. Der angebliche Leberfleck war jedoch ein Muttermal gewesen. Ansonsten hatte der Mann nichts mit dem Gesuchten gemein. Das hatten sie sofort festgestellt, als sie ihn erkennungsdienstlich behandelt hatten.

Der Kriminalhauptkommissar wischte mit den Händen über sein Gesicht. Es war zum Verzweifeln!

Anja stand in der Tür, sie sah sofort, wie nahe ihm der Rückschlag ging. »Es war ein Versuch! Er hätte es sein können. Wir machen weiter!«

»Was gibt's bei dir Neues?«

Sie wirkte erschöpft. »Nichts. Vielleicht ist er wirklich tot.«

»Du denkst, der Mann in der Mühle war tatsächlich nur ein Landstreicher?«

Anja zuckte die Schultern. »Kann doch gut sein.«

Was sollte er ihr antworten, um ihre Entmutigung nicht noch zu befeuern? »Ist alles okay bei dir, Anja?« Manchmal half ein offenes Wort unter Kollegen, damit es weiterging. Manchmal einfach ein offenes Ohr, das sich den Frust anhörte.

Sie seufzte leise. »Entschuldige, Bjarne. Es war ein langer Tag! Wir kommen einfach nicht weiter …« Sie ließ es so stehen.

»Ich weiß!« Er zwinkerte ihr zu. Ab und zu ließen sich Rückschläge zu zweit einfach besser wegstecken.

»Haben Frida oder Klaus sich schon gemeldet?«

»Bisher nicht.«

»Okay, mach Feierabend! Mir reicht es auch für heute.«

Anja klopfte an den Türrahmen. »Dann bis morgen!« Sie ging und ließ Haverkorn allein.

Was, wenn sie Rolf Hader nicht aufspüren konnten? Welche Option blieb ihnen noch, um Anneke zu finden?

Er starrte eine Weile auf den Computerbildschirm, ohne etwas wahrzunehmen, dann nahm er sein Handy und wählte Fridas Nummer. Es klingelte durch, die Mailbox ging ran. »Hier ist Bjarne.« Er hörte selbst, wie rau seine Stimme klang. »Fehlalarm in Hamburg! Das war nicht Rolf Hader. Schönen Feierabend!« Er legte auf.

Was nun? Es war Donnerstag. Eine Sache stand heute noch aus. Er wählte die Handynummer der Verkäuferin der alten Lehrerkate in Deichgraben. Sie hatte ihm drei Tage Zeit gegeben, um sich zu entscheiden. Heute war Tag drei.

»Matthes«, meldete sich eine Frauenstimme.

»Bjarne Haverkorn!«

»Moin, Herr Haverkorn!«

»Frau Matthes, ich bin sehr am Haus Ihres Vaters interessiert und möchte es gern noch einmal besichtigen.«

»Das freut mich!« Die Stimme der Frau klang erleichtert.

»Ich möchte es gemeinsam mit meiner Tochter kaufen, und sie würde das Haus natürlich auch gern sehen. Hätten Sie heute Abend Zeit?«

Karola Matthes überlegte einen Moment. »Das passt mir recht gut. Halb neun? Früher schaffe ich es nicht.«

»Abgemacht! Bis später.« Haverkorn legte auf und fühlte sich besser. Vielleicht konnte er anschließend mit

Henni noch auf dem Paulsen-Hof bei Frida vorbeischauen.

†

Es war stockdunkel. Sie sah die Hand vor Augen nicht. Aber schlimmer war diese Grabesstille hier unten. Frida saß auf dem Bett und hatte die Hand auf ihre Wunde gepresst. Sie hatte ein Stück ihres T-Shirts in Fetzen gerissen und damit notdürftig ihren Arm verbunden, wo Hader sie mit dem Jagdmesser erwischt hatte. Sie hatte versucht, ihn mit einem rechten Haken außer Gefecht zu setzen. Aber er war ihr ausgewichen und hatte sein Messer gezogen. Bei ihrer nächsten Aktion hatte er ihr einen Schnitt am Oberarm beigebracht. Erst dann war sie hinunter ins Dunkel gegangen, um ihn nicht noch mehr zu provozieren.

Die Wunde pochte, aber sie schien nicht mehr nachzubluten. Frida wusste, dass es keinen Sinn machte, hier unten um Hilfe zu rufen. Rolf Hader hatte die Tür der Kammer über ihr verriegelt. Hinter dem Loch, das die KTU in die Wand gebrochen hatte, um diese zu erforschen, befand sich Erdreich. Die Kammer war unterirdisch angelegt. Von hier drang kein Ruf nach draußen.

Fragen stoben durch ihren Kopf wie Pingpongbälle.

War es sein Plan gewesen, sie hier festzuhalten? Oder war sie ihm zufällig ins Netz gegangen? Hatte er vor Anneke auch Isabelle in der Kammer gefangen gehalten?

Sie versuchte, klar zu denken. Nein, Isabelle konnte nicht hier gewesen sein. Dann hätten sie ihre DNA gesichert. In diesem Raum war nur eine weibliche DNA gewesen, die von Anneke.

Frida sah Haders Gesicht vor sich. Er hatte konzentriert und entschlossen gewirkt, aber für einen Moment hatte sie etwas in seinen Augen gesehen, was sie überrascht hatte: Angst. Ihre Fäuste waren ihre einzige Möglichkeit gewesen, sich ihm zu widersetzen. Warum hatte sie ihre Dienstwaffe im Waffenschrank der Dienststelle gelassen? Weil sie diese bei den Befragungen hier draußen nicht brauchte. Niemand hatte ahnen können, dass sie plötzlich Rolf Hader gegenüberstehen würde.

Wie lange schon? Wie lange hatte er sich hier im Haus seines Vaters versteckt? War er auch beim letzten Mal in der Mühle gewesen, als sie Moses gefüttert hatte? Und davor?

Er musste gehört haben, wenn ein Fahrzeug auf den Hof fuhr. Dann hatte er sich in einer der Abstellkammern im Obergeschoss verstecken können.

Warum hatte er heute seine Deckung aufgegeben? Weil er sie beobachtet hatte? Wahrscheinlich hat er sich sicher gefühlt, weil er dachte, dass so schnell niemand mehr in der Mühle erscheinen würde. Die polizeilichen Maßnahmen waren abgeschlossen. Lediglich sie war regelmäßig hierhergekommen, um den Kater zu versorgen.

Ein großer Fehler.

†

Der Abend war warm, und in den Heckenrosen am Haus summten noch immer die Insekten. Henni stand an einer Krücke auf der Terrasse und sah in den herrlichen Garten. Sie drehte sich zu Haverkorn um, und ihr Blick sagte alles. Es war entschieden. Sie würden die Reetdachkate gemeinsam kaufen.

Karola Matthes lehnte in der Tür zur Küche und lächelte. Man sah ihr an, dass Vater und Tochter ihr als Kaufinteressenten gefielen.

»Ab wann könnten wir ins Haus?«, fragte Haverkorn.

Die Verkäuferin kam zu ihm. »Sobald ich alle Sachen ausgeräumt habe, in einer Woche, schätze ich. Der Gang zum Notar ist dann eine Formalität, Sie können gern schon vorher rein, wenn Sie möchten.«

Henni sog den schweren Duft der Blüten ein. »Ich kann noch gar nicht fassen, dass wir bald hier wohnen werden.«

»Ein paar Dinge stehen vorher schon noch an«, sagte er. »Oben muss ein zweites Bad eingebaut werden. Und du musst erst einmal deine Wohnung kündigen.«

»Wir können vorerst mit einem Bad auskommen. Das haben wir doch bis jetzt auch geschafft.« Ihr Gesicht wirkte weich. So glücklich hatte er seine Tochter noch nie gesehen.

»Sie sind in Gedanken schon eingezogen, oder?« Karola Matthes sah auf ihre Armbanduhr. »Ich muss jetzt los, aber wissen Sie was? Sie bekommen meinen Zweitschlüssel. Fühlen Sie sich wie zu Hause. Ich telefoniere morgen mit dem Notar und sage Ihnen Bescheid, wann er einen Termin frei hat. Abgemacht?« Sie gab Haverkorn die Hand. Er schlug ein.

Danach reichte sie Henni die Hand. »Sie werden sich hier wohlfühlen, ganz sicher! Das Beerenobst und die Äpfel ganz hinten im Garten sind schon reif. Bitte, bedienen Sie sich! Wir haben selbst genug Obst.«

Karola Matthes holte ein Schlüsselbund aus der Küche und nahm einen der Haustürschlüssel ab. Sie gab ihn Haverkorn. »Willkommen in Ihrem neuen Zuhause!«

Er steckte den Schlüssel ein und brachte die Verkäuferin zur Haustür. »Danke für Ihr Vertrauen!«

»Ach was! Ich habe meinem Vater erzählt, dass Sie seine Kate vielleicht kaufen wollen, und er war gleich ganz aus dem Häuschen. Für Sie legt er die Hand ins Feuer, hat er gesagt. Ich soll Sie von ihm grüßen!«

Karola Matthes verabschiedete sich und schloss die Gartenpforte hinter sich. Haverkorn sah ihr nach und spürte eine Leichtigkeit, die ihn melancholisch werden ließ. Er hatte das Gefühl, hier zu Hause zu sein, obwohl ihm die Kate noch nicht einmal gehörte.

Henni stand hinter ihm. »Komm, wir schauen mal, wo wir uns einrichten können, wenn oben das Bad eingebaut wird.«

»Du willst schon einziehen?«

»Sobald Frau Matthes die Sachen ihres Vaters geholt hat. Worauf sollen wir warten? Es ist Sommer. Den möchte ich gern hier im Garten verbringen.«

Es dämmerte, als Haverkorn den Passat auf den Paulsen-Hof lenkte und vor dem Haus abstellte. Als er ausstieg, registrierte er das Gerüst am Haus und die helleren Stellen im Dach. Frida hatte ihm von ihren Plänen erzählt, das alte Reetdachhaus nach und nach zu sanieren. Dann schritten die Arbeiten also voran.

Haverkorn ging zur Beifahrertür und half Henni beim Aussteigen. Er zog ihre Krücke von der Rückbank und reichte sie ihr. Auf dem Weg zum Haus sah er Fridtjof Paulsens schwarzen Pick-up, den sich Frida vor einigen Tagen ausgeliehen hatte. Aber ihr Jeep stand nicht auf dem Hof. War sie noch unterwegs? Er zögerte. Vielleicht war sie bei Torben Kielmann in Hamburg?

Ein brauner Setter kam angelaufen und begann zu bellen. Dann folgte der Hütehund Arthur, den Haverkorn bereits kannte. Fridas Mutter stand in der Haustür. »Das ist ja eine Überraschung!« Sie kam ihnen entgegen. »Herr Haverkorn!«

Er drückte ihr die Hand und stellte seine Tochter vor.

»Ich wusste gar nicht, dass Sie Kinder haben!«

»Ich bin Henni!«, begrüßte sie Marta Paulsen.

»Wollen Sie zu Frida?«

»Ja, wir waren gerade in der Nähe. Ich dachte, sie sei schon zu Hause.«

Ihre Mutter wirkte ratlos. »Sie ist heute Morgen weggefahren, und seitdem haben wir sie noch nicht gesehen. Wahrscheinlich arbeitet sie noch.«

Er zog sein Handy aus der Tasche und wählte ihre Nummer. Wieder nur die Mailbox. »Vielleicht ist sie ja bei ihrem Freund in Hamburg.«

Martas Kopf fuhr herum. »Frida hat einen Freund?«

Schon als er es ausgesprochen hatte, wusste er, dass es ein Fehler gewesen war. »Nun ja, es gibt da wohl einen Mann, mit dem sie sich gern trifft. Mehr weiß ich auch nicht.«

Ein skeptischer Blick. »Und wie heißt er?«

Haverkorn hatte sich mit dem Rücken zur Wand manövriert. Wie kam er aus der Geschichte wieder raus? »Besser, Sie fragen sie selbst.«

Fridas Mutter sah Henni an. »Möchten Sie gern reinkommen?«

»Das ist wirklich nett, aber wir möchten Ihnen so spät keine Umstände machen«, antwortete Henni. »Ich muss nach Hause und mich ausruhen. Es war ein langer Tag.« Sie wies auf ihre Krücke.

Marta Paulsen nickte verständnisvoll. »Dann aber ein anderes Mal!«

Sie verabschiedeten sich von Fridas Mutter und stiegen wieder ein. Es war schon dunkel, als sie vom Hof fuhren.

Frida verspätete sich. Das würde Wahler nicht gefallen, wenn sie nicht pünktlich zur Teamsitzung hier war. Er sah auf die Anzeige der Uhrzeit auf seinem Bildschirm. 07.57. Noch drei Minuten. Er überlegte, dann rief er Frida an.

Mailbox.

Langsam lehnte er sich zurück und sah auf ihren verwaisten Platz. Er freute sich, dass sie mit Torben Kielmann ihr Glück gefunden hatte, aber dass ihr Privatleben sie von ihrem Job ablenkte, würde er nicht zulassen. Nochmals nahm er das Handy und rief die Festnetznummer ihrer Eltern an. Ein Versuch war es wert.

»Paulsen!« Die Stimme ihrer Mutter.

»Moin, hier ist Haverkorn. Frida ist noch nicht im Büro. Ist sie denn heute Nacht noch nach Hause gekommen?« Es war ihm unangenehm, denn er kam sich vor, als würde er ihr hinterherspionieren.

»Sie hat nicht mit uns gefrühstückt, und ihr Auto ist auch nicht hier.«

»Haben Sie mit ihr telefoniert?«, fragte er weiter.

»Sie hat sich bisher nicht bei uns gemeldet.« Er hörte die wachsende Aufregung in ihrer Stimme.

»Machen Sie sich keine Sorgen. Sie hat sicherlich bei ihrem Freund in Hamburg geschlafen. Wenn sie da ist, sage ich ihr, dass sie sich sofort bei Ihnen meldet. In Ordnung?«

»Ja gut, Herr Haverkorn!«

Die nächste Nummer, die er anrief, war die von Dr. Torben Kielmann im Rechtsmedizinischen Institut.

»Moin, Torben!«, grüßte er, als er den Rechtsmediziner erreicht hatte. »Sag mal, hat Frida bei dir übernachtet?«

Torben Kielmann zögerte. »Frida?«

»Sie hat es mir erzählt. Freut mich für euch!«

»Nein, sie war nicht bei mir letzte Nacht«, sagte er. »Was ist denn los?«

Haverkorn atmete langsam aus. »Sie ist nicht erreichbar, und zu Hause war sie heute Nacht auch nicht. Wir haben hier gleich einen wichtigen Termin.«

»Bleib mal dran, ich ruf sie an.«

Haverkorn wartete. Er hörte Torbens Stimme im Hintergrund. »Hi, ich bin's. Melde dich bitte mal bei mir, wenn du das abhörst.«

Dann war er wieder dran. »Nur ihre Mailbox. Ich rufe dich an, wenn sie zurückruft, okay?«

»Danke, Torben!« Er drückte ihn weg.

Klaus Behrens klopfte an den Türrahmen. »Das Teammeeting fängt an, kommst du?«

Haverkorn legte das Handy weg und stand auf. »Sag mal, Klaus. Du warst doch gestern mit Frida in der Marsch unterwegs.«

Sein Kollege nickte. »Ja, warum?«

»Wann habt ihr euch getrennt?«

Er überlegte einen Moment. »Vielleicht gegen sechs.«

»Wohin wollte sie danach, weißt du das?«

Klaus Behrens schien Haverkorns Anspannung zu bemerken. »Was ist denn los?«

»Vielleicht ist es harmlos, aber sie ist seit gestern Abend weder zu Hause gewesen noch per Handy erreichbar.«

»Soweit ich weiß, wollte sie zum Abendessen nach Hause fahren.« Er dachte nach. »Ach so, vorher wollte sie in die Deichmühle, den Kater füttern.«

Haverkorn stockte. »Scheiße!« Er eilte zur Tür hinaus, über den Gang zum Besprechungsraum. Nick Wahler sah ihn verärgert an, als er ins Meeting platzte, das soeben begonnen hatte. Der Raum war voller Leute. Zur SOKO Tankstelle gehörten eine Menge Ermittler, die durch andere Dezernate der Mordkommission zur Verfügung gestellt worden waren.

»Frida ist seit gestern Abend verschwunden. Unsere letzte Info ist, dass sie zur Deichmühle gefahren ist.« Alle Augen waren auf ihn gerichtet.

Wahler wirkte verärgert. »Und?«

»Ich fahre raus und schaue nach.«

»Wenn Frida mal wieder zu spät kommt, müssen wir hier nicht gleich das große Karussell anwerfen. Setz dich erst mal, wir kommen gleich zu eurem Fall! Über Frida reden wir später.«

Haverkorn blieb stehen. »Da stimmt was nicht!« Er erklärte, dass Frida nachts nicht zu Hause gewesen und nur ihre Mailbox erreichbar war. »Rolf Hader ist noch da draußen. Frida hat ihn zuletzt in der Deichmühle gesehen.«

Anja stand auf und sprang ein. »Die Mühle wäre ideal für Hader, um unterzutauchen. Sie ist weit ab vom Schuss. Nur Frida ist immer mal dort gewesen, um den Kater zu füttern.« Sie sah Wahler in die Augen. »Und sie entspricht genau seinem Typ.«

Wahler überlegte nicht lange. »Das Meeting wird vertagt! Zwei Kollegen bleiben hier, Fred und Birte. Ihr ortet Fridas Handy! Der Rest kommt mit mir!«

Sie hielten in einiger Entfernung der Deichmühle und ließen die Fahrzeuge stehen. Wahler schickte zwei erfahrene Kollegen vor, um die Lage zu erkunden.

»Auf dem Hof steht Fridas Jeep«, berichtete einer von ihnen, der kurz darauf zurückkam. »Die Eingangstür steht einen Spaltbreit offen. Kein Sichtkontakt mit Frida oder einer anderen Person.«

Haverkorn sah Nick Wahler an, der eine Entscheidung treffen musste. Aber jedem von ihnen war klar: Bevor das SEK in Kiel mobilgemacht hatte und hier draußen vor Ort wäre, würde zu viel Zeit vergehen. Wahler entschied, hineinzugehen und das Gebäude zu überprüfen. Fridas Handy war von den Kollegen im Innendienst hier geortet worden. Kein gutes Zeichen.

Sie verteilten die schusssicheren Westen und gingen in Zweierteams, hielten Blickkontakt. Haverkorn folgte mit Anja am Schluss. Wahler hatte sie beide als Nachhut eingeteilt. Vor der Mühle gab Wahler ein Handzeichen. Zwei Beamte gingen durch die Tür, gesichert von ihren Kollegen.

»Sicher!«, hörte Haverkorn von innen, der mit Anja absprachegemäß den Außenbereich im Auge behielt.

»Sicher!«, rief ein anderer Kollege.

Nach zwei Minuten trat Wahler wieder vor die Tür. »In der Mühle ist niemand. Das Nebengebäude!« Sie verteilten sich vor dem Wildpalast. Ein junger Polizist öffnete die Tür und ging mit der Waffe in Grundstellung voran. Zwei Kollegen folgten ihm ins Innere.

»Sicher!«, kam kurz darauf die Rückmeldung.

Haverkorn sah sich um und steckte seine Walther ins Holster. Hatte Rolf Hader Frida hier aufgelauert und überwältigt, während sie in Hamburg den Falschen verhaftet hatten? »Habt ihr auch die Kammer unter der Küche überprüft?«

»Ich war in der Küche«, sagte einer der Kollegen, der

der SOKO Tankstelle zugeteilt war. »Da war keine Kammer!«

Dann war die Klappe zu gewesen. Haverkorn lief los. Kalter Schweiß brach ihm aus, und er rüstete sich innerlich für eine schreckliche Entdeckung unter der Bunkertür.

Ich – Tag 3215

Ich sitze am Küchentisch und schäle Kartoffeln. Der Alte redet und redet. Von seinem Leben in Dithmarschen, von seiner Frau und davon, wie ähnlich ich ihr bin. Von seinen Söhnen und wie schön das doch früher war.

Seit einer Woche holt er mich jeden Abend rauf in seine Küche. Ich wusste gar nicht, dass er über mir lebt. Ich dachte, das Monster hätte den Raum im Nirgendwo gebaut und wüsste als einziger Mensch auf der Welt, wo ich bin. Und auf einmal tauchte der Alte auf.

Die ersten Male hat er mit mir bei geöffneter Klappe gesprochen. Seine Stimme klang schleifend und verbraucht.

Er schien einsam zu sein, suchte Gesellschaft. Es war mir egal. Ich war so froh, eine menschliche Stimme zu hören, saß auf den Treppenstufen und hörte ihm zu.

Meine Welt war ein Stück größer geworden, und ich begann zu hoffen, noch einmal richtiges Tageslicht zu sehen.

Ich hatte nicht mehr viele Worte. Und wenn ich sie aussprach, fühlten sie sich fremd an. Wie eine Sprache, die ich vor langer Zeit einmal gesprochen habe. Aber mit jedem Wort, das ich flüsterte, gewann ich ein Stück von mir selbst zurück. Ein Stück meiner Menschlichkeit.

Eines Abends lockte er mich. »Komm!«, sagte der Alte. »Komm zu mir! Er wird es nicht erfahren.« Ich hatte keine Kraft, die Stufen hinaufzusteigen, also zog er mich zu sich hoch.

Die kleine Küche war so schön! Wie ein Kind an Weihnachten mit großen Augen auf die Geschenke blickt, so staunte ich in diesem Moment.

Er schob mich auf die Eckbank, stellte mir einen Teller mit Bratkartoffeln und Spiegelei hin. Daneben lag Plastikbesteck. Sogar ein paar Wiesenblumen standen auf dem Tisch.

Ich hatte vergessen, wie Eier schmecken. Die habe ich in der Kammer nie bekommen. Auch kein Obst oder Gemüse. Nur die Vitaminpillen, die ich brav schluckte.

Ich aß und beobachtete ihn. Ein menschliches Wesen, das dem Monster zu Diensten ist. Die ganze Zeit fragte ich mich, was diese beiden verbindet. Dann sah ich das Foto an der Wand. Seine Familie. Und ich wusste, dass er das Monster geschaffen hatte. Es war sein Fleisch und Blut.

Der schwarze Kater hockte neben mir auf der Bank. Ich wollte ihn streicheln, aber er sprang weg. Ich sehnte mich nach seiner Wärme in der Nacht, wollte ihn so gern mit in die Kammer nehmen, um mich an ein lebendes Wesen schmiegen zu können. Aber der Kater ist scheu. So wie ich es mittlerweile bin.

Jeden Abend schafft der Alte für uns beide eine Stunde Normalität. Die Tür ist abgeschlossen. Sein Jagdgewehr hat er immer griffbereit. Nur eine falsche Bewegung, und er legt es auf mich an. Ich sehe in seinen Augen, dass er abdrücken würde. Dass er töten kann, wenn er es für nötig hält. Um das Monster zu schützen.

Immer wandern meine Augen zu diesem Familienfoto an der Wand. Der Alte ist darauf zu sehen, als junger Mann. Er hat die Hände auf den Schultern seines Sohnes liegen.

Das Monster habe ich sofort erkannt. Obwohl es auf dem

Bild noch so jung war. Sein kalter Blick war damals derselbe wie heute. Das Monster kannte schon als Kind kein Mitleid.

Kapitel 27

Frida brauchte einen Moment, um sich zu erinnern, wo sie war. Sie musste eingeschlafen sein. Ihr Mund war trocken und pelzig, sie konnte nur mit Mühe schlucken. Sie fror und rieb sich die kalten Hände. Das Pochen der Wunde hatte aufgehört. Sie berührte den Verband, aber sofort zuckte der Schmerz durch den Arm. Besser, sie ließ ihn in Ruhe.

Diese verdammte Dunkelheit!

Wie spät war es? Morgens oder abends?

Ihr Magen regte sich. Aber der Hunger war nicht das Schlimmste. Der Durst machte ihr mehr zu schaffen. Was, wenn sie in diesem Loch jämmerlich verdursten musste? Frida setzte sich auf und zog die Knie an, um sich zu wärmen. Wie lange saß sie nun schon hier unten in der Dunkelheit?

Würde Rolf Hader zurückkommen? Wenn ja, wie konnte sie sich gegen ihn zur Wehr setzen?

Ein Geräusch. Sie lauschte. Metall schabte auf Metall, der Riegel der Klappe wurde zurückgeschoben.

Frida erstarrte. Verdammt! Wie würde sie sich verteidigen können gegen diesen Mann, der mehrere Frauen verschleppt und wahrscheinlich umgebracht hatte?

Sie musste einen gezielten Schlag auf seine Leber setzen. Oder besser auf den Brustkorb direkt vor das Herz, das würde ihn lähmen. Aber würde sie genug Kraft aufbringen?

Licht fiel in die Kammer, und sie stand vom Bett auf, spürte das Adrenalin ihren Körper fluten. Sie dachte daran, was er Anneke hier unten angetan hatte. Nein, sie würde es ihm nicht leicht machen. Frida ging in Grundstellung. Auch wenn ihr Arm schmerzte, sie würde sich bis zuletzt verteidigen.

Die Klappe war offen.

Sie konzentrierte sich.

»Frida?« Das war Haverkorns Stimme. »Bist du hier?«

Erleichtert lockerte sie ihren Körper und atmete durch. »Ja!«

Ein Kollege aus dem Betrugsdezernat kletterte herunter und half ihr die Stufen hinauf. Die Küche war voller Kollegen. Die gesamte Mordkommission schien anwesend zu sein.

»Sie ist verletzt!« Das war Anjas Stimme. »Ruft jemand einen Notarzt?«

Sie ließ sich auf die Küchenbank sinken. »Ist nicht nötig, ein Verband reicht. Er hat mich mit dem Messer erwischt.«

Haverkorn beugte sich zu ihr. Sie sah die Sorge in seinem Blick, die Angst um sie, und es rührte sie an. »Mir geht's gut!« Frida sah sich um.

Wahler stand neben Anja. Er nickte ihr zu. »Diese Überstunden waren aber nicht abgesprochen!«, sagte er, bevor ein Lächeln über seine Lippen huschte. Sie hatte gar nicht gewusst, dass ihr Chef Humor hatte.

»Habt ihr ihn?«, fragte sie.

»Nein! Hier war niemand außer dir«, sagte Haverkorn. »Die Mühle ist leer.«

»War es Rolf Hader?«, fragte Klaus Behrens, der am Kühlschrank stand. So blass hatte sie ihn noch nie gesehen.

»Er war es, ganz bestimmt.« Sie sah sich um. »Kann ich

einen Schluck Wasser haben? Und ein Döner wäre nicht schlecht.«

Das gemeinsame Lachen entspannte ihre Gesichter. Jemand reichte ihr ein Glas Leitungswasser. Sie trank durstig. »Hader hat mir mein Handy abgenommen! Vielleicht können wir ihn damit orten!«, sagte sie und versuchte aufzustehen.

Haverkorn drückte sie sanft zurück auf die Bank. »Du hast jetzt mal Pause!«

Anja schob sich zwischen den Kollegen durch und legte einen kleinen Sanitätskoffer auf den Tisch. Geschickt wickelte sie die Stofffetzen von Fridas Arm ab, desinfizierte die Wunde und verband sie. »Ich bringe dich trotzdem zum Arzt«, sagte sie.

Frida nickte dankbar. Es war das erste Mal, dass sie sich als Teil des Teams fühlte, nicht mehr als Neuling.

»Ihr Handy hat sich nicht von hier wegbewegt«, sagte Nick Wahler und steckte sein Smartphone ein. »Es wird immer noch hier geortet.«

»Hader hat es mir weggenommen. Seine Fingerabdrücke müssen drauf sein«, sagte sie und sah sich um. Auf den Dielen unter dem Tisch entdeckte sie das Foto. Sie beugte sich hinunter und nahm es in die Hand. Das Bild war zerrissen, eine Hälfte fehlte. Hatte Hader die andere mitgenommen? Auf diesem Teil des Fotos war der Mann zu sehen, Josef Hader. Er hatte die Hände auf die Schultern eines seiner Söhne gelegt, der stolz in die Kamera blickte. War das Rolf oder Robert?

MONSTER stand am Bildrand. Das Wort war von Hader nicht zerrissen worden. Frida hielt es hoch. »Das ist die fehlende Nachricht von Anneke.« Sie zeigte das Foto in die Runde.

Schweigen. Das letzte Zeichen der verschwundenen Frau war eine Anklage gegen die Täter, die niemanden kaltließ.

»Schaut mal hier!« Klaus Behrens wies auf den Müllbehälter neben sich. »Ein Handy!«

Anja streifte Latexhandschuhe über, zog das Smartphone heraus und zeigte es Frida.

»Ja, das ist es.«

»Ich gebe es den Technikern. Vielleicht haben wir einen Abdruck von ihm.«

»Wir fahren zurück!« Wahler ging zur Tür. »Ich gebe Rolf Hader in die Ringfahndung. Er hat ein paar Stunden Vorsprung, also los!«

†

Kurz vor Mitternacht war Haverkorn zu Hause. Henni schlief bereits, und er bewegte sich leise in ihrer Wohnung, um sie nicht aufzuwecken. Sie hatte ihm belegte Brote in die Küche gestellt. Er packte sie unter Frischhaltefolie und schob den Teller in den Kühlschrank. Sie hatten schon im Büro etwas gegessen. Anja hatte bei einem Asia-Lieferservice bestellt, und er musste zugeben, dass ihm die asiatische Küche mehr und mehr zusagte. Warum hatte er sich beinahe sechzig Jahre dagegen gewehrt?

Als er aus dem Bad ins Wohnzimmer kam, sah er, dass er einen Anruf auf dem Handy verpasst hatte. Nick Wahler. Er rief ihn sofort zurück.

»Bjarne!« Sein Chef klang atemlos. »Wir haben ihn! Eine Streife hat Rolf Hader am Bahnhof Altona festgenommen. Er hat versucht, bei einem Imbiss was zu essen mitgehen zu lassen.«

»Ist er es wirklich? Vielleicht nur der nächste Fehlalarm?«

»Kein Zweifel, er ist es! Er hat auf der Wache seine Personalien zu Protokoll gegeben. Anja und Klaus sind unterwegs nach Hamburg, um ihn abzuholen. Ich wollte ihn überstellen lassen, aber da ist wieder diese Kostenfrage.« Haverkorn hörte ihn ausatmen. »Ich brauche dich für die Vernehmung!«

»Okay, ich bin gleich da.« Haverkorn suchte seine Hose, die er über die Lehne eines Stuhls gehängt hatte.

»Musst du wieder los?« Henni stand in der Tür.

»Ja!« Haverkorn suchte in seinem Koffer ein frisches Hemd. »Wir haben einen Tatverdächtigen aufgegriffen. Ich muss ihn vernehmen. Es wird vermutlich spät werden.«

Sie kam zu ihm und half beim Zuknöpfen seines Hemdes. »Du sollst dich nicht so überanstrengen, Papa.«

Ihm ging das Herz auf, wenn sie ihn so nannte. »Mach dir keine Sorgen, mir geht's gut! Vor allem, wenn es endlich Fortschritte in diesem Fall gibt!«

»Geht es um die verschwundene Frau aus der Marsch?«

»Ja, genau!« Er umarmte sie. »Komm, geh ins Bett! Und morgen packst du schon mal ein paar Sachen für unser neues Haus!«

Zwanzig Minuten später war Haverkorn in der BKI. Dort wartete Nick Wahler bereits in seinem Büro auf ihn. Er stellte sich an die Kapselmaschine. »Du auch?«

»Sehr gern! Ristretto bitte!«

Wahler warf ihm einen überraschten Blick zu. Wahrscheinlich hatte er nicht erwartet, dass Haverkorn etwas über Kapselsorten wusste.

»Denkst du, ich kenne nur Filterkaffee?«, sagte er.

Wahler ließ zwei Tassen einlaufen und brachte sie zum Schreibtisch. »Hader müsste gleich hier sein.«

»Gut!« Er trank einen Schluck des Espressos. »Weiß Frida Bescheid?«

»Ich habe sie angerufen. Ich habe ihr gesagt, sie soll zu Hause bleiben. Sie soll sich ausruhen.«

Das war eine vernünftige Einstellung. Haverkorn musste zugeben, dass Wahler gute Arbeit leistete. Andreas Vollmer und er waren zwei völlig unterschiedliche Typen, aber beiden zollte er Respekt. Dieser Führungsposten verlangte einem einiges ab, das wusste er nur zu gut.

Es klopfte an der Tür. Klaus Behrens steckte den Kopf herein. »Hader ist jetzt da. Er sitzt im Vernehmungsraum.«

Haverkorn trank aus. Der letzte Schluck schmeckte bitter. Er stand auf und folgte Wahler über den Gang. Klaus Behrens stand in der Tür, Anja hinter ihm. Ihre Gesichter waren müde und blass, die Strapazen der letzten Tage waren ihnen anzusehen. Endlich schien sich ihre Arbeit auszuzahlen.

Jetzt kam es auf ihn an. Rolf Hader war wahrscheinlich der einzige Mensch, der wusste, was mit Anneke geschehen war und ob sie noch lebte. Wenn dem so war, wusste er vermutlich auch, wo sie sich zurzeit befand. Und Haverkorn musste dafür sorgen, dass er sein Wissen preisgab.

Wahler öffnete die Tür zum Vernehmungsraum und ließ ihn eintreten. Der bärtige Mann am Tisch blickte zu ihm auf. Der Beamte, der hier gewartet hatte, öffnete die Handschellen von Rolf Hader und ging hinaus.

Haverkorn setzte sich und sah den Mann auf der anderen Seite des Tisches an. Er hatte eine gewisse Ähnlichkeit mit seinem Bruder. Aber die Drogen und das Leben auf der Straße hatten ihn schneller altern lassen und tiefe Falten in seinem Gesicht hinterlassen.

Hader beugte sich nach vorn und sah Haverkorn in die Augen. »Ich möchte ein Geständnis ablegen.«

†

Frida saß im Ledersessel ihres Zimmers und sah durch das Fenster in die Nacht. »Wir haben ihn!«, hatte Wahler vor ein paar Minuten zu ihr gesagt. »Du bleibst zu Hause und ruhst dich aus!« Sie hatte es nicht glauben wollen, dass Rolf Hader ihnen tatsächlich so schnell ins Netz gegangen war. Dass ihr Chef sie nicht vor Ort haben wollte, wenn der Tatverdächtige vernommen wurde, war keine Bitte gewesen, sondern eine Anweisung.

Nachdem Anja sie von der Deichmühle zum Arzt und auf den Hof ihrer Eltern gebracht hatte, war sie auf ihr Zimmer gegangen und hatte sich hingelegt. Ab und an war ihre Mutter ins Zimmer gekommen, um nach ihr zu sehen. Frida hatte sich schlafend gestellt. Sie wollte nicht reden.

Zum Abendessen war sie nach unten gegangen. Niemand hatte es direkt angesprochen, das Thema, das über dem Tisch hing wie eine dunkle Wolke: der Angriff auf sie, der glimpflich ausgegangen war. Ihr Vater hatte von einem technischen Problem mit der Sortieranlage erzählt, die er für die Ernte brauchte. Frida war mit ihren Gedanken immer wieder zu dem Geschehen in der Mühle abgeschweift und hatte sich schnell wieder auf ihr Zimmer verabschiedet.

Sie trank einen Schluck Pfefferminztee, der kalt geworden war. Rolf Hader, dachte sie und sah sein Gesicht vor sich. Seine leeren Augen, die von einem langen Leidensweg erzählten. Seine verfilzte und zerzauste Gestalt. Etwas irritierte sie, wenn sie an ihn dachte.

War er überrascht gewesen, sie dort in der Küche zu sehen?

»Herr Hader, Sie sollten sich stellen!«, hatte sie zu ihm gesagt, nachdem sie sich gefasst hatte. »Dann kann ich Ihnen helfen!« Sie hatte für einen Moment das Gefühl gehabt, dass er verstört war, dass er gar nicht wusste, wovon sie sprach. Und sie hatte seine Unsicherheit gespürt, die sie für ihren Angriff ausgenutzt hatte. Erst dieser hatte ihn in die Offensive getrieben, hatte ihn das Messer ziehen lassen.

Er hatte sie verletzt in die Kammer gesperrt. Zwei Flaschen Wasser hatte er ihr hineingestellt, das hatten sie erst bei ihrer Befreiung bemerkt. Sogar ihr Handy hatte er zurückgelassen und, was seltsam war, weder ausgeschaltet noch zerstört.

Hatte er gewollt, dass sie in der Mühle gefunden wurde?

Sie stand auf und begann, im Zimmer herumzulaufen. Sie hatte sich den Mann, der mehrere Frauen entführt, misshandelt und wahrscheinlich ermordet hatte, anders vorgestellt. Eiskalt, brutal, mit Nerven wie Stahlseilen.

Der Mann, dem sie in der Küche begegnet war, war ihr wie ein waidwundes Tier vorgekommen, das sich wehrte, wenn es angegriffen wurde, und floh, sobald es die Gelegenheit hatte.

Frida dachte an das zerrissene Familienfoto. Rolf Hader hatte den Teil mit der Mutter und einem der Söhne mitgenommen. Wen hatte er in der Mühle, zusammen mit dem Bild des Vaters, zurückgelassen? Seinen Bruder oder sich selbst? War auf der anderen Seite der jüngere oder ältere der Brüder abgebildet gewesen? Sie konnte sich absolut nicht mehr erinnern.

MONSTER

Dieses Wort war nicht zerrissen worden. War das Zufall gewesen? Oder hatte Anneke tatsächlich Josef Hader und einen der beiden Söhne gemeint, die Mutter und den anderen Jungen jedoch nicht?

Es klopfte an der Zimmertür. »Frida, hier ist jemand für dich!«, sagte ihre Mutter. Hinter ihr stand Torben.

Marta zog die Tür hinter sich zu, auch wenn sie sicher neugierig war. Frida würde ihr später erklären, wer Torben war und warum er in der Nacht hier raus in die Marsch kam.

Er nahm sie in den Arm, hielt sie fest, sagte nichts.

»Wer hat's dir gesagt?«, fragte sie, als sie sich losgemacht hatte. »Bjarne?«

»Er hat mich heute Morgen angerufen, weil du nicht aufgetaucht bist. Und nachdem sie dich gefunden hatten.«

»Setz dich!« Sie zeigte auf den Ledersessel neben dem Fenster, zog sich selbst einen Hocker heran.

Er setzte sich. »Bist du okay?«, fragte er und sah auf den Verband an ihrem Arm.

Sie hockte sich vor ihn. Warum waren sie beide so angespannt?

»Das ist nur eine Fleischwunde.«

Torben schwieg. Sie sah die Sorge in seinen Augen, aber sie war froh, dass er nichts sagte. Er wusste so gut wie sie selbst, dass ihr Job gefährlich war, dass so etwas jederzeit passieren konnte.

»Komm her!« Er reichte ihr seine Hand.

Frida stand auf und setzte sich auf seinen Schoß, lehnte sich an ihn, hörte sein Herz schlagen.

Er strich ihr eine Strähne aus dem Gesicht. »Meinst du, deine Eltern haben etwas dagegen, wenn ich heute Nacht hierbleibe?«

»Wer in meinem Zimmer übernachtet, entscheide ich immer noch selbst.«

Torben schlug einen ernsten Ton an. »Ich habe gerade mit deinem Chef telefoniert.«

»Hast du was für uns?« Sie machte sich los und stand auf.

Er sah sie an. »Es gibt Neuigkeiten! Ich habe das Mondbein aus der Mühle vermahlen und konnte DNA extrahieren. Sie stimmt mit der von der verschwundenen Person aus dem Taunus überein.«

†

»Es ist gut, dass Sie einräumen, meine Kollegin verletzt und in die Kammer gesperrt zu haben …« Haverkorn lehnte sich zurück und drückte die Schultern durch. Er spürte seine Müdigkeit. Rolf Hader ihm gegenüber konnte kaum noch die Augen offen halten. Seit drei Stunden saßen sie hier, waren alles durchgegangen. Wieder und wieder.

»Jetzt möchte ich von Ihnen wissen, was Sie mit Anneke Jung gemacht haben!« Haverkorn hob seine Stimme, aber sie klang nur müde und verbraucht. »Wohin haben Sie die Gefangene aus der Kammer gebracht, nachdem Ihr Vater tot war?«

Hader schüttelte den Kopf. »Ich war nicht dabei, als mein Vater starb. Ich weiß nichts von dieser Frau!«, brüllte er plötzlich. Bisher war er eher lethargisch gewesen in seinen Antworten. Dieser Ausbruch zeigte, dass er langsam mürbe wurde, die Nerven verlor. Er beugte sich nach vorn und stützte die Unterarme auf. »Ich wusste nicht mal, dass mein Vater so eine Kammer unter der Küche hatte! Erst als ich nach seinem Tod in die Mühle kam, hab ich die offene Klappe entdeckt und bin mal da runter.«

»Gut!« Haverkorn merkte, dass seine Konzentration stark nachließ. Die lange Krankheit machte sich bemerkbar, er musste ins Bett. Sollte er Wahler bitten, einen anderen Kollegen weitermachen zu lassen? Aber auch Hader brauchte eine Pause. »Kommen wir noch einmal zu Isabelle Helthoff.«

Sein Gegenüber stöhnte auf, lehnte sich zurück und überkreuzte die Arme.

»Sie beide waren gemeinsam in der Entzugsklinik, und Sie waren ein Paar. Das wissen wir. Dann verschwand Isabelle plötzlich an einem Sonntagabend. Hatten Sie sich an dem Abend mit ihr außer Haus verabredet?«

»Nein!« Hader wirkte dünnhäutig. »Wie oft denn noch? Sie hat mir gesagt, dass sie an dem Abend eine Verabredung mit einem alten Freund hätte, mehr weiß ich nicht! Ich habe nichts mit ihrem Verschwinden zu tun.« Er kniff die Augen zusammen, um die Müdigkeit zu vertreiben. »Ich war in Isabelle verliebt! Sie war es, die mich dazu gebracht hat, den Entzug durchzuhalten. Wir wollten uns danach ein gemeinsames Leben aufbauen!« Er starrte auf den Tisch. Als er aufsah, schimmerten seine Augen feucht. »Sie war das Beste, was mir in diesem Leben passiert ist.«

»Haben Sie sich gestritten?«, fragte Haverkorn ruhig.

»Nein! Hören Sie auf damit! Ich habe Isa nichts getan!« Rolf Hader sah ihn wütend an. »Sie wollen mir zwei Morde unterschieben, denken Sie, ich merke das nicht?« Er lehnte sich auf seinem Stuhl zurück und überkreuzte die Arme. »Ich will einen Anwalt! Und jetzt sage ich nichts mehr!«

Haverkorn hatte ihn vor der Vernehmung ordnungsgemäß belehrt. Hader hatte zu diesem Zeitpunkt keinen Anwalt verlangt, keinen Angehörigen anrufen wollen und hatte sich bereitwillig zur Sache eingelassen. Robert Hader hätte ihm sicherlich sofort einen Rechtsbeistand besorgt, wenn er ihn darum gebeten hätte. »Gut, dann unterbrechen wir an dieser Stelle. Ich lasse Sie nach nebenan in die JVA bringen, und von da aus können Sie mit einem Anwalt telefonieren.«

Rolf Hader antwortete nicht, war ins Starren verfallen.

Haverkorn stand auf und streckte sich. Er nahm sein Jackett von der Stuhllehne und ging hinaus. Klaus Behrens saß an seinem Schreibtisch und kam sofort heraus. »Und?«

»Nichts! Jetzt will er einen Anwalt!« Haverkorn gähnte verhalten. »Kannst du kurz bei ihm bleiben? Ich sage Wahler Bescheid, dann bringen wir ihn rüber.«

»Geht klar.«

Haverkorn klopfte an Wahlers Bürotür und trat ein.

Sein Chef sah auf und wies auf den Besucherstuhl. »Du siehst nicht zufrieden aus.«

Der Kriminalhauptkommissar blieb an der Tür stehen. Er hatte lange genug gesessen. »Die Messerattacke auf Frida räumt er ein. Ansonsten leugnet er hartnäckig. Er verlangt jetzt einen Anwalt.«

Wahler nickte, als habe er das erwartet. »Dr. Kielmann hat angerufen. Der menschliche Knochen, der an der Mühle gefunden wurde, stammt von Isabelle Helthoff.«

Haverkorn schlug mit der flachen Hand gegen den Türrahmen. »Also doch!«

»Dazu werden wir Rolf Hader morgen befragen, wenn sein Anwalt da ist. Das ist die einzige Spur, die wir haben. Damit müssen wir ihn festnageln!« Wahler sah nicht glücklich aus. Täuschte es, oder waren seine Haare in den letzten Tagen noch etwas mehr ergraut? Er schob einen Ausdruck an den Rand des Schreibtisches. »Die Fingerabdrücke von Fridas Handy.«

Haverkorn sah es schon an Wahlers Gesicht. »Wieder kein Treffer?«

Ein resigniertes Kopfschütteln. »Auch von ihm stammt die Fingerspur auf Annekes Fahrrad nicht. Es ist zum Verrücktwerden!«

»Bleib ruhig! Morgen machen wir weiter, wenn sein Anwalt hier ist.«

»Will er seinen Bruder anrufen?«

»Bisher nicht, aber vielleicht wird er ihn bitten, ihm einen Rechtsbeistand zu besorgen.«

»Du solltest auch nach Hause. Gute Nacht!« Haverkorn holte seine Jacke aus dem Büro. Er ging zum Vernehmungsraum, um Rolf Hader in die JVA zu bringen. Der Tatverdächtige saß am Tisch und starrte auf ein Foto.

Haverkorn trat näher und sah, dass es nur ein Teil davon war. Dann hatte Rolf Hader diese Fotografie in der Mühle zerrissen und einen Teil davon eingesteckt. »Sind das Ihre Mutter und Ihr Bruder?«, fragte er.

Rolf Hader blickte auf und sah ihn an, als wäre er aus einer anderen Welt aufgetaucht. Er sagte nichts mehr, bis sie ihn dem Justizvollzugsbeamten übergeben hatten.

†

Am Morgen hatte Haverkorn tiefe Augenringe, und Frida ahnte, dass er die halbe Nacht im Vernehmungsraum verbracht hatte. Er sagte ihr Guten Morgen, blieb jedoch wortkarg.

»Nicht gut gelaufen mit Hader?«, fragte Frida.

Er überkreuzte die Arme. »Er hat den Angriff auf dich eingeräumt und gesagt, dass ihm leidtut, dass er dich verletzt hat.«

»Okay und weiter?«

»Nichts weiter. Alles andere streitet er ab. Er wusste nichts von der Kammer, wusste nicht, was sein Vater da jahrelang getrieben hat, und er kannte Anneke Jung nicht. Auch mit dem Verschwinden von Isabelle Helthoff hat er nichts zu tun.«

»Wie kommt dann ihr Knochen auf das Grundstück seines Vaters?«

Haverkorn sah Frida an. Sie wusste, was er dachte. Dass dies höchstens ein Indiz, aber kein Beweis dafür war, dass Rolf Hader ihr etwas angetan hatte. »Das werde ich ihn fragen, wenn sein Anwalt endlich da ist und wir ihn weiter vernehmen können.«

»Erschien er dir glaubwürdig?«

Er versank einen Moment in Gedanken. »Schwierige Frage. Er ist nicht ein einziges Mal von den Aussagen abgewichen, die er zuvor gemacht hatte. Auch seine Mimik und Gestik waren sehr authentisch. Das ist es, was mich so verwirrt hat. Ich hatte das Gefühl, er sagt die Wahrheit!«

Frida hatte gehofft, dass er ihr ihre Zweifel nehmen konnte. Aber er wirkte nachdenklich, was ihre Unsicherheit noch befeuerte. »Was ist mit Fingerabdrücken auf meinem Smartphone?«

»Die KTU hat mehrere gesichert. Kein Treffer.«

Sie hatten Rolf Hader gefasst, und dennoch schien er ihnen sofort wieder zu entgleiten. Der Anwalt würde sie in der Luft zerreißen. »Dann hat er das Fahrrad von Anneke nie angefasst.«

Haverkorn stöhnte auf. »Vielleicht ist dieser Abdruck ein Fremdabdruck und damit eine Sackgasse. Das Fahrrad stand immer vor der Praxis, wo Anneke gearbeitet hat. Da kann es ein Unbeteiligter berührt haben. Wir müssen auch die Möglichkeit in Betracht ziehen, dass diese Fingerspur gar nichts mit unserem Fall zu tun hat.«

Frida sah ihn besorgt an. Die Falten in seinem Gesicht erschienen ihr heute tiefer als sonst. »Was, wenn wir den Falschen haben?«, fragte sie leise.

Er schwieg einige Sekunden. »Das ist möglich.«

Sie erzählte ihm von ihren Zweifeln nach dem Zusammentreffen mit Rolf Hader und von dem Foto, das er zerrissen hatte. »Dieses Foto lässt mich einfach nicht los. Ich denke, da liegt der Schlüssel. In der Vergangenheit.«

Frida klingelte an die Haustür, an der sie vor einigen Tagen schon einmal abgewiesen worden war. Aber heute würde sie sich damit nicht zufriedengeben. Merle Heisler würde mit ihr sprechen, und wenn sie sie vorladen musste!

Nochmals drückte sie auf die Klingel. Im Inneren begann das Baby zu schreien. Die junge Frau, die Frida schon beim letzten Mal hier gesehen hatte, öffnete. Das Baby lag in ihrem Arm und quengelte. Sie sah blass und übernächtigt aus. »Was wollen Sie denn schon wieder?«, fragte sie, als sie Frida erkannte.

»Hallo, kann ich bitte mit Merle Heisler sprechen?«

»Die ist arbeiten.«

»Und wo arbeitet sie?«

Die junge Frau sagte nichts. Ihr Nervenkostüm war hauchzart, das sah Frida ihr an.

»Ich verschwinde, sobald Sie mir die Arbeitsstelle Ihrer Mutter nennen. Ich werde sowieso mit ihr sprechen, glauben Sie mir!«

»Im Rewe-Markt an der Kasse!« Sie ging hinein und drückte ohne einen Gruß die Tür zu.

Frida zog ihr Smartphone aus der Tasche, das sie von der Kriminaltechnik zurückbekommen hatte, und suchte nach der Adresse des Ladens. Zwei Minuten später stand sie im Supermarkt und sah die Gesuchte an einer der Kassen sitzen. Frida ging dennoch erst einmal weiter hinein und fragte sich zur Filialleiterin durch. Dort gab sie sich als Polizistin zu erkennen und bat darum, dass Merle Heisler eine kurze Kaffeepause bekam. Die Filialleiterin war kooperativ und holte ihre Mitarbeiterin persönlich von der Kasse ab.

Frida wartete auf sie im Pausenraum. Es roch nach Pizza, die jemand in der Mittagspause hier gegessen hatte. Zwei Kartons standen neben dem Mülleimer.

»Sie?« Merle Heisler blieb in der Tür stehen.

»Hallo, Frau Heisler! Bitte, setzen Sie sich einen Moment!«

»Ich muss zurück an die Kasse!« Ihre Stimmfarbe klang abgenutzt von den immerwährenden Floskeln ihres Jobs.

»Ihre Chefin hat Ihnen eine Sonderpause genehmigt.« Frida wies auf einen Stuhl.

Die Frau setzte sich und verschränkte die Arme. Ein klares Zeichen.

»Ich bin noch einmal hier wegen des Vorfalles mit den Hader-Brüdern.«

Sie hob ihre Stimme. »Das ist fast vierzig Jahre her!«

»Und dennoch haben Sie emotional noch nicht damit abgeschlossen, dass die beiden Sie in ein Abbruchhaus eingeschlossen haben.«

Die Frau starrte an ihr vorbei.

»Sie haben als Kind etwas Schlimmes erlebt, und wenn es nicht nötig wäre, würde ich Sie damit nicht behelligen. Aber wir brauchen Ihre Hilfe, Frau Heisler. Was ist damals passiert?«

Schweigen.

»Sie können einer Frau helfen, die immer noch in Not ist. Wenn Sie es nicht für mich tun, bitte tun Sie es für diese Frau, der Ähnliches passiert ist.«

Merle Heisler blickte auf. »Dann hat er es wieder getan?«

Frida beugte sich nach vorn. »*Er*, nicht *sie?*«

Ein verhärmtes Lächeln in ihrem Gesicht. »Nein, der eine war nur der Mitläufer. Er hat gemacht, was sein Bruder gesagt hat. Er hatte ja selbst Angst. Der hätte mir nie etwas angetan. Aber sein Bruder war das Böse in Menschengestalt! Schon als Kind! Mir war klar, dass das, was er mit mir gemacht hat, nur ein Vorgeschmack seiner sadistischen Ader war. Ich habe ihm in die Augen gesehen und wusste, dass er mich leiden lassen wollte. Wenn mich der Forstarbeiter nicht zufällig gefunden hätte, wäre ich in diesem Haus verhungert!«

Frida sah ihr in die Augen. »Welcher von beiden hat Sie dort eingesperrt?«

»Versprechen Sie mir, dass Sie ihn wegsperren … für lange Zeit? Dass ich mich nicht mehr umschauen muss, wenn ich im Dunkeln von der Arbeit nach Hause gehe? Dass er endlich aus meinen Träumen verschwindet?« Merle Heisler wischte sich die Augen.

»Sie wissen, dass ich das leider nicht kann.« Frida öffnete ihre Tasche und nahm das zerrissene Foto heraus, das in der Mühle liegen geblieben war. Die KTU hatte es untersucht und ihr ausgehändigt. Sie schob es der Frau über den Tisch, drückte jedoch ihre Hand auf den Bildrand, damit sie das Wort MONSTER nicht sehen konnte.

Merle Heisler starrte auf das Bild. Ihr Kinn begann zu zittern.

»Ist er das?«, fragte Frida. »Der Junge, der Sie in das Haus gesperrt hat?«

Sie fasste sich wieder und nickte.

»Ist das Robert oder Rolf?«, fragte Frida.

Die Frau starrte auf das Foto.

»Frau Heisler?«

Sie löste ihren Blick und sah Frida an. »Robert natürlich! Der Jüngere! Er hat Rolf zu all dem Mist angestiftet, und Rolf ist ihm hinterhergelaufen wie ein Hündchen. Robert war zwei Jahre jünger, aber er hat ihm Befehle erteilt, und sein Bruder hat sie ausgeführt und dafür die Strafe und die Prügel des Vaters eingesteckt. Dabei war er ein Lamm. Er hat sich sogar bei mir dafür entschuldigt, als sein Bruder nicht dabei war.« Ihre Stimme bebte. »Robert hat mich in diesem Haus eingesperrt, und er hatte irrsinnig Freude daran, sich an meiner Todesangst zu weiden.«

Dr. Jürß holte Frida persönlich am Empfang ab. Sein Anruf hatte sie auf der Rückfahrt kurz vor dem Nord-Ostsee-Kanal erreicht. Sie hatte gewendet und war nach Heide zur Westküstenklinik gefahren. Der Arzt hatte einer zehnminütigen Befragung von Heini Steen zugestimmt. Wahler und Haverkorn waren einverstanden gewesen, dass sie die Befragung übernahm. Er stand nicht mehr als Tatverdächtiger in ihrem Fokus, jedoch als wichtiger Zeuge. Was hatte er bei seinen Besuchen in der Deichmühle mitbekommen? Was hatte Josef Hader ihm anvertraut?

Steen lag in einem Zweibettzimmer, aber der Zimmernachbar war zu einer Behandlung in einen anderen Klinikteil gebracht worden, hatte der Arzt gesagt, bevor er sie allein ließ.

Frida zog sich einen Stuhl ans Bett und legte ein paar Land- und Gartenzeitschriften auf den Nachttisch. Sie hatte sich im Zeitungskiosk an den gepflegten Gemüsegarten hinter Steens Wohnung erinnert.

Er lächelte sie schüchtern an. Heini Steen trug einen Verband um den Kopf, und sein linker Arm lag in Gips. Der Arzt hatte ihn in eine bequeme Sitzhaltung gebracht.

»Hallo, Herr Steen. Mein Name ist Frida Paulsen. Ich arbeite bei der Polizei in Itzehoe. Erinnern Sie sich an mich?«

»Ja.« Er nickte.

»Wie geht es Ihnen?«

»Das Essen ist prima hier!«

Wie einfach seine Welt ist, dachte Frida. Schweigend sah sie ihn an. Auf der Fahrt hatte sie überlegt, wie sie ihm sagen konnte, wie schuldig sie sich fühlte. »Herr Steen, das tut mir alles so leid! Ich wollte nicht, dass Sie auf die Straße laufen und …« Ihr fehlten die Worte.

Er schüttelte den Kopf. »Ich bin losgerannt! Jedes Kind weiß, dass man erst mal an der Straße schauen muss, ob was kommt.«

Frida nahm seine Hand und drückte sie einen Moment, ließ wieder los. Verlegen räusperte sie sich. »Ich möchte Ihnen ein paar Fragen stellen, ist das in Ordnung?«

Er nickte. »Klar. Ist ziemlich langweilig hier.«

»Gut, dann legen wir mal los.« Frida startete die Aufnahmefunktion ihres Smartphones und belehrte ihn als Zeugen. »Warum sind Sie auf dem Hof vor mir weggelaufen?«

Er sah sie arglos an. »Da war der Hirsch im Keller.«

Seine zweifarbigen Augen brachten sie kurz aus dem Konzept. Frida konzentrierte sich. »Sie dachten, ich wolle Sie verhaften, weil Sie den Hirsch geschossen haben?«

Er nickte. »Ich darf das große Wild nicht schießen, hat der Jäger gesagt. Dann gehe ich in den Knast.«

»Welcher Jäger? Josef?«

»Nein, der Jäger im Wald, wo meine Hütte ist.«

»Und jetzt haben Sie keine Angst mehr vor mir?«

Er schüttelte den Kopf. »Dr. Jürß hat gesagt, ich kann Ihnen vertrauen.«

Sie lächelte und dankte dem Arzt im Stillen für seine Voraussicht.

»Waren Sie mal mit Josef Hader jagen?«

Er lachte und zeigte ein paar schiefe Zähne. »Ganz oft! Josef ist ein Freund!«

Sie überlegte, ob sie ihm vom Tod des Mühlenbewohners erzählen sollte, wollte das aber vorher mit Dr. Jürß besprechen. Stattdessen befragte sie ihn zu seinem Verhältnis zu dem alten Hader. Er hatte eine naive Art, sich auszudrücken. Nach und nach bekam sie heraus, dass sie sich nur sehr selten gesehen hatten, seit Josef Hader weggezogen war. Ab und zu hatte er ihn zur Deichmühle geholt. Vor ein paar Wochen war er ein letztes Mal bei ihm auf dem Claußen-Hof gewesen.

»Hat Josef noch andere Freunde?«

»Nein, aber er hat jetzt eine Frau. Er hat nicht mehr viel Zeit für mich«, berichtete Heini Steen.

»Eine Frau?«

Er zuckte die Schultern. »Sie wohnt bei Josef in der Mühle. Mehr weiß ich nicht.«

»Wie heißt denn die Frau?«

»Weiß nicht.« Er griff nach den Zeitschriften, die Frida mitgebracht hatte. Das Thema schien ihm nicht zu behagen.

»Sie sind traurig, oder? Weil Josef Sie nicht mehr so oft besuchen kam?«

Er nickte und blätterte durch die Zeitschrift.

»Hat Josef denn noch einen anderen Freund außer Ihnen?«

Er blickte auf. »Nein. Ich bin sein Freund.«

»Aber da in der Mühle ist doch manchmal noch ein anderer Mann, der Josefs Frau auch kennt, oder?« Sie beobachtete ihn.

»Ja, manchmal.« Er blätterte weiter. »Er hat mir die Schuhe geschenkt.«

»Schuhe?«

Steen zeigte auf den Kleiderschrank neben dem Bett.

Sie stand auf. »Darf ich da mal reinsehen?«

»Na klar. Aber nichts wegnehmen!«

Frida öffnete den Kleiderschrank. Am Boden standen Sportschuhe. Sie nahm sie heraus. Das geschwungene H, das Markenemblem von Hansefeet, war auf die Seite gedruckt. Frida stieß die Luft aus. »Die sind sehr schön! Und der Mann, der Ihnen die Schuhe geschenkt hat, der kennt auch die Frau von Josef?«

»Er will sie ihm wegnehmen!« Heini hatte seine Stimme gesenkt, flüsterte beinahe.

Sie nahm ihr Smartphone, machte ein Foto von den Schuhen und stellte sie zurück in den Schrank. »Wegnehmen? Wieso denn?«

»Er will sie für sich haben, hat der Josef gesagt. Aber er wird sie verteidigen.«

Frida setzte sich wieder. »Hat er auch gesagt, wie der Mann heißt?«

Heini Steens zweifarbige Augen starrten sie an. »Ja, das war sein Sohn, der Robert. Er hat mir die Schuhe geschenkt.« Er beugte sich leicht nach vorn und flüsterte. »Josef hatte Angst vor ihm.«

Frida lehnte sich zu ihm. »Angst? Hat er das gesagt?«

Steens gesunde Hand packte kraftvoll nach ihrem Arm. »Er hat gesagt: ›Heini, halte dich fern von ihm! Er ist das Böse!‹«

Ich – Tag 3328

Jemand ist in unser Abendessen geplatzt. Es klingelte draußen, der Alte hat mich nach unten geschickt, die Klappe blieb offen. Worte flogen hin und her.

»Du bist zu einem Risiko geworden! Ich beende das hier, bevor es zu spät ist!«

»Du verpisst dich jetzt lieber, oder ich hole mein Gewehr. Das ist *mein* Haus!«

Dann flog die Klappe über mir zu. Und alles war wieder still. Ich kann nichts mehr hören.

Ich hole die Gabel aus meinem Slip, die ich verstecken konnte. Sie ist aus Metall. Das Plastikbesteck hat er weggelassen. Vielleicht vertraut er mir endlich. Oder er hat vergessen, was ich damit alles tun kann.

Ich sehe mich um. Wo kann ich meine Nachricht hinterlassen, sodass das Monster sie nicht findet? Wo wird er nicht suchen, wenn er mich umgebracht hat?

Ich sehe die Toilette an und knie mich davor. Da schaut niemand so genau hin. Das wird nur jemand entdecken, der hier unten nach Spuren sucht.

Mühsam ritze ich Strich für Strich mit all meiner Kraft im Inneren des Beckens ins Metall. Oben in der Küche habe ich längst meine Vorbereitungen getroffen. Als der Alte zur Tür ging, habe die Zeit genutzt. Die da draußen müssen erfahren, dass ich hier war.

Sie müssen dieses Monster stoppen!

Kapitel 28

»Rolf Hader lässt sich auf Anraten seines Anwaltes nicht weiter zur Sache ein.« Wahler lehnte am Fensterbrett und sah in den voll besetzten Besprechungsraum. Das erste Mal, seit er hier angefangen hatte, war der Anzug im Schrank geblieben. Er trug Jeans und hatte die Hemdsärmel hochgekrempelt, was Haverkorn wohlwollend registrierte. Wahler kam hier bei ihnen an und passte sich ins Team ein. »Auch einem DNA-Test stimmt er nicht zu. Wir versuchen, einen richterlichen Beschluss zu bekommen. Aber bei dieser Spurenlage ist es nicht sehr wahrscheinlich. Sein Anwalt bemüht sich, einen Haftprüfungstermin zu erwirken, damit die Untersuchungshaft ausgesetzt wird.« Er machte ein betretenes Gesicht.

»Hat sein Bruder den Anwalt beauftragt?«, fragte Anja.

»Nein, es ist ein Pflichtverteidiger. Rolf Hader hat seinen Bruder nicht angerufen.«

Schweigen im Raum.

»Wissen wir, wo er sich in den letzten Jahren aufgehalten hat?«, fragte einer der Kollegen, der im Tankstellenfall mitarbeitete.

Wahler sah Haverkorn an.

»Nein, dazu hat er nichts gesagt«, übernahm der Kriminalhauptkommissar. »Wir wissen nur, dass er in der Mühle war, als Frida den Kater gefüttert hat. Er behauptet, dass er geschlafen habe und überrascht gewesen sei, als sie plötzlich in der Küche stand. Als sie auf ihn losgegangen sei, habe er sich verteidigt.«

»Er sah überrascht aus, das stimmt.« Frida nickte. »Und er hat sein Messer erst gezogen, nachdem ich versucht habe, ihn auszuschalten.«

Haverkorn deutete auf die ausgedruckten Seiten, die vor ihm lagen. »Ich habe gerade Haders psychopathologischen Befund aus der Entzugsklinik im Taunus erhalten.« Er nahm ein Blatt zur Hand, vertiefte sich einen Moment. »Ich lese euch mal das Wichtigste daraus vor. ›Rolf Hader nimmt seine Therapiesitzungen pünktlich und motiviert wahr. Es bestehen noch leichte Verwahrlosungsspuren durch mangelnde Hygiene, jedoch tritt der Patient sehr höflich auf. Das Bewusstsein ist klar, der Patient ist zu allen Qualitäten orientiert. Aufmerksamkeit und Konzentration sind nicht beeinträchtigt. Der formale Gedankengang ist geprägt von Grübeln und eingeengt auf die depressive Stimmung und seine Drogenprobleme. Es bestehen Befürchtungen, dem Leben keine neue Wende mehr geben zu können und den Erwartungen der Gesellschaft nicht mehr gerecht zu werden. Zwänge, Wahn, Sinnestäuschungen und Ich-Störungen sind nicht eruierbar. Der Patient beschreibt eine Selbstwertproblematik sowie Insuffizienzgefühle. Es fällt ein selbstunsicheres Strukturmuster auf.‹« Haverkorn sah kurz hoch, las dann den letzten Satz. »›Narzisstische und aggressive Persönlichkeitsanteile konnten nicht eruiert werden.‹«

Es herrschte Stille im Raum.

»Das klingt so gar nicht nach dem Mann, der eine Frau entführt haben könnte«, sagte Anja.

Frida hatte mit Haverkorn abgestimmt, dass er zuerst das Gutachten vorstellen und sie danach von ihrem Treffen mit Merle Heisler berichten würde. »Was ist, wenn wir den falschen Bruder haben?«

Wahler runzelte die Stirn. »Wie kommst du darauf?«

Frida berichtete von ihrem Gespräch mit Merle Heisler und ihrer Aussage, dass Robert Hader und nicht Rolf derjenige gewesen war, der sie als Kind in dem Abbruchhaus eingesperrt hatte.

»Wie alt waren die beiden damals?«, fragte eine Kollegin.

»Rolf war vierzehn, Robert zwölf«, antwortete Frida.

»Und der jüngere soll den älteren Bruder genötigt haben, da mitzumachen?« Skeptische Blicke im Raum.

»Gehen wir doch einfach mal davon aus, dass es so war«, sagte Haverkorn. »Robert Hader war die treibende Kraft, hat Rolf für seine Zwecke benutzt.«

Frida unterstrich seine Theorie und erzählte von ihrem Gespräch mit Heini Steen in der Klinik. Sie zeigte den Kollegen das Foto der Schuhe, die er geschenkt bekommen hatte. »Außerdem hat Robert seinen Bruder ganz sicher in der Entzugsklinik besucht«, sagte Frida, die auf der Rückfahrt schon weitergedacht hatte. »Da hat er vielleicht Isabelle Helthoff zufällig getroffen. Oder Rolf hat sie ihm vorgestellt. Was, wenn Robert Isabelles Verabredung am Abend ihres Verschwindens war?«

Wahler drückte sich vom Fensterbrett hoch. »Du denkst, Robert hat Isabelle entführt und in die Mühle gebracht, wo sie von ihm und seinem Vater festgehalten wurde?«

Haverkorn nickte. »Wir wissen zweifelsfrei, dass der menschliche Knochen, den unsere Leute da gefunden haben, von ihr stammt. Sie wurde also in der Mühle oder in der Nähe umgebracht. Warum der Knochen mit Wildabfällen auf dem Grundstück vergraben wurde, wird sich nur noch schwer rekonstruieren lassen.«

»Aber wenn es Robert Hader war, der die Frauen gemeinsam mit seinem Vater entführt und gefangen gehalten hat, warum hat der Alte ihn dann mit dem Gewehr vom Hof gejagt?«, fragte Anja, die noch immer skeptisch war.

»Weil er Anneke für sich allein beanspruchte«, sagte Frida.

»Vielleicht ging es auch um ihre Schwangerschaft«, mutmaßte Haverkorn. »Es gibt viele Möglichkeiten!«

Anja wirkte nach wie vor skeptisch. »Robert Hader ist ein gestandener Geschäftsmann! Er müsste verrückt gewesen sein, um an diesen Entführungen mitgewirkt zu haben! Damit hätte er nicht nur seinen Ruf und seine Karriere, sondern seine gesamte Existenz aufs Spiel gesetzt!«

»Stimmt! Sein Leumund ist einwandfrei. Er hat es aus einfachen Verhältnissen und von einer Familie, wo er vom Vater geschlagen wurde, bis ganz nach oben geschafft. Er ist intelligent, höchst erfolgreich und charmant. Genau das ist doch die beste Tarnung!«, sagte Frida. »Aber er hat auch das Geld, den Umbau der Mühle zu finanzieren. Habt ihr mal darüber nachgedacht, was es gekostet haben muss, diese Kammer einzubauen? Das war kein Schwarzbau eines Laien, da waren Profis am Werk! Und weder Josef noch Rolf Hader hatten so viel Geld. Da unten wurde von einer Baufirma Stahlbeton verbaut, eine Bunkertür aus Holland nach Deutschland transportiert, und das alles ganz im Geheimen! Die Rechnung muss in die Zigtausende gegangen sein!«

»Gut!« Nick Wahler schien eine Entscheidung getroffen zu haben. »Ich bin noch nicht hundertprozentig überzeugt, aber an euren Argumenten ist was dran. Wir nehmen Robert Hader genauer unter die Lupe!«

»Seine Frau«, sagte Frida. »Wir sollten mit ihr sprechen, wenn ihr Mann nicht dabei ist. Sie kam mir in seiner Gegenwart …«, sie suchte nach dem richtigen Wort, »… nahezu devot vor. Als er bei unserem Gespräch dazukam, fiel sie förmlich in sich zusammen.«

»Bjarne und Frida, ihr fahrt zu Frau Hader und sprecht noch mal mit ihr. Anja und Klaus, ihr nehmt euch Robert Hader vor und durchleuchtet sein Leben. Ich stelle euch zwei Leute zur Verfügung, die euch zur Hand gehen. Wichtig ist, dass wir sehr diskret vorgehen. Robert Hader darf nicht merken, dass wir ihn im Fokus haben. Er soll denken, wir haben uns an Rolf festgebissen.« Wahler sah in die Runde. »Wenn Robert Hader Anneke aus der Mühle fortgebracht hat und sie noch lebt, müssen wir den Ort finden, wo er sie versteckt hält. Er besitzt wahrscheinlich mehrere Immobilien, und er hat genug Geld, um weitere Gebäude anzumieten. Das hat jetzt Priorität!«

Frida und Haverkorn klingelten an der Eingangstür der Villa in Rissen. Sie hatten sich nicht angekündigt, um Theresa Hader allein zu Hause anzutreffen. Die Haushaltshilfe ließ sie herein und führte sie in den Salon. Im Auto hatten sie vereinbart, dass Haverkorn, den Theresa Hader noch nicht kannte, Frida erst einmal reden lassen würde. Von Frau zu Frau. Sie sollte nicht das Gefühl haben, von zwei Polizisten in die Mangel genommen zu werden. Er würde einspringen, wenn es nötig sein sollte.

Theresa Hader kam herein und setzte ein Lächeln auf, das in ihrer Rolle als Ehegattin eines erfolgreichen Mannes einstudiert war. Sie sah blass aus.

Als sie ihnen gegenüber Platz genommen hatte, fragte sich Frida, warum sie ihr beim ersten Besuch für einen Moment bekannt vorgekommen war. Heute weckte sie dieses Gefühl bei ihr nicht.

»Vielen Dank, dass Sie sich noch einmal die Zeit für uns nehmen.«

»Natürlich!« Die Ehefrau von Robert Hader hob ihren Arm und sah auf die goldene Uhr an ihrem Handgelenk. Ein klares Zeichen, dass sie ihren Besuch schnellstens wieder loswerden wollte. »Wie kann ich Ihnen helfen?«

»Wir möchten mit Ihnen über Rolf Hader sprechen.«

»Rolf?« Sie wirkte überrascht. »Aber der ist doch tot, oder?«

Frida entging nicht, dass sie ihre angespannte Haltung aufgab. »Nein, Ihr Schwager lebt! Der Bruder Ihres Mannes sitzt in der JVA Itzehoe in Untersuchungshaft.«

Theresa Hader schwieg ein paar Sekunden. Die Nachricht schien sie erst einmal verarbeiten zu müssen. »Warum befragen Sie mich dann noch, wenn Sie Rolf verhaftet haben?«

Frida schrieb etwas in ihr Notizbuch, was immer Eindruck bei den Befragten machte. »Zum Stand der Ermittlungen darf ich Ihnen leider nichts sagen. Nur so viel: Wir brauchen Informationen über seinen Vater und das Verhältnis zu Rolf sowie zwischen ihm und Ihrem Mann.«

»Viel hat mir Robert nicht von früher erzählt. Sein Vater hat ihn und Rolf geprügelt. Vor allem, nachdem die Mutter gestorben war. Die beiden haben dann wohl zusammengehalten wie Pech und Schwefel. Rolf hat Robert verteidigt, wie es ein großer Bruder eben macht. Es war schlimm für Robert, mit anzusehen, wie Rolf später durch seine Sucht vor die Hunde gegangen ist.«

»Er hat ihm den Aufenthalt in der Entzugsklinik im Taunus bezahlt. Hat er Rolf da auch besucht?«

Sie bemerkte nicht, wie wichtig diese Frage für Frida war. »Natürlich hat er das! Bei so einem Schritt hat er seinen Bruder nicht allein gelassen.«

»Waren Sie 2001 schon ein Paar?«

Die Unternehmergattin antwortete nicht sofort. Sie knetete ihre Hände. »Wir haben uns 1995 beim Studium kennengelernt und waren seitdem unzertrennlich.«

Frida warf Haverkorn einen Blick zu. »Seit wann leben Sie zusammen?«

Sie stockte einen Moment, schien dann aber zu erwägen, dass diese Frage unverfänglich war. »Seit 1996. Zuerst hatten wir eine kleine Wohnung mit dem Klo auf halber Treppe.« Ihre Züge wurden weich. »Robert wollte unbedingt selbst die Miete zahlen und sich nicht von meinem Vater aushalten lassen. Als er 1998 starb, sind wir hier in seine Villa gezogen.«

Frida entschied, ein wenig konkreter vorzugehen. »Hatte Ihr Mann immer so ein schwieriges Verhältnis zu seinem Vater?«

Die Hausherrin lehnte sich zurück. »Dieser Mann hat ihn als Kind jahrelang geschlagen. Was denken Sie denn?«

»Ich denke, dass es sein Vater war, der hier in die Nähe seines jüngsten Sohnes gezogen ist. Vielleicht hat er bereut, was er seinen Kindern angetan hat.«

Theresa Hader stieß einen abfälligen Laut aus. »Dieser Mann hat gar nichts bereut! Er war einfach ein durch und durch schlechter Mensch! Ich habe immer zu Robert gesagt, dass er den Kontakt zu diesem Stießel abbrechen soll. Aber das wollte er nicht.«

»Und warum nicht?«, hakte Frida nach.

»Weil mein Mann ein gutes Herz hat. Er wollte seinen Vater regelmäßig besuchen, trotz allem, was passiert ist.«

Frida beugte sich nach vorn. »Regelmäßig? Wie kann ich mir das vorstellen?«

Die Unternehmergattin schien zu merken, dass sie gerade Dinge ausplauderte, die ihren Mann betrafen. »Warum wollen Sie das alles wissen? Ich denke, es geht um Rolf?«

»Das ist richtig. Aber es geht auch um Ihren Schwiegervater. Wir müssen uns ein Bild von ihm machen. Zum Beispiel, welche sozialen Kontakte er hatte.«

»Robert ist jede Woche zu ihm rausgefahren. Er war danach immer so aufgebracht, dass er mir versprach, diese Besuche einzustellen, weil der Alte ihm schlimme Sachen an den Kopf geworfen hat.«

»Er war also verstört, wenn er seinen Vater getroffen hatte?«

Theresa Hader erwiderte ihren Blick. »Die Begegnung mit der Vergangenheit hat immer seinen Schmerz aufbrechen lassen.« Sie dachte einen Moment nach. »Auch ein äußerst starker Mensch wie mein Mann hat Gefühle, denken Sie nicht?«

Frida war unzufrieden, als sie sich von Theresa Hader verabschiedeten. Sie waren keinen Schritt weitergekommen. Sie bedankte sich bei der Unternehmergattin und wunderte sich, dass sich Haverkorn in der Diele ein Gemälde anschaute. Sie hatte nicht gewusst, dass er Stillleben mochte.

»Ist das ein Bild Ihres Schwagers?«, fragte er leichthin.

Damit brachte er Theresa Hader aus der Fassung. »Das ist ein echter Gerhard Richter!«

»Schön!« Haverkorn kam zu ihnen. »Aber Rolf hat

auch ein großes Talent. Ich habe ein Aquarell von ihm in der Klinik im Taunus bewundern dürfen.«

Die Frau kommentierte das nicht, sondern ging zur Tür und wartete, bis sie endlich das Haus verließen.

Neben ihrem Jeep blieb Frida stehen. »Nun sag schon, was sollte das mit dem Bild?«

»Es hing in der Nähe der Küche. Ich habe mich davorgestellt, um zu hören, was die Haushaltshilfe redet. Sie hat in der Küche telefoniert.«

»Und was hat sie gesagt?«

Haverkorn lächelte. »Keine Ahnung. Aber ich bin mir sicher, dass sie Niederländisch gesprochen hat.«

†

Auch wenn sie nur mühsam Fortschritte machten, spürte Haverkorn, dass sie auf dem richtigen Weg waren. Rolf Hader war seiner Ansicht nach viel zu schwach und vom Leben gezeichnet, um kaltblütige Verbrechen wie die Entführung und jahrelange Gefangenschaft von Frauen zu planen und dabei unentdeckt zu bleiben. Sein Vater hatte wahrscheinlich die sadistische Ader dafür besessen, aber nicht die nötige Intelligenz.

Im Gegensatz zu seinem jüngsten Sohn.

Haverkorn sah sich die Ausdrucke an, die Anja ihm auf den Schreibtisch gelegt hatte. Robert Hader hatte Charisma. Er war überaus charmant und selbst bei seinen Angestellten beliebt. Er engagierte sich für soziale Projekte mit Kindern und für den Tierschutz, wofür er hohe Summen spendete. Er hatte eine strahlend weiße Weste, und genau das machte Haverkorn stutzig. Es ließ sich kein Fehltritt finden, nicht einmal während seiner Zeit als Student. Oder Robert Hader war schon immer perfekt darin gewesen, seine Spuren zu verwischen.

Das Telefon klingelte. Endlich kam der erwartete Rückruf. Die Frau am Telefon war die Leiterin einer Vermittlungsagentur für Haushaltshilfen, für deren Exklusivität sie auf ihrer Website warb. Die dritte dieser Art in Hamburg, die Haverkorn heute kontaktierte. Auch diese Dame sperrte sich, über ihre illustre Kundschaft zu sprechen. Erst als er auch hier mit einem Durchsuchungsbeschluss drohte, was völlig überzogen war, zeigte sie sich kooperativ.

»Ja! Robert Hader nutzt unseren Service seit vielen Jahren!«

»Mich interessiert seine aktuelle Haushälterin.«

»Was genau?«

»Name, Alter, Herkunft.«

Er hörte sie tief in den Hörer atmen, danach Tastaturgeklapper. »Saar van Dijk, 37 Jahre alt, letzte Adresse: Boezernweg 55 in Pijnacker, Niederlande.«

Haverkorn ließ sich Namen und Adresse buchstabieren. »Seit wann arbeitet sie bei den Haders?«

Ein unterdrücktes Stöhnen. »Seit zwölf Jahren. War's das?«

»Bitte gehen Sie diskret mit meiner Anfrage um.«

»Machen Sie Scherze?« Sie legte auf.

Haverkorn rief eine Suchmaschine im Internet auf und gab den Namen van Dijk und die genannte Adresse ein. Sofort gab es einen Treffer. *Hermann van Dijk, Bouwbedrijf, Boezernweg 55, 2641 Pijnacker.*

Bouwbedrijf. Das verstand sogar er mit seinen nicht vorhandenen Kenntnissen der niederländischen Sprache. Offensichtlich hatte ein Verwandter von Saar van Dijk, ihr Vater, Bruder oder vielleicht ein Cousin, eine Baufirma! Er klickte auf die Karte neben der Anzeige und vergrößerte sie. Wo lag dieser Ort Pijnacker?

Er war nicht überrascht, dass diese Kleinstadt in Südholland lag, ganz in der Nähe von Den Haag.

Wie hielt man Bauarbeiten geheim? Indem man eine Firma beauftragte, der man zu hundert Prozent vertrauen konnte. Entweder, weil man sie fürstlich bezahlte, oder weil sie zum Auftraggeber in einer persönlichen Abhängigkeit stand. Oder beides.

Sein Telefon klingelte erneut. Wahlers Nummer. »Bjarne, wir treffen uns alle im Besprechungsraum. Sagst du deinen Leuten Bescheid?

»Wann?«

»Sofort!«

Er legte auf und ging ins nächste Büro. Frida stand neben Anja und sah ihr über die Schulter. »Lasst mal alles stehen und liegen. Nick will uns alle sofort im Besprechungsraum sehen.«

»Was ist los?«

»Hat er nicht gesagt.«

Ein paar Minuten später war die gesamte Mannschaft der Mordkommission im Besprechungsraum versammelt. Wahler hielt einen Ausdruck in der Hand.

»Wie ihr wisst, habe ich die Auswertung des LKA bezüglich der Lackspur an der Tanksäule allen Autolackierereien im Umkreis von hundert Kilometern geschickt. Gerade bekam ich einen Anruf aus Harburg.«

Fragende Gesichter, aber keiner unterbrach ihn.

Haverkorn verlagerte sein Gewicht auf dem Stuhl, weil ihm sein Ischiasnerv schon wieder zu schaffen machte.

»Dort sitzt eine Lackiererei, die Spezialwünsche von Großkunden erfüllt.«

»Nun mach's nicht so spannend!«, rief Henning Ahrendt.

»Dieser von uns gesicherte dunkelblaue Lack wurde für eine Hamburger Firma entwickelt und ihr gesamter Fuhrpark damit lackiert. Eine Sportschuhfirma. Sie heißt Hansefeet.«

Für einen Moment herrschte Totenstille.

Frida sprach als Erste. »Der Mord an der Tankstelle ist in der Nacht passiert, als ich Josef Hader tot in der Mühle gefunden habe.«

Alle sahen sie an.

»Was ist, wenn das kein Zufall ist? Wenn Robert Hader Anneke in der Nacht aus der Mühle geholt hat, mit einem Fahrzeug seiner Firma?« Sie dachte kurz nach. »Vielleicht war er schlecht vorbereitet, hatte keinen Sprit mehr und musste tanken. Also fuhr er zur Tankstelle.« Sie sah Nick Wahler an, der ihr zunickte. »Wer weiß, was sich da abgespielt hat. Vielleicht konnte sich Anneke im Wagen bemerkbar machen oder sogar fliehen. Der Tankwart hat es gesehen und wollte ihr zu Hilfe eilen. Oder er hat irgendwie mitbekommen, dass der Fahrer eine bewusstlose Frau im Wagen hatte, und wollte ihr helfen. Da hat er alle Vorsicht vergessen und die Tür aufgemacht. Das war sein Todesurteil, weil Hader den Zeugen loswerden musste.«

»Dann war es kaltblütiger Mord!«, sagte jemand.

»Die Fahrzeuge der Hansefeet haben auffällige orangefarbene Firmenlogos an den Türen und am Heck«, sagte ein Kollege, der auf seinem Smartphone nach Bildern gesucht hatte. »So ein Wagen wäre doch sicher jemandem aufgefallen!«

Klaus Behrens widersprach. »Diese Logos sind oft Magnetschilder, die man leicht ablösen kann. Zum Beispiel, wenn man das Auto privat nutzen will.«

»Die Firma hat unzählige Mitarbeiter! Wer sagt denn, dass es der Chef persönlich war?«

»Weil er die Kontrolle behalten muss. Ein Mitwisser wäre ein viel zu großes Risiko für ihn«, sagte Haverkorn. Er berichtete von seiner Recherche und was er über eine gewisse Baufirma in der Nähe von Den Haag herausgefunden hatte.

Nick Wahler stützte sich auf dem Tisch auf. »Ich kümmere mich sofort um einen Durchsuchungsbeschluss für die Privat- und Geschäftsräume von Robert Hader. Gibt es eine Liste all seiner Immobilien?«

»Ja, habe ich. Bringe ich dir sofort«, sagte Anja.

»Auf geht's!« Wahler klatschte in die Hände. »Nageln wir ihn fest!«

Kapitel 29

Punkt acht Uhr am nächsten Morgen wurden zeitgleich Haders Villa, seine Firma in der Hafencity sowie die vierzehn Immobilien durchsucht, die ihm beziehungsweise der Hansefeet GmbH & Co. KG gehörten.

Frida und Haverkorn standen vor der Villa, als Robert Hader von den Hamburger Kollegen verhaftet und zu einem der Polizeifahrzeuge gebracht wurde. Sein Gesicht war bleich vor Wut, als er an ihnen vorbeigeführt wurde. »Damit kommen Sie nicht durch!«, empörte er sich und schüttelte die Hand des neben ihm gehenden Beamten von seinem Arm ab. Auf Handschellen hatte man verzichtet. Als er im Streifenwagen saß, kam Theresa Hader nach draußen gelaufen. Sie war in Tränen aufgelöst und rief nach ihrem Mann.

Frida hielt sie zurück. »Frau Hader, Sie können jetzt nicht zu ihm!«

»Robert!«, rief sie. »Ich rufe Dr. Martens an. Er holt dich so schnell wie möglich raus!«

Als sie in Itzehoe ankamen und Hader in die zehnte Etage der BKI gebracht wurde, war sein Anwalt schon vor Ort. Der Unternehmer schwieg, während sein Anwalt redete oder vielmehr herumschrie und Nick Wahler mit Konsequenzen drohte. Aber das ließ den Leiter der Mordkommission kalt. Irgendwann wurde der Beschuldigte nach nebenan in eine Zelle der JVA gebracht.

Am frühen Samstagnachmittag hatten die Einsatzkräfte alle Gebäude, die Robert Hader gehörten, durchsucht. Aber Anneke oder ein Hinweis auf ihren Verbleib waren nirgendwo gefunden worden.

Das Team traf sich im Besprechungsraum. Frida sah in die enttäuschten Gesichter ihrer Kollegen. Sie hatten einen Teilsieg errungen, aber die Stimmung war dennoch gedrückt. Die Hoffnung, die junge Frau doch noch zu finden, hatte sie in den letzten Stunden beflügelt. Der Frust saß tief. Wahler dankte ihnen für ihre bisherige Arbeit, auch wenn in den nächsten Tagen noch mehr als genug zu tun war, um Spuren auszuwerten und weitere Beweise zu sichern, um der Staatsanwaltschaft eine sichere Anklage von Hader zu ermöglichen. Wahler schickte alle nach Hause. Es war Samstag, und sie hatten sich einen freien Abend verdient.

Frida rief Torben an, berichtete ihm, was passiert war, und verabredete sich für später mit ihm in seiner Wohnung. Da er noch bis zwanzig Uhr arbeiten musste, fuhr sie zum Boxclub, um sich endlich wieder mal richtig auszupowern. Sie hatte in den letzten Tagen das Boxtraining vernachlässigt, es fehlte ihr.

So wie Jo. Frida hoffte, dass sie im Club war.

Jo trainierte in einer Ecke mit einem der Nachwuchsboxer und demonstrierte ihm den Upper Cut. Sie nickten sich zu, als Frida hereinkam. Milan lehnte an den Seilen und rief gelangweilt Anmerkungen in den Ring, wo zwei junge Boxer ein Sparring absolvierten. Es schien ihr erster Fight zu sein, so zaghaft, wie sie zwischen den Seilen tänzelten.

Frida wärmte sich auf und war überrascht, dass Jo plötzlich neben ihr auf der Bank saß. »Was ist los?«, fragte ihre Freundin. »Du machst ein Gesicht, als wolltest du jemanden umbringen.«

Frida wischte sich den Schweiß aus dem Gesicht und setzte sich zu ihr. »Manchmal hasse ich meinen Job!« Es war eine Weile her, dass sie miteinander gesprochen hatten.

»Willst du drüber reden?«, fragte Jo.

»Später, bei einem Bier. Zuerst brauche ich einen guten Sparringspartner. Kennst du jemanden?«

Jo sah gelöster aus als beim letzten Mal. Ein Lächeln zuckte kurz über ihre Lippen. Sie stand auf. »Ich werde dir nichts schenken!«

»Das hoffe ich!«

Als der Ring frei war, stiegen sie durch die Seile. Milan zeigte seine Grübchen. »Jungs, kommt mal rüber!«, rief er dem Boxnachwuchs zu. »Jetzt könnt ihr was lernen!«

†

Haverkorn saß im Garten der Reetdachkate und blickte hinaus in die Marsch. Henni hatte schon die ersten Kisten mitgebracht und beschäftigte sich in der Küche. Sie hatten auf dem Weg nach Deichgraben im Supermarkt Brot, Dips und Antipasti gekauft, um das erste Mal im Garten zu Abend zu essen. Karola Matthes hatte ihnen gestern Bescheid gegeben, dass sie das Haus nun doch schon vorzeitig ausgeräumt hätte und sie sich ausbreiten könnten. Der Notartermin war in knapp zwei Wochen angesetzt.

Haverkorn starrte in die Bäume und hörte den Vögeln zu, die ein Abendlied sangen. Was für ein herrlicher Flecken Erde für seinen Ruhestand! Warum ließ er dann den Gedanken nicht zu, seine Dienstverlängerung zu revidieren und mit Henni hier draußen ein paar schöne Monate zu verbringen? Es würde noch einige Zeit dauern, bis sie wieder gesund war und arbeiten gehen würde.

Anneke Jung. Er konnte an nichts anderes denken. Wo hatte Robert Hader sein Opfer hingebracht? Die Spurensicherung war dabei, alle Fahrzeuge mit Zulassung auf die Hansefeet auf Lackschäden und DNA-Spuren der Vermissten zu untersuchen. Das waren fast zweihundert Pkw und Kleintransporter und würde Tage dauern.

Sie hatten bisher Indizien gesammelt, aber keine gerichtsverwertbaren Beweise. Gegenüber der Baufirma in Holland hatte Hader behauptet, sein Vater sei ein alter Kauz, der Phobien vor einem Atomkrieg habe. Er habe ihm den Wunsch eines eigenen Bunkers erfüllen wollen. Der Bauunternehmer Hermann van Dijk hatte diese Aussage gegenüber den holländischen Kollegen zu Protokoll gegeben, die Nick Wahler um Amtshilfe gebeten hatte. Van Dijk konnte sogar eine offizielle Rechnung nachweisen, die an die Firma Hansefeet fakturiert worden war und den Aus- und Umbau eines Wirtschaftsgebäudes berechnete. Knapp fünfunddreißigtausend Euro hatte Hader sich den Bau der geheimen Kammer kosten lassen. Das war vielleicht ein Fall fürs Finanzamt, aber keine Straftat, die sie interessierte.

Für den Mord an der Tankstelle hatten sie nur die Lackspur, die noch einem der Fahrzeuge der Hansefeet zugeordnet werden musste. Das reichte nicht, um Robert Hader festzunageln. Sie brauchten die Tatwaffe! Aber diese hatten die Durchsuchungen nicht zutage gefördert. Wahrscheinlich hatte er sie längst entsorgt. Oder sie fanden Anneke Jung als Zeugin. Aber das war ebenso unwahrscheinlich. Ob der richterliche Beschluss ergehen würde, der Hader zwang, einen Speicheltest zu machen, war ebenfalls äußerst fraglich.

So, wie es momentan aussah, würde er bald wieder auf freiem Fuß sein. Sein Anwalt hatte bereits einen Haftprüfungstermin für den nächsten Morgen erwirkt.

»Kommst du essen?«, rief Henni.

Haverkorn erhob sich mühsam. Seine Rückenschmerzen waren stärker geworden, feuerten in den Oberschenkel. Er hatte seine Tabletten in Hennis Wohnung vergessen. Also hinkte er zum Haus und hoffte, dass er später noch ins Auto steigen könnte. Auf der Terrasse war der Tisch gedeckt. Henni hatte sich selbst übertroffen. Sie hatte sogar eine Flasche Grauburgunder gekauft. Nur Gläser hatten sie nicht, tranken aus den Tassen, die seine Tochter in die ersten Kartons gepackt hatte. Sie setzten sich auf die wackeligen Stühle, die schon so manchen Winter in der Marsch überdauert hatten.

»Auf unser Haus!«, sagte sie und stieß mit ihm an.

»Auf uns!« Haverkorn sah am Haus nach oben zum Reetdach. Auf dem First sang eine Amsel.

»Ich habe heute mit Jutta telefoniert«, sagte Henni plötzlich.

Haverkorn legte eine Scheibe Ciabatta auf seinen Teller und sah sie überrascht an. »Wirklich?«

»Du hast recht! Ich sollte mir wenigstens anhören, was sie mir sagen will.«

»Gut!«

»Ich möchte nicht mit so schlechten Gefühlen in mein neues Leben starten. Ich werde sie morgen Nachmittag auf einen Kaffee treffen.«

Haverkorn hob seine Tasse. »Ich bin stolz auf dich!« Er sah in ihre Augen, die ihn so sehr an Jutta erinnerten. »Ich würde mir sehr wünschen, dass wir drei gut miteinander auskommen. Und deine Mutter gehört zu deinem Leben dazu!«

†

Sie saßen vor der Kneipe auf der anderen Straßenseite des Boxclubs, tranken Astra und teilten sich einen Teller Süßkartoffelfritten.

Frida dachte an Torben, und dass es der richtige Moment war, Jo von ihm zu erzählen. »Ich habe jemanden. Er arbeitet in der Rechtsmedizin.«

Die Detektivin brauchte einen Moment. Frida sah ihr an, dass es sie nicht kaltließ. »Das freut mich für dich, ehrlich!« Jo winkte der Kellnerin nach einem weiteren Bier. »Vielleicht bist du doch nicht dafür gemacht, allein zu bleiben.«

»Du meinst, im Gegensatz zu dir?«, rutschte es Frida heraus, und sie bereute es sofort.

Jo schwieg und stopfte sich ein paar Fritten in den Mund. »Mir geht es gut allein. Ich will nichts Festes.«

Frida wollte widersprechen, wollte sagen, dass kein Mensch dafür geschaffen war, allein zu bleiben. Aber sie sagte nichts und trank ihr Bier. Sie wollte keinen Unfrieden stiften.

»Aber dich beschäftigt was anderes, oder? Was ist los bei dir?«, fragte ihre Freundin schließlich.

Frida trank einen Schluck Bier. Dann berichtete sie Jo von der entführten und seit Jahren verschwundenen Frau und dem verhafteten Tatverdächtigen, ohne Namen zu nennen. »Es ist so frustrierend, dass wir nichts gefunden haben, was auf den Aufenthaltsort der Frau hindeutet.« Sie stöhnte leise. »Er hat einen guten Anwalt. Der nimmt gerade unsere Argumentation für den Haftgrund auseinander. Wahrscheinlich wird der Haftbefehl morgen schon ausgesetzt. Wir kriegen diesen Scheißtyp nicht dran!« Frida stieß resigniert die Luft aus. »Wenn die Frau noch lebt und er sie irgendwo versteckt hat, wird er sie spätestens dann für immer verschwinden lassen, wenn er raus ist.«

»Scheiße!« Jo hatte am eigenen Leib erfahren, was es hieß, eingesperrt zu sein. Bei ihr waren es nur wenige Tage gewesen, in denen sie fast verdurstet war. Dass ihr die Vorstellung, jahrelang in eine isolierte Kammer gesperrt und den Fantasien eines Perversen ausgesetzt zu sein, zusetzte, war ihr anzusehen. »Wir sollten mit Nova reden«, sagte sie. »Wenn es etwas gibt, was dieser Typ verbergen will, dann findet sie es. Glaub mir!«

Nova von Lübitz, Jos Assistentin, war eine ehemalige Hackerin, die Jo vor dem Knast bewahrt und in der Detektei für Recherche- und Officetätigkeiten eingestellt hatte.

»Wir haben alles überprüft, da ist nicht mehr zu holen.«

Die Detektivin gab der Kellnerin ein Zeichen, die Rechnung fertig zu machen. »Ihr habt Material über den Typ, das man auf legalem Weg beschaffen kann. Nova kennt da noch ein paar andere Kanäle.«

Frida wusste von Novas speziellen Recherchefähigkeiten. »Ich darf dir nicht sagen, um wen es geht. Das ist ein Dienstgeheimnis.«

Jo stand auf und sah sie verärgert an. »Willst du das Schwein drankriegen und die Frau finden, oder nicht?«

Es war längst hell, als sie an der Abfahrt Egestorf von der A 7 abfuhren. Jo hatte die Route auf ihrem Smartphone eingegeben, mit dem sie sie durch die Lüneburger Heide lotste. Es war früher Sonntagmorgen. Sie fuhren durch kleine verschlafene Dörfer, streiften weite Koppeln, Felder und Waldgebiete und näherten sich ihrem Ziel.

Die letzte Nacht hatten sie mit Nova in der Detektei verbracht. Stundenlange Suche ohne Ergebnis. Als sie gerade aufgeben wollten, war die ehemalige Hackerin einer letzten Spur gefolgt. Sie hatte ein brachliegendes Grundstück in der Lüneburger Heide nahe Undeloh gefunden. Dort hatte Fritz Langen, Robert Haders Schwiegervater, eine seiner ersten Lederfabriken angesiedelt. Nova hatte herausgefunden, dass die Fabrik irgendwann in den Neunzigerjahren bis auf die Grundmauern abgebrannt und nicht mehr aufgebaut worden war, weil die Naturschutzbehörde gegen den Neubau geklagt hatte. Das Grundstück befand sich mitten in einem Waldgebiet und lag seitdem brach. Frida hatte nicht glauben können, dass es ihren Kollegen bei der Recherche entgangen war. Aber Nova war nicht verwundert gewesen. »Das Grundstück gehört nicht Robert Hader, sondern seiner Frau oder vielmehr ihrer Stiftung«, hatte sie geantwortet, ohne vom Bildschirm aufzuschauen. »Sie hat vor zehn Jahren eine Stiftung gegründet, um Kinderhospize zu unterstützen, die Theresa-Hader-Stiftung.« Dann hatte Nova eine Satellitenkarte der Gegend aufgerufen und diese so groß gescrollt, bis sie das alte Fabrikgelände sehen konnten. Von oben waren nur Ruinen zu erkennen, die zwischen Baumkronen durchschimmerten.

Frida bezweifelte, dass man in diesen verfallenen Mauern jemanden verstecken konnte, aber sie wollte diese Möglichkeit nicht anhand einer Satellitenkarte ausschließen, auf der Bäume und Wildwuchs einen großen Teil der

Fabrik verbargen. Sie wollte sie mit eigenen Augen sehen. Sie hatte entschieden, ihren Kollegen nichts von ihrer Suche zu erzählen, solange es keine konkreten Verdachtsmomente gab.

»Da vorne rechts!«, sagte Jo und blickte von ihrem Smartphone hoch. Sie wies auf eine Teerstraße, die in den Wald führte.

»Sicher?«, fragte Frida.

»Ja, da rein. Wir sind gleich da. Noch knapp zwei-, dreihundert Meter.«

Frida bog in die Zubringerstraße ab und blieb hundert Meter weiter stehen. Sie machte den Motor aus. »Den Rest laufen wir.«

Sie stiegen aus und folgten der Straße. Mitten im Wald erhoben sich plötzlich Backsteinmauern und ein altes Metalltor unter einem gemauerten Torbogen. Es war von Rost überzogen und hing schief in den Angeln. Es war offen. *Fritz Langen Leder* stand in einer schnörkeligen Schrift auf einem fleckigen Emaille-Schild, das über dem Tor angebracht war.

Nova hatte ihnen in der Detektei alte Bilder vom Fabrikgelände aus dem Internet gezeigt. Die Lederfabrik hatte früher aus einem Hauptgebäude, der Produktionshalle und mehreren kleinen Nebengebäuden bestanden. Das Feuer musste im gesamten Gelände gewütet haben, denn keines der Gebäude war erhalten geblieben. Nur der riesige Schornstein aus rotem Ziegel ragte wie ein mahnender Finger aus dem Dschungel der Natur auf, die das Gelände mittlerweile überwuchert hatte. Warum hatten die Haders dieses Grundstück nicht verkauft, sondern in die Stiftung gegeben?

»Da drüben muss ein Auto geparkt haben.« Jo wies auf

frische Reifenspuren neben der Ruine der Produktionshalle.

Sie umrundeten das gesamte Gelände, folgten der Außenmauer. Wie das Feuer damals ausgebrochen war, war nie abschließend geklärt worden. In den Zeitungsberichten war von Brandstiftung die Rede gewesen, aber von wem und warum der Brand gelegt worden war, konnte nicht aufgeklärt werden. Die Fabrik war gut gelaufen, die Absätze außerordentlich. Ein Versicherungsbetrug war recht schnell ausgeschlossen worden.

»Lass uns da mal reingehen!« Jo zeigte auf einen Seiteneingang, der durch die zerstörten Mauern führte.

Sie traten durch ein Metalltor, in das der Rost große Löcher gefressen hatte. In der ehemaligen Produktionshalle waren nach dem Brand alle Maschinen und Kessel herausgerissen worden. Über die Mauern und durch die zerborstenen Seitenfenster rankte Efeu. Wilde Büsche wucherten an den Seiten, und durch den Steinfußboden waren Bäume gewachsen, die meterhoch hinauf in den Himmel ragten.

»Hier kann man niemanden verstecken«, sagte Frida.

Jo ging weiter. Sie folgte ihr, fasziniert von dieser von Menschenhand erbauten Fabrik, deren Grund die Natur sich mehr und mehr zurückholte.

»Hier!« Jo war am Ende der Halle angekommen und zeigte auf eine Treppe, die nach unten führte.

»Kellerräume?« Frida folgte ihr die Steinstufen hinab, die noch vollständig intakt waren. Sie führten in einen Flur. Ganz am Ende war im Halbdunkel eine Metalltür erkennbar, an der ein gelbes Schild mit einem Totenschädel und überkreuzten Knochen hing. »Früher haben die noch mit Chemikalien gegerbt. Wahrscheinlich wurden die hier unten gelagert.«

»Vielleicht haben sie das Grundstück deshalb nicht verkauft. Weil es kontaminiert ist.«

Jo drückte die Tür auf. »Hoffentlich haben die alle Chemikalien entsorgt.«

Sie gingen hinein. Auf jeder Seite gab es zwei weitere Metalltüren. Auch an diesen waren gelbe Schilder mit dem Totenkopf befestigt.

Jo rüttelte an der ersten Tür rechts. »Shit!« Auch die nächste war verschlossen.

Frida probierte es auf den anderen Seite. Ebenfalls abgeschlossen. Sie betrachtete das Vorhängeschloss an der letzten Tür, das nicht verrostet war. Das musste erst vor Kurzem hier befestigt worden sein. »Ich hole mein Werkzeug aus dem Jeep!«

»Das dauert zu lange!« Jo lief zurück in die Halle und kam mit einer verrosteten Metallstange zurück, die sie irgendwo gefunden hatte. Sie schob die Stange zwischen das Gehäuse und den Bügel des Schlosses und drehte sie, hängte sich mit ihrem gesamten Gewicht hinein. Frida packte mit an. Sie bearbeiteten das Schloss, bis sie ein knirschendes Geräusch hörten und der Bügel aus dem Gehäuse gerissen wurde.

Jo warf die Stange weg, die auf dem Beton ein klirrendes Geräusch erzeugte.

Sie sahen sich an, dann drückte Frida die Tür auf.

Ich – Tag 3341

Ich bin im Hungerstreik, esse und trinke nichts mehr. Lange kann es nicht mehr dauern. An meinem Körper treten die Knochen hervor. Meine Arme sind so dünn, dass ich sie mit Daumen und Zeigefinger umfassen kann. Nur der prall gewölbte Bauch passt nicht zu meinem abgemagerten Körper.

Ich bin in einem anderen Raum.

Es ist wieder ein Gefängnis, auch wenn es nicht so dunkel ist.

Ich hocke auf dieser Pritsche und sehe durch die Luke das Tageslicht, kann mich kaum davon losreißen. Da, hinter dieser Scheibe, ist die Welt! Da rauschen Bäume, plätschern Bäche, singen Vögel. Aber ich habe nicht die Kraft und den Mut, die Scheibe zu zerschlagen, weil es nicht mehr meine Welt ist. Sie ist mir fremd, und ich habe Angst vor ihr. Zu lange war ich fort. Ich bin kein Teil mehr von ihr.

Ich bin zu schwach, um aufzustehen. Lange kann es nicht mehr dauern, bis ich für immer einschlafe. Nur noch ein- oder zweimal ins Licht hinter den Gitterstäben schauen. Die Sonne anblinzeln. Ihr Kitzeln auf meinem Gesicht ist berauschend schön. Wie eine Droge, die mich langsam ins Licht trägt.

Ich höre ein Geräusch.

Mühsam richte ich mich auf.

Kommt das Monster wieder, das mich hierhergebracht hat?

Es will nicht mich. Es will jetzt diese Brut, die in mir wächst und tritt. Diese Ausgeburt der Hölle.

So muss sich Ripley gefühlt haben, als sie die Alienbrut in sich trug. Doch das war nicht echt, das war nur Fiktion. Ein Horrorszenario, das für mich gerade Wirklichkeit wird.

Ich werde ein Monster zur Welt bringen. Die nächste Generation.

Es tritt in mir. Es will hinaus in die Welt.

Bald ist es so weit. Es braucht meinen Körper nicht mehr. Es hat sich von mir ernährt, nun kann es allein leben.

Ich muss die Welt da draußen beschützen! Ich muss vorher sterben und dieses Wesen in mir mit in die Dunkelheit reißen.

Da ist jemand an der Tür. Ich höre, dass das Schloss geöffnet wird. Es wird höchste Zeit!

Ich ziehe die Gabel hervor, die ich versteckt im Hosenbund trage, und steche sie tief in meinen Arm.

Kapitel 30

Der Raum war klein. Er hatte eine winzige Fensterluke, die durch eingelassene Metallgitter gesichert war. Etwas Tageslicht leuchtete den Raum notdürftig aus.

Das Erste, was Frida ins Auge fiel, war eine flache Pritsche, die unterhalb des Fensters stand. Darauf lag, wie hingeworfen, eine Wolldecke. Auf einem verrosteten Stuhl mit Neunzigerjahre-Charme stand ein gefüllter Plastikeinkaufsbeutel, bedruckt mit den Lettern eines Supermarktes.

Sie ging hinein. Der Gestank, der ihr entgegenschlug, war wie ein Faustschlag ins Gesicht, und sie taumelte zurück.

Auch Jo stöhnte hinter ihr und stieß die Tür weit auf, um Luft hereinzulassen. »Sind wir zu spät?«

»Nein, das ist kein Verwesungsgeruch!« Frida wusste, wie Leichen riechen. Dieser Raum stank nach Kloake. Über einem Eimer in der Ecke summten Fliegen. Mit angehaltenem Atem trat sie näher und schaute hinein. Eine Wolke der Aasfresser stieg auf, und sie wich zurück. »Das Klo haben sie nicht entsorgt.«

Frida warf einen Blick in den Plastikbeutel mit dem Supermarktaufdruck, ohne ihn zu berühren. »Mineralwasser und ein paar Lebensmittel.«

Jo sah sich um, ging zur Pritsche, zog die Decke hoch. Darunter lagen weiße Schachteln.

»Was ist das?«, fragte Frida und stellte sich neben sie.

»Vitaminpräparate und Folsäure.«

Sie sahen sich an. Präparate, die eine Schwangere brauchte. »Dann war Anneke hier«, sagte Frida.

Jo trat wütend gegen die Pritsche. »Wir sind zu spät. Scheiße!«

»Vielleicht finden wir hier trotzdem noch was, das uns hilft, ihn festzunageln. Hader hat sicher nicht damit gerechnet, dass wir diesen Raum finden. Ich rufe meine Kollegen an.« Frida lief die Stufen hinauf in die ehemalige Fabrikhalle. Nick Wahler ging sofort ans Telefon. »Ich habe eine neue Spur«, sagte sie. Er hörte aufmerksam zu.

Eine Stunde später wimmelte es auf dem Gelände der Lederfabrik von Polizeibeamten aus Niedersachsen. Wahler hatte die Kollegen der Mordkommission in Lüneburg verständigt und mit den wichtigsten Fakten des Deichmühlenfalles vertraut gemacht. Er und Haverkorn trafen anderthalb Stunden nach dem Telefonat mit Frida an der Lederfabrik ein. Das Gelände war bereits weiträumig mit Flatterband abgesperrt worden. Fahrzeuge der Kripo und KTU standen auf der Zufahrt zum Werksgelände.

Frida und Jo hatten in ihrem Jeep auf das Eintreffen der Kripo aus Lüneburg gewartet. Sie waren befragt und ihre Fingerabdrücke sowie Speichelproben waren gesichert worden, da sie einen möglichen Tatort kontaminiert hatten.

Nach dem Tatortfotografen hatten Kriminaltechniker den Kellerraum in Beschlag genommen. Sie untersuchten die provisorische Unterkunft, in der höchstwahrscheinlich die hochschwangere Anneke Jung für einige Tage gefangen gehalten worden war. Da sie den Raum nicht betreten konnten, war es Wahler und Haverkorn ermöglicht worden, sich die Fotos des Tatortfotografen auf seinem Laptop anzusehen, um sich ein Bild zu machen.

»Wurde sie wieder in ein neues Versteck gebracht?«, fragte Frida.

Keiner sagte etwas. Keiner von ihnen glaubte, dass Robert Hader die einzige Zeugin, die ihn schwer belasten konnte, am Leben gelassen hatte. Das Risiko wäre zu groß für ihn gewesen, nachdem er in den Fokus der polizeilichen Ermittlung geraten war.

Nick Wahler sprach im Inneren der Absperrung mit dem Leiter der Lüneburger Mordkommission, während Frida, Jo und Haverkorn am Jeep lehnten und das Treiben beobachteten. Mittlerweile war die niedersächsische Diensthundestaffel mit Leichenspürhunden angekommen, um das Gelände der Lederfabrik und das angrenzende Waldgebiet abzusuchen.

»Ob sie sie hier draußen finden?«, fragte Frida, die beobachtete, wie zwei Schweißhunde auf die Fährte angesetzt wurden. Als Geruchsträger diente die Decke, die auf der Pritsche im Kellerraum gelegen hatte.

Haverkorn folgte ihrem Blick. »Wenn er sie umgebracht hat, wäre es ein Risiko, die Leiche im Auto wegzuschaffen. Hier draußen im Wald wäre ein guter Platz, um ein Erdgrab auszuheben.«

Im Wald bellte einer der Hunde. Ihre Blicke gingen dorthin. Aber es blieb ruhig. Jeder von ihnen hing seinen Gedanken nach. Hatte Anneke zehn Jahre überlebt, um hier draußen umgebracht und im Wald verscharrt zu werden?

Wahler joggte aus dem Tor der Fabrik heraus, hob das Flatterband an, das ihm den Weg versperrte, und kam zu ihnen. Er war kurzatmig. »Ein Mantrailer hat vor der Fabrik durch Kratzen angezeigt. Dort endet die Spur. Möglicherweise ist die Frau an der Stelle in ein Fahrzeug gestiegen oder eingeladen worden.«

»Dann hat er die Leiche nicht hier vergraben«, sagte Haverkorn.

»Da ist noch was.« Wahler zog sein Smartphone aus der Tasche. »Im Gras vor dem Eingang der Fabrik lag das hier.« Er öffnete die Fotodatei und suchte ein Foto heraus. Darauf zu sehen war ein runder flacher Gegenstand, der im Gras lag, bedruckt mit den blau-weißen Rauten des BMW-Firmenzeichens.

Frida erkannte zuerst, worum es sich dabei handelte. »Ist das ein Einkaufschip?«

Wahler vergrößerte das Bild. »Genau!« Er wirkte zuversichtlich. »Diese Chips sind oft Werbegeschenke, sie hängen am Autoschlüssel.«

»Dann hat derjenige, der hier war, diesen Chip verloren«, vermutete Frida.

»Robert Hader fährt keinen BMW«, wandte Haverkorn ein. »Vor der Sportschuhfirma stand auf seinem Chef-Parkplatz ein 911er-Porsche.«

»Das stimmt.« Wahler setzte ein zufriedenes Lächeln auf. »Ich habe gerade mit der KFZ-Zulassungsbehörde telefoniert. Robert Hader fährt privat Porsche, aber auf seine Frau ist ein BMW X3 zugelassen.«

Frida erinnerte sich an den dunklen Wagen, der auf der Einfahrt der Villa geparkt war, als sie dort gewesen waren.

Wahler steckte sein Smartphone ein. »Ein Porsche fällt viel zu sehr auf. So einen Wagen lässt man stehen, wenn man nicht gesehen werden will. Man nimmt den unauffälligen Zweitwagen. Insbesondere dann, wenn man plant, etwas Illegales zu transportieren.«

Hinter den Rotbuchen der Villa in Rissen zogen Regenwolken auf. Heute wirkte sie gar nicht mehr so imposant auf Frida wie bei ihrem ersten Besuch. Dies hier war nur ein Haus, das nichts über das Glück oder Unglück seiner Bewohner aussagte. Und in den nächsten Minuten würde im Leben der Eheleute Hader kein Stein mehr auf dem anderen bleiben.

Sie hatten bis zum frühen Abend die vorläufige Auswertung der Spuren aus dem Kellerverlies der Lederfabrik abgewartet. Schnell war bestätigt worden, dass die dort gefundenen Blutspuren von Anneke Jung stammten. Aber viel bemerkenswerter waren die daktyloskopischen Spuren, die auf dem Einkaufschip gesichert werden konnten. Darauf war zweifelsfrei ein Fingerabdruck von Robert Hader und der von einer anderen Person gewesen, höchstwahrscheinlich seiner Frau.

Hader war am Morgen nach einer Haftentlassungsprüfung, die sein Anwalt kurzfristig durchgeboxt hatte, aus der U-Haft in Itzehoe entlassen worden. Doch seine Freiheit währte nur ein paar Stunden. Aufgrund der neuen Spurenlage war vom Ermittlungsrichter erneut ein Haftbefehl gegen den Unternehmer erlassen worden. Diesen hatte Nick Wahler bei sich, der hinter Frida und Haverkorn vor die Tür der Villa trat. Haders Porsche stand in der Auffahrt. Der BMW war nicht da. Vielleicht stand er in der Garage am Ende des Kiesweges. Hinter dem Gartenzaun lungerten ein paar Fotojournalisten herum und warteten auf ein Foto der Unternehmerfamilie für die nächste Morgenzeitung.

Frida klingelte. Die holländische Hauswirtschafterin öffnete. Sie sah blass und übernächtigt aus, wirkte fahrig, als sie die Polizisten wiedererkannte. Vielleicht hatte sie von ihrer Agentur erfahren, dass die Polizei sich nach ihr erkundigt hatte. Saar van Dijk rief nach ihrer Chefin. Dann verschwand sie auf der Treppe ins obere Stockwerk.

Theresa Hader stellte sich in den Türrahmen, bat sie jedoch nicht ins Haus. Sie war blass und ungeschminkt, trug die Haare in einem Pferdeschwanz. In diesem Moment erkannte Frida die Frau wieder, die sie nachts in der Marsch im Auto angesprochen hatte, nachdem sie in ein illegales Autorennen geraten waren. Beim ersten Besuch in der Villa war sie ihr bekannt vorgekommen, aber da war sie geschminkt und elegant gekleidet gewesen, hatte ihre Haare offen getragen. Deshalb hatte sie sie nicht mit der verstörten Fahrerin aus dieser Nacht in Verbindung gebracht.

»Wir möchten zu Ihrem Mann, Frau Hader«, sagte Frida und hörte hinter sich das Klackern der Spiegelreflexkameras.

»Was wollen Sie noch von ihm?«, fragte die Unternehmergattin.

»Das erklären wir ihm selbst. Würden Sie ihn bitte rufen?«

Robert Hader war schon an der Tür, bevor sie seinen Namen ausgesprochen hatte. »Das grenzt an Belästigung!«, sagte er mit gesenkter Stimme.

»Können wir bitte hineingehen?« Frida machte eine halbe Drehung und sah hinüber zu den Fotografen am Gartenzaun.

Robert Hader gab die Tür frei. Sie durchquerten die Diele und gingen in den Salon neben der Küche.

Hinter ihnen telefonierte Theresa Hader mit ihrem Anwalt und bat ihn dringend zu kommen.

»Wird es lange dauern? Ich habe gleich noch eine Verabredung«, sagte Hader.

Wahler übernahm, ließ den Haftbefehl jedoch noch in seiner Mappe. »Herr Hader, wo ist Anneke Jung?«

Ein kurzes Zögern. »Hört das denn nie auf?«, fragte er und überkreuzte die Arme vor der Brust. »Noch einmal! Ich kenne diese Frau nicht! Ich habe sie noch nie gesehen! Was Sie mir da unterschieben wollen, ist einfach absurd!« Er wandte sich an seine Frau. »Ist Dr. Martens unterwegs?«

Sie stellte sich neben ihn. »Ja, er wird gleich hier sein.«

»Gut!« Er setzte sein geschäftsmäßiges Lächeln auf. »Ohne meinen Anwalt sage ich gar nichts mehr!«

Wahler warf Haverkorn einen Blick zu. Der nickte. »Herr Hader, wir haben heute das Gelände der abgebrannten Lederfabrik nahe Undeloh durchsucht.«

Hader fixierte ihn. Sein Lächeln war verschwunden.

»Wir haben den Kellerraum gefunden, in dem Anneke Jung festgehalten wurde, nachdem Sie sie aus der Deichmühle geholt haben.«

Hader sah ihn an, sein Blick flackerte. »Hören Sie mir nicht zu? Ich habe nichts mit dieser Frau zu tun!«

»Doch, Herr Hader. Und wir können es beweisen«, erwiderte Haverkorn.

»Sie spekulieren doch nur.«

Der Kriminalhauptkommissar zog eine Beweismitteltüte aus seiner Tasche. Darin lag der Einkaufschip. »Den haben Sie vor der alten Fabrikhalle verloren.«

Der Unternehmer starrte darauf. Seine Überraschung wirkte echt. »Was ist das?«

»Dann haben Sie noch nicht bemerkt, dass der Einkaufschip weg ist? Ein kleines Werbegeschenk von BMW, das am Autoschlüssel hing, ist es nicht so?«

»So etwas besitze ich nicht!«

»Warum ist dann Ihr Fingerabdruck darauf?«

Hader starrte Haverkorn an. Dann sah er zu seiner Frau, die am Fenster stand. Zorn lag in diesem Blick.

»Den muss ich bei der letzten Begehung des Geländes verloren haben. Ab und zu sehe ich dort nach dem Rechten.«

»Obwohl die Fabrik seit Jahren brachliegt?«, fragte Haverkorn.

Hader zuckte die Schultern. »Es ist eine Liegenschaft, die sich in unserem Besitz befindet.«

»In dem der Stiftung Ihrer Frau!«, verbesserte Haverkorn. »Waren Sie bei der letzten Begehung mal im Keller? Da unten gibt es noch abschließbare Räume. Aber das wissen Sie ja sicher.«

Haders Selbstsicherheit bröckelte mit jedem von Haverkorns Sätzen.

»In einem der Räume standen eine Pritsche, Lebensmittel, Wasserflaschen und ein Toiletteneimer. Die Blut- und DNA-Spuren stammen von derselben Frau, die auch in der Kammer unter der Deichmühle Ihres Vaters festgehalten wurde, von Anneke Jung. Ein seltsamer Zufall, finden Sie nicht?«

Haders Schweigen füllte den Raum. Jetzt hatten sie ihn dort, wo sie ihn haben wollten. Die nächste Frage war die wichtigste.

Haverkorn trat ganz nah zu ihm, blickte ihm in die Augen. »Herr Hader, wo ist die Frau? Wo haben Sie sie hingebracht?« Er wartete länger als nötig. »Ist sie noch am Leben?«

Der Unternehmer trat zur Seite und versuchte, Distanz aufzubauen. »Sie stochern im Trüben, Herr Haverkorn. Beweisen können Sie gar nichts!« Er sah auf seine Armbanduhr. »Wir warten jetzt auf meinen Anwalt. Der wird diese Farce hier hoffentlich beenden.«

Ein Babyschrei durchschnitt das kurze Schweigen. Theresa Hader schrak zusammen. Sie drehte sich zur Tür, blieb jedoch stehen.

Wieder hörten sie ein Baby weinen.

»Das kommt von oben!«, sagte Frida, die an der geöffneten Tür stand.

»Unsere Haushälterin hat Besuch von ihrer Schwester aus Holland«, erklärte Hader. »Sie hat ihr Baby mitgebracht.«

»Wir wissen, dass Anneke Jung hochschwanger war«, sagte Nick Wahler. »Zeigen Sie uns das Baby!«

»Ohne Durchsuchungsbeschluss muss ich Ihnen in meinem Haus gar nichts zeigen«, bellte Hader. Feine Schweißtropfen bildeten sich an seinen Schläfen.

»Bei Gefahr im Verzug schon!« Wahler griff unter sein Jackett und öffnete mit einer eindeutigen Geste das Holster seiner Dienstwaffe. »Ich bleibe hier.« Er sah Haverkorn an. »Ihr geht nach oben!«, sagte er.

Frida und Haverkorn durchquerten eilig die Diele und stiegen die Treppe hinauf. Sie folgten dem Babyweinen in ein Zimmer am Ende des Ganges. Es war verschlossen. Haverkorn klopfte laut. »Polizei! Öffnen Sie die Tür!«

Es dauerte einen Moment, dann wurde die Tür geöffnet. Saar van Dijk stand vor ihnen. Hinter ihr schrie das Baby.

Frida drängte sich an ihr vorbei. Sie trat in einen Traum aus Pink und Glitter. Rosafarbene Tapete, bedruckt mit lustigen Comicfiguren. In jeder Ecke lagen Plüschtiere und Spielzeug. In der Mitte, unter einem bunten Mobile, stand eine Babywiege. Frida ging näher und sah das Baby, das erst wenige Tage alt sein konnte, so winzig war es. »Von wem ist dieses Kind?«, fragte sie die Holländerin, die neben Haverkorn stand.

Keine Antwort. Die junge Frau stand wie erstarrt an der Tür. Sie konnte sie nicht ansehen.

Frida baute sich vor ihr auf. »Noch einmal: Von wem ist dieses Baby? Wenn Sie nicht mit uns kooperieren, leisten Sie Beihilfe zu einer Straftat!«

Die Angestellte schrak auf. »Von dieser Frau«, sagte sie leise. »Frau Hader hat sie hergebracht.« Sie sah zu Frida, dann zu Haverkorn. »Sie hatte starke Wehen. Dann hat sie nachts hier das Kind bekommen.«

»Wann war das?«

»Gestern!«

»Wo ist die Mutter des Kindes?«

Sie fing an zu weinen. »Ich weiß es nicht! Ich sollte mich doch nur um das Baby kümmern.«

Haverkorn dachte einen Moment nach. »Ich bleibe hier. Sag Wahler Bescheid! Wir müssen das Haus durchsuchen.«

Frida lief nach unten, wo ihr Vorgesetzter mit dem Ehepaar Hader wartete. Frida sah es beiden an: Sie wussten, dass sie aufgeflogen waren. Dass weiteres Leugnen keinen Zweck mehr hatte.

»Das ist das Kind von Anneke Jung, nicht wahr? Ihr Dienstmädchen sagt, Sie haben sie hergebracht, Frau Hader. Und sie hat es hier im Haus bekommen.«

»Du blöde Schlampe!«, schrie Robert Hader. »Wie konntest du auch so dämlich sein, sie hierherzuholen?« Er schlug wütend eine Vase vom Kaminsockel und wollte auf seine Frau losgehen, aber Wahler ging dazwischen. »Ganz ruhig jetzt! Stellen Sie sich wieder ans Fenster!«

Hader hatte gelernt, Haltung zu bewahren. Der Wutausbruch schien ihn zu ärgern. Er lockerte seinen Nacken und gehorchte.

»Dann haben *Sie* die Frau aus der Fabrik geholt«, redete Frida weiter und sah Theresa Hader ins Gesicht. In diesem Moment fielen alle Puzzlestücke ineinander. »*Sie* waren auch in der Nacht, in der Josef Hader gestorben ist, in der Marsch! *Sie* haben Anneke aus der Mühle geholt! Das war gar nicht Ihr Mann! Sie saßen im Auto, als wir beide von diesen Rennjunkies fast von der Straße gedrängt wurden.«

Theresa Hader bebte vor Anspannung. Dann brach es aus ihr heraus. »Einer musste ja hinter dir aufräumen!«, schrie sie ihren Mann an. »Du hast dich jahrelang mit dieser Schlampe da draußen vergnügt! Ich dachte zuerst, du hättest eine Affäre mit deiner Sekretärin. Aber dann bin ich dir irgendwann gefolgt.« Sie lachte auf. »Dein Alter hat mich reingelassen, als du da unten drin warst. Er hat mich ausgelacht, hat mich verhöhnt, dass ich dir nicht genüge.« Sie hob wütend ihre Hand. »Und dein dämlicher Vater hat dich bei dieser kranken Scheiße auch noch unterstützt!« Sie zitterte vor Anspannung, wischte sich den Rotz von der Nase. »Und wieder habe ich dir verziehen, wie jedes Mal! Weil ich dich liebe!« Sie schluchzte auf. »Aber dann hat der Alte die Schlampe nach oben ins Haus geholt, weil er sich einsam fühlte. Es war Zeit, dass sich jemand um dieses Problem kümmerte!«

»Theresa! Halt endlich die Schnauze!«, brüllte ihr Mann.

Aber sie redete weiter und erhitzte sich immer mehr. »Der Alte wollte sie nicht mehr hergeben.« Sie lachte laut auf. »Der dachte wirklich, das ist die Frau, auf die er so lange gewartet hat. Dass seine verstorbene Frau zurückgekommen wäre und nun bei ihm bleiben würde. Dein Vater war *irre!*« Ihre Stimme überschlug sich. »Er hat uns alle in Gefahr gebracht, verstehst du das nicht? Ich habe es für dich getan!«

Robert Hader starrte sie ungläubig an. »Das war gar kein Unfall, oder?«, fragte er. »Du hast ihn die Treppe runtergestoßen. »Du ...« Seine Stimme bebte vor Wut.

»Dein Vater war außer Kontrolle! Er hätte dich auffliegen lassen, verstehst du das nicht? Er war eine Gefahr für dich! Ich habe dich beschützt!«

»Beschützt? Siehst du, was du angerichtet hast? Wir gehen beide in den Knast, weil du dich eingemischt hast!«

»Warum haben Sie die Frau aus der Mühle geholt und in die Lederfabrik gebracht?«, fragte Wahler Theresa Hader. »Das waren fast hundert Kilometer Fahrt! Ein immenses Risiko. Was wollten Sie mit ihr dort machen?«

»Folsäure!«, antwortete Frida, als die Unternehmergattin nichts sagte. »Sie haben Anneke Folsäure und Vitaminpräparate besorgt. Sie wollten das Kind, nicht die Frau, richtig? Es ist das Kind Ihres Mannes. Das konnten Sie nicht sterben lassen.«

Theresa Hader presste verbittert ihre Lippen aufeinander. »Ja, so ist es! Ich konnte ihm seinen Kinderwunsch nicht erfüllen. Ich bin unfruchtbar. Jetzt hatten wir endlich die Chance, ein Baby zu haben!«

Frida sah sie ungläubig an. »Das können Sie doch nicht wirklich geglaubt haben! Dass Sie dieses Kind einfach so als Ihres ausgeben könnten! Jeder Arzt würde Sie sofort melden! Ihre Freunde, Ihre Nachbarn, jeder weiß, dass Sie nie schwanger waren.«

Tränen liefen über ihre Wangen. »Wir hätten ins Ausland gehen können, wo uns niemand kennt! Da hätten wir zu dritt glücklich werden können!«

Theresa Hader sah ihren Mann an und umarmte ihn plötzlich. »Ich habe das nur für dich getan! Du wolltest immer Kinder!«

Er befreite sich mit einer brutalen Geste aus ihrer Umarmung. »Du bist ja *krank!*«, knurrte er. »Völlig durchgeknallt! Man sollte dich einliefern lassen!«

»Du hast dir da draußen eine Sexsklavin gehalten!« Theresa Haders Stimme war heiser vor Wut und Verzweiflung. »Wer von uns gehört in die Klapse, du oder ich?«

Wahler stellte sich zwischen das Ehepaar.

»Sie haben ihr etwas Blut abgenommen und an den Messern, am Fleischwolf und in der Tiefkühltruhe im Schuppen verteilt, Frau Hader«, sagte Frida. »Sie wollten auf Nummer sicher gehen, nicht wahr? Würde jemand die Kammer finden und Rückschlüsse auf Anneke Jung ziehen, sollte man davon ausgehen, dass Ihr Schwiegervater sie umgebracht und ihre Leiche zerstückelt hat.«

Robert Haders Frau warf ihr einen wütenden Blick zu. Aber sie schwieg.

»Und der Hund! Wir haben uns gefragt, warum er in jener Nacht draußen war. Aber jetzt ist es klar! Sie mögen keine Hunde, und Ihr Schwiegervater wusste das. Er hat den Hund vor die Tür gesperrt, als Sie kamen, oder? Er konnte ja nicht wissen, was Sie vorhatten.«

»Glauben Sie, ich bin da rausgefahren, um ihn umzubringen?« Sie sah zu ihrem Mann, der regungslos am

Kamin stand, auf dem Fotos aus glücklichen Tagen ihrer Ehe standen. Aber vielleicht waren auch diese Bilder nur Fassade wie die Ehe selbst. »Ich wollte mit ihm reden! Ich wollte ihn davon überzeugen, mir die Frau herauszugeben. Sie war hochschwanger. Ich habe ihm gesagt, dass sie in ein Krankenhaus müsse, weil es nicht mehr lange dauern würde. Aber er hat mir nicht geglaubt, hat rumgeschrien. Er ist handgreiflich geworden. Als ich mich nicht einschüchtern ließ, ist er die Treppe hochgelaufen, wollte eine seiner Jagdwaffen holen. Aber ich war schneller als er, habe ihn auf der Treppe festgehalten. Dann ist er gestürzt.« Sie schüttelte den Kopf. »Ich wollte das nicht! Robert, ich wollte nicht, dass dein Vater stirbt. Es war ein Unfall!«

Ihr Mann sah sie an, und es war klar, dass er ihr nicht glaubte.

»Was ist nachts an der Tankstelle passiert?«, fragte Wahler. »Wir wissen, dass Sie dort waren.«

Theresa Hader schlug die Hände vors Gesicht, schluchzte auf. Aber sie schien zu wissen, dass es keinen Sinn machte, diesen Mord zu leugnen. Sie ließ die Hände sinken. »Mein BMW war beim TÜV, also hab ich deinen Firmenwagen genommen! Aber der Tank war fast leer. Als ich an der Mühle weggefahren bin, blinkte die Reservelampe auf.« Sie wischte sich die Tränen aus dem Gesicht. »Wenn der Tank voll gewesen wäre, wäre das alles nicht passiert.« Sie schluchzte leise. Niemand unterbrach sie. »Ich hatte sie gefesselt und hinten im Heck des Wagens unter eine Decke gelegt. Irgendwie hat sie ihre Fesseln lösen können, als ich getankt und bezahlt habe. Als ich zurückkam, sah ich eine Bewegung im Inneren. Sie war schon an der Tür. Ich stieß sie zurück. Wir haben miteinander gerungen. Der Typ an der Kasse muss das gesehen haben. Er kam rausgerannt.« Sie gestikulierte mit den Händen. »Ich wusste einfach nicht weiter. Da habe ich die Waffe auf ihn gerichtet. Ich hatte keine andere Wahl! Wenn er ihr geholfen hätte, dann …« Sie sah Hilfe suchend ihren Mann an. »Ich habe es für *dich getan. Für uns!*«

Sie fasste ihn am Arm, er schüttelte sie ab wie ein lästiges Insekt.

»Wo ist die Tatwaffe?«, fragte sie Wahler.

»Die habe ich nachts in die Elbe geworfen.«

»Wissen Sie noch wo?«, hakte er nach.

Theresa Hader zuckte die Schultern. »Irgendwo an der Elbchaussee. Ich bin ausgestiegen und habe sie ins Wasser geworfen.«

»Die Stelle werden Sie uns zeigen müssen.«

Die Türklingel fuhr zwischen sie wie ein Donnerschlag.

»Das wird Ihr Anwalt sein«, sagte Nick Wahler. »Gehst du?« Er nickte Frida zu.

»Zum letzten Mal! Wo ist Anneke Jung?«, hörte sie ihren Chef fragen, als sie zur Tür ging.

Wahler deutete ein Kopfschütteln an, als sie zurückkam.

Der Anwalt schien die Situation sofort zu erfassen. »Sie sagen jetzt kein Wort mehr!«, sagte er laut und bestimmt.

†

Haverkorn inspizierte mit Klaus Behrens den Keller und die Waschküche. Bisher hatten sie Anneke nicht finden können. Aber auch dort entdeckten sie keinen Hinweis auf die Vermisste. Es lagen jedoch ein paar blutige Handtücher auf dem Boden, die wahrscheinlich nach der

Entbindung vor die Waschmaschine geworfen worden waren.

Die Eheleute Hader waren vorläufig festgenommen und abgeführt worden. Das hatte auch ihr Anwalt nicht verhindern können. Um das Baby kümmerte sich Anja, bis der Kinder- und Jugendnotdienst des Jugendamtes jemanden geschickt hatte, der sich des kleinen Mädchens annehmen würde. Danach würde das Baby ins Kinderkrankenhaus und anschließend in ein Jugendschutzhaus gebracht werden. Auf Haverkorns Arm, der das winzige brüllende Bündel aus der Babywiege genommen hatte, war es endlich eingeschlafen.

»Vielleicht ist sie gar nicht mehr hier! Sie wollten das Baby. Anneke brauchten sie nicht mehr!« Frida lehnte sich kurz an einen Schrank, in dem Putzmittel standen, und schloss die Augen. Ihr waren die Strapazen der letzten Stunden anzusehen.

»Komm!«, sagte Haverkorn und berührte sie am Arm. »Wir sollten erst mal was trinken. Dann suchen wir weiter.« Sie stiegen wieder nach oben.

In der Küche füllte er zwei Gläser mit Wasser aus dem Hahn und reichte eines Frida. Sie trank es durstig aus. »Wir sind zu spät«, flüsterte sie. »Es war alles umsonst!«

»Das Kind lebt!«, versuchte er sie aufzubauen. Er kannte diese Tiefpunkte in einer Ermittlung. »Und noch haben wir Hoffnung, auch Anneke zu finden.«

Frida stellte das Glas auf die Marmorplatte. »Lass uns weitersuchen!«

Die Eingangstür wurde geöffnet. »In der Garage!«, rief Klaus Behrens. »Kommt! Schnell!«, rief ihr Kollege und verschwand nach draußen.

Sie folgten ihm hinaus zur Doppelgarage am Ende des

Kiesweges, die seitlich mit dem Haus verbunden war. Das elektronische Garagentor war geöffnet. Im Inneren stand der dunkelblaue BMW X3. Nick Wahler stand stocksteif hinter dem geöffneten Kofferraum. Sein Gesicht war so weiß wie die Wand hinter ihm.

»Ist sie tot?«, fragte Frida, als sie das reglose Bündel Mensch im Kofferraum liegen sah. Die Frau war mit Kabelbinder und Klebeband regelrecht zusammengeschnürt worden. Ihre Augen waren geschlossen.

»Nein, sie hat einen schwachen Puls. Wahrscheinlich haben sie ihr ein Schlafmittel gegeben.«

Haverkorn sah Frida an. Sie kämpfte mit dem Anblick der Entführten. Aber auch er war schockiert. Anneke Jung lag in Embryonalstellung im Kofferraum. Ihre dünnen Arme und Beine steckten in einem verdreckten Jogginganzug. Die langen Haare waren strähnig, und obwohl sie erst fünfunddreißig war, von grauen Strähnen durchzogen. Ihre Gesichtshaut war ungesund und bleich. Der Schwangerschaftsbauch wölbte sich unter den Fesseln hervor und wirkte wie ein Fremdkörper an dieser ausgemergelten Gestalt.

Haverkorn fröstelte. Ihre Peiniger hatten ihr die Freiheit und jede menschliche Würde genommen. Sie hatten ihren Willen gebrochen, ihren Körper geschändet und nun noch ihr Kind geraubt. Sie hatten sie in diesen Kofferraum gesteckt, um sie zu beseitigen. Daran bestand kein Zweifel.

Was hatte diese junge Frau in den letzten zehn Jahren durchgestanden? Er konnte kaum glauben, dass sie dieses Grauen überlebt hatte.

»Sie hätten sie umgebracht«, sagte Frida leise. »Diese Schweine hätten sie einfach umgebracht und entsorgt wie ein Stück Vieh!«

Haverkorn nahm sie in den Arm und spürte, wie sehr Frida zitterte.

»Ich habe einen Rettungswagen gerufen.« Wahler lief die Regale der Garage ab und zog eine Kneifzange heraus. Dann begann er, die Kabelbinder an Annekes Armen zu zerschneiden. Klaus Behrens zog ein Taschenmesser aus seiner Hosentasche und durchtrennte das Klebeband. Vorsichtig hoben sie die Bewusstlose aus dem BMW und brachten sie auf einer Decke in die stabile Seitenlage. Keiner ging weg, bis der Notarzt eintraf und sicherstellte, dass Anneke Jung überleben würde.

Ich – Tag 3344

Das Sonnenlicht spielt mit den Lamellen vor dem Fenster und lässt die Schatten flattern. Ich höre Vogelgezwitscher durch den Fensterspalt. Und Kinderlachen vor dem Haus.

Ich bewege meine Hand, und der Schmerz ist wieder da. Beide Unterarme sind verbunden. Die Gabel war zu stumpf, um meine Pulsadern tief genug aufzureißen. Das hat mir das Leben gerettet.

Und dem Kind.

Es ist ein Mädchen. Ganz zart, wie ein dürres Vögelchen.

Sie haben es mir gebracht und in den Arm gelegt. Da lag es nun. Und gluckste.

Nein, ich habe kein Monster zur Welt gebracht. Dieses zarte Etwas ist so unschuldig wie ich.

Ich habe gehört, dass sie es Sinje nennen. Ein schöner Name. So soll sie heißen. Ich werde es ihnen sagen, wenn ich irgendwann wieder sprechen kann. Noch kommt kein Wort aus meinem Mund. Ich habe Angst davor. Denn ich weiß nicht, ob ich diesen Schmerz ertrage. Ob ich ihnen jemals erzählen kann, was das Monster mir angetan hat.

Mein Schweigen ist wie ein warmer weicher Mantel, der mich schützt. Ich will mich noch darin einhüllen.

Die Psychologin war heute hier. Sie hat mich gefragt, ob ich mich stark genug fühle, Besuch zu bekommen. Mir sind die Tränen aus den Augen geschossen. Meine drei Männer wollen mich sehen.

Wie groß sie wohl jetzt sind, meine zwei kleinen Buben?

Fast zehn Jahre war ich verschwunden, haben sie gesagt. Und dass sie schon längst größer sind als ich.

Die Tür geht auf. »Sie sind jetzt da«, sagt die Psychologin. »Darf ich sie hereinschicken?«

Ich wische mit der Hand meine Tränen weg.

Meine Lippen versuchen, ein Lächeln zu formen.

Dann nicke ich.

Kapitel 31

Die Gebäude der alten Wagen- und Hufschmiede in Dithmarschen warfen lange Schatten in der Nachmittagssonne. Haverkorn parkte den Passat auf dem Hof und stieg aus. Er war etwas zu früh und lehnte sich an den Wagen.

Letzte Woche hatte er mit den Eheleuten Stademann telefoniert und darum gebeten, mit einem Leichenspürhund ihr Haus und Grundstück inspizieren zu dürfen. Sie waren schnell einverstanden gewesen. Das hatte Haverkorn den langen Weg erspart, einen richterlichen Beschluss für eine Durchsuchung zu erwirken.

Ein Polizeitransporter der Diensthundestaffel fuhr auf den Hof. Das musste der Kollege sein, mit dem er gestern telefoniert hatte. Es hatte zwei Tage gedauert, bis bei der Hundestaffel in Dithmarschen ein Leichenspürhund für ihn verfügbar gewesen war. Haverkorn sah zu, wie der uniformierte Polizist den Belgischen Schäferhund aus einer Metallgitterbox im Heck des Fahrzeuges holte. Er begrüßte den jungen Kollegen, der sich als Jens Neuer vorstellte, und fragte auch nach dem Namen des Hundes. Haverkorn wusste, wie eng die Beziehung der Diensthundeführer zu ihren Tieren war. Sie waren mehr als Partner. Sie gehörten zur Familie. Nach Dienstschluss wurden sie nicht irgendwo in einen Zwinger gesperrt. Die Hundeführer nahmen sie mit nach Hause, wo sie auch schon mal abends mit den Kindern auf der Couch lagen.

»Das ist Onyx!«, sagte der Kollege und ließ die Hündin neben sich Platz machen.

Haverkorn begrüßte das Tier. Dann erklärte er Jens Neuer, dass die Eigentümer ihnen Zugang zu allen Räumen und Unterkellerungen gewährt hatten. Er konnte sich mit dem Hund auf dem Grundstück und im Haus frei bewegen. Frauke Stademann saß in der Küche und konnte jederzeit angesprochen werden. Ihr Mann war am Morgen zur Arbeit gefahren. Den Hofhund hatten die Stademanns für ein paar Stunden zu Bekannten gebracht.

Der Diensthundeführer ließ Onyx von der Leine.

Haverkorn sah ihnen eine Weile zu, dann ging er ins Haus und setzte sich zu Frauke Stademann in die Küche. Sie bot ihm selbst gemachten Eistee an, und er nahm das Angebot gern an.

»Der Josef war immer ein seltsamer Kauz, für alle hier im Ort«, sagte sie nachdenklich. »Er war kein guter Vater und Ehemann. Und ja, er war ein Schläger. Aber, dass er jemanden umgebracht hat …« Sie zögerte einen Moment. »Nein, das glaube ich wirklich nicht.«

»Wahrscheinlich finden wir hier auch gar nichts«, sagte er ausweichend. Er spürte, dass die Frau das Gespräch in diese Richtung lenkte, weil sie weitere Informationen erhoffte. Aber mehr konnte und wollte er nicht sagen. Er trank Eistee und sah auf sein Handy. Frida hatte sich noch nicht gemeldet. Sie besuchte Heini Steen im Krankenhaus. Haverkorn würde sie an der Westküstenklinik abholen, wenn die Durchsuchung in der Hufschmiede abgeschlossen war.

»Wir haben uns schon gefragt, warum der Josef damals das Haus so preiswert verkauft hat. Da wird schon was vorgefallen sein. Er hatte ja immer mit jemandem Streit.

Vielleicht hatte er einfach die Nase voll und wollte woanders neu anfangen.«

»Das ist gut möglich. Oder er wusste nicht, was der Hof tatsächlich wert war.«

An der Tür klopfte es, und der Diensthundeführer kam herein. Er nickte der rothaarigen Frau zu, die ganz offensichtlich von seiner Uniform beeindruckt war. »Kannst du mal kommen?« Er wies nach draußen.

Haverkorn entschuldigte sich und folgte ihm auf den Hof.

»Onyx hat durch Kratzen angezeigt.«

»Wo?«

»Im Nebengebäude. Da ist ein alter Brunnenschacht. Du musst mir mal helfen, die Abdeckung runterzunehmen.«

»Frau Stademann?«, rief Haverkorn ins Haus.

Die Hausbesitzerin erschien in der Tür.

»Da drin ist ein Brunnenschacht. Können wir da ran?«

»Ja, natürlich! Der Brunnen war schon stillgelegt, als wir eingezogen sind. Der ist ausgetrocknet.«

»In Ordnung. Sie bleiben bitte in der Küche!«

Haverkorn holte seine Stablampe aus dem Wagen und folgte dem Diensthundeführer zum Nebengebäude, wo wahrscheinlich damals die Schmiedearbeiten stattgefunden hatten. Heute diente der Anbau als Garage und Lager.

Jens Neuer ging voraus. Hinter einem verkrusteten Betonmischer sah Haverkorn eine gemauerte Einfassung, die mit einem rostigen Metalldeckel verschlossen war. Davor lag die Hündin wie erstarrt und blickte auf den alten Brunnen.

»Hier drunter muss was sein!«, sagte Neuer.

Gemeinsam hievten sie den Deckel herunter. Haverkorn machte die Lampe an und leuchtete in den Schacht. Ein modriger Geruch stieg zu ihnen herauf. Der Brunnen hatte einen Durchmesser von anderthalb Metern. Bis zum Boden mochten es acht bis zehn Meter sein, schätzte Haverkorn. Am Grund glänzte es feucht, aber das war keine Wasseroberfläche. Das Wasser war an dieser Stelle schon lange versiegt.

»Onyx, such!« Neuer ließ die Hündin auf den Brunnenrand steigen. Er hielt sie straff am Halsband, damit sie nicht abrutschte. Als sie auf dem Rand stand, begann sie zu kratzen und in den Brunnen zu bellen. Der Diensthundeführer brach ab und nahm sie wieder herunter. »Ja, fein!«, lobte er die Hündin. Dann drehte er sich zu Haverkorn. »Da muss jemand runter!«

†

Frida betrachtete die alte Holländermühle, über der ein paar Schönwetterwolken in Richtung Süden trieben. Hier draußen in der Marsch wehte immer der Wind, bewegte die Zweige der Bäume und Büsche und ließ die befestigten Holzflügel leise in der Verankerung knarren. Was für ein friedlicher Anblick diese Mühle war, wie ein Überbleibsel einer längst vergangenen Zeit, das am Wegesrand stand. Aber seit der Pressekonferenz, in der der Leiter der Mordkommission über die Umstände von Anneke Jungs Gefangenschaft berichtet hatte, war sie für die Öffentlichkeit zu einem Monument menschlicher Grausamkeit geworden. Es gab schon erste Stimmen, die verlangten, die Mühle sofort abzureißen, um den Schauplatz dieses Verbrechens für immer aus der Welt zu schaffen. Frida hoffte, dass dies verhindert werden konnte. Nicht dieses Gebäude war schuld an dem, was mit Anneke passiert war. Sondern ihr Peiniger, der hoffentlich für lange Zeit hinter Gittern verschwinden würde.

Frida hatte am Morgen im Dorf gehört, dass der ältere Sohn von Josef Hader nun hier wohne. Sie war überrascht gewesen, dass Rolf Hader nach seiner Entlassung aus der U-Haft in die Mühle gezogen war. Natürlich, sie war sein Erbe, er durfte dort wohnen. Aber Frida war sich nicht sicher, ob er ahnte, welche Bürde er sich damit auflastete. Sie dachte nicht nur an die grausamen Dinge, die sich in der Kammer unter der Küche abgespielt hatten, sondern auch an die finanzielle Belastung, die auf ihren neuen Bewohner zukommen würde. Das Denkmalamt hatte sich bereits eingeschaltet. Es wollte Tatsachen schaffen, wenn nicht endlich gehandelt und das Gebäude bald saniert würde. Eine Sperrung war dann nicht mehr aufzuhalten.

Frida ging zur Eingangstür und sah, dass das Schloss repariert worden war. Sie betätigte den Türklopfer und wartete.

Ein Mann öffnete, und sie brauchte einen Moment, bis sie erkannte, wer vor ihr stand. Der Vollbart war verschwunden. Rolf Hader hatte sich rasiert und auch die langen Haare geschnitten. Er trug eine Jeans und ein kariertes Holzfällerhemd. Wenn sie noch einen Restzweifel hatte, wurde dieser von dem kleinen Leberfleck über der linken Augenbraue vertrieben.

»Sie?«, fragte der neue Mühlenbewohner überrascht.

»Darf ich reinkommen?«

Er überlegte einen Moment, gab dann die Tür frei, und Frida trat ein. Die Stiefel und die Jagdkleidung von Josef

Hader waren verschwunden. Die Diele war sauber und aufgeräumt.

Rolf Hader führte sie in die Küche, wo es nach gebratenen Zwiebeln roch. Er ging zum Herd und rührte in einer Pfanne mit Bratkartoffeln. Er zog eine zweite Pfanne vom Herd, in der Spiegeleier brutzelten. »Haben Sie Hunger? Ich habe genug für zwei.«

Frida wollte ablehnen. Aber gemeinsam zu essen erzeugte eine soziale Nähe, die es ihr leichter machen würde, die schwierigen Fragen, die sie diesem Mann noch stellen wollte, auszusprechen. »Sehr gern. Danke!«

Er nahm zwei Teller aus dem Küchenschrank, schaufelte Bratkartoffeln und Eier darauf und brachte sie zum Tisch. »Bitte!« Er bat sie, sich auf die Küchenbank zu setzen, und holte Besteck.

Frida sah den Katzennapf unter dem Tisch stehen. »Ich habe den Kater vor ein paar Tagen eingefangen und zu meinem Kollegen gebracht. Er hat gerade ein Haus in Deichgraben gekauft.«

Hader stellte Gläser auf den Tisch und füllte sie mit Mineralwasser. Er sagte nichts.

»Wenn Sie wollen, bringe ich Moses wieder zurück in die Mühle.«

Er setzte sich zu ihr. »Nein, lassen Sie mal! Es ist besser so. Ich bin es nicht gewohnt, mich um ein Tier zu kümmern.« Er begann zu essen. »Wo ist eigentlich der Hund meines Vaters hingekommen?«

Frida hoffte, dass er auch den Hund nicht zurückhaben wollte. »Bruno ist auf dem Hof meiner Eltern. Er hat sich sehr gut bei uns eingelebt.«

Hader schien zufrieden. Er langte hungrig zu. »Essen Sie!«

Frida sah auf den Teller vor ihr. Die Mahlzeit sah einladend aus. Sie aß von den Kartoffeln und war froh, dass es ihr schmeckte. »Weshalb ich gekommen bin …«

Er sah sie kauend an und wartete.

»Ich möchte mich entschuldigen, dass ich Sie angegriffen habe. Ich dachte, Sie wären der Täter, und wollte …«

»*Mir* tut es leid!«, unterbrach er sie. »Dass ich Sie verletzt und da unten eingesperrt habe.« Er blickte zu der geschlossenen Klappe unter dem Tisch.

Sie schwiegen einen Moment.

»Dann sind wir quitt?«, fragte sie.

Er reichte ihr über den Tisch die Hand.

Sie schlug ein. »Warum sind Sie hier eingezogen?«, fragte sie neugierig. »Viele Leute aus den umliegenden Dörfern würden die Mühle am liebsten abreißen. Sie meinen, sie sei ein Schandfleck für die Marsch. Und Sie sind … na ja. Vorbelastet.«

Er legte das Besteck zur Seite. »Was hier passiert ist, kann nicht wiedergutgemacht werden. Aber ich will nicht mehr weglaufen, verstehen Sie?« Er schwieg einen Moment, sah ihr in die Augen. »Gestern war Peter Jung hier.«

Frida starrte ihn überrascht an. Annekes Mann war hier gewesen?

»Er wollte mit eigenen Augen sehen, wo seine Frau all die Jahre …« Seine Stimme bebte leicht. »Ich habe ihm die Kammer gezeigt, und danach haben wir hier gesessen und lange geredet. Er hat mir keine Schuld daran gegeben, was ihr zugestoßen ist.« Rolf Hader schluckte aufgewühlt. »Ich habe ihm versprochen, die Kammer zuzuschütten. Er hat gesagt, dass er mir dabei helfen wird. Es ist ein Anfang.«

Die Vorstellung, dass Annekes Mann mit dem Bruder des Täters hier am Tisch gesessen hatte, berührte sie. »Wenn

Sie Werkzeug brauchen oder größere Gerätschaften, rufen Sie mich an! Mein Vater und ich helfen Ihnen gern.«

»Danke! Ich werde viel Arbeit haben mit der Mühle, aber ich will sie erhalten. Mein Vater hat mir etwas Geld hinterlassen. Er hat in den letzten Jahren sehr sparsam gelebt. Und ich werde mir einen Job suchen. Hier auf dem Land braucht man sicherlich jede Hand bei der Ernte. Auch wenn es nicht einfach sein wird … mit meinem Namen.«

Frida bewunderte ihn für seinen Mut. Nein, leicht würde er es wahrlich nicht haben, von den Leuten hier akzeptiert zu werden. Sie kam zurück zu ihren Fragen. »Hatten Sie die ganze Zeit Kontakt zu Ihrem Vater?«

»Nein, erst wieder seit einem halben Jahr. Mein Vater war früher ein Choleriker und Schläger. Aber das wissen Sie sicherlich schon. Ich wollte nie wieder etwas mit ihm zu tun haben. Aber vor ein paar Wochen setzte sich der Gedanke in mir fest, nach ihm zu schauen. Ich wusste ja nicht mal, ob er noch lebte. Da bin ich hergekommen.« Er blickte aus dem Fenster. »Er war alt geworden, und er freute sich ehrlich, mich zu sehen.« Hader schien in Gedanken bei seinem Vater zu sein. »Er war offener geworden und weicher. Und er schwärmte den ganzen Abend von einer Frau, die ihm guttat. Er sagte, sie wäre meiner Mutter sehr ähnlich. Ich konnte ja nicht ahnen, dass diese Frau …« Er schaffte nicht, es auszusprechen.

»Sie wussten also nichts von der Kammer?«

»Nein! Das hätte ich nicht hingenommen! Das müssen Sie mir glauben!« Er stand auf und räumte seinen Teller in die Spüle.

Frida aß den letzten Bissen und legte das Besteck auf den Teller. »Danke! Das war wirklich gut!«

Er ging nicht darauf ein.

»Wissen Sie, was 1981 mit Hilda Petersen passiert ist?«, fragte sie.

Hader wich ihrem Blick nicht aus. »Mein Vater, Robert und ich haben die Hauswand gestrichen. Plötzlich stand sie da.« Er dachte nach. »Sie wollte zu Robert, er hatte Hilda wochenlang umgarnt. Er konnte sehr charmant sein, schon damals, wenn er etwas wollte. Und dieses Mädchen war das hübscheste an der Schule. Und sie war die Klassenbeste. Sie hatte seine volle Aufmerksamkeit. Mein Vater hat ihn mit Hilda gehen lassen. Robert war sein Liebling. Er hatte immer mehr Freiheiten als ich. Bei mir hätte es das nicht gegeben, dass er mich von der Arbeit weglässt.«

»Und was ist an dem Tag passiert?«

»Robert ist erst spätabends wieder zu Hause aufgetaucht. Ohne Hilda. Mein Vater hatte mich längst ins Bett geschickt. Ich habe sie nur aufgeregt flüstern hören, konnte aber nichts verstehen. Am nächsten Tag habe ich in der Schule gehört, dass Hilda verschwunden war.«

»Sie wissen nicht, wohin die beiden gegangen sind? Ob sie Streit hatten?«

Er sah sie an, einen gequälten Ausdruck auf seinem Gesicht. »Ich wollte es auch nicht wissen. Es war besser so in diesem Haus. Nichts sehen und nichts hören. Dann setzte es weniger Schläge.«

Ihre Blicke trafen sich.

»Wir haben Hildas Gebeine gestern im stillgelegten Brunnen in der alten Hufschmiede entdeckt«, sagte Frida leise.

Rolf Hader schwieg. Er schloss für einen Moment die Augen.

»Sie wurde brutal erschlagen. Wer könnte das gewesen sein?«

»Vielleicht Robert, vielleicht mein Vater. Ich traue es beiden zu.«

»Aber Sie wissen es nicht?«

Er schüttelte den Kopf. »Nein. Ich wusste nicht, dass sie tot ist.«

»Und Isabelle Helthoff? Was ist mit ihr?«

Dass ihm dieses Thema naheging, war offensichtlich. Er fuhr sich mit einer Hand über das Gesicht und setzte sich wieder zu ihr an den Tisch. »Robert hat mich mehrmals im Taunus besucht. Beim zweiten Mal habe ich ihm Isabelle vorgestellt. Ich habe ihm gesagt, dass wir zusammen sind. Sie gefiel ihm, das habe ich sofort gesehen. Sie war sein Typ …«

»Weil sie Ihrer toten Mutter in jungen Jahren ähnlich sah?«

Er schloss die Augen und nickte. »Isabelle war schön, ja! Aber ich mochte sie, weil sie so fröhlich und unbekümmert war. Deshalb habe ich mich in sie verliebt. Und deshalb wollte Robert sie haben. Er wollte mich leiden sehen.« Er schluckte und trank etwas Wasser. »Als sie verschwunden war, habe ich geahnt, dass Robert etwas damit zu tun hatte. Aber er hat es abgestritten, und ich konnte ihm nichts beweisen.«

»Sie hätten der Polizei einen Tipp geben können.«

Er lachte auf. »Denken Sie, die Polizei hätte mir geglaubt? Mir, dem Loser und Junkie? Der erfolgreiche Unternehmer Robert Hader sollte eine Frau entführt haben? Das war absurd! Und selbst wenn mich jemand ernst genommen hätte … Sie kennen Robert nicht. Er ist charmant, klug und eloquent. Er hätte alles getan, damit dieser

Verdacht schnellstens entkräftet wird.« Sein Atem ging stoßweise. »Ich hatte mein Leben lang Angst vor ihm. Er manipuliert und quält Menschen, weil es ihm Spaß macht. Er ist eiskalt! Er hat keinen Funken Mitgefühl und genießt es, wenn man sich vor ihm fürchtet. Wegen Robert habe ich als Jugendlicher angefangen, Drogen zu nehmen. So war es leichter zu ertragen, ein Teil dieser Familie zu sein.« Hader sah Frida an. »Und wegen ihm bin ich aus der Klinik weggegangen und auf der Straße untergetaucht. Erst dann konnte ich den Einfluss meines Bruders endlich abschütteln. Aber ich habe mir nie verziehen, dass ich nicht gekämpft und Isa im Stich gelassen habe.« Er schlug eine Faust hart auf den Tisch. »Ich bin mitschuldig an ihrem Tod! Sie musste sterben, weil ich zu feige war, mich gegen meinen Bruder zu stellen.«

†

Frida lehnte sich zurück und trank einen Schluck Weißwein. Sie sah Torben zu, der die ersten Steaks auf den Grill legte, den sie Bjarne und Henni als Einzugsgeschenk mitgebracht hatten. Zuerst hatten sie eine kleine Hausbesichtigung bekommen, während Henni in der Küche die Beilagen für das Abendessen vorbereitete. Frida freute sich, dass Haverkorn nun ihr Nachbar war. In Zukunft konnten sie gemeinsam ins Büro fahren.

Der Anneke-Jung-Fall saß ihr und dem gesamten Team noch in den Knochen. Wenn sie nur ein paar Stunden später zur Villa nach Rissen gekommen wären, wäre sie vielleicht schon tot gewesen. Sie war vorerst mit dem Baby in einer Klinik untergebracht worden, wo sich Ärzte und Psychologen um ihre körperlichen und seelischen Misshandlungen kümmern würden. Ihr Baby hatte offiziell noch keinen Namen. Von den Polizisten hatte das kleine Mädchen den friesischen Namen Sinje bekommen, was »kleine Sonne« hieß. Denn dieses zarte Mädchen war trotz aller Umstände kerngesund.

Frida dachte an Hilda Petersen, die Tote aus dem Brunnen. Torben hatte die geborgenen Knochen untersucht und als Todesursache einen Schädelbruch in seinen Bericht geschrieben. Robert Hader war in der Untersuchungshaft auch zu diesem Leichenfund befragt worden, aber er schwieg beharrlich. Nur eines war sicher: Auch Hilda Petersen hatte seiner Mutter in jungen Jahren geähnelt und damit Robert Haders Opfertyp entsprochen.

Frida sah lange in den Garten, der den Blick in die Marsch freigab. Die Äpfel an den knorrigen Bäumen waren tiefrot. Haverkorn würde davon Most und Wein machen für den Winter. Er und Henni hatten große Pläne hier draußen. Noch in diesem Jahr wollten sie Hochbeete für das Frühjahr und eine Kräuterschnecke bauen.

Moses, der Kater, kam aus dem Haus, setzte sich auf der Terrasse in die Sonne und begann, sein Fell zu putzen. Haverkorn und Henni waren begeistert gewesen, als sie ihnen den neuen Mitbewohner gebracht hatte. Die ersten Tage hatten sie den Kater im Haus gelassen. Irgendwann war er ihnen durch die Beine nach draußen entwischt. Aber abends war er wiedergekommen. Moses schien sein neues Zuhause angenommen zu haben. Nun stolzierte er mit erhobenem Schwanz in den Garten. Der Mäusejäger war hier in seinem Element.

Frida sah ihm hinterher, bis er zwischen den Obstbaumreihen verschwand. Was für ein herrlicher Abend! Dieser Sommer schien nie enden zu wollen. Sie sah zu Torben, der sich mit Bjarne unterhielt, während er ein Auge auf die Steaks hatte. Sie waren seit einigen Tagen offiziell ein Paar, waren glücklich zusammen. Es war so einfach, jemanden zu lieben, wenn man nicht daran dachte, wer oder was diese Liebe zerstören konnte. Wenn man von einem Tag zum anderen lebte.

»Die Steaks sind fertig!«, rief Torben.

Henni brachte den Kartoffelsalat auf die Terrasse. Ihre Krücke lehnte neben der Tür. Sie brauchte sie nur noch selten. Frida beobachtete sie mit ihrem Vater, der ihr zur Hand ging. Er sagte etwas, Henni lachte.

Es waren die glücklichen Tage, die die unglücklichen noch schmerzhafter machten. Frida wusste, sie würden wiederkommen, die dunklen Zeiten. Schon der nächste Anruf konnte sie und Bjarne an einen Tatort rufen. Aber daran wollte sie jetzt nicht denken. Dieser Sommerabend gehörte ihnen.

†††

Danksagung

Es ist ein langer und steiniger Weg, bis ein Roman fertig geschrieben und überarbeitet ist, dass er endlich gedruckt werden kann. Auf diesem Weg begleiten mich seit Jahren viele wunderbare Menschen! Ihnen möchte ich für ihre Geduld, Zuversicht und Hilfe danken!

Zuallererst danke ich Tom Völker, dem ich auch dieses Buch widme. Er ist der Mann an meiner Seite, mein Fels in der Brandung. Er weiß genau, wie er reagieren muss, wenn im Schreibprozess mal die Nerven blankliegen. Seine Begeisterung für den Text hat mich beim Schreiben beflügelt. Natürlich auch sein wachsames Auge. Ich sage nur: Heini Steen und der Hirsch. Er weiß dann schon.

Ich danke meiner Familie, die mich trägt und unterstützt, wo sie nur kann: meine Eltern, Renate und Karlheinz Fölck, meine Schwester Katrin Fölck und meine Schwiegereltern Ulla und Sieghard Völker.

Ich danke meinem Freund und Kollegen Andreas Izquierdo, dessen Kritik ich sehr wertschätze und der mich antreibt, jede Buchidee vor dem Schreiben durch disziplinierte Planung auf ein gutes Fundament zu stellen.

Ich danke der Psychologin und Autorin Angélique Mundt und Polizeihauptkommissar Andreas Kästner zuallererst für unsere wunderbare Freundschaft! Dieses – für mich so besondere – Paar unterstützt mich jederzeit bestens mit treffender Kritik und fachlichem Rat!

Ein großer Dank gebührt Kerstin Plüschau, meiner guten Freundin, die mich seit Jahren von der ersten Idee bis zum fertigen Buch begleitet, mit mir darüber diskutiert, Fäden spinnt und eine unbezahlbare Problemlöserin ist, wenn es beim Plotten hakt.

Ich danke meinem Freund und Nachbarn Ottfried Plüschau, der mir als Obstbauer in vierter Generation bei unseren gemütlichen Treffen nicht nur eine Menge Wissenswertes über den Obstbau, sondern auch über die Elbmarsch und deren Bewohner erzählt, sodass ich noch viele Bücher füllen kann.

Ich danke Markus Friederici, der nicht nur für Milan, den Boxtrainer, Pate stand, sondern mich auch in den Boxsport eingeführt, geduldig Fragen beantwortet und wichtige Hinweise zu den Boxszenen (und nicht nur zu diesen) gegeben hat. Ein guter Freund, der mir auch im richtigen Moment in den Allerwertesten getreten hat, als es dringend nötig war, um weiterzuschreiben.

Ich danke Birgit Wandersleben, die begeistert meine Fragen zum Boxen beantwortete und mir diesen Sport aus weiblicher Sicht näherbrachte.

Ich danke Polizeikommissar Sascha Dürre, der jederzeit ein offenes Ohr für mich und meine Fragen hat, und der mich wieder ganz großartig beraten hat, was die Polizeiarbeit betraf. Sollten Fehler im Text auftreten, dann habe ich sie verzapft!

Weiterhin danke ich meinen Testlesern Martina Löffler und Maik Hamann für ihre Freude, Motivation und das Bekämpfen des Fehlerteufels.

Nicht genug kann ich meiner Lektorin Gerke Haffner danken, die in meine Romane tolle Ideen einbringt und mir jederzeit mit Rat und Tat zur Seite steht. Sie gibt mir das Gefühl, dass dieser einsame Schreibprozess gar nicht so einsam ist, weil sie am anderen Ende des Telefons immer erreichbar ist.

Ich danke meiner Außenlektorin, Dr. Ulrike Brandt-Schwarze, die den Text wie immer begeistert und mit bestem Gespür redigiert und ihm den letzten Feinschliff verpasst hat.

Ein besonderer Dank gilt dem besten Verlagsteam der Welt – allen Mitarbeiterinnen und Mitarbeitern von Bastei Lübbe, die seit der ersten Stunde dieser Reihe mit enormer Begeisterung und Fleiß für deren Erfolg arbeiten und es geschafft haben, meine Romane zu Bestsellern zu machen. Never change a winning team! Ich hoffe, dass es noch viele Bände mit Frida Paulsen und Bjarne Haverkorn in diesem tollen Verlagshaus geben wird!

Ich danke meinem Agenten, Lars Schultze-Kossack, und dem ganzen Agenturteam für die wunderbare Zusammenarbeit und die schönen Stunden, die wir gemeinsam verbringen. We are family!

Ich danke den vielen engagierten und hart arbeitenden Buchhändlerinnen und Buchhändlern, die seit Jahren mit Herzblut dafür sorgen, dass meine Reihe Aufmerksamkeit erhält und gelesen wird. Sie sind maßgeblich daran beteiligt, dass »Totenweg« und »Bluthaus« zu Bestsellern wurden.

Zuletzt möchte ich ein paar ganz besondere Kolleginnen und Kollegen erwähnen, die mich seit Juni 2018 begleiten, als wir gemeinsam in einem Autoren-Schreibcamp waren. Mein Dank für die inspirierendste Zeit im letzten Jahr gilt: Angélique Mundt, Markus Friederici (alias Eric Niemann), Anja Goerz, Tatjana Kruse, Simone Buchholz, Frank Spilker, Isabel Bogdan und Till Raether! Und da ist noch diese Sache mit dem Ei. Wenn man eine Woche mit acht anderen SchriftstellerInnen zusammenhockt, entstehen ein paar verrückte Ideen. Dieser eine Satz muss deshalb zwischen die Buchdeckel, sonst schmore ich in der Autorencamp-Hölle. Und das ist er: »Als Teenager übte sie an einem hartgekochten Ei das Küssen.« Und nein, mehr kann ich dazu nicht schreiben. Nur, dass es wahr ist. Großartige Bücher haben diese acht tollen AutorInnen geschrieben. Fragen Sie bitte in der Buchhandlung Ihres Vertrauens danach. Sie sollten sie lesen! Und – ein kleiner Tipp – vielleicht finden Sie darin ja den Satz mit dem Ei wieder.

Wenn Sie mögen, dürfen Sie sich schon auf den nächsten Band mit Frida und Bjarne freuen. Denn nächstes Jahr kommen beide mit einem weiteren spannenden Fall in der Elbmarsch zurück.

Romy Fölck im Mai 2019

LESEPROBE

ROMY FÖLCK

MORD SAND

KRIMINALROMAN

Elbinsel Bargsand, 17. Oktober

Das Dröhnen eines Schiffshorns ließ sie aufwachen. Es hallte in ihrem Kopf nach, bis sie sich nicht mehr sicher war, ob sie es tatsächlich gehört oder nur geträumt hatte. Ihr Herz raste, und sie wusste nicht, warum sie so unruhig geschlafen hatte. Dann nahm sie das leichte Wellenrauschen wahr und erinnerte sich, dass sie nicht in ihrem Bett lag, sondern in einem Zelt. Es war warm in ihrem Outdoor-Schlafsack, aber sie atmete kalte Luft ein.

Martin schlief neben ihr, als wäre er tot. Sie hörte ihn nicht einmal atmen. Seine wahnwitzige Idee war es gewesen, Mitte Oktober zum Zelten auf eine Elbinsel zu fahren. Er hatte sich nicht davon abbringen lassen. »Im Sommer können das alle! Komm, Lenchen. Lass uns raus auf die Elbe fahren, bevor mein Alter sein Boot einmottet. Wir angeln, essen Fisch und campen eine Nacht auf der Insel. Das ist ein toller Platz, wirst sehen! Den nächsten Ausflug planst dann wieder du.« Sie hatte schließlich nachgegeben. Die Stunden zu zweit auf dem Wasser waren etwas Besonderes gewesen. Der letzte goldene Oktobertag. Ab morgen würde es viel Wind und Regen im Norden geben.

Eine Windböe schlug gegen die Zeltwand, dann war wieder das gleichmäßige Rauschen der Wellen am Strand zu hören. Eine Wildente quakte. Hier draußen gab es nichts, wovor sie sich ängstigen musste. Sie waren allein auf der Insel. Die pure Idylle, wie Martin es ihr versprochen hatte. Es war noch dunkel draußen, und sie versuchte, wieder in den Schlaf zu finden. Aber ihre Gedanken kreisten um das Studium und die anstehenden Klausuren im kommenden Semester. Irgendwann drückte ihre Blase, doch sie wollte nicht raus aus dem warmen Schlafsack. Sie hatten zu viel Wein getrunken gestern. Martin hatte an alles gedacht. Sogar an ihre Lieblingschips. Und ein zusätzliches Kissen.

Ihr Smartphone zeigte 7.32 Uhr an. In ein paar Minuten würde die Sonne aufgehen. Sie drehte sich auf die andere Seite und lauschte den Wellen. Aber es funktionierte nicht. Der Drang ihrer Blase wurde immer stärker.

Leise schälte sie sich aus dem Schlafsack, fand ihren warmen Hoodie und am Eingang die Turnschuhe. Martin schlief weiter, als sie vorsichtig den Reißverschluss öffnete und aus dem Zelt kroch.

Es dämmerte bereits. Der Himmel war dabei, sein Nachtgewand abzustreifen. Wie eine erste Ahnung des neuen Tages bildete sich ein rosafarbener Streifen am Horizont hinter dem Ufer auf der anderen Seite. Drüben im Schilf schnatterten wieder die Enten. Im Sommer hörte man hier sicherlich noch mehr Vogelstimmen, wenn der Tag begann. Aus rosa wurde pink, und sie lief die Böschung hinunter auf die Wasserkante zu, wo sich das Farbenspiel des Himmels auf die Wellen übertrug. Zu gern hätte sie Martin geweckt, damit er dieses Naturschauspiel nicht verpasste, aber es war zu spät, um zurückzulaufen.

Sie hockte sich hin und erleichterte ihre Blase, während sie weiter zum Horizont blickte. Das Morgenrot schien den ganzen Himmel in Brand gesteckt zu haben.

Sie zog Slip und Leggins hoch und ging weiter zum

Wasser, bis die Wellen ihre Füße fast berührten. Der aufkommende Wind wehte ihr die Haare ins Gesicht. Der Himmel schien zu glühen, und sie breitete ihre Arme aus, dachte an die Filmszene mit Rose und Jack in *Titanic*.

Minuten später war alles vorbei. Das Farbenspiel wurde vom Tageslicht ausgelöscht. Sie entschied, noch etwas im warmen Schlafsack zu dösen, bis Martin aufwachte.

Als sie sich umdrehte, blieb sie abrupt stehen. Tiefe Augenlöcher starrten sie vom Boden her an. Der menschliche Totenschädel im Sand schien sie anzugrinsen. Zuerst glaubte sie an einen Witz. Dass Martin das Ding mitgebracht und hier deponiert hatte, um sie heute Morgen zu erschrecken. Dann wurde ihr klar, dass dieser Strand in der Nacht vom Hochwasser überspült gewesen war. Sie starrte auf den Schädel, dessen Zähne zwischen den Lücken im Kiefer unheimlich echt aussahen. Winzige Algen hatten sich darauf niedergelassen. Irgendein Getier bewegte sich in der Augenhöhle. Sie wich zurück.

»Lena?«

Sie fuhr herum. Martin stand oben am Zelt. Ihr Herz schlug bis zum Hals. Die idyllische Insel machte ihr plötzlich Angst. Sie wandte sich ab von dem Todesgrinsen und lief so schnell hinauf zum Zelt, wie es der rutschige Untergrund zuließ. »Du musst sofort mitkommen! Da unten am Strand liegt ein Schädel!«

Kapitel 1

Ein Graureiher saß am Ufer, stocksteif und mit eingezogenem Hals wie ein wackeliger Greis. Gandalf der Graue, dachte Frida. Sie blieb stehen, um ihn zu betrachteten. Die typisch weiße Stirn mit den schwarzen Augenstreifen und den drei Schopffedern, die einen Federbusch bildeten. Der grauweiße Hals ging in ein aschgraues Gefieder mit weißen Bändern über. Sie mochte die Graureiher. Jeden Tag hockten sie in ihrer Altmännerhaltung hier am Ufer und lauerten auf Beute. In ihrer Kindheit hatte sie die Vögel oft mit ihrem Vater beobachtet. Er hatte ihr erzählt, dass der Reiher in China als Glückstier galt, als Symbol für den richtigen Weg. Und dass er in der Antike die Ägypter und Griechen mythologisch inspiriert hatte, sodass sie Geschichten von einem majestätischen Vogel erfanden, der sich selbst verbrannte, um nach dem Tod aus der eigenen Asche aufzuerstehen.

Phönix, der Wiedergeborene.

Langsam ging Frida weiter, um den Grauen nicht zu vertreiben. Aber der Setter rannte bellend ans Ufer und scheuchte im Schilf ein paar Wildgänse auf, die an der Elbe überwinterten. Der Reiher verharrte noch einen Moment, unbeweglich und prüfend, bevor er ein paar Sprünge machte und sich mit weiten Schwingen in die kalte Oktoberluft erhob.

Frida pfiff, und der Hund gehorchte sofort. Er kam zu

ihr gelaufen und wartete auf ein neues Kommando. Sein braunes Fell war nass und verdreckt.

»Fein, Bruno!«, lobte sie ihn. »Na los, lauf!« Der Hund stob davon.

Oben auf dem Deichkamm stand ein Mann im Morgendunst und schien sie schon eine Weile zu beobachten. Als sie ihn erkannte und winkte, setzte er sich in Bewegung. Frida hatte Torben nicht geweckt, weil er am Wochenende gern ausschlief, sie jedoch die frühen Stunden mochte, wenn kaum ein Mensch unterwegs war und der Nebel im Schilf und über dem Deich schwebte. Wenn sie allein sein und ihren Gedanken nachhängen konnte. Beinahe jeden Sonntagmorgen, an dem sie frei hatte, machte sie mit dem Setter einen langen Spaziergang zur Elbe. Arthur, der alte Hofhund, blieb dann zu Hause. Er war nicht mehr gut zu Fuß, trottete nur noch von einer Ecke des Reetdachhauses zur anderen. Meistens schlief er unter dem Küchentisch und erwachte erst zur nächsten Mahlzeit. Es war gut, dass mit dem jungen Hund neues Leben ins Haus gekommen war.

Torben schloss zu ihr auf. »Traumhaft, hier draußen«, sagte er und blickte zum Ufer, wo der Reiher gesessen hatte. »Ich weiß, warum du hier nicht wegwillst.«

Frida hakte sich bei ihm ein. Seit dem Sommer waren sie ein Paar. Sie hatte den Rechtsmediziner Dr. Torben Kielmann im Rahmen einer Mordermittlung auf dem Hof ihrer Eltern kennengelernt. Es hatte Monate gedauert, bis sie sich danach wiedergesehen hatten und gemeinsam in einem Hotelzimmer in Dänemark gelandet waren, und noch ein paar Monate mehr, bis ihnen klar geworden war, dass sie Gefühle füreinander hatten.

Vor einigen Tagen hatte Torben sie gefragt, ob sie sich

vorstellen könnte, zu ihm nach Hamburg zu ziehen. Bis heute war sie ihm eine Antwort schuldig geblieben. Frida liebte das Leben in der Marsch. Erst vor einem Jahr war sie aus Hamburg in ihr Heimatdorf zurückgekehrt und auf dem Obsthof ihrer Eltern in ihr ehemaliges Kinderzimmer gezogen, das sie neu eingerichtet hatte. Sie genoss die Zeit hier draußen auf dem Land. Und die Zeit mit ihrer Familie.

Torben lief neben ihr und hielt ihr Schweigen aus. Er hatte ein gutes Gespür für ihre Gefühlslage. »Schau da! Gänse!«, sagte er plötzlich. »Müssten die nicht längst im Süden sein?«

Frida hielt eine Hand über die Augen, weil sich die Sonne in der Elbe spiegelte. »Das sind Nonnengänse oder auch Weißwangengänse. Wenn der Winter mild ist, überwintern ein paar Tausend hier in der Marsch.« Die Gänse ließen ihr kehliges Schnattern hören und flogen über den Deich auf die Äcker, wo vielleicht noch etwas zu holen war. »In den Sommermonaten können sie eine richtige Plage werden. Die Bauern schimpfen, dass die Gänse ihr Grünfutter und den Getreideaufwuchs fressen.«

Torben beobachtete die V-Formation, bis der Schwarm in der Ferne verschwunden und dessen Rufe verklungen waren.

Bruno kam mit nassem Fell angeflitzt und wartete auf eine Reaktion von Frida. Sie zog einen durchgekauten Tennisball aus der Tasche und warf ihn in weitem Bogen auf den Weg. Der Setter schnellte los.

»Ich bin heute Abend in Hamburg bei Freunden zum Essen eingeladen.«

Torben sah sie fragend an.

»Du übrigens auch. Er arbeitet bei der Wasserschutzpolizei, sie ist Psychologin.«

Torben beobachtete den Hund, der den Ball geschnappt hatte und ihn apportierte. »Ist das das Paar, das im August an der Ostsee geheiratet hat? Wohin du allein gefahren bist?« Er warf ihr einen Blick von der Seite zu.

Frida sah an seinem Gesicht, dass es keine Kritik war. Sie wusste selbst, dass sie übervorsichtig war, was ihre Gefühle anging. Und dass sie damals noch nicht sicher gewesen war, wohin das mit ihnen führte. Vor Torben hatte es in ihrem Leben nur One-Night-Stands und Affären gegeben. »Sie würden dich gern kennenlernen. Kommst du mit?«

Torben nahm den Tennisball, den Bruno vor ihnen abgelegt hatte und warf ihn wieder auf den Weg. »Klar, gern! Zwei Polizisten, eine Psychologin und ein Rechtsmediziner. Wird bestimmt lustig!«

Frida fiel in sein Lachen ein und zog ihn weiter.

Es war ihr erster freier Sonntag seit Wochen. Die Leiche eines erschlagenen alten Mannes in einer Gartenlaube in Elmshorn hatte die Mordkommission zwei Monate in Atem gehalten. Endlich war der Enkel des Opfers verhaftet worden, weil er sich in seinen Aussagen widersprochen hatte. Gestern hatte er ein umfassendes Geständnis abgelegt. Der Fall war aufgeklärt, und die Ermittlungsakte ging an die Staatsanwaltschaft, die nun die Anklage vorbereiten musste. Ein ruhiges Wochenende wartete auf sie. Nick Wahler, ihr Chef, hatte allen den Sonntag und Montag freigegeben. Nur eine Notbesetzung war im Büro geblieben. Wahler wollte die freien Tage für den Umzug seiner Familie nutzen, die während der ersten Monate, in denen er in Itzehoe die Leitung der Mordkommission übernommen hatte, in Lübeck geblieben war.

Auch Torben hatte sich die zwei Tage an der Uniklinik freigenommen, um sie mit Frida auf dem Hof in der Marsch zu verbringen. Am Abend wollte er für die Familie kochen. Er machte ein großes Geheimnis um das Essen, sagte nur, dass es sich um ein altes Familienrezept der Kielmanns handele. Frida hoffte, dass es ihrem Vater zusagte, der direkt und offen kritisierte, wenn es ihm nicht schmeckte. »Wat de Buer nich kennt, dat frett he nich«, zitierte er seine Vorfahren. Was der Bauer nicht kennt, isst er nicht. Einer seiner Lieblingssprüche, wenn seine Frau in der Vergangenheit neue Rezepte ausprobiert hatte. Irgendwann hatte Marta sich ergeben und nur noch auf den Tisch gebracht, was ihrem Mann mundete. Ein kleines, aber feines Repertoire an Speisen, die schon die letzte Generation von Paulsens gekannt hatte. Lediglich Birnen, Bohnen und Speck ließ sie aus. Dieses typisch norddeutsche Gericht konnte Fridtjof Paulsen nicht ausstehen.

»Wollen wir zurück?«, fragte Torben nach einigen Minuten, die sie still nebeneinander hergegangen waren. »Deine Mutter war schon in der Küche, als ich los bin. Ich will keinesfalls ihr Zwiebelomelette verpassen!«

»Sag ihr das bloß nicht, sonst will sie, dass du ihr Schwiegersohn wirst.« Frida mochte sein Lausbubenlachen. Sie pfiff nach dem English Setter, der sie überholte und zurück zum Deich raste. Ein paar Schafe stoben blökend auseinander. Über ihnen tauchte ein Graureiher auf und flog mit ruhigen Flügelschlägen in Richtung Nordsee. Welch einen herrlichen Ausblick musste er über die Binnenelbe und die Marsch haben. Manchmal wünschte Frida sich Flügel.

Der Setter war längst zu Hause, als sie mit Torben durch die Toreinfahrt lief. Die neu eingedeckten Stellen des

Reetdaches glänzten golden in der Herbstsonne. Die Winterstürme, die dem Haus jahrelang zugesetzt hatten, würden dem Dach nichts mehr anhaben können.

Frida genoss den Anblick. Ein Teil des Hofes war im Sommer neu gepflastert worden. Die verrosteten Gerätschaften, die Jahre in den Ecken überdauert hatten, waren verschwunden. Ihre Mutter hatte große Einmachtöpfe aus Keramik, in denen sie früher Gurken eingelegt hatte, mit Heidekraut bepflanzt und vor die Haustür gestellt. Neben einer Holzbank standen Milchkannen ihrer Großmutter aus Emaille, die ihr Vater vom Boden geholt und schon auf den Müll geworfen hatte. Marta hatte sie gerettet. Nun blühten gelbe Winterastern darin.

Die Haustür hatte einen neuen Anstrich bekommen. Neben dem Dach waren im Sommer auch alle Fenster aufgearbeitet worden. Das historische Bauernhaus sah aus wie ein in die Jahre gekommener Kavalier, dem man einen neuen Anzug verpasst hatte. Immer noch krumm und schief, aber geschniegelt und herausgeputzt. Kein Vergleich mehr zu dem baufälligen Haus, das hier bis letzten Sommer den mitleidigen Blick der Nachbarn auf sich gezogen hatte.

Frida zahlte den Kredit ab, den sie für die Bauarbeiten aufgenommen hatte. Wenn sie wieder zu Geld gekommen war, würde sie auch ins Innere des Hauses investieren. Küche und Stube konnten einen neuen Anstrich vertragen. Die abgenutzten Dielen- und Fliesenböden im Haus mussten erneuert werden. Das Treppengeländer wackelte, die Stufen waren ausgetreten. Elektrizität und Wasser standen auf ihrer Prioritätenliste ganz oben. Bei Gewitter fiel schon mal der Strom aus, Kerzen lagen in jeder Zimmernische parat. Und wenn die alte Gastherme zu rumpeln begann, kam nur kaltes Wasser aus dem Hahn und die Zimmer kühlten schneller aus, als sie den Kaminofen in der Stube anheizen konnten. Dann half nur ein Anruf beim Heizungsbauer im Nachbardorf, der *dat dore Aas* längst herausgerissen hätte. Natürlich würde er gern eine nagelneue Heizung im Haus einbauen, ein entsprechendes Angebot lag sogar schriftlich vor. Aber dafür hatte das Geld nach der Sanierung nicht mehr ausgereicht. Vielleicht nächstes Jahr. Oder im Jahr darauf.

Frida liebte das Reetdachhaus ihrer Familie: jede schiefe Wand, jeden Riss, jede knarrende Stufe. Ihr früheres Kinderzimmer im Obergeschoss war ihr Nest, ihr Rückzugsort. Dort saß sie stundenlang in ihrem Ledersessel, hörte dem Knarren der Balken zu und sah vom Fenster auf die alte Hofkastanie, an der in ihrer Kindheit eine Schaukel aus einem Gummireifen am Seil gehangen hatte. Manchmal wünschte sie sich in melancholischen Momenten die Schaukel zurück. Und ihre Kindheit, in der die Tage nach gemähtem Heu und Pferdemist rochen, nach Himbeerlutschern und Apfelmost schmeckten, an denen jede Schramme und jeder blaue Fleck am Abend mit Stolz vorgezeigt wurden. Sie dachte dann an die Jahre, in denen die Sommer endlos waren, die Winter nie zu grau und das Weihnachtsfest das Ereignis des Jahres. In der die Welt ein friedvoller Ort gewesen war.

Frida wollte die Haustür öffnen, als Torben sie zurückhielt. »Warte mal, da sind Milan und Jo!« Er deutete hinüber zur Scheune, vor der ein VW Bulli mit Hamburger Kennzeichen parkte. Dieser gehörte dem Boxtrainer, der mit ihrer Freundin Jo und Fridtjof ins Gespräch vertieft war. Sie gingen hinüber. Milan Franić, der bullige Kroate mit der schiefen Nase, der als Türsteher auf St. Pauli hätte eine große Karriere machen können, fragte gerade etwas und bemerkte Frida und Torben nicht, während Jo ihnen zum Gruß zunickte. Ihr Gesichtsausdruck drückte Skepsis aus, was auch die vor dem Körper verschränkten Arme unterstrichen.

»... muss noch einiges verändert werden. Aber die Bausubstanz ist gut«, erklärte ihr Vater. »Da hinten im Lager könntet ihr Duschen und Toiletten einbauen. Und in der Ecke ...«, er wies zur anderen Seite der Halle, »... eine Kaffeeküche.«

»Morgen!«, grüßte Frida. Sie hatte ganz vergessen, dass Milan und Jo an diesem Sonntagmorgen die leere Halle besichtigen wollten. Das Boxstudio in Hamburg-Altona, in dem Milan, sie und Jo in den letzten Monaten trainiert hatten, war geschlossen worden, weil das Haus saniert und das Loft zu teuren Eigentumswohnungen umgebaut werden sollte. Nun suchte Milan nach geeigneten Räumlichkeiten, um sein eigenes Boxstudio eröffnen zu können. Grundvoraussetzung war, dass es bezahlbar war. Frida hatte ihm den Tipp gegeben, dass ihr Vater einen Mieter für ihre Scheune suchte. Durch die Kooperation mit dem Jungbauern Jesper Ahlsen war Fridtjofs gesamte Technik auf dessen Hof gebracht worden, der größer war und moderne Kühlhallen hatte. Dort bündelten sie seit zwei Monaten ihre Kräfte und lagerten auch den Teil der Apfelernte ein, der nicht sofort verkauft werden konnte.

Fridtjof hatte einen Großteil der Pferdeboxen im Stall vermietet, und zusammen mit dem Mietzins für die Halle würde es reichen, um in einigen Monaten seine Schulden bei Jesper abzuzahlen, der für ihn im Sommer finanziell in die Bresche gesprungen war, um die Insolvenz des Obsthofes abzuwenden.

»Und, was denkt ihr?«, fragte Frida ihre Freundin, während Milan mit den beiden Männern in die Halle getreten war, um die baulichen Veränderungen zu besprechen. Jo, die erst seit einigen Monaten boxte, hatte die Arme verschränkt. Die Skepsis stand ihr ins Gesicht geschrieben. »Die Halle ist perfekt, aber ganz schön weit draußen. Ich weiß nicht, ob die Hamburger aufs Land fahren, um zu trainieren.«

Frida sah auf die Halle. »Man muss ihnen einen Mehrwert schmackhaft machen. Boxcamp auf dem Land, Sport und Erholung. Vielleicht kann ich meine Mutter überreden, für die Boxer ein paar gesunde Eintöpfe zu kochen.«

»Und dazu Smoothies mit Grünkohl, oder was?« Jos dunkles Lachen polterte über den Hof wie der unrund laufende Motor von Milans Bulli. »Ja, die Halle ist schon cool«, gab sie zu. »Allein das Backstein-Design und der große Parkplatz davor. Und dieses hohe Tor, das man im Sommer beim Training öffnen könnte.«

Sie sah zu den Männern im Inneren, die an einer Wand herumklopften. »Dein Vater sagt, hinten im alten Pumpenhaus könnte zusätzlich ein Fitnessraum eingerichtet werden. Der hat natürlich ein geiles Ambiente mit den alten Pumpen und der Empore unter dem Dach.«

»Was sagt Milan dazu?«, fragte Frida.

Jo, die ihre dunklen Haare neuerdings in einer jungenhaft zerzausten Kurzhaarfrisur trug und damit unverschämt gut aussah, nickte. »Ich glaube, er ist begeistert. Wenn dein Vater die Miete im bezahlbaren Rahmen ansetzt, hat er ihn in der Tasche.«

»Du würdest nicht hier rauskommen wollen, um zu trainieren? Bleibst du lieber in Hamburg in einem der Schickimicki-Studios?«

Ihre Freundin setzte ein Pokerface auf. Sie wusste genau, wie viel es Frida bedeutete, dass sie weiterhin zusammen trainierten. Frida lag viel an ihrer Freundschaft, während die Detektivin nicht viel Wert darauf zu legen schien oder es gut verbergen konnte, dass Frida ihr wichtig war. Das gemeinsame Boxtraining war im letzten Jahr zu einer wöchentlichen Routine geworden, bis das Boxstudio geschlossen worden war, und sie sich kaum noch gesehen hatten. Seitdem warteten die losen Enden ihrer Freundschaft darauf, neu verknüpft zu werden. »Das würde komisch aussehen als Teilhaberin.«

Die Überraschung war Jo gelungen. »Du steigst mit ein?«

»Allein kann Milan das Projekt nicht stemmen. Er wird zwar einen kleinen Kredit aufnehmen, aber der reicht nur für die Anfangsinvestition. Ich hab ihm meine Hilfe angeboten, habe etwas Geld übrig. Das letzte Quartal lief ganz gut.« Jo spielte auf ihre Detektei an, in der sie kürzlich einen weiteren Detektiv eingestellt hatte, weil die Auftragslage im Bereich der Ermittlungen für Straf-, Wirtschafts- und Steuerrechtskanzleien sehr einträglich war.

»Das ist der einzige Grund?«, hakte Frida nach.

»Milan ist cool. Und er hat eine Vision. Die hatte ich damals auch, als ich die Detektei gegründet habe. Er wird das Studio hier erfolgreich aufziehen.«

»Und wenn nicht?«

»Wenn man zweifelt, ist man kein Unternehmer. Dann sollte man lieber Beamter werden.«

Frida schluckte. Der Seitenhieb auf ihre Verbeamtung als Polizistin tat weh.

Jo boxte ihr sanft in die Seite. »Seit wann verstehst du keinen Spaß? Du würdest ihm auch helfen, wenn du die

Mittel hättest. Na komm, schauen wir mal, was die da drin bequatschen. Nicht, dass die noch einen Bade- und Saunaclub aus dieser Scheune machen wollen.«

Marta stellte die Eisenpfanne mit dem Zwiebelomelette auf den großen Küchentisch, um den sich alle geschart hatten, um zu frühstücken. Sie hatte auch für die Gäste eingedeckt, als diese angekommen waren. Gastfreundschaft war schon immer hochgehalten worden in diesem Haus. Hungrig oder durstig ging hier niemand vom Hof. Bruno, der English Setter, lief aufgeregt zwischen den Tischgästen herum und versuchte, bei jedem Einzelnen sein Hundespielzeug gegen einen Happen vom Tisch zu tauschen. Arthur, der alte Hütehund, lag neben dem Tisch auf einem Läufer und schlief. Manchmal bewegten sich im Schlaf seine Hinterpfoten. Wahrscheinlich träumte er davon, dass er – wie früher – hinter einem Feldhasen oder Fasan herjagte, was er heute aufgrund seines Alters nicht mehr konnte. Er war lethargisch geworden. Ihn interessierte kaum noch, was sich zwischen Schlafplatz und Fressnapf abspielte. Er würde wohl dieses Jahr seine letzte Weihnachtsgans erleben.

»Dann ist das abgemacht«, sagte Fridas Vater und schnitt eine dicke Scheibe Speck ab, die er sich mit Zwiebeln auf sein Brot legte. Er mochte sie lieber roh als in einem gestockten Eiergericht. »Ihr überlegt euch das mal mit der Halle. Die Umbauten könnten noch im Herbst gemacht werden. Aber rein könnt ihr sofort, wenn ihr wollt. Genug kostenlose Parkplätze habt ihr auf dem Hof. Und das Pumpenhaus könnt ihr als Muckibude nutzen.« Er lachte, während er ein weiteres Stück Speck abschnitt. »Aber wer gern auf die altbewährte Art Muskeln aufbauen will, kann auch gern auf dem Hof Holz hacken. Das gibt es hier kostenlos.«

Milan zeigte seine Grübchen beim Lachen, nahm ebenfalls ein Stück vom Speck und schob es in den Mund. Fridtjof und Milan mochten sich. Das war offensichtlich. Frida sah dem Boxtrainer an, dass ihm der Hof und die Halle gefielen. Er hat Blut geleckt, wollte aber noch einmal darüber schlafen, ob er das Risiko eingehen sollte, sein Boxstudio auf dem Land zu eröffnen. Jo saß schweigsam neben ihm. Sie hatte nur ein wenig Omelette gegessen und mit schwarzem Kaffee heruntergespült.

Fridtjof erzählte, wie er früher mit bloßen Händen die schweren Feldsteine auf den Hänger gewuchtet hatte, als es am Türrahmen klopfte.

»Moin zusammen!«, grüßte eine Stimme von der Tür. »Ich muss euch mal stören.«

Fridas Kollege, Bjarne Haverkorn stand in der Küchentür. Seit dem Sommer, als er ein Haus hier im Ort gekauft hatte, wohnte er nur ein paar Straßen weiter.

Marta sprang sofort auf. »Morgen, Herr Haverkorn, möchten Sie was mitessen?«

»Nein, danke! Keine Zeit.« Er sah zu Frida. »Wir haben einen neuen Fall.«

Sie stand auf und nahm ihr Brötchen in die Hand, kaute auf dem Weg zur Tür. »Wohin geht´s?«

Haverkorn gab Torben ein Handzeichen. Offenbar wurde auch ein Rechtsmediziner gebraucht.

»Wir müssen mit der Wasserschutzpolizei auf eine Elbinsel. Ein Knochenfund.«

»Welche Insel?«, fragte Frida.

»Bargsand!«

Kapitel 2

Der Hafen von Deichgraben war ein überschaubares Terrain mit ein paar Schwimmstegen, einem Parkplatz, einem Klubhaus des Sportbootvereins, einem Bootsschuppen und dem Imbiss auf Rädern, dem »Rökerwagen«, der während der Hauptsaison am Wochenende geöffnet war. Im Sommer war der Hafen ein beliebter Treffpunkt für Jung und Alt. Nicht nur die Sportbootinteressierten trafen sich hier, sondern auch Leute aus dem Dorf, die ein Schwätzchen halten wollten und ein paar Ausflügler, um sich am Imbisswagen ein Fischbrötchen, Kaffee oder Bier zu genehmigen. Und natürlich, den Blick auf das Wasser, den man von der Kaimauer hatte, zu genießen. Aber jetzt in der Nebensaison waren schon viele Boote an Land gebracht worden. Der kleine Binnenhafen war abhängig von Ebbe und Flut. Wer ein- und ausfahren wollte, musste mit dem Tidenkalender arbeiten, um nicht eine böse Überraschung zu erleben. Ein paar Geschichten waren überliefert, in denen unerfahrene Bootsführer beim Anlegen im Hafen den Tidenhub nicht beachtet und ihr Boot bei Niedrigwasser freihängend an der Kaimauer wiedergefunden hatten. Zum Gelächter der Einheimischen.

Haverkorn, der von Booten so viel Ahnung hatte wie ein Aal vom Räuchern, stellte den Passat auf dem Parkplatz des Hafens ab, der jetzt im Oktober bis auf einen Transporter der Straßenmeisterei leer war. Der Imbisswagen hatte schon vor Wochen dichtgemacht. Drüben vor dem Klubhaus lehnte ein Fahrrad. Wahrscheinlich war jemand im Büro, um sich um ein paar Angelegenheiten des Vereins zu kümmern.

Haverkorn hatte Frida und Torben auf der Fahrt vom Paulsenhof zum Hafen berichtet, was für ein Einsatz sie erwartete. Ein junges Paar hatte am Morgen am Strand der Insel einen menschlichen Schädel gefunden. Die Wasserschutzpolizei war zuerst vor Ort gewesen und hatte die Kripo benachrichtigt. Der Leiter der Mordkommission, Nick Wahler, war an diesem Sonntagmorgen mit seinem Umzug von Lübeck nach Itzehoe beschäftigt, weshalb Haverkorn zugesagt hatte, sich der Sache anzunehmen. Immerhin lebte er in Deichgraben und konnte schnell mal hinüber nach Bargsand fahren. Ein Fall für die Mordkommission würde es aber erst werden, wenn der Schädel nicht älter als ein Menschenleben war. Nur dann, wenn die Möglichkeit bestand, dass der Täter überhaupt noch lebte, würde es eine Morduntersuchung geben. Es war eine glückliche Fügung, dass Dr. Torben Kielmann bei Frida übernachtet hatte und einen fachkundigen Blick auf den Schädel werfen konnte. Wenn der so alt war, dass er noch vom Schwedisch-Polnischen Krieg stammte, konnten sie anschließend gemütlich den Sonntag ausklingen lassen. Haverkorn war dabei gewesen, die Obstbäume in seinem Garten zu verschneiden, als Wahlers Anruf ihn erreicht hatte. Er wollte gern damit fertig werden, bevor der erste Frost einsetzte.

Drüben an der Kaimauer hatte das Tochterboot der *Bürgermeister Weichmann*, eines Streifenbootes der Hamburger Wasserschutzpolizei festgemacht. Das Mutterboot lag weiter draußen vor Anker, weil es die verschlickte Zufahrt zum Hafen nicht passieren konnte. Der Wasserstand war im Moment recht niedrig, sodass sie über die Metallleiter der Kaimauer nach unten aufs Boot klettern mussten.

Der Bootsführer hielt sich nicht lange mit Vorreden auf, als sie auf Deck waren. »Thomsen. Moin, Kollegen!«

Haverkorn drückte ihm die Hand und stellte Frida und Torben vor. »Dr. Kielmann wird sich das Fundstück gleich mal anschauen«, sagte er.

»Sie haben den Rechtsmediziner gleich mitgebracht?« Der Wasserschutzpolizist schien beeindruckt. Er gab einen kurzen Lagebericht. »Wir haben die Fundstelle drüben auf der Insel provisorisch abgesichert. Das junge Paar haben wir erst mal nach Hause geschickt. Die Kontaktdaten kann ich dir schicken.«

Das Boot legte unter den neugierigen Blicken der Kommunalarbeiter ab, die den Parkplatz reinigten. Der Bootsführer orientierte sich an den gesetzten Priggen, die für einen Laien wie Haverkorn aussahen wie im Wasser stehende umgedrehte Hexenbesen. Er erkundigte sich nach den seltsam anmutenden Reisigruten, und Thomsen erklärte ihm, dass die Priggen Fahrwasserkennzeichnungen waren. Hier hatten sie es mit Steuerbordpriggen zu tun, in den Grund gesteckten Stangen, an deren oberen Ende Zweige zusammengebunden worden waren, die unten auseinanderstanden. Umgangssprachlich nannte man sie auch »Tannen«. Sie kennzeichneten flaches Fahrwasser und halfen den Bootsleuten, die Fahrtrinne zu erkennen, um nicht im Schlick zu landen.

Immer wieder bildeten sich im Bereich der Binnenelbe Schlickberge, die in früheren Zeiten zur Landgewinnung durch Stacks, steinerne Leitwälle, gesichert und aufgeschlickt worden waren. Irgendwann war durch eine Landerhöhung ein Bewuchs der Schlickberge erreicht worden. Elbinseln wie Bargsand waren so entstanden und zum Anbau von Korbweiden oder Obstbäumen genutzt worden. Mittlerweile waren die Elbinseln Naturschutzgebiete, die von der Naturschutzvereinigung NAVE überwacht wurden.

Ein paar Minuten später kam Bargsand in Sicht. Ein dichter Schilfgürtel zog sich am Ufer entlang. Weiter nördlich konnten sie einen Sandstrand erkennen, auf den flache Wellen schlugen. Dahinter erhob sich ein dichter Wald.

»Früher sah das hier nicht so verwildert aus«, erklärte Thomsen. »Ich war ein paar Mal mit meinen Kumpels in der Kneipe bei der alten Zieherin. Die hat uns das Geld aus der Tasche gezogen, deshalb hat alle Welt sie so genannt. Bei ihr konntest du nur Bier aus Flaschen trinken. Die Gläser waren so dreckig, da konntest du nicht mehr durchgucken.« Er lachte, und die Falten um seine Augen wurden tiefer. »Ich weiß nicht, wie wir hier weggekommen sind. Wir hatten alle mächtig die Lampen am Brennen.«

»Wie lange gab es diese Kneipe auf Bargsand?«, fragte Haverkorn.

»Bis Anfang der Zweitausender, denke ich«, antwortete Frida. »Mein Vater hat sie auch regelmäßig frequentiert, als er jung war. Die Geschichten, die er erzählt, willst du nicht hören. Dass hier draußen niemand im Suff ertrunken ist, ist nicht zu fassen. Die sind ja alle mit ihren Booten rübergekommen.«

†

Frida stand an der Reling des Polizeibootes und sah die Insel näherkommen. Ein etwa zweihundert Hektar großes Stück Land, das dem Wasser abgerungen worden war, um es urbar zu machen. Der Obstanbau nach dem Krieg war nicht einfach gewesen. Sie hatte Geschichten von ihrem Vater gehört, wie mühsam es gewesen war, den Boden auf der Insel zu bestellen. Anfangs mit bloßen Händen, später mit einem Pferd, das von Frühjahr bis Herbst auf der Insel lebte, bevor ein kleiner Dieseltraktor dessen Job bei der Ernte übernahm.

Der Fahrtwind war kalt, aber er trieb den Rest Müdigkeit aus ihren Knochen. Torben lehnte neben ihr und hing seinen Gedanken nach. Das Boot scheuchte ein paar Stockenten auf, die schnatternd gen Festland flogen. Wassertropfen wurden vom Boot hochgeschleudert und klatschten Frida ins Gesicht. Sie schmeckten salzig.

Wann war sie zum letzten Mal auf Bargsand gewesen? Ewig her! Mit ihren zwei besten Freunden war sie in einem Sommer heimlich hier herübergerudert, obwohl ihre Eltern es ihnen verboten hatten. Doch der Reiz des Verbotenen war stärker gewesen. Sie hatten das Ruderboot vom alten Hinrich genommen, das kieloben am Deich gelegen hatte und waren losgefahren. Wie alt waren sie da gewesen? Vielleicht zehn oder elf? Anfangs waren sie euphorisch gewesen, aber in der Mitte der Binnenelbe war die Strömung so stark, dass sie nicht mehr hatten gegenhalten können. Sie waren abgetrieben und am nördlichsten Landzipfel von Bargsand angelandet. Es war ihnen egal, Hauptsache, sie waren angekommen. Den ganzen Tag hatten sie im Wald der Insel Indianer gespielt. Sie hatte eine Hütte aus Ästen und Farn gebaut und Friedenspfeifen aus Holunderholz geschnitzt. Wo Biber an einem der

Priele einen Stamm gefällt hatten, bauten sie ein Wehr und stauten das Wasser. Dort hatten sie einen jungen Hecht geangelt und am Lagerfeuer gegrillt. Das war ihr Reich gewesen, das sie gegen die Bleichgesichter verteidigt hatten, bis es dunkel wurde. Die Fahrt zurück war so lang wie gefährlich gewesen. Sie hatten kein Licht am Boot gehabt, waren wie die Blindfische in der Dunkelheit über den Strom gerudert und irgendwo an Land gekommen. Weit ab von der Stelle, wo Hinrichs Boot gelegen hatte. Sie hatten zu Fuß ewig nach Hause gebraucht, wo es ein riesiges Donnerwetter gab. Um zwei Uhr nachts tauchten sie plötzlich auf und drucksten herum, wo sie gewesen waren. Nass und verdreckt, aber mit einem Grinsen im Gesicht. Fridtjof hatte Frida schließlich in die Wanne und ins Bett geschickt. Eine Woche Hausarrest hatte sie bekommen.

Immer, wenn sie später Hinrich im Dorf gesehen hatte, war sie kurz davor gewesen, ihm zu erzählen, warum sein Boot drei Kilometer stromabwärts gelegen hatte, als er es nach langer Suche endlich wiederfand. Aber irgendwann war er gestorben, und mit seinem Tod waren die Erinnerungen an dieses Inselabenteuer verblasst.

Als Jugendliche war sie nicht mehr auf Bargsand gewesen, war nie in der Kneipe auf der Insel eingekehrt. Es war ein seltsames Gefühl, nach so vielen Jahren wieder hierherzukommen.

Am Strand knatterte ein im Quadrat gespannter Streifen Flatterband im Wind. Sie waren am Fundort des Schädels angekommen.

»Wir können da drüben anlanden«, sagte Thomsen. Er zeigte auf eine Schneise im Schilf, von der aus sie offenbar gut an Land gehen konnten. Sie legten an und warfen die

Planke aus. Frida folgte Torben und sprang in den Sand. Haverkorn verlor am Ende der Planke das Gleichgewicht und versuchte, mit einem großen Schritt an Land zu kommen, der jedoch zu kurz geriet. Er landete mit den Hosenbeinen im kalten Wasser, und Thomsen musste ihm mit Ersatzsocken und Gummistiefeln aushelfen, bevor sie weiterkonnten.

Hinter dem Schilfgürtel führte ein Trampelpfad zum Strand, wo ein Wasserschutzpolizist auf einem Anglerstuhl saß, um ein Auge auf das brisante Fundstück zu haben. Der Schädel steckte im Schlick fest. Ein Totenschädel hatte immer etwas Bedrohliches an sich. Die leeren Augenhöhlen, der Kiefer mit den grinsenden Zähnen.

Frida dachte an das junge Paar, das ihn hier gefunden hatte. Sicherlich keine angenehme Erfahrung. Ihr Blick ging zum Stirnbein, wanderte weiter zum Kiefer. Kein Überbiss, stellte sie fest. War das ein Mann oder eine Frau gewesen? War er oder sie hier auf der Insel gestorben? Wie lange war das her? Unbewusst rieb sie ihre Arme. Eine Welle rollte heran. Ihre Gischtfinger griffen nach dem Schädel, als wollten sie ihn mit sich ins Wasser ziehen, berührten ihn, zogen sich wieder zurück.

»Beeilt euch!«, riet Thomsen. »Was Wasser steigt weiter. Der Strand liegt bald wieder unter Wasser.« Er ließ ein paar große Trittplatten auslegen, damit der Rechtsmediziner an die menschlichen Überreste gelangen konnte. Torben hatte sich einen Overall angezogen, und Frida half ihm, die Latexhandschuhe überzustreifen. Er stellte sich neben den Schädel, dessen totes Grinsen immer wieder von anrollenden Wellen ausgelöscht wurde.

Torben machte zuerst mit seinem Smartphone ein paar Fotos von dem Schädel, bevor er sich hinhockte und ihn genauer betrachtete. Frida stand auf der Trittplatte hinter ihm. Sie blickte in die dunklen Augenhöhlen, den freiliegenden Kiefer, die Krater der fehlenden Zähne. Die Haare auf ihren Armen stellten sich auf. Seit wann lag der Schädel hier auf der Insel?

Torben legte vorsichtig mit den Händen den Schlick unterhalb des Schädels frei. Helle Halswirbel wurden sichtbar.

Frida starrte darauf. Noch mehr Knochen, nicht nur der Schädel?

Der Rechtsmediziner stand auf und zeigte nach unten.

Sie nickte zum Zeichen, dass sie es ebenfalls gesehen hatte.

Torben drehte sich in Richtung der Männer, die am Strand geblieben waren. »Hier liegt mehr im Schlick als lediglich der Schädel«, rief er ihnen zu. »Vielleicht das gesamte Skelett. Ich brauche Ausrüstung und einen meiner Kollegen, um alles freizulegen.«

Haverkorn balancierte mit Thomsen über die Trittplatten. Überraschte Gesichter.

»Wir sichern die Fundstelle, weil das Hochwasser den Strand überspülen wird«, sagte Thomsen. »Ihr könnt ihn frühestens heute Abend bei ablaufendem Wasser bergen.«

Torben stimmte zu und sah sich um. »Da, oberhalb der Grasnarbe würde ich ein Zelt aufstellen. Wir werden Scheinwerfer brauchen.«

»Das organisieren wir.« Haverkorn blickte auf den Totenschädel. »Mann oder Frau?«, fragte er. »Kannst du schon was sagen?«

Torben wandte sich wieder dem Schädel zu, ging in die Hocke, sah einige Sekunden auf das Fundstück. »Die Stirn ist eher fliehend, ausgeprägte Augenwülste, kräftiger

Unterkiefer, großer Warzenfortsatz. Sieht recht eindeutig nach einem Mann aus.«

»Wie alt war er?«, fragte Frida.

»Das ist nicht ganz so einfach.« Vorsichtig öffnete Torben die Kiefer und sah sich den Zahnstatus an. »Die Zahnentwicklung der verbliebenen Zähne deutet auf einen Erwachsenen hin. Auch wenn einige Zähne fehlen, war er noch kein Greis. Sie sind an der Kaufläche nur mäßig abgenutzt.« Er klappte die Kiefer wieder zusammen. »Und hier! Seht ihr? Die Fontanelle, also die Wachstumsfuge des Schädels ist noch nicht endgültig verknöchert, dann hatte er das vierzigste Lebensjahr noch nicht überschritten. Reicht dir das erst mal?«

»Wenn du mir noch sagst, wie lange er hier im Schlick gelegen hat?«

Der Rechtsmediziner wirkte nachdenklich. »Die Liegezeit zu bestimmen hängt von einer Menge Faktoren ab. Es kommt auf die Bodenverhältnisse an und wie sehr die Knochen dem Wasser ausgesetzt waren. Je feuchter der Boden ist, desto länger dauert die Skelettierung. Das kann unter Umständen Jahrzehnte dauern. Was dich wahrscheinlich interessiert: Massive Kariesdefekte habe ich an den verbliebenen Zähnen nicht gesehen. Historisch ist der Fund also höchstwahrscheinlich nicht. Auf einen konkreten Zeitraum eingrenzen kann ich das alles erst, wenn ich die Knochen ausgegraben und in Hamburg auf dem Tisch habe.« Er schien zu merken, dass Haverkorn sich mehr erhofft hatte. »Geht schon mal davon aus, dass ihr eine neue Fallakte anlegen könnt.«

Der Schatten eines ungesühnten Verbrechens liegt über diesem Haus …

Romy Fölck
BLUTHAUS
Kriminalroman
320 Seiten
ISBN 978-3-431-04111-8

Ein einsam gelegenes Reetdachhaus an der Ostsee. Die Inselbewohner nennen es das *Bluthus,* seit dort vor vielen Jahren eine Familie grausam ermordet wurde. Der Täter wurde nie gefunden. Zwanzig Jahre später verschwindet eine alte Freundin von Frida Paulsen spurlos. Die junge Polizistin ist zutiefst beunruhigt. In der Wohnung der Vermissten findet sie ein Foto – es zeigt ein einsam gelegenes Reetdachhaus am Meer. Gemeinsam mit ihrem Kollegen Bjarne Haverkorn begibt sich Frida auf die Spur dieses rätselhaften Hauses, dessen unheilvolle Vergangenheit für sie alle zur tödlichen Bedrohung wird …

Frida Paulsen und Bjarne Haverkorn ermitteln in ihrem zweiten Fall

Bastei Lübbe

चला जाणून घेऊ या!

प्रार्थना

जे. पी. वासवानी

संकलन आणि संपादन

डॉ. प्रभा संपत । कृष्णा कुमारी

अनुवाद

अपर्णा देशपांडे

मेहता पब्लिशिंग हाऊस

THE LITTLE BOOK OF PRAYER by J. P. VASWANI

Originally Published by Sterling Publishers Pvt. Ltd., New Delhi.
Translated into Marathi Language by Aparna Deshpande

चला जाणून घेऊ या! प्रार्थना

अनुवाद : अपर्णा देशपांडे
Email : author@mehtapublishinghouse.com

प्रकाशक : सुनील अनिल मेहता, मेहता पब्लिशिंग हाऊस, १९४१, सदाशिव पेठ, माडीवाले कॉलनी, पुणे – ४११०३०.

मुद्रक : मुद्रा, ३८३, नारायण पेठ, पुणे – ४११०३०.

मुखपृष्ठ : मेहता पब्लिशिंग हाऊस, पुणे

प्रकाशनकाल : ऑगस्ट, २०१० / ऑगस्ट, २०१२ / पुनर्मुद्रण : ऑगस्ट, २०१९

किंमत : ₹ ७०

P Book ISBN 9788184981476